I0597432

IN CERCA DI FINLEY

Ricerca e soccorso Eagle Point, libro 5

SUSAN STOKER

Trovare Kenna
Trovare Monica
Trovare Carly
Trovare Ashlyn
Trovare Jodelle

Armi & Amori: verso il futuro

Soccorrere Caite
Soccorrere Brenae
Soccorrere Sidney
Soccorrere Piper
Soccorrere Zoey
Soccorrere Avery
Soccorrere Kalee
Soccorrere Jane

Delta Force Heroes

Salvare Rayne
Salvare Emily
Salvare Harley
Il Matrimonio di Emily
Salvare Kassie
Salvare Bryn
Salvare Casey
Salvare Sadie
Salvare Wendy
Salvare Mary
Salvare Macie
Salvare Annie

Armi e Amori

Proteggere Caroline
Proteggere Alabama
Proteggere Fiona

Il Matrimonio di Caroline
Proteggere Summer
Proteggere Cheyenne
Proteggere Jessyka
Proteggere Julie
Proteggere Melody
Proteggere il Futuro
Proteggere Kiera
Proteggere i figli di Alabama
Proteggere Dakota

Mercenari di Montagna

Difendere Allye
Difendere Chloe
Difendere Morgan
Difendere Harlow
Difendere Everly
Difendere Zara
Difendere Raven

Ace Security

Il riscatto di Grace
Il riscatto di Alexis
Il riscatto di Bailey
Il riscatto di Felicity
Il riscatto di Sarah

Una raccolta di storie brevi

Un momento nel tempo

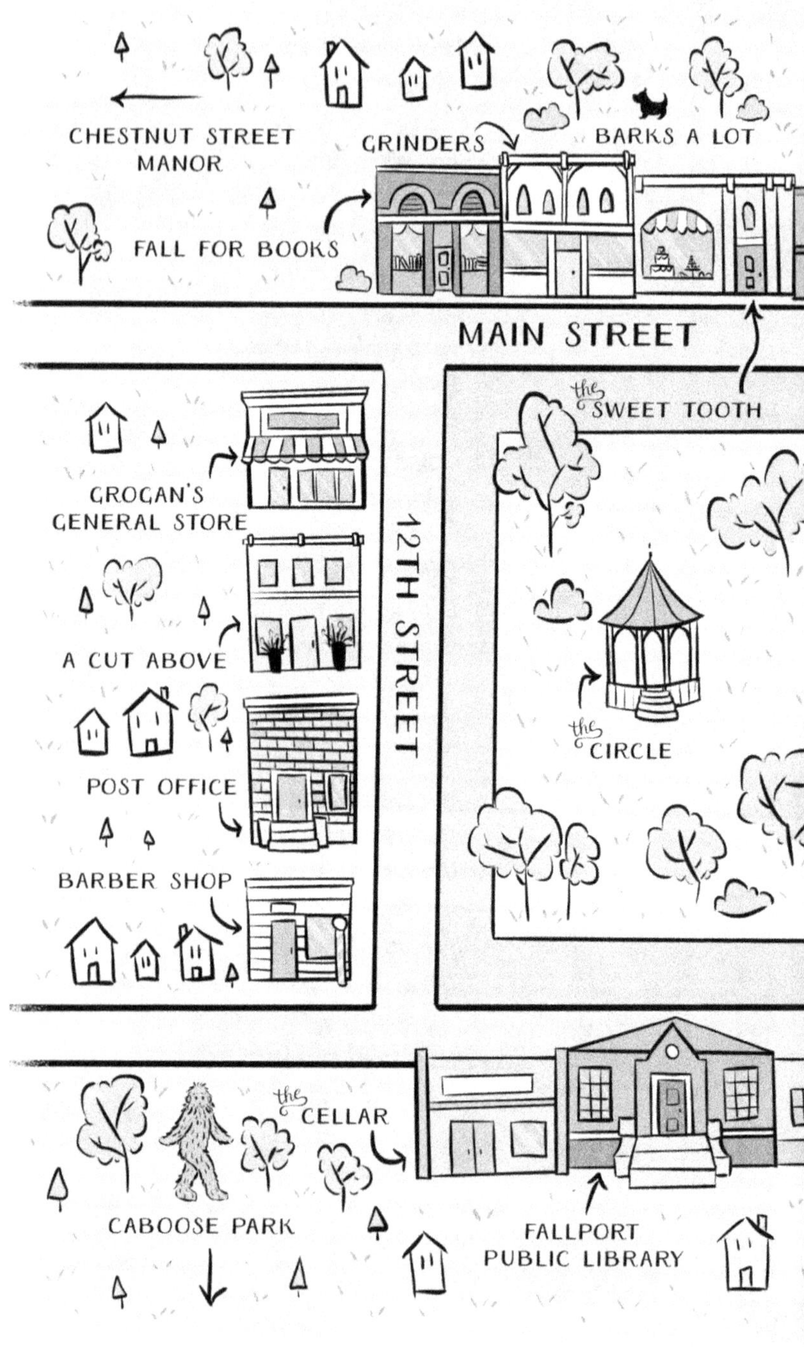

CHESTNUT STREET MANOR
GRINDERS
BARKS A LOT
FALL FOR BOOKS
MAIN STREET
the SWEET TOOTH
GROGAN'S GENERAL STORE
12TH STREET
A CUT ABOVE
the CIRCLE
POST OFFICE
BARBER SHOP
the CELLAR
CABOOSE PARK
FALLPORT PUBLIC LIBRARY

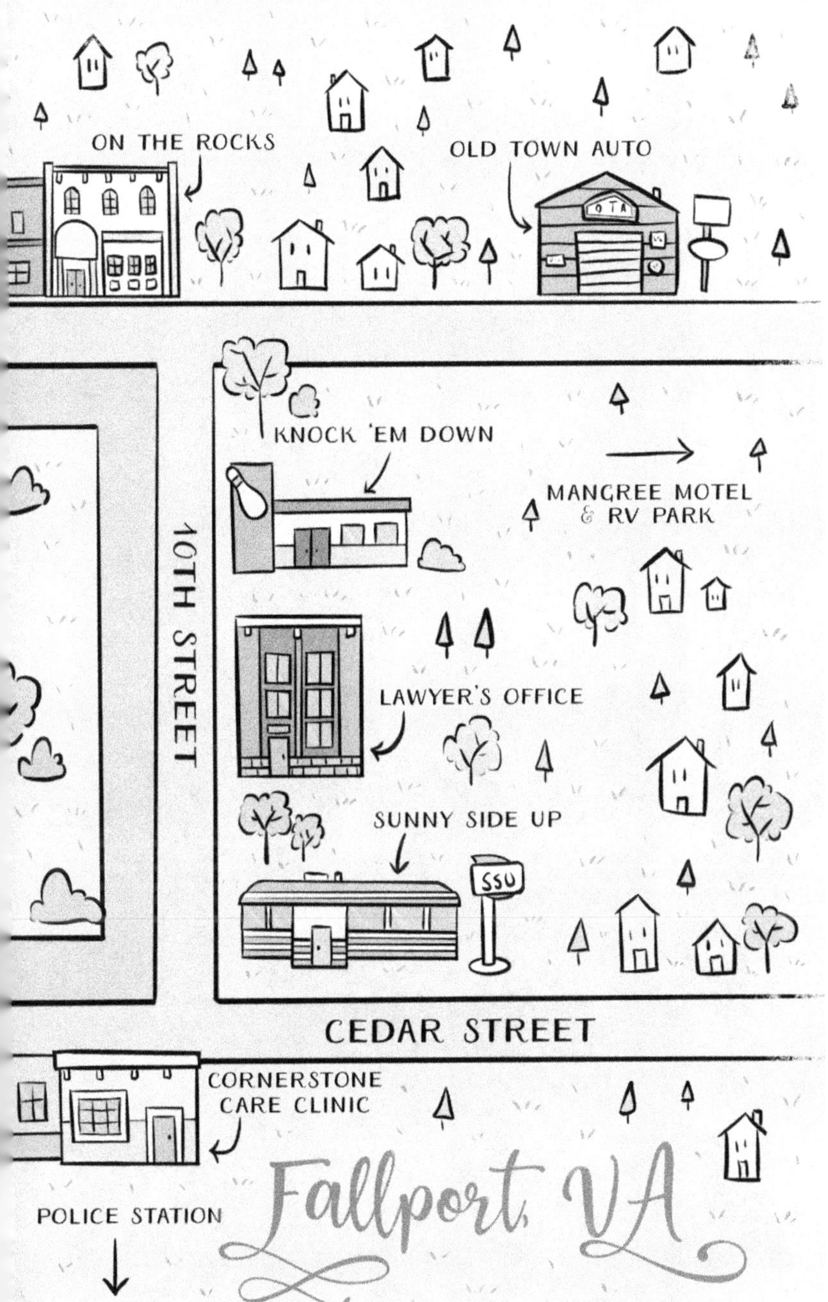

ON THE ROCKS
OLD TOWN AUTO
OTA
KNOCK 'EM DOWN
MANGREE MOTEL
& RV PARK
10TH STREET
LAWYER'S OFFICE
SUNNY SIDE UP
SSU
CEDAR STREET
CORNERSTONE
CARE CLINIC
POLICE STATION
Fallport, VA

CAPITOLO UNO

Finley Norris sospirò frustrata mentre si guardava il polso. Era caduta la sera prima. Una sciocchezza, in realtà: era a casa ed era inciampata da sola. Meno male che non c'era alcun testimone di quella goffaggine; nessuno l'aveva vista accasciarsi sul pavimento come un sacco di patate. Il polso le faceva male, parecchio male. Per fortuna, la vita in una cittadina di campagna aveva anche dei vantaggi: Finley aveva telefonato al dottor Snow, che l'aveva visitata di buon grado, nonostante l'orario di apertura dello studio medico fosse già tecnicamente terminato.

Non c'erano fratture al polso, solo una brutta distorsione. Ciononostante, Finley aveva avuto una brutta sorpresa: aveva scoperto che le riusciva quasi impossibile fare ciò che doveva fare, se non in tempi lunghissimi.

Ogni mattina, andava alla sua pasticceria, The Sweet Tooth, che si trovava nella piazza centrale del paese. Preparare dolci era la passione di Finley, l'unica attività al mondo che la faceva sentire più a suo agio. Le prelibatezze che creava non la giudicavano male perché era troppo timida, o troppo grassa, o per nulla sveglia. Vedere i suoi concittadini e i turisti che gustavano muffin, biscotti, rotolini alla cannella e gli altri dolci che lei preparava le procurava grande gioia.

Quel mattino, però, non avrebbe preparato *alcun* dolce, per via di quella stupida distorsione al polso.

Le lacrime minacciarono di rigare le guance di Finley, ma lei le trattenne per pura forza di volontà. Dopo altri venti minuti di fatica, per cercare di misurare gli ingredienti usando solo la mano sinistra, senza però riuscire a lavorare l'impasto, Finley capì che quel giorno non sarebbe mai riuscita ad aprire il locale, se non chiedendo aiuto.

Non che le desse fastidio chiamare qualcuno per farsi aiutare, ma erano le cinque e mezza del mattino ed erano pochi ad alzarsi tanto presto, come lei. Tranne, forse, Caryn.

Finley ingoiò il rospo e prese il telefono. Dopo un respiro profondo, nella speranza di non svegliare Caryn o Drew, cliccò sul nome dell'amica.

"Che succede?" le chiese Caryn senza nemmeno salutare.

Al che, Finley non poté che sorridere. "Perché dev'essere per forza successo qualcosa?" le chiese di rimando.

"Perché sono le zero e mezza del mattino, è ancora buio e tu mi stai telefonando. Lo so che ti alzi presto ogni mattina per preparare quei rotolini alla cannella a cui davvero non so resistere, ma non mi hai *mai* telefonato a quest'ora. Allora, che c'è?"

"Ieri sono caduta. Sto bene," si affrettò a rassicurare l'amica. "Però mi sono storta il polso. È un po' che voglio assumere un'aiutante per le mattine, ma non mi ci sono ancora messa e adesso mi è impossibile fare qualunque preparazione. Mi chiedevo se magari tu potessi aiutarmi, per stamattina? Ti prometto che troverò presto un'assistente, così per te non diventerà un obbligo quotidiano. Sono sicura che tra qualche giorno il polso sarà guarito."

Finley stava quasi straparlando, ma non riusciva a frenarsi.

Non era abituata a chiedere aiuto e le dispiaceva doverlo fare a quell'ora del mattino, senza alcun preavviso.

"Oh, tesoro, vorrei tanto poter dire di sì," le rispose Caryn con un tono chiaramente dispiaciuto. "Però vado con Drew a incontrare un gruppo di dieci studenti delle superiori, ragazzi e ragazze che affrontano la prima esercitazione come vigili del fuoco junior. Altrimenti sarei già da te."

Finley sentì un tuffo al cuore. "Non preoccuparti," le disse, cercando al meglio di non lasciar trapelare nella voce la delusione.

"Senti, ti fidi di me?" le chiese Caryn.

"Ma certo!" Finley le rispose senza alcuna esitazione. Non conosceva Caryn da molto tempo, ma si sentiva già molto vicina a lei. Erano molto amiche, come anche Lilly, Elsie e Bristol. Loro cinque... sei, contando anche Khloe, la bibliotecaria che ogni tanto usciva con loro... avevano legato molto, pur essendo molto diverse tra loro.

"Benissimo. Allora ti mando io qualcuno che ti aiuti, diciamo tra una quindicina di minuti. Ti va bene? Ce la farai a preparare qualche dolcetto entro l'orario di apertura?"

Finley chiuse gli occhi per il sollievo. "Sì, certo... magari non potrò offrire molta scelta come al solito, ma magari riesco a mettere in forno qualche teglia di rotolini alla cannella, poi posso preparare dei muffin con frutta secca e banana, invece dei soliti impasti, così saranno pronti prima. Ah, posso preparare anche dei biscotti speziati alla zucca con la glassa al formaggio fresco, in fondo è arrivato l'autunno."

"Ossignore, ma cara, così mi fai venire già appetito a quest'ora, prima ancora di fare allenamento, *quando* devo affrontare un gruppo di adolescenti... è crudele!" esclamò Caryn.

Finley fece una risatina, poi le rispose: "Grazie, apprezzo moltissimo il tuo aiuto."

"Figurati, tra amiche ci si dà una mano... appena ci salutiamo, faccio subito qualche telefonata per trovare qualcuno che ti aiuti."

"Grazie."

"Potevi anche chiamare quando sei caduta," aggiunse Caryn.

"Non è successo niente," insisté Finley.

"Hai una storta al polso, immagino che Doc ti abbia anche visitata. Potevi anche chiamare," ripeté Caryn.

Finley capì che l'amica probabilmente aveva ragione. Però lei era abituata ad arrangiarsi e davvero non aveva pensato a contattare le amiche in quel frangente. Quando le succedeva qualcosa di brutto nella vita, lei faceva ciò che doveva per continuare ad andare avanti. "Scusami," le disse, sinceramente dispiaciuta.

"Va bene, dai, ci pensiamo noi. Adesso vado, così posso fare qualche telefonata. Ci sentiamo più tardi."

Finley aprì la bocca per chiedere a Caryn a chi intendesse chiedere aiuto, ma non ne ebbe il tempo, perché l'amica riattaccò.

Scrollandosi di dosso quel dubbio, Finley mise il telefono in stand-by e si rivolse al disastro che era in quel momento la cucina. Con una sola mano buona, il piano di lavoro si era ridotto parecchio male. C'era farina sparpagliata dappertutto, persino sul pavimento; dato che era stata costretta a usare la mano non dominante, le era riuscito estremamente difficile non sporcare in giro.

Dopo circa un quarto d'ora, sentì bussare alla porta principale della pasticceria. Era ancora troppo presto per i clienti, quindi Finley capì che doveva essere la persona chiamata in soccorso da Caryn, chiunque essa fosse. Con un gran sorriso, uscì dalla cucina per andare ad aprire.

Quando vide chi c'era in piedi dall'altra parte della porta a vetri, quasi girò i tacchi per andare a nascondersi.

Brock Mabrey aspettava con pazienza che lei gli aprisse.

Accidenti a Caryn! Finley avrebbe davvero dovuto chiederle chi intendesse chiamare per aiutarla.

Brock era l'ultima persona al mondo che lei voleva vedere. Caryn lo sapeva, o almeno doveva sospettarlo, per quanto Finley ammirava con gusto quell'uomo... e per quanto si intimidiva sempre, quando c'era lui. Probabilmente Caryn pensava di farle un favore, costringendola a stargli vicino.

In realtà, per Finley stare accanto a Brock era più che altro una tortura. Quando lui era nei paraggi, lei non riusciva quasi a parlare, si sentiva sempre spiazzata, non all'altezza. Brock era stato nella polizia di frontiera, accidenti, poi era diventato il proprietario del Vecchio Garage, l'officina in cui tutti in paese portavano a far riparare i rispettivi veicoli.

Inoltre, era maledettamente bello, tanto che lei faceva quasi fatica a guardarlo.

Brock aveva i capelli scuri tagliati corti, braccia enormi e muscolose, che l'avrebbero mandata al settimo cielo stringendola; mascella squadrata, labbra carnose che lei fissava di continuo, ogni volta che lo vedeva. In pratica, era un uomo che aveva l'imbarazzo della scelta in materia di donne, e per quanto fosse sempre gentile con lei, quando si trovavano con gli amici comuni, Finley non poteva nemmeno sognare che Brock desiderasse da una come lei qualcosa di più di un'amicizia.

Con un sospiro, sapendo bene di non poter più fingere di non averlo visto, Finley si avviò verso l'ingresso come se stesse andando al patibolo. Girò la chiave nella toppa e aprì la porta.

"Ciao," gli disse timidamente, tenendo gli occhi puntati sul petto, invece che sugli occhi di Brock.

"Ciao. Caryn mi ha telefonato, ha detto che ti serve una mano?" le chiese.

Ecco l'opportunità di rifiutare, di dirgli che in realtà era riuscita a risolvere e che non aveva bisogno; però le serviva davvero una mano, per poter aprire il locale nel giro di un'ora, per cui annuì. "Sì, è vero. Grazie."

Brock entrò in pasticceria e con la sua presenza sembrò ridimensionare quell'ambiente, normalmente spazioso. Quando arrivava lui, sortiva sempre lo stesso effetto. Dopo che fu entrato, Finley chiuse di nuovo a chiave, ma rimase dov'era e lo guardò con un certo imbarazzo.

"Posso?" le chiese lui teneramente, indicando il polso fasciato di Finley.

Lei non ebbe alcuna reazione, allora lui fece per prenderle il braccio. Appena le toccò la mano con le dita, lei sentì un brivido risalire la spina dorsale.

Le mani di Brock erano molto virili. Erano grandi, ruvide, con delle tracce di morchia visibili sotto le unghie. A lei non aveva mai dato fastidio quel dettaglio: l'aveva visto più volte pulirsi le mani strofinandole con paste abrasive, ma dato che passava moltissimo tempo a lavorare sui veicoli dei clienti, aveva le dita quasi sempre macchiate. Vedere quella manona stringere la sua con tanta attenzione e dolcezza le fece venire di nuovo voglia di qualcosa che Finely sapeva bene di non poter ottenere.

"Cos'è successo?" le chiese sottovoce.

Lei alzò le spalle e fissò il proprio polso. Le piaceva vedere la propria mano circondata da quella di lui. Probabilmente un po' troppo. "Sono inciampata da sola e sono caduta sul polso."

Brock sussultò. "Ahia!"

"Eh sì," confermò lei. "Il dottor Snow ha detto che non c'è frattura, che è solo una storta, ma siccome è la mano destra che uso sempre..."

"Scommetto che diventa difficile anche solo mescolare, o girare le teglie dentro e fuori dal forno."

"Infatti."

"Beh, sono qui a tua disposizione. Ogni tuo desiderio è un ordine," le disse con un sorriso.

Anche se solo per un momento, Finley si domandò come avrebbe reagito Brock, se lei l'avesse spinto contro il bancone per baciarlo come un'ossessa. Appena completò quel pensiero, lo allontanò. Probabilmente lui ci sarebbe rimasto malissimo.

Finley ripensò al giorno in cui Brock era entrato in pasticceria per raccontarle cos'era successo a Caryn. Lei era talmente stressata e preoccupata per l'amica che si era dimenticata di ogni imbarazzo in sua presenza: l'aveva afferrato e trascinato fuori dalla porta della pasticceria, insistendo affinché la portasse immediatamente da Caryn, per poter constatare coi propri occhi che l'amica stesse davvero bene.

Ripensando a quel momento, le sembrò che Brock non avesse preso male quella reazione.

"Hai il polso un po' gonfio," le disse Brock sfiorandolo con le dita. Quel mattino lei l'aveva fasciato, su consiglio del medico, ma si vedeva comunque che era più grosso rispetto al polso sinistro.

"Infatti."

"Hai preso qualche antidolorifico?"

Quell'attenzione la fece arrossire per il piacere. Gli rispose annuendo. "Solo una pastiglia di un farmaco da banco."

"Ottimo. Allora, dove mi vuoi?"

Per un secondo, Finley temette che Brock fosse riuscito a leggerle nella mente il desiderio di spingerlo contro il bancone e baciarlo. Alzò gli occhi verso quelli di lui e rimase a fissare quelle iridi color cioccolato... e quasi giurò di vederci desiderio: voglia *di lei*.

Brock fece un sorriso e sbottò: "Sei carina, la mattina."

Lei sbatté le palpebre e si sforzò di concentrarsi. Si sentì ridicola. Lui era venuto ad aiutarla perché gli aveva telefonato Caryn. Non stava flirtando con lei.

O forse sì?

Le stava ancora tenendo la mano, col pollice le accarezzava il polso, un contatto che lei percepiva nonostante la fasciatura stretta. Brock era vicino, quasi chino su di lei, con un'espressione molto tenera. La stava... confondendo.

Così Finley reagì come sempre: abbassò lo sguardo e cercò di prendere le distanze dalle proprie emozioni. "Devo mescolare l'impasto dei rotolini alla cannella e poi cominciare a preparare i muffin." Cercò di staccare la mano da quella di Brock, che però non la lasciò andare.

Anzi, rimase lì a sorriderle, le avvolse le dita con le proprie e si girò per andare in cucina, sul retro del locale.

Con la testa che le girava, Finley si lasciò accompagnare tenendo gli occhi sulle loro mani congiunte; vedere quelle dita ruvide intrecciate alle proprie le fece sentire le farfalle allo stomaco. Quando era stata l'ultima occasione in cui il contatto fisico con qualcuno le era sembrato tanto naturale? Specialmente con un uomo? Erano passati secoli.

Quando Brock vide il disastro sul piano di lavoro in cucina, gli scappò una grassa risata. "Ecco... allora, da dove cominciamo?"

Finley si accorse perfettamente che non le aveva ancora lasciato andare la mano. Si chiese se si fosse dimenticato che gliela stava tenendo, chissà... ma non volle metterlo in imbarazzo facendoglielo notare; anche perché, francamente, le piaceva quella sensazione e voleva prolungarla il più possibile.

"Sono riuscita a mettere tutti gli ingredienti nella scodella," gli rispose indicando un ampio recipiente in acciaio inossidabile appoggiato sul piano di lavoro. "Però non sono riuscita a mescolare come si deve."

"Va bene, allora comincio da quello." Brock si diresse verso la ciotola e Finley lo seguì docilmente.

"In cucina sono una frana, ma se mi dici cosa fare, forse riesco a cavarmela. Se poi oggi qualcuno dovesse lamentarsi che i sapori non sono quelli giusti, tu dai pure la colpa a me."

"Grazie per essere venuto ad aiutarmi," gli disse, sopraffatta dal momento. Senza l'intervento di Brock, non sarebbe mai riuscita ad aprire il locale.

Lui si fermò e si girò verso di lei. Alzò l'altra mano e le sfiorò la guancia con le dita. "Non vorrei essere altrove," le disse. Le strinse leggermente la mano che le stava ancora tenendo, infine la lasciò andare per prendere la spatola da dentro la ciotola; era lo strumento con cui lei aveva tentato di mescolare, spargendo farina e altri ingredienti su tutto il piano di lavoro e persino sul pavimento, per poi arrendersi.

Appena Brock cominciò a mescolare il tutto senza alcuna fatica, lei notò i muscoli delle sue braccia che si contraevano. Era davvero lo spettacolo più sensuale a cui avesse mai assistito in vita sua. Le venne l'istinto di tirar fuori il telefono per filmarlo, ma sarebbe stato un gesto da imbranata.

"Intanto vuoi prendere gli ingredienti per la prossima preparazione, mentre io mescolo questi?" le chiese Brock.

Dopo un respiro profondo per cercare di fare mente locale, Finley annuì. C'era un sacco di lavoro da fare, per poter aprire alla solita ora. Si girò e prese un'altra ciotola, sforzandosi di riattivare la modalità "pasticciera professionale".

CAPITOLO DUE

Brock sorrise mentre mescolava un'altra ciotola di impasto. La sua giornata era stata decisa dalla telefonata di Caryn. Ricevere una chiamata a quell'ora del mattino di solito significava essere convocati per una missione, invece quella circostanza si era rivelata molto più positiva; infatti, lui aveva rassicurato Caryn senza esitare, confermando che sarebbe andato ad aiutare Finley. Gli era dispiaciuto sentire che la pasticciera si fosse fatta male, ma almeno ne aveva approfittato per raggiungerla e assisterla.

Quella donna aveva qualcosa di speciale che lo sconvolgeva. Lui era un uomo piuttosto ruvido, lo era sempre stato. Non c'era nulla che gli facesse più piacere di sporcarsi le mani. Amava andare in campeggio, pescare, fare trekking, guardare sport in TV e, naturalmente, armeggiare coi motori. Quel mattino, però, l'aveva trascorso a pesare farina, impastare ingredienti e annusare zucchero e cannella: letteralmente un sogno divenuto realtà... soprattutto perché aveva fatto tutto insieme a Finley.

Per lui, Finley era un enigma. Prima era disperatamente timida, poi gli dava degli ordini.

Gli piaceva. Moltissimo.

Uno degli aspetti di lei che lo intrigava di più, però, era il carattere che aveva, privo di pregiudizi. Finley trattava tutti come degli amici di vecchia data. Lui stesso aveva visto più di un cliente entrare in pasticceria di pessimo umore e uscirne col sorriso stampato sul volto.

Brock apprezzava anche la naturalezza con cui Finley non si interessava alle sue dita macchiate d'olio, non si poneva il dubbio se fossero o meno pulite. Lui se le puliva di continuo con paste detergenti, ma non poteva nascondere il fatto che viveva mettendo le mani in veicoli di vario tipo. Gli era piaciuto lavorare per la polizia di frontiera, ma nulla gli dava più gioia che smontare l'interno di una macchina, sparpagliando davanti a sé ogni singolo pezzo, per poi rimettere tutto insieme.

Chiaramente, anche Finley aveva trovato la propria vocazione. Inoltre, sosteneva le amiche senza alcuna riserva. Lui ne aveva avute numerose dimostrazioni, quando l'aveva vista in compagnia delle altre. Dopo aver passato ogni singola mattina a sfornare dolci goduriosi per il negozio per la felicità di tutti i clienti, molto spesso Finley dedicava il pomeriggio alle altre signore.

Aveva trascorso ore insieme a Bristol, aiutandola nel suo laboratorio di vetri istoriati. Era andata insieme a Lilly come aiutante a una cerimonia nuziale che l'amica aveva fotografato giusto un paio di settimane prima, pur essendosi alzata alle prime luci dell'alba per occuparsi della pasticceria. Brock era convinto che Finley non si fosse mai persa una partita di calcio in cui giocava Tony. Quando Caryn era stata ferita, Finley l'aveva riempita di dolci, tanto da garantirle qualche carie in più alla prossima visita dal dentista.

Finley aveva conquistato persino la simpatia di Khloe, di solito reticente. Brock le aveva sentite chiacchierare come vecchie amiche, mentre le due discutevano dei gatti randagi a cui Khloe dava da mangiare, dietro la biblioteca.

Per mesi, Brock era stato quasi ossessionato dalla pasticciera. Non riusciva a smettere di pensare a lei. Voleva che lei lo guardasse con occhi affettuosi... invece di evitare di proposito il suo sguardo. Voleva che Finley si sentisse a suo agio con lui come lo era quando passava il tempo in compagnia degli altri amici.

Lilly gli aveva detto in più occasioni che l'unico motivo per cui Finley si chiudeva in sé quando c'era lui era perché era attratta da lui. Brock però non ne era convinto. Non aveva mai intravisto alcun segnale che gli indicasse un interesse romantico da parte di Finley.

Almeno fino a quel mattino.

Quando l'aveva presa per mano, si era accorto che Finley aveva il battito accelerato. Anche se solo per un momento, Brock aveva avuto la sensazione che lei volesse fare qualcosa di più, invece che limitarsi a stargli davanti timidamente; poi, però, lei aveva abbassato gli occhi rapidamente, tornando a chiudersi in sé.

Eppure, quel barlume di desiderio negli occhi di Finley... l'aveva colpito parecchio.

Qualcosa si stava muovendo con Finley, per quanto a *piccoli* passi. Meglio di niente.

Mentre lui infilava in forno un vassoio di muffin, togliendo l'altra teglia con i dodici muffin a fine cottura, lei sospirò perdendosi nel piacere del momento.

"Sembrano cotti a puntino," gli disse Finley con un sorriso.

All'inizio c'era stato dell'imbarazzo, mentre lei gli spiegava cosa mettere nelle varie ciotole e come impastare gli ingredienti per amalgamarli (lui non aveva idea che ci fosse un modo giusto e un modo sbagliato per mescolare farina, zucchero e spezie, come invece gli aveva spiegato Finley); col passar del tempo, però, Finley si era rilassata molto.

"Hanno anche un profumino delizioso," aggiunse Brock. "Io non sono mai stato il tipo da zucca speziata, ma penso di aver cambiato idea."

"Aspetta solo che ci metta la glassa. Ti garantisco che ti faranno impazzire."

Brock le fece solo un gran sorriso: la trovava adorabilissima. "Ne sono sicuro," le rispose.

Insieme, erano riusciti a preparare abbastanza dolci per i clienti che abitualmente si presentavano sul presto e Finley aveva aperto i battenti della pasticceria con appena un quarto d'ora di ritardo.

"Apprezzo davvero il tuo aiuto, ma adesso ce la faccio," gli disse Finley.

Brock però la ignorò. Rimase in piedi dietro di lei, al bancone, impacchettando i dolci che i clienti ordinavano, mentre lei stava alla cassa e chiacchierava con loro. Ogni tanto, lui tornava in cucina e sfornava una teglia di muffin o di biscotti. Poi aggiungeva la glassa seguendo le istruzioni di Finley; insieme, erano riusciti ad affrontare la ressa del mattino. Quando l'orologio era arrivato a segnare le nove, ormai non era rimasto quasi più nulla negli espositori; ma Finley sembrava soddisfatta, quindi Brock immaginò che fosse andato tutto per il meglio, nonostante lei potesse usare solo una mano e lui fosse un novellino in cucina.

Finley abbassò gli occhi sull'orologio e sbatté le palpebre sorpresa. "Oddio! Non mi ero accorta che fosse tanto tardi. Non devi andare a lavorare?"

Lui alzò le spalle. "Ho telefonato a Jesus per fargli sapere che oggi sarei arrivato tardi."

"Jesus è il tuo assistente, vero?" gli chiese lei.

"È comproprietario dell'officina," la corresse Brock, "e comunque è abituato e sa che a volte faccio degli orari strambi. Quando veniamo chiamati per una missione, lui deve cavarsela da solo. A proposito... non hai mai considerato di assumere un aiutante per la cucina?"

"Perché, pensi di fare domanda di assunzione?" gli chiese lei con un sorriso.

Accidenti, quanto gli piaceva vederla sorridere! Specialmente se quel sorriso era rivolto *a lui*. A inizio mattinata, Finley era stata troppo in imbarazzo per parlargli normalmente, figurarsi stuzzicarlo.

"Non tentarmi, tesoro," le rispose lentamente.

Le guance le si arrossarono e Brock dovette trattenersi per non tirarla a sé e baciarla come sognava di fare da mesi. Si ficcò le mani in tasca per cercare di controllarsi.

Finley era troppo affascinante, per quanto ovviamente lei non se ne rendesse conto. Un giorno Brock aveva chiacchierato a lungo con Bristol e i due avevano toccato proprio quell'argomento; lei gli aveva detto che Finley era convinta che nessuno la guardasse due volte per via del corpo troppo formoso.

Si sbagliava di grosso. Non solo Brock l'aveva guardata due volte, ma anche tre, quattro e cinque. A lui piacevano quelle curve, gli sembravano proprio nei punti giusti.

La madre di Brock era stata una donna grande e grossa, eppure lui aveva visto coi propri occhi il padre amarla profondamente per tutta la vita, dicendogli che non importava l'aspetto esteriore di una donna, ma ciò che quella persona aveva *dentro*. Il papà di Brock non si sbagliava.

Ormai entrambi i genitori di Brock erano morti da quattro anni. La mamma aveva avuto un infarto e Brock era convinto che il papà non avrebbe resistito senza di lei. Infatti, pur essendo in piena salute, era morto dopo pochi mesi. Entrambi avrebbero amato Finley al primo sguardo. Senza alcun dubbio, Finley ne avrebbe conquistato molto rapidamente la simpatia.

Brock riusciva a vedere in Finley una bellezza di cui lei chiaramente non si rendeva conto. Aveva capelli folti e mossi che sembravano vivere in un universo parallelo. Lei continuava a tirarseli indietro, quando era in pasticceria, tanto che lui non si era mai accorto di quanto fossero lunghi se non di recente, quando l'aveva vista uscire con le altre. Le arrivavano fino a metà schiena... quella sera lui si era trattenuto a malapena dall'istinto di toccarglieli. Avrebbe voluto passare le dita tra quelle ciocche lucide... o stringerle nel proprio pugno.

Gli occhi di Finley, color della nocciola, erano brillanti e curiosi; a lui piacevano le rughe di espressione che le si formavano alle tempie quando rideva. Brock era alto più di un metro e ottanta, lei una spanna di meno, ma lui era convinto che i loro corpi combaciassero perfettamente.

Era il corpo di Finley a tenerlo sveglio la notte. Brock non si vergognava di ammettere di essersi masturbato più volte pensando a ciò che lei nascondeva sotto i vestiti. Aveva un seno pieno e sodo, cosce rotonde, una vita in cui lui avrebbe affondato volentieri le mani.

Brock era un uomo grosso, muscoloso e dai modi un po' bruschi. Voleva una donna robusta, una che non gli desse l'impressione di essere sul punto di rompersi, mentre facevano l'amore. Una che accettasse tutto ciò che lui aveva da offrire, prendendo anche l'iniziativa, a letto.

Voleva anche una donna che condividesse alcuni interessi con lui. Non pretendeva di farla camminare per chilometri e chilometri in montagna al proprio fianco, ma almeno che ogni tanto accettasse di andare con lui a campeggiare, o che gli stesse seduta vicino mentre lui pescava, o che magari si entusiasmasse quanto lui guardando le partite della squadra del cuore.

Brock sapeva di cercare una creatura più unica che rara, e prima di incontrare Finley non era nemmeno sicuro che una donna del genere esistesse. Tuttavia, standole vicino, conoscendola, ascoltando le amiche parlare di lei... ben sapendo che gli parlavano sempre di lei per stimolare il suo interesse... si era fatto l'idea che Finley fosse esattamente la donna che lui cercava da tanti anni.

No: le forme di Finley non gli dispiacevano affatto. Anzi, gliela rendevano ancor più attraente. A lui piacevano quelle curve, il profumo di vaniglia e cannella, il carattere di Finley. Gli piaceva la timidezza quanto i momenti di brio che normalmente lei cercava di nascondergli.

Il silenzio tra loro si era prolungato troppo, mentre lui sognava ad occhi aperti, tanto che Finley stava cominciando a imbarazzarsi. Così lui cercò di dominare quei pensieri fuori luogo. "Dico sul serio, tesoro, ti serve un aiuto."

"Lo so," gli rispose lei facendo spallucce. "Questa pasticceria è un sogno che coltivo da tanti anni. All'inizio, quando ho aperto, arrivavo appena a fine mese. Tutti gli introiti venivano reinvestiti nell'attività. Per un po' di tempo, ho pensato che non ce l'avrei fatta. Alcuni clienti ci rimanevano male perché non facevo servizio bar, ma sarebbe stato sciocco, con Grinders alla porta accanto. Alla fine, la gente si è abituata a fare due file la mattina per caffè e dolci e non se l'è più presa; da allora è andato tutto molto bene. Però questo piccolo infortunio mi ha fatto capire che devo *davvero* assumere un'assistente."

"Hai già in mente qualcuno?" le chiese Brock.

Finley scosse la testa. "No. Non posso assumere una studentessa, perché apro solo in orario scolastico."

"Se vuoi posso chiedere in giro, magari trovo qualcuno," le suggerì.

"Insomma, magari basta che esca in piazza a chiedere a Silas, Otto e Art," disse Finley con un sorriso.

Brock rise. I tre anziani, che erano seduti ogni giorno davanti all'ufficio postale, giocavano a scacchi e chiacchieravano dei fatti degli altri. Erano diventati uno dei pezzi forti di Fallport. "Proprio vero."

"Però mi fa piacere se conosci o se senti in giro qualcuno che cerca. Vorrei tanto assumere una come Elsie: adesso ovviamente non ha più bisogno, ma quando stava in motel col figlio… ecco, vorrei proprio trovare una persona come lei, una a cui il lavoro faccia davvero comodo."

Brock non fu sorpreso: la sua Finley aveva un gran cuore.

Non gli dispiaceva affatto pensarla come la "sua" donna, anche se al momento non lo era. Ormai la teneva d'occhio da un po' e più la conosceva, *più* si sentiva attratto da lei. Quindi, almeno dal punto di vista di Brock, Finley non era *ancora* la sua donna. "Chiedo in giro, vedo cosa salta fuori."

"Grazie."

"Ci mancherebbe. Adesso vado a mettere la glassa sui biscotti, poi ho finito. C'è altro che posso fare per te?"

"Hai già fatto anche troppo," gli rispose Finley.

"Di che altro hai bisogno, Fin?" Il soprannome gli uscì senza pensarci.

"Magari puoi mettere insieme un'altra ciotola di impasto per i muffin? Penso non ci sia bisogno di altri rotolini alla cannella, ma qualche muffin in più migliorerebbe la scorta."

"Aggiudicato. Però forse è meglio se mi segui," le disse. Non stava solo cercando di passare più tempo insieme a Finley, per quanto ovviamente gli facesse piacere, ma non voleva rischiare di rovinare quei deliziosi manicaretti.

Per fortuna, Finley annuì. "Posso aiutare i clienti e controllare cosa fai allo stesso tempo."

Certo che poteva. Brock ebbe l'impressione che Finley fosse in grado di svolgere qualsiasi compito si fosse messa in testa di portare a termine. Se quel mattino non fosse andato lui ad aiutarla, lei avrebbe di sicuro trovato il modo di preparare comunque dei dolci, senza alcun dubbio.

Quando Brock ebbe finito, uscì dalla pasticceria. Erano

scoccate le dieci e mezza e lui era ricoperto di farina, profumava di cannella (il tipico profumo di Finley) e aveva un sorriso radioso stampato in volto.

Era stata una bella mattinata e lui già non vedeva l'ora che giungesse l'indomani. Forse Finley non l'avrebbe chiamato di nuovo per farsi aiutare, ma lui sarebbe comunque andato alla pasticceria. Il polso non poteva certo guarire dall'oggi al domani e lui le sarebbe stato vicino per tutto il tempo necessario.

———

Il mattino dopo, quando Brock arrivò allo Sweet Tooth, fu sorpreso di trovare Davis Woolford già davanti alla porta della pasticceria.

"Buongiorno," gli disse Brock avvicinandosi.

"Buondì," gli rispose Davis.

"Tutto bene?" chiese Brock.

Davis annuì, ma non gli spiegò il motivo della sua presenza. Brock non ebbe modo di fargli altre domande perché Finley arrivò per aprire.

Quel mattino, la pasticciera indossava un abito fiorito che le arrivava alle ginocchia, aderiva al busto e le cadeva sui fianchi, per poi svolazzare intorno alle cosce. Brock si sentì improvvisamente eccitato e cercò di contenersi. Non voleva metterla a disagio. Se Finley avesse intravisto il rigonfiamento sotto la patta dei pantaloni, chissà cos'avrebbe pensato di lui.

"Ciao!" disse Finley con un sorriso.

Brock fu contentissimo di vederla più a suo agio intorno a lui, quel mattino, rispetto al giorno prima. "Buongiorno," le disse.

"Ciao Davis. Stamattina non ho ancora nulla di pronto, ma se vuoi aspettare dentro fino all'orario di apertura, non c'è problema," gli disse.

"Non sono qui per mangiare," le rispose lui. "Ho sentito che cerchi aiuto. Non so se posso venire tutti i giorni, perché a volte non dormo bene e faccio fatica a controllare la rabbia, ma..." si interruppe, poi fece un respiro profondo. "Nell'esercito facevo il cuoco."

Brock si voltò per fissarlo. Era un senzatetto... beh, non esattamente senzatetto come in passato. I cittadini di Fallport gli avevano costruito una casetta, in pratica un capanno, proprio dietro l'Occhio di Bue. Sandra, la proprietaria della tavola calda, si dava molto da fare per tenerlo d'occhio e sostenerlo. Gli procurava sempre qualcosa da mangiare, un posto in cui lavarsi e fare una lavatrice. Davis dimostrava poco meno di quarant'anni, fin troppo giovane per quello stile di vita senza prospettive, ma era il classico effetto del PTSD, il disturbo da stress post-traumatico.

"Ma davvero?" gli chiese Finley.

"Sì. Potrei... sai... dare una mano... se hai bisogno. In cucina. Non con la gente."

Finley allungò una mano per prendere quella di Davis. Brock non poté non notare che Finley non ebbe alcuna esitazione, nonostante le mani di quell'uomo fossero sporche.

"Mi farebbe molto piacere."

"Non ho molta esperienza coi dolci," le disse lui con sincerità.

"Però ieri nemmeno Brock se l'è cavata male," rispose Finley. "A me va bene farti provare, se va bene anche a te."

Davis annuì.

"C'è un bagno sul retro, se vuoi lavarti, penso ci sia un altro elastico per legare i capelli, puoi usare anche quello."

Davis non se la prese affatto per le parole di Finley: si limitò ad annuire e si avviò verso la cucina.

Appena lo vide entrare sul retro, Brock si avvicinò a Finley e senza pensarci la tirò a sé in un grande abbraccio. Solo quando la sentì contro il proprio corpo, si accorse che non avrebbe dovuto cercare quel contatto senza prima chiederle il permesso.

Lei però non sembrò prendersela. Anzi, si appoggiò a lui ricambiando l'abbraccio: Brock non si sentiva bene come in quel momento da un sacco di tempo. "Sei davvero meravigliosa," le disse sottovoce mentre ne apprezzava il profumo al punto da volersi strofinare contro di lei per poterlo poi sentire tutto il giorno.

Lei alzò appena le spalle.

Appena la sentì allontanarsi, Brock la lasciò andare, sia pur con riluttanza. La vide di nuovo rossa in volto, una reazione che gli fece piacere, perché anche lei aveva su di lui lo stesso effetto.

Finley si sistemò una ciocca di capelli dietro l'orecchio e lo guardò di sfuggita, poi abbassò di nuovo gli occhi all'altezza del petto di Brock. Lo faceva di continuo: lo guardava, ma evitava di incrociarne lo sguardo. Lui alzò un braccio e le mise un dito sotto al mento, incoraggiandola ad alzare gli occhi.

Appena lei lo guardò in faccia, lui le disse: "Dico sul serio: in tanti non gli avrebbero mai dato una chance."

"In tanti sono stupidi. Davis è un tipo a posto. Se non fosse stato per lui, Bristol non sarebbe stata ritrovata in tempo."

"Stando a quel che ho sentito, anche tu hai avuto un ruolo importante," le rispose Brock.

"Forse... ma davvero, Davis è una brava persona. Certo, ha qualche demone interiore, ma io ho visto che uomo è, nel profondo, e l'hai detto anche tu stesso proprio ieri che qui in cucina mi serve aiuto."

"Non devi convincermi," le rispose Brock abbassando con riluttanza la mano. Nel mentre, non riuscì a resistere e le passò un dito sul collo.

Rimasero lì in piedi in mezzo al locale, fissandosi a

vicenda per un lungo momento, poi sentirono Davis che tornava.

"Sono pronto," disse Davis.

Brock si girò verso di lui e lo trovò in piedi sull'uscio della cucina. Si era tirato su i capelli, raccolti in una crocchia, si era lavato le mani e aveva indossato un grembiule che doveva aver trovato in cucina.

"Sei pronto," ripeté Finley con un sorriso. "Accidenti, con due assistenti, oggi riempirò gli espositori senza alcun problema."

Finley aveva ragione.

Davis si rivelò un assistente abile. Finley non dovette mai ripetergli due volte cosa fare. Non diceva nulla, mentre lavorava, ma si vedeva chiaramente che sapeva muoversi in cucina. Dopo un po', Brock passò al lavandino per sciacquare le teglie usate, in modo da non stare tra i piedi.

"Forse ho trovato la persona perfetta per darti una mano anche nel locale, con i clienti," le disse Brock.

Finley si girò verso di lui. "Ah sì?"

"Sì. Jesus ha un vicino che non se la passa bene, ma che sta cercando di raccogliere soldi da mandare alla sorella per aiutarla nelle cure contro il cancro al colon: lei è in Brasile e il fratello fa fatica a trovare lavoro da queste parti."

"Come mai?"

"Come mai cosa?"

"Come mai non trova lavoro?"

"Non ho parlato direttamente con le persone che non l'hanno assunto, ma credo sia perché è uno molto grosso, sarà almeno uno e novanta, taglia forte. Penso che intimidisca tanti. Poi è brasiliano... e anche se la gente qui a Fallport oggi è più aperta rispetto al passato, ci sono ancora molti che discriminano quelli che non sono nati da queste parti. Però Jesus dice che è un brav'uomo, uno che lavora sodo ed è attento, e che, nonostante l'apparenza, è una persona molto gentile."

Finley annuì. "A me va benissimo. Se si presenta intorno alle tre, all'orario di chiusura, avremo tutto il tempo per parlare," disse senza esitare.

Eccola di nuovo: il cuore grande di Finley ispirava Brock al punto da farlo sentire una persona migliore. "Allora lo dico a Jesus, sono sicuro che il suo amico si presenterà."

"Come si chiama?"

"Ah già, un dettaglio importante, vero?" le chiese Brock ridacchiando. "Si chiama Liam. Non so il cognome, mi dispiace."

"Nessun problema, per ora mi basta conoscerne il nome. Non vorrei mai fare un colloquio di lavoro al primo che passa, che magari è solo un cliente che vuole un muffin."

Brock le sorrise. "Grazie alla mia descrizione, credo proprio che lo riconosceresti anche senza sapere come si chiama. Inoltre, penso che *potresti* davvero convincere il primo che passa a lavorare per te."

Lei scosse la testa, come divertita.

"Dico sul serio. Fai amicizia con tutti quelli che mettono piede in questo locale."

"Mi ricordi una signora che ho conosciuto in Afghanistan," disse Davis, parlando dopo essere rimasto in silenzio per un'ora. "Parlava solo la sua lingua, ma ogni volta che entravo nel suo negozio a comprare del pane lei mi trattava come un figlio ritrovato, qualcosa del genere. Mi faceva andare dietro al bancone per mostrarmi il pane fresco appena sfornato, poi insisteva per darmene il doppio di quello per cui pagavo."

"Che dolce," commentò Finley.

"Sì. Finché un giorno i ribelli hanno bruciato tutto, convinti in modo irremovibile che una donna non possa gestire un negozio, che quel posto non dovesse esistere."

Finley inspirò di scatto. "Oh, no!"

"Sì. Non l'ho più vista. Non so proprio cosa le sia successo. Voglio sperare che oggi sia felice e abbia fatto fortuna, ma davvero non lo so."

"Mi dispiace moltissimo," commentò Finley, che fece un passo verso Davis, fermandosi però prima ancora che Brock l'avvertisse di non toccarlo, come se l'istinto le avesse fatto capire che il suo nuovo assistente aveva bisogno di un momento per riprendersi.

"Sì, anche a me. Qui tutto a posto?" chiese Davis all'improvviso.

Finley annuì. "Penso di sì. Sei stato di enorme aiuto. Puoi venire a darmi una mano quando vuoi, Davis. Di solito comincio verso le quattro e mezza."

Il veterano annuì.

"Aspetta che vado a prenderti la paga per stamattina."

"Non serve. Adesso devo andare."

Brock osservò Davis togliersi il grembiule, appenderlo al muro, salutare lui e Finley con un cenno del capo e poi avviarsi verso l'uscita.

Appena si sentì la porta del locale chiudersi, Finley si girò verso Brock. "Quanto vorrei che non soffrisse."

"Però tu gli fai bene."

Finley rise, ma non fu un suono divertito. "Sì, gli ricordo una donna il cui forno è stato raso al suolo da un incendio. Pensa quanto gli fa bene."

Brock non si trattenne e le si avvicinò. Alzò una mano e la mise sul braccio di Finley, stringendolo appena. "No: tu gli ricordi una donna che rappresenta un momento felice in una missione che immagino sia stata durissima," ribatté.

"Chissà."

Finley non sembrava molto convinta, ma Brock capiva ciò che era successo a Davis: sì, certo, non era felice che quella donna avesse perso l'attività, ma per un cervello in lotta con dei ricordi traumatici, ricordare i momenti belli era davvero utile. Anche se l'esito non era stato dei migliori, a Davis chiaramente era piaciuto andare in quel forno, così come a quella donna aveva fatto piacere accoglierlo.

"Come va il polso stamattina?" chiese Brock, anche per cambiare argomento e tirar su di morale Finley.

Lei fece subito ruotare la mano destra. "Va meglio. Ancora indolenzito, ma meglio di ieri."

"Ottimo."

"Se Davis mi dà una mano, direi che domani non c'è bisogno che venga anche tu. Ormai il polso dovrebbe essere tornato normale."

Brock cercò di non mostrare la propria delusione. "Ti *dispiace* se vengo lo stesso?" le chiese.

Lei scosse la testa. "Certo che no."

"Bene, perché preferisco cominciare qui con te la giornata, piuttosto che rimanere con le chiappe a casa mia." Fu una dichiarazione chiara e netta, ma Brock era stanco di girarci attorno.

Finley lo fissò con gli occhi spalancati.

"Anche se assaggiare ogni dolce per controllare gli ingredienti forse non mi farà bene alla linea." Si diede un colpetto alla pancia e sorrise. Poi le fece la domanda che gli era frullata in testa per tutta la mattinata: "So che chiudi alle tre. Ti va se ci troviamo verso le quattro e mezza o giù di lì per fare una camminata al sentiero di Barker Mill? Hai detto che ti piace camminare in montagna, a quell'ora la temperatura dovrebbe essere gradevole, né troppo caldo, né troppo freddo."

Più Finley rimaneva in silenzio a fissarlo, più Brock perdeva fiducia in sé. Non voleva lasciarle il tempo di rifiutare l'invito, così continuò a straparlare.

"Gli uomini della squadra di ricerca e soccorso fanno a turno nel percorrere i vari sentieri per controllare che non ci siano escursionisti in difficoltà, anche per far sentire la propria presenza, per rassicurare nel caso succeda qualcosa. Finora ha funzionato, abbiamo trovato qualche malcapitato con delle brutte vesciche, siamo intervenuti per il primo soccorso, abbiamo risposto a molte domande sui vari percorsi della zona. Il vecchio Grogan ci ha persino regalato alcuni di quegli oggettini da strizzare a forma di Bigfoot che ha fatto preparare; sono per i bambini che incontriamo in montagna. Sai, per promuovere le relazioni pubbliche. Oggi tocca a me e pensavo che magari ti andrebbe una boccata d'aria fresca. Dopo che avrai parlato con Liam, chiaramente. A meno che tu non abbia già altri impegni."

A quel punto, Brock si decise a chiudere il becco e quasi trattenne il fiato in attesa di una risposta.

"Io... beh... perché proprio io?" gli chiese Finley finalmente.

"Perché penso che tu sia davvero meravigliosa e mi piace passare il tempo con te. Sei divertente e gentile, starti vicino mi fa star bene."

Finley spalancò gli occhi per la sorpresa.

"Non voglio metterti a disagio, quindi se pensi che non sia una buona idea uscire per la prima volta con un uomo che ti porta in mezzo al bosco, capisco anche questo. Anzi, forse è proprio una brutta idea..."

"No!" sbottò lei, che poi arrossì. "Cioè... Brock, io mi fido di te, come potrei non fidarmi? Solo che... uscire insieme nel senso di un appuntamento?"

Brock si sentì in imbarazzo per l'espressione che aveva usato, ma non voleva farle pensare nemmeno per un secondo che gli interessasse solo un'amicizia. Ovviamente per lui era importante anche l'amicizia, ma voleva di più.

"Sì. Però se vuoi possiamo andare a cena, o al bowling. Qui a Fallport non c'è una scelta infinita di attività, ma di sicuro possiamo trovare qualcosa. Magari posso parlare con Sandra, lei potrebbe prepararci un cestino per un pic-nic, così andiamo a mangiare al Caboose Park. No, ripensandoci, dopo la scuola ci verrebbero in troppi."

"Una camminata in montagna mi sembra una buona idea," gli disse lei, evitando che Brock si rendesse ancor più ridicolo.

"Ah sì?" le chiese senza pensarci.

"Sì," confermò lei timidamente. Era tornata a guardargli il mento anziché gli occhi. "Pensavo di incontrare Lilly per parlare della torta che vuole farmi preparare... sai, per le sue nozze... ma lei può aspettare. Se no posso telefonarle oggi, in un momento di pausa. Dato che si sposa con Ethan per Halloween, pensavo sarebbe carino preparare una torta a tema. Però non con la glassa nera, perché già m'immagino le foto, tutti a sorridere coi denti scuri. Però magari una bella torta a tre piani con la glassa bianca, con degli alberi neri e dei corvi sui rami secchi, con in cima qualcosa di simile..."

Mentre la ascoltava, Brock le sorrise. Finley era chiaramente ansiosa e teneva molto alla responsabilità della torta per Lilly, ma lui era sicuro che qualunque fosse stata la scelta, la torta sarebbe stata fantastica e dal sapore delizioso.

"Scusa, parlo a vanvera," gli disse arrossendo di nuovo.

"Ti ascolto volentieri," le disse lui sinceramente.

"È passato un po' di tempo dall'ultima volta che ho percorso un sentiero di montagna. Non sei preoccupato che..."

"Di che?"

"Che io non riesca a tenere il tuo passo? Ovviamente sei molto più in forma di me. Dai, guardati... poi guarda *me*."

Brock non condivideva affatto il tono di autocommiserazione nella voce di Finley. "Ti sto guardando e... credimi, non c'è assolutamente nulla che non vada in te," le disse con fervore.

Si fissarono a vicenda per un lungo momento. Brock vide negli occhi di Finley speranza e diffidenza, che lo convinsero ulteriormente a farle capire sempre e senza alcun dubbio cosa provasse per lei.

Voleva *dirle* che la trovava bella, che non riusciva a smettere di pensare alle sue curve, che voleva sentirle, toccarle con le mani, che se la immaginava a letto con lui... ma sarebbe stata un'esagerazione, persino per un uomo brusco e diretto come Brock.

"Non è una marcia forzata, Fin. Solo una camminata tranquilla nel bosco. Comunque sei in formissima. Ti ho sentita parlare con le altre e so che la sera fai yoga e Zumba seguendo dei corsi online."

Finley deglutì a fatica, poi inspirò dal naso profondamente. "Non so se sia una buona idea, ma... sì: mi fa piacere venire a fare una camminata in montagna insieme a te."

"*Certo* che è una buona idea," insisté Brock, più sollevato dal fatto che lei avesse accettato di quanto potesse esprimere a parole. A lui bastava che lei si aprisse, anche solo un pochino, dandogli l'opportunità di mostrarle quanto potevano star bene insieme.

Brock non era certo un idiota e sapeva benissimo di non essere il tipico buon partito, nonostante l'apprezzamento di tutti per il lavoro nella squadra di ricerca e soccorso. Diceva troppe parolacce, lavorava a lungo, non aveva frequentato l'università, era l'esempio perfetto di operaio medio a cui non interessava molto imparare quali fossero le frasi giuste e quelle sbagliate da dire in mezzo agli altri. Però era un uomo leale, abile nei lavori manuali... sia in officina che in camera da letto. Non aveva mai fatto del male a una donna, ed era convinto che chiunque mettesse le mani addosso a una signora meritasse l'ergastolo.

Si accorse che Finley lo stava fissando, come in attesa che lui finisse di pensare; si sarebbe preso a schiaffi da solo. "È una buona idea," le ripeté con decisione. "Passo a prenderti verso le quattro e mezza, se per te va bene."

"Va benissimo. Grazie."

"Ma figurati. Grazie *a te* per aver accettato," ribatté lui.

Finley arrossì di nuovo e, nel notarlo, lui le sorrise.

"Adesso devo aprire il locale, altrimenti rischio di rendermi responsabile di un tumulto," gli disse dopo un momento.

Brock annuì e si girò verso la porta della pasticceria. Le fece cenno di precederlo e senza volerlo le sbirciò il sedere mentre lei camminava. Era bello rotondo... e gli fece venire l'acquolina in bocca al pensiero di come sarebbe stato averla davanti a sé a carponi, mentre lui si approntava a possederla da dietro.

Finley si girò e si accorse che lui la stava fissando... ma invece di farglielo notare gli rivolse un timido sorriso.

Gli riusciva difficile credere che Finley gli stesse finalmente dando una chance; Brock si ripromise di non fare nulla per rovinare quell'occasione. Certo, tra il dire e il fare... ma finalmente aveva incontrato una donna che sembrava rispettare tutti i requisiti che lui sperava di trovare in una compagna, quindi non aveva certo intenzione di commettere degli errori che gli facessero perdere quella speranza.

Era molto grato a Caryn per averlo chiamato, la mattina del giorno prima. Se Finley non avesse passato due mattine con lui, non si sarebbe ammorbidita al punto da accettare un appuntamento. Brock sentiva di avere con Caryn un debito enorme.

"Grazie ancora per essere passato ad aiutarmi, lo apprezzo molto," gli disse Finley. "Posso pagarti se..."

"Assolutamente no!" esclamò Brock facendosi serio. "Non sono qui per i soldi."

"Allora *perché* sei qui?" gli chiese Finley.

Lui si accorse dell'imbarazzo di Finley appena terminata la domanda, ma lei raddrizzò le spalle e riuscì a guardarlo dritto negli occhi, aspettando una risposta.

"Perché sono mesi che aspetto che la donna più bella di Fallport si accorga di avermi conquistato e accetti di darmi una chance. Dico solo, Fin... adesso che ci siamo? Farò tutto ciò che posso per non fartene pentire. Ci vediamo oggi pomeriggio."

Poi si abbassò per baciarla sulla guancia. Quel contatto minimo delle labbra sulla pelle bastò ad aumentare in lui il desiderio. Il profumo di cannella e vaniglia gli entrò nelle narici e Brock immaginò che il profumo di Finley gli sarebbe rimasto addosso per tutto il giorno... il che non gli dispiaceva affatto.

Le sorrise, poi allungò una mano per aprire la porta del locale e uscì. Fuori c'era già una coppia che aspettava l'apertura della pasticceria passeggiando sul marciapiede; Brock annuì per salutare, poi andò verso il proprio pick-up. Era un veicolo che aveva oltre dieci anni, ma lui lo considerava come un figlio. L'aveva praticamente rianimato, sistemando il motore e cambiando un sacco di componenti interne fino al punto da farlo vibrare come un gatto che fa le fusa, ma con una potenza in cavalli vapore sufficiente per fargli superare anche le più veloci auto della polizia, nel caso in cui fosse stato necessario.

Mentre guidava verso il Vecchio Garage, Brock si preoccupò ripensando a Finley in pasticceria da sola, ogni mattina. Non ci aveva mai pensato prima, ma si accorse che non era sicuro girare per Fallport al buio, quando ancora non c'era nessuno in giro. Chiunque poteva aspettarla dietro un angolo ed entrare con la forza in pasticceria.

Il pensiero che qualcuno facesse del male a Finley gli fece raggelare il sangue nelle vene. Forse non le serviva altro aiuto la mattina, ma a quel punto Brock non se la sentiva di starle lontano.

Certo, ogni tanto ci sarebbe stato anche Davis con lei, ma a Brock non bastava: già sentiva un forte senso di protezione verso Finley, specialmente dopo che lei aveva accettato l'invito a uscire. Per quanto lo riguardava, si sentiva responsabile per lei e doveva proteggerla.

Senza dubbio, quel ragionamento non le avrebbe fatto molto piacere, ma non c'era bisogno di irritarla spiegandogmo apertamente,

Nulla e nessuno avrebbero potuto farle del male... mai!

CAPITOLO TRE

Finley era nervosa. Non riusciva a credere che Brock Mabrey avesse chiesto proprio *a lei* un appuntamento. Le sembrava quasi surreale. Quel mattino, intorno a lui, si era sentita un po' meno nervosa. Il giorno prima era riuscita a malapena a mettere in fila due parole sensate, ma più tempo trascorreva insieme a lui e più quella presenza la tranquillizzava.

Lui l'aveva colta alla sprovvista chiedendole se le andasse di fare una camminata in montagna. Non ricordava *una* sola occasione in cui qualcuno con cui era uscita le avesse proposto un appuntamento che includesse un'attività fisica. La portavano sempre al cinema, a cena... tutte attività sedentarie, come se si aspettassero tutti che lei non fosse fisicamente in grado di andare in bicicletta, o di pattinare, o anche solo di camminare. Non poteva certo biasimarli: ciò che comunicava agli altri col proprio aspetto esteriore era "mi piacciono le ciambelle" più che "andiamo a fare jogging".

Però Finley aveva la sensazione che Brock fosse diverso dagli altri con cui era uscita, sotto molti aspetti. Non le era sfuggito il modo in cui le aveva sbirciato il sedere, mentre lei gli camminava davanti; l'apprezzamento e il desiderio fisico che gli aveva letto negli occhi le erano entrati dentro fino al midollo, facendola star bene. Estremamente bene. Però non era ancora convinta che uscire con lui fosse una buona idea, perché lei si conosceva, e sapeva che le bastava poco per innamorarsi pazzamente. Accidenti, ormai si era già mezza innamorata!

Aveva passato abbastanza tempo in presenza di Brock per sapere che era un uomo tutto d'un pezzo, non un bastardo. Chiedeva sempre compensi adeguati ai clienti, senza esagerare; era gentile, ma non lusingava mai inutilmente gli altri; il fatto che si fosse impegnato tanto a consigliarle di assumere come assistente l'amico del suo socio, che voleva aiutare la sorella in Brasile, non era altro che la ciliegina sulla torta che le confermava di potersi fidare di lui.

L'incontro con Liam Silva era andato estremamente bene. Era un uomo davvero ben educato e volenteroso, come le aveva garantito Brock. All'inizio intimidiva un po', solo per via dell'aspetto esteriore, ma ovviamente si impegnava per mostrarsi innocuo. Il colloquio con lui era durato mezz'oretta e Finley l'aveva assunto seduta stante. Lui le era sembrato sorpreso di ricevere una vera offerta di lavoro, il che l'aveva intristita. Evidentemente aveva fatto molta fatica a trovare lavoro e quindi le era molto grato per quella chance.

C'erano ancora dei documenti da compilare, poi bisognava consultare Drew, che Finley aveva assunto come commercialista da un paio di mesi... insomma, burocrazia; però finalmente lo Sweet Tooth sembrava espandersi con un nuovo dipendente.

I compaesani ne sarebbero stati contenti, perché in passato Finley era sempre stata costretta a chiudere ogni volta che aveva da fare, come nell'occasione in cui aveva sentito delle traversie di Caryn. Oppure quando erano in corso le ricerche per trovare Bristol. Per Finley non era affatto un problema chiudere la pasticceria, quando le amiche avevano bisogno di lei, ma non essere più costretta a farlo era comunque un bel passo avanti. La presenza di un assistente le avrebbe concesso del tempo in più per accettare commissioni di catering... ad esempio la preparazione della torta nuziale per Ethan e Lilly, mentre molte delle incombenze più comuni sarebbero presto passate a Liam.

Il colloquio era terminato abbastanza presto, così lei era riuscita a tornare a casa e a cambiarsi, prima di tornare in piazza per incontrare Brock. Si fermò a chiacchierare con Art, Silas e Otto, immancabilmente al solito posto, davanti all'ufficio postale. Era bello rivedere Art, il nonno di Caryn, tornare in salute: dopo l'attacco e la coltellata che aveva subito, si erano tutti preoccupati, temendo che non tornasse in forma come prima; del resto, a novantun anni, la sua ripresa era stata quasi un miracolo.

"Ultimamente c'è un certo viavai allo Sweet Tooth," disse Otto, cercando chiaramente di spillare qualche informazione sulle visite di Davis, Liam e Brock.

"Perché, pensi che non dovrei aprire le porte ai miei clienti?" le chiese Finley stuzzicandolo.

Art fece una risata.

"Ti sei fatta male al polso?" le chiese Silas.

Finley alzò una spalla. "Sì, sono inciampata in un enorme blocco... d'aria che qualcuno ha lasciato per terra. Comunque è solo una storta."

"Ieri Caryn ha telefonato a Brock e l'ha mandato ad aiutarla," disse Art, informando gli amici.

Gli altri si voltarono immediatamente verso di lui.

"Tu lo sapevi e non ci hai detto nulla?" gli domandò Otto.

"Sì, da quando hai cominciato a nasconderci delle belle chiacchiere?" brontolò Silas.

Art fece una smorfia. "Fa piacere avere un vantaggio su di voi, cari miei. Ho passato troppo tempo in disparte; quanto mi sono perso, mentre ero a letto a riposare! Adesso recupero."

"Però non è giusto," borbottò Silas. "Ti abbiamo raccontato tutto quello che sapevamo e tu ci ripaghi in questo modo?"

Finley era divertita da quei tre amici, che si lanciavano frecciate a vicenda, anche *se* un po' le dispiaceva che stessero discutendo per qualcosa che riguardava *lei*.

Otto si rivolse a lei. "Allora... è per questo che Brock si è presentato tanto presto? Per aiutarti in cucina?"

"Eh sì."

"Ieri è uscito dalla pasticceria dopo le dieci, oggi verso le nove. È un *bell'aiuto*," scherzò Silas.

Finley si accorse di essere arrossita, ma annuì. "Infatti."

"Ah... e Liam Silva? È arrivato dopo la chiusura..." spiegò Art. Era una domanda, ma non era impostata come tale.

"Lo assumo per dare una mano con i clienti," rispose lei.

"Ottima scelta!"

"Era ora."

"Bene!"

Finley sorrise ai tre signori.

"Allora cosa ci fai ancora qui? Sei appena tornata a casa," aggiunse Otto.

"Io e Brock andiamo a fare una camminata lungo il sentiero di Barker Mill."

I tre amici reagirono con tre grandi sorrisi e lei praticamente sentì gli ingranaggi dei loro cervelli che macinavano. "Non è nulla di serio," aggiunse rapidamente, cercando di evitare che quei tre divulgassero pettegolezzi su lei e Brock, con tanto di nozze o qualcosa di altrettanto ridicolo.

"Sì sì."

"Certo."

"Finley, un uomo come Brock Mabrey non si offre volontario per aiutare una signora a impastare dei biscotti o dei tortini, se non è interessato a portare quella signora a infornare gli stessi biscotti a casa *da lui*, dopo una lunga notte passata a letto insieme," la informò Silas.

Finley lo fissò con gli occhi strabuzzati.

"Precisamente," confermò Art annuendo con decisione.

"Non potevi scegliere uno migliore di Brock," aggiunse Otto. "Quell'uomo sa mettere le mani in una macchina, e immagino che l'attenzione ai dettagli si estenda anche in altri campi." Mentre parlava, fece l'occhiolino a Finley.

"Cari signori, andiamo solo a fare una camminata, tutto qui," insisté lei. "Cioè, siamo diversi come la notte e il giorno."

"Gli opposti si attraggono," ribatté Silas.

"Un momento, cosa intendi dire esattamente?" chiese Art a Finley facendosi serio e alzando una mano per frenare il commento di Otto.

Finley alzò le spalle con la massima naturalezza possibile. "Davvero ci vedreste insieme, noi due?" chiese con una risata poco divertita. "La pasticciera rotondetta e l'ex poliziotto di frontiera figo? Figuriamoci."

Art scosse la testa e agitò l'indice verso di lei. "Signorina, non hai proprio nulla che non va, e comunque, per rispondere alla tua domanda, io sì che vi ci vedrei, insieme."

"Ormai è già da tempo che ti tiene d'occhio," aggiunse Otto annuendo.

Silas si appoggiò allo schienale della sedia battendosi sul pancione. "Non c'è niente di male ad avere un po' di carne addosso. Mia moglie, pace all'anima sua, aveva curve dappertutto e ti dico di più: la nostra vita amorosa era incendiaria. Il successo di un rapporto non ha nulla a che vedere con quel che dice la bilancia quando ci sali sopra; dipende da quanto supporti chi ti sta al fianco, dalla vicinanza nei momenti difficili o noiosi. Tutti sono capaci di essere felici quando va tutto bene, come in vacanza, al compleanno e via dicendo... ma quando sei stanco, sudato, acciaccato e irritato... è allora che fai la differenza."

Aveva ragione. Finley annuì. "Lo so."

"Lo sai davvero?" ribatté Art.

Finley drizzò la schiena. "Sì. Sono come sono. Sono fatta *così*, prendere o lasciare. Non sarò mai della taglia di una modella, non vorrei nemmeno. Mi piace troppo mangiare. Sono una buona amica, cerco di essere una brava persona, aiuto gli altri quando posso. Anche se non ho un rapporto duraturo da un po' di tempo, voglio pensare che le mie amiche sappiano che ci sono anche nei momenti difficili, non solo quando va tutto bene."

"Lo sanno," disse una voce profonda dietro di lei.

Finley si irrigidì. "Dai, adesso ditemi che non è Brock," sussurrò ai tre uomini che aveva davanti, tutti e tre con sorrisi enormi in volto.

"Non è Brock," le disse Otto per accontentarla.

Finley chiuse gli occhi e fece del suo meglio per contenere l'imbarazzo, non tanto per ciò che aveva detto, perché sapeva che Silas aveva ragione: doveva smetterla di sminuirsi. Anche se provava ancora un po' di soggezione quando c'era Brock, perché lui era *troppo* affascinante e lei non si era mai considerata particolarmente carina, si *piaceva* com'era. Aveva accettato da molto tempo la propria corporatura ed era riuscita piuttosto bene a ignorare le battutacce e i commenti odiosi sul peso che a volte qualcuno le indirizzava.

Le era servito molto tempo per arrivare dov'era. Sua mamma era una modella, maledizione... ed era sempre delusa per il peso di Finley. Aveva sempre commenti sprezzanti da rivolgerle: la taglia dei vestiti che aumentava regolarmente, ciò che mangiava... da bimba, cenare era una tortura, perché la mamma le impiattava sempre porzioni minime, costringendola a patire la fame senza sosta.

Finley non aveva mai conosciuto il padre, che doveva essersela filata abbastanza presto, appena saputo della gravidanza. A lei piaceva pensare che forse, se il padre fosse rimasto, avrebbe contenuto gli atteggiamenti della moglie, quando questa esagerava assillando la figlia per via del peso.

Una mano enorme la avvolse all'altezza della vita, poi Brock la tirò al proprio fianco abbassandosi per baciarla sulla tempia. "Ehi," le disse per salutarla.

Finley alzò lo sguardo verso di lui e per un momento le sembrò che al mondo ci fossero solo loro due. L'emozione di essere tenuta tanto vicina. Come sempre, Brock era bellissimo. Indossava un paio di pantaloni cargo e una maglia blu marino con davanti il logo del Vecchio Garage. Profumava di sapone, chiaramente si era appena fatto una doccia. Aveva i capelli ribelli come se si fosse passato una mano sulla testa mentre era bagnata, lasciandoli poi asciugare all'aria.

Senza rendersene conto, Finley si leccò le labbra e lo fissò, chiedendosi che sensazione le avrebbe scatenato un bacio *vero*, invece del solito bacino sulla guancia o sulla tempia.

Sentì una gola schiarirsi e una risata che la riportarono coi piedi per terra, costringendola a fare mente locale su dove si trovava. Che fastidio le dava, arrossire sempre! Si girò verso i tre anziani, che stavano ancora sorridendo verso di lei.

"Ecco, allora... Brock è arrivato, noi andiamo. Grazie della bella chiacchierata. Tenetevi fuori dai guai, capito?" disse ai tre.

"Non si sa mai."

"Chissà."

"Impossibile."

Quelle risposte le fecero scuotere la testa con affettuosa esasperazione. Tornò a guardare Brock: aveva ancora gli occhi incollati su di lei, come se non li avesse distolti nemmeno per un secondo. "Pronto," le disse.

Lei si girò e Brock le tenne una mano intorno al corpo, spostandogliela dietro la schiena. Le fece strada verso il veicolo parcheggiato vicino al marciapiede, davanti allo Sweet Tooth.

"Ho dimenticato che dovevi cambiarti," le disse mentre camminavano. "Scusami."

"Figurati, dopo il colloquio con Liam ho avuto tutto il tempo di fare una corsa a casa per mettermi qualcosa di più adatto a una camminata in montagna."

"Sei corsa a casa?" le chiese.

Lei fece una risata. "Si fa per dire. Non ho corso davvero, sono andata in auto."

"Ah, ecco. Comunque non era per dire che non sei in *grado* di correre a casa. Ero solo curioso. Io non corro perché mi annoio a morte. Piuttosto preferisco sollevare pesi o camminare in montagna. A proposito, Finley, per la cronaca... a me piaci come sei. Non mi interessa affatto un corpicino da modella e non ho mai capito l'ansia di tante donne di diventare pelle e ossa. In salute, certo! Ma non per forza una taglia stretta. Alcuni sono in forma con la S, altri con la XL."

Poi Brock si soffermò a scrutarla, con occhi pieni di calore. "Per quanto mi riguarda, personalmente... sono sempre stato attratto da donne con le curve. Poi, tu *sei* una grande amica, una grande persona, e sappiamo tutti che per gli amici ci sei sempre, a prescindere. Allora... com'è andata con Liam, tutto bene?"

Finley sentì la pelle d'oca alle braccia. Era l'imbarazzo perché Brock l'aveva sentita parlare con Art, Otto e Silas, ma con ciò che poi lui le aveva detto, aveva allontanato una preoccupazione che lei aveva covato fin dal momento in cui si era accorta di essere attratta da lui. Le aveva detto papale papale che non solo non gli importava della forma del suo corpo, ma che era attratto da lei *per via* di quelle curve: una sensazione meravigliosa.

Gli sorrise timidamente; Finley non si sentiva tanto sollevata da moltissimo tempo. Era ancora tendenzialmente timida, ma a ogni minuto in più che passava con lui, la timidezza si trasformava in qualcosa di più... intimo.

"Liam è fantastico. È pieno di entusiasmo. Non ha mai lavorato a stretto contatto con i clienti, quindi dovrò insegnargli come gestire le pretese dei clienti con decisione, ma anche in modo equo, però penso che ce la farà. Almeno lo spero."

"Lo spero anch'io."

"Ha detto che non gli dispiace lavorare anche tutto il giorno, otto ore, il che per me è fantastico. Arriverà alle sei, poi a metà mattina farà una pausa pranzo e finiremo entrambi alle tre. Penso che, con la sua presenza, potrei anche anticipare la preparazione di alcuni dolci il giorno prima, almeno preparare gli impasti. Così risparmierò un sacco di tempo, dato che non dovrò dividermi tra il servizio ai clienti e la cucina."

Finley si accorse che stava quasi straparlando, ma non riusciva a frenarsi.

"Grazie mille per avermelo raccomandato. Mi ha raccontato qualcosina della sorella, spero tanto che i soldi che riuscirà a mandarle l'aiuteranno a farsi curare al più presto."

"Di sicuro è un grande aiuto," le disse Brock facendole strada verso il lato di guida del suo pick-up; poi le aprì lo sportello indicando l'interno: "Salta su."

Lei lo guardò inclinando la testa incuriosita, poi gli chiese: "Non sarebbe più semplice se salissi dall'altra parte?"

"Probabilmente sì, ma così nessuno può coglierti alla sprovvista mentre sali."

Che pensiero... un po' esagerato, ma anche dolce. Lei fece spallucce e decise che in fondo non importava da che lato del veicolo salisse, così saltò su e passò dall'altra parte del sedile anteriore. Non c'era alcuna console centrale a dividere i posti a sedere, e Finley sorrise per l'aspetto un po' datato di quella cabina.

"Hai fatto un ottimo lavoro a restaurare questo mezzo," gli disse.

"Grazie. Avresti dovuto vederlo quando l'ho comprato. L'ho preso in una discarica, pagato appena centocinquanta dollari, poi ci ho lavorato nel tempo libero, tanto per scaricare la tensione del mio lavoro precedente."

"Era tanto difficile?" gli chiese lei mentre Brock manovrava per imboccare la strada. Poi lei sussultò. "Scusa, non mi sono espressa bene, è solo che non so bene come fosse il tuo lavoro precedente."

"Non preoccuparti. Puoi farmi qualunque domanda, mica mi offendo," le disse Brock con semplicità. "Il lavoro che facevo prima, probabilmente, è proprio come viene descritto sempre... stai al posto di frontiera e controlli i documenti di chi vuole entrare nel nostro Paese. Non ho mai lavorato in un aeroporto, per fortuna. Ho sempre preferito la frontiera di terra. Controllavo i veicoli in cerca di sostanze illecite, ma anche piante proibite o armi... a volte anche persone. Sai, tipo camion coi rimorchi pieni di immigrati clandestini. A volte andavo di pattuglia lungo il confine, cercando di fermare chi tentava di entrare o anche... so che sembra incredibile, ma anche di *uscire* dagli Stati Uniti illegalmente."

"Tipo lungo la frontiera col Messico, al muro?"

"Sì. Ma anche col Canada. Ci sono un sacco di persone che cercano di immigrare negli Stati Uniti dalle foreste al confine tra il Canada e gli stati del nord."

"Ah, sì, non ci avevo mai pensato, immaginandomi le frontiere tradizionali come quella col Messico."

"Poi ci sono delinquenti che cercano di fuggire dal Paese senza che le autorità lo sappiano. Spesso perché sono ricercati per essere arrestati. Assassini, spacciatori, pedofili... persone del genere."

"Wow, accipicchia, allora immagino che a volte fosse davvero stressante," commentò Finley, totalmente ammaliata da quel racconto.

"Sì, 'stressante' rende l'idea. Quando qualcuno è disperato e viene messo all'angolo, può reagire in modo molto pericoloso. Diciamo solo che preferisco di gran lunga cercare persone che vogliono essere trovate, piuttosto che chi cerca di nascondersi," le spiegò Brock alzando le spalle. Poi, dopo un lungo e profondo respiro, con un colpetto sul cruscotto aggiunse: "Quindi... sì, aggiustare questa creaturina mi ha aiutato a sfogare lo stress."

"Me l'immagino."

Brock accostò nella zona del parcheggio all'imbocco del sentiero di Barker Mill, un percorso di circa cinque chilometri, poi spense il motore e le chiese: "Sei pronta?"

"Sì."

Quando lei fece per afferrare la maniglia della portiera, Brock scosse la testa aggiungendo: "Da questa parte." Poi le fece un cenno col capo indicando lo sportello sul lato di guida.

Finley alzò gli occhi al cielo, però scese comunque da quel lato. Lui le porse una mano per aiutarla a spostarsi sul sedile. La sensazione di quel contatto le fece sfuggire un sospiro. Erano dita calde, mentre lei spesso aveva le mani fredde.

"Non ti dà fastidio?" le chiese Brock mentre lei saltava giù dal veicolo. Lui non le lasciò andare la mano, il che non le dispiacque affatto.

"Cosa non mi dà fastidio?" gli chiese.

"Le mie mani."

Lei lo guardò perplessa. "Cosa intendi dire?"

"Sono macchiate. Per quanto cerchi di pulirle con la pasta abrasiva, il nero non va via. Forse, se smettessi di lavorare sui motori, tornerebbero al colore naturale, però guarda che sono pulite."

"Io ho sempre le dita gelate," sbottò Finley. "Cioè, proprio *sempre*. Credo dipenda dalla circolazione sanguigna, però io ormai ci sono abituata. Penso che le tue mani siano fantastiche; sono belle calde, hai le dita più grosse delle mie, così puoi avvolgere tutta la mia mano, come in un abbraccio. Sì, scusa, che sciocchezza..."

"Non è affatto una sciocchezza," la rassicurò Brock.

"Per le macchie, a chi importa? Hai le mani di un uomo che lavora, Brock. Non c'è niente di male. Fammi indovinare... hai frequentato una donna che ti ha rotto le scatole per le mani?"

Lui accennò un sorriso. "Eh sì."

"Beh, era una stupida."

A quel punto fu lui a ridacchiare. "Su questo non si discute. È solo che... tu invece non mi hai nemmeno chiesto di lavarmele, prima di aiutarti in cucina."

"Ho visto che te le eri già lavate, prima di cominciare. Perché mai dovrei dubitare? Ah sì, certo, perché *lei* non si fidava." Finley non sapeva chi fosse la donna misteriosa che aveva stressato Brock per via delle mani, ma le stava antipatica.

"Io l'ho portata fuori a mangiare in un bel ristorantino, e lei era in imbarazzo per le mie mani. Avevo appena aiutato un amico a sostituire il motore della macchina, un intervento che sporca molto. Lui si era dimenticato di svuotare la coppa dell'olio e il lubrificante si è rovesciato dappertutto. Lei mi ha chiesto di andare a lavarmi le mani e io, invece di dirle che mi ero fatto la doccia prima di andarla a prendere, l'ho accontentata. Quando sono tornato al tavolo, lei continuava a fissarmi le dita delle mani e alla fine le ho chiesto se preferiva cambiare locale." Brock alzò le spalle. "Lei ha scelto un altro ristorante."

"Spero che tu l'abbia scaricata," mormorò Finley. Erano ancora in piedi vicino al pick-up e lui continuava a tenerle la mano.

Brock scosse la testa. "A dire il vero, è stata lei a scaricare me."

"Te l'ho detto che era una stupida," ripeté Finley. "Non so se mi fiderei di un meccanico che *non* ha le mani sporche," aggiunse senza riserve. "Peraltro, tu prima mi hai detto che non è la mia taglia che importa... le macchie sulla tua pelle a me non importano."

"Allora cosa ti importa?" le chiese.

Finley arrossì e si accorse di essersi infilata da sola in quella conversazione. Cercò nel profondo il coraggio di rispondergli in tutta onestà. "A me importa il modo in cui guardi *me*, non *intorno* a me. Il modo in cui ascolti ciò che dico, la tua disponibilità a mollare sempre tutto per gli amici, il fatto che passi anche un'ora col figlio di Elsie, rispondendo sempre alle stesse domande sulle macchine, senza prendertela mai. Mi importa la tua pazienza, la tua voglia di esporti per aiutarmi in cucina, quando è ovvio che non è esattamente un'attività che ti piaccia."

Poi, accorgendosi di non riuscire a fermarsi anche se avesse voluto, si portò alle labbra le mani giunte di Brock e gli baciò le nocche, facendo in modo di appoggiare la bocca esattamente su una macchia, per dimostrarglielo.

L'effetto di quelle parole e di quel gesto fu immediato: le pupille di Brock si dilatarono, il petto si muoveva avanti e indietro più rapidamente. Anche a lei girava un po' la testa.

"Sei molto focosa, quando difendi gli altri," le disse con voce brusca.

Finley fece spallucce. Era sempre stata così: le riusciva molto più semplice scaldarsi quando qualcun altro veniva maltrattato, piuttosto che quando era lei a subire delle malignità.

Appena Brock cominciò ad abbassarsi verso di lei, Finley capì che stava per baciarla, ma furono interrotti da quattro ragazzi sulla ventina che uscivano dal sentiero. Lui tornò indietro con la testa, ma lei gli lesse negli occhi una promessa che le fece venire i brividi per l'emozione.

Brock le strinse la mano e le fece strada verso l'imbocco del sentiero, salutando i quattro giovani con un cenno del capo.

"Voi due andate in cerca di Bigfoot?" chiese uno dei ragazzi.

"Dipende... voi avete trovato qualche traccia?" chiese Brock di rimando.

"No, però abbiamo trovato un'impronta bella grossa. È impossibile che sia di una persona, dev'essere per forza di Piedone!"

"Allora sì, andiamo anche noi a cercarlo," concluse Brock.

"Buona fortuna, amici!"

"Fategli una foto se lo trovate!"

"Peccato che il cellulare nel sentiero non funziona, noi ce ne siamo accorti troppo tardi. Quindi non perdetevi," aggiunse un altro ragazzo.

Una volta superati i quattro giovani, entrando nel bosco, Brock guardò Finley e le disse: "Non preoccuparti: ho con me il telefono satellitare."

"Non sono preoccupata," gli rispose. Era la verità: se c'era qualcuno con cui Finley si sentiva a proprio agio, qualcuno con cui andava volentieri nel bosco, quello era Brock. "Pensi che abbiano trovato davvero un'impronta?" gli chiese.

"Se l'hanno trovata, credo sia rimasta da quando hanno registrato quel programma sui fenomeni paranormali," le rispose Brock con calma. "Da quel che ha raccontato Lilly, andavano in giro per il bosco con un piedone finto gigante."

"Ah già, me n'ero dimenticata," rispose Finley con una risatina. "Probabilmente hai ragione."

"Certo che ho ragione," ribatté lui scherzosamente.

Lei alzò gli occhi al cielo.

Percorsero il sentiero ben segnalato, salutando i passanti occasionali con cenni del capo. Stare con Brock la metteva a suo agio, tanto che Finley non sentiva il bisogno di riempire i momenti di silenzio parlando per forza. Inoltre, tenerlo per mano le procurava un innegabile piacere.

Appena le passò per la mente quel pensiero, lui la lasciò andare e lei pensò che quel momento si fosse concluso.

Invece lui le porse l'altra mano agitando le dita verso di lei.

"Che c'è?"

"Dammi l'altra mano."

Lei si spostò sull'altro fianco e gli porse la mano. Continuarono a percorrere il sentiero. "Come mai questo cambio?" gli chiese dopo un po', non riuscendo a trattenere la propria curiosità.

"Hai detto che hai sempre le mani fredde, allora ho pensato di scaldare un po' anche questa."

Finley quasi si sciolse in un brodo di giuggiole. Non aveva bisogno di ricevere enormi mazzi di fiori da un uomo, oppure doni o gesti stravaganti: le serviva esattamente ciò che le stava dando Brock: tenerezza e attenzioni. Un pensiero che quasi la spaventò. Erano al primo appuntamento, com'era possibile essere già tanto in sintonia?

Era tutto un trabocchetto, solo per portarla a letto?

Appena le venne quel dubbio, lei lo allontanò; lui non aveva certo problemi a trovare una donna da portarsi a letto. Però, per quanto ne sapesse lei (e in base a ciò che le avevano detto le amiche, rassicurandola), Brock non stava insieme a una donna da tanto tempo. Però non era da escludere qualche rapporto occasionale, anche se, secondo lei, non era nello stile di Brock.

No, lui ascoltava gli altri e Finley l'aveva già notato. Chiaramente gli veniva spontaneo trovare il modo giusto per trattare le persone, sentire ciò di cui avevano bisogno e accontentare gli altri. Proprio come aveva fatto con lei: le aveva dedicato del tempo, aiutandola quando più lei ne aveva bisogno. Allo stesso modo, era stato attento a ciò che Finley gli aveva detto sulle mani.

Dopo aver camminato per circa due chilometri, svoltarono dietro una roccia e si imbatterono in una donna che piangeva, seduta appena fuori dal sentiero battuto. Brock andò subito da lei per scoprire cosa fosse successo.

Lei si presentò, dicendo di chiamarsi Rebecca, poi spiegò che il suo ragazzo pensava di aver visto qualcosa tra gli alberi e se n'era andato, dicendole di aspettarlo dov'era perché sarebbe tornato presto. Era già passata mezz'ora e ormai lei era spaventata a morte, temendo che lui si fosse perso.

Brock si girò verso Finley, che gli disse subito: "Rimango io qui con lei, tu va' pure."

Il sollievo che gli lesse negli occhi le diede una grande soddisfazione: era riuscita ad aiutarlo, anziché diventare un peso.

"Prendi questo," le disse porgendole il telefono satellitare. "Telefona a Ethan e spiegagli tutto."

"No," gli rispose Finley con decisione. "Non ti tolgo l'unico mezzo di comunicazione, mentre vai in giro in mezzo al bosco. Telefona *tu* a Ethan, io rimango qui con lei, sul sentiero demarcato, dove passa un sacco di gente che può aiutarci, se ne abbiamo bisogno."

Brock accennò un sorriso. "Giusto."

"Noi ce la caveremo," aggiunse Finley sottovoce. "Vai pure, fai il tuo dovere. Aspetta... ma *tu* sei al sicuro, ad avventurarti da solo fuori dal sentiero?"

"Sì. Io ho una bussola, ma anche se non l'avessi con me, sarei in grado di ritrovare il sentiero anche a occhi chiusi."

"Ecco, allora ci vediamo quando torni."

Lui esitò per una frazione di secondo, poi le si avvicinò e le mise una mano grande e calda dietro la nuca per tirarla più vicina. Le sue labbra atterrarono su quelle di Finley... che ansimò assaggiando per la prima volta il sapore dell'uomo a cui pensava ormai da vari mesi.

La sensazione della lingua che le leccava le labbra la fece sospirare; si aggrappò a uno dei suoi enormi bicipiti, affondandogli le unghie nella carne sotto la maglia di cotone, poi avanzò timidamente con la lingua per toccare quella di Brock.

Appena le loro lingue si accarezzarono, Finley si sentì percorsa da una scossa di scintille che la sorprese, una sensazione tutt'altro che indesiderata.

Brock si staccò molto prima di quanto lei sperasse, ma c'era da capirlo: doveva andare a trovare il compagno di quella donna prima che facesse buio. Lo stesso calore che le scorreva nelle vene brillava anche negli occhi di Brock, che la fissò per un altro momento. Poi lui si leccò le labbra con fare sensuale, come per sentire l'ultimo briciolo di sapore che Finley gli aveva lasciato sulla pelle. Mentre le toglieva la mano dalla nuca, col pollice le sfiorò la parte bassa della mandibola. Lei non poté far altro che rimanere immobile: che uomo irresistibile... tanto che lei non avrebbe retto, se lui avesse cercato solo un'avventura sfuggente.

"Sognavo questo bacio da fin troppo tempo," le disse a bassa voce.

Quelle parole la rassicurarono: ciò che stava avvenendo tra loro non sarebbe stato effimero. "Anch'io," gli sussurrò.

"Mi dispiace che il nostro primo appuntamento sia stato interrotto," le disse.

"Se ti sbrighi e vai a trovare questo tipo, poi possiamo proseguire," gli disse spronandolo.

Lui fece una risata. "Giusto. Torno il prima possibile. *Non* lasciare il sentiero. In nessun caso. Fai in modo che la ragazza rimanga con te, hai capito?"

"Sì."

"Non mi sento tranquillo a lasciarti qui," ammise Brock.

Finley scosse la testa. "Sto bene. Vai, Brock. Sul serio."

"Va bene, allora vado," concluse lui facendo un passo indietro. Poi guardò l'altra donna, che ancora piangeva. "Rimani qui con Finley. Io torno il prima possibile col tuo compagno."

Finley seguì con gli occhi Brock finché non lo perse di vista tra gli alberi, poi si voltò verso l'altra donna.

"Pensi davvero che lo troverà?" le chiese Rebecca tra le lacrime.

"Certo. Guarda, è il vostro giorno fortunato: Brock fa parte della squadra locale di ricerca e soccorso. Non esiste davvero persona più qualificata per ritrovare il tuo ragazzo."

Quelle parole sembrarono rassicurare l'altra donna; poi Finley le fece cenno di allontanarsi dal punto in cui si trovavano per raggiungere un tronco enorme caduto sul terreno. Si sedettero, poi Finley cercò di tenere la mente di Rebecca impegnata fino al ritorno di Brock.

Dopo quasi un'ora, Finley sentì dei passi in avvicinamento, alzò lo sguardo e vide Talon che camminava sul sentiero. Si alzò in piedi e lo guardò rabbuiata. "Che succede?"

"Nulla," le rispose lui subito per rassicurarla. Poi si voltò verso l'altra donna. "Tu sei Rebecca?"

Lei annuì.

"Perfetto. Io sono Tal. Il tipo che è andato a cercare il tuo compagno è un mio amico. L'ha trovato in un brutto impiccio: ha messo il piede in una buca e si è storto la caviglia. Però sta bene, quindi non c'è da preoccuparsi. Brock ci ha chiamati, gli altri stanno aiutando Mike a raggiungere l'imbocco del sentiero proprio in questo momento. Io sono venuto ad accompagnare voi due alle macchine. Ci troviamo tutti là."

"Oh! Sei sicuro che Mike stia bene?" gli chiese Rebecca.

"Sicurissimo. Invece *tu* stai bene?" le chiese indicando il sentiero, suggerendo alle due donne di precederlo. Poi Tal si voltò facendo l'occhiolino a Finley.

Lei non era mai stata tanto felice di vedere arrivare qualcuno. L'umore di Rebecca era stato molto altalenante; prima era isterica per il destino del suo ragazzo, poi arrabbiata perché Finley non le consentiva di addentrarsi nel bosco da sola a cercarlo. Per lei fu un vero sollievo sapere che l'uomo disperso stava bene, ma anche essere sollevata dall'obbligo di fare da baby sitter a Rebecca, per così dire.

Mentre camminavano, Finley apprese che Brock aveva telefonato a Ethan, Tal e Drew appena aveva ritrovato Mike ferito. Ethan e Drew erano partiti subito per aiutare Brock, mentre Tal era stato incaricato di ritrovare lei e Rebecca. Motivo in più per essere contenta di aver insistito affinché fosse Brock a tenere il telefono satellitare.

Quando i tre arrivarono al parcheggio, l'aria si stava rinfrescando e il sole si avvicinava al tramonto. Con l'arrivo dell'autunno, le giornate si accorciavano, con notti più lunghe. A Finley non era mai piaciuta particolarmente l'estate, ma nemmeno le temperature gelate dell'inverno la appassionavano.

Mike era seduto sul sedile del passeggero di una Ford Excursion e parlava con i tre uomini della squadra di ricerca e soccorso. Quando Rebecca lo vide, corse verso il veicolo piangendo istericamente.

"Che tipo drammatico, vero?" chiese Tal a Finley.

Lei cercò di trattenere una risata: come dargli torto?

"Mi sembra che Brock abbia la stessa voglia di vederti che ha Rebecca di vedere il suo compagno," commentò Tal, mentre Brock si affrettava verso Finley. "Mi ha fatto piacere chiacchierare con te," concluse Tal con un altro occhiolino. Poi salutò Brock con un cenno del capo, ma l'amico lo notò appena, concentrato com'era a raggiungere Finley.

"Tutto bene?" le chiese appena le fu vicino.

Finley gli chiese perplessa: "Sì, perché me lo chiedi?"

Brock fece un respiro profondo fermandosi davanti a lei. "Non lo so, è solo che mi è dispiaciuto troppo lasciarti là nel bosco."

"Non ero da sola, comunque, e poi so cavarmela. Sono rimasta sempre sul sentiero, ero al sicuro."

"Lo so, ma è... *cacchio*." Si passò una mano nei capelli e lei pensò che fosse ancora più carino, quando era frustrato.

Finley allungò una mano e gliela appoggiò sul petto. "Sto *bene*, Brock, ma grazie per avermelo chiesto."

"Non c'è bisogno che mi ringrazi," le rispose afferrandole la mano. Poi si fece serio. "Accidenti, sei gelata."

Lei fece una risata. "In realtà no: te l'ho detto che ho sempre le mani fredde."

Senza aggiungere altro, lui si voltò e le fece strada verso il pick-up.

"Non devi, non so... fare un rapporto ufficiale, dato che l'hai trovato tu?" gli chiese Finley seguendolo.

"Ci pensa Ethan, al rapporto."

Le aprì la portiera e le fece cenno di entrare. Senza dir nulla, lei saltò su e passò sul lato del passeggero. Brock salì dopo di lei, poi respirò a fondo e si girò verso di lei.

"Grazie per avermi fatto prendere il telefono."

"Com'è andata?" gli chiese.

"L'ho trovato una ventina di minuti dopo esser partito. Aveva messo il piede in una grande buca coperta dalla sterpaglia e si è fatto molto male alla caviglia. Non mi ha lasciato dare un'occhiata, urlava di dolore. Tra l'altro, l'hai visto, non è uno piccolo; forse sarei riuscito comunque a tirarlo su e a mettermelo in spalla per trasportarlo, ma lui si sarebbe irritato e avrebbe brontolato per tutto il tempo. Ho pensato che fosse meglio chiamare i rinforzi. Mi è dispiaciuto non informarti di cosa stava succedendo."

Finley fece spallucce. "Va bene così, io non ero preoccupata."

Lui inclinò la testa fissandola. "Davvero non eri preoccupata? Sono stato via per un'ora."

"No, perché avrei dovuto agitarmi? Brock, sei quasi più a tuo agio nel bosco che in città. Sapevo che, quale che fosse la situazione, avresti avuto comunque tutto sotto controllo."

"Accipicchia," commentò lui con un filo di voce. "Cos'ho fatto per meritare tanta fortuna?" Poi scosse la testa e aggiunse: "Non è così che mi immaginavo il nostro primo appuntamento."

Finley ridacchiò. "Beh, puoi sempre recuperare la prossima volta." Poi arrossì. Accidenti, e se Brock non avesse voluto uscire di nuovo insieme a lei? Lo stava dando per scontato.

"Puoi giurarci che recuperiamo," mormorò lui, che poi si avvicinò e le prese la mano. Invece di tenerla stretta, alzò leggermente la coscia e ci infilò sotto le dita di Finley. "Per scaldarti," le disse un po' goffamente; poi avviò il motore.

Lei sentì lo stomaco farle una capriola. Non era un gesto assai romantico o convenzionale, ma per lei era importantissimo. Gli si avvicinò di qualche centimetro, nonostante la cintura di sicurezza, poi sospirò contenta, mentre lui guidava per tornare a Fallport.

Quando Brock arrivò al vicolo in cui abitava Finley, lei si accigliò. "Devo andare a prendere la macchina," gli ricordò, "l'ho lasciata allo Sweet Tooth."

"Vengo io a prenderti, domattina... ti porto al lavoro."

"Ma non devi..."

"So che non devo, ma vengo volentieri."

La determinazione nella voce di Brock le fece spuntare un sorriso. "Va bene. Grazie."

Lui rilassò un po' le spalle, come se avesse temuto che lei avviasse una discussione. "Non c'è di che."

Brock accostò nel vialetto di casa di Finley e saltò giù dal veicolo. Lei non cercò nemmeno di scendere dal lato del passeggero, sapendo che lui preferiva farla scendere dall'altra parte. Si spostò sul sedile e si appoggiò alla mano di Brock, che l'aiutò a scendere. Poi lui la accompagnò alla porta. Finley aprì la serratura di sicurezza, poi si girò verso di lui. "Grazie per la passeggiata."

"Mi dispiace che non sia andata come previsto."

"Non so... siamo usciti a fare una sgambata, abbiamo parlato un pochino, hai salvato uno in difficoltà... penso che sia andata bene."

Lui le sorrise. "Ti prometto che la prossima andrà meglio. A proposito... ti va di andare a giocare a bowling?"

"Quando?"

"Domani?"

Lei fece una risatina. "Domani devo trovarmi con Lilly."

"Giusto, hai da fare. Va bene, allora fammi sapere quando sei libera. Hai il mio numero, vero?"

"Sì sì. Lilly ha insistito che avessimo tutte i numeri di tutti."

"Bene." Poi le si avvicinò di un passo. "Posso?"

Lei capì esattamente cosa le stava chiedendo e annuì timidamente. Desiderava le labbra di Brock sulle proprie fin da quel primo bacio sul sentiero.

Lui le mise una mano sulla guancia, accarezzandogliela con il pollice. Lei chiuse gli occhi e sospirò appena le loro labbra si toccarono. All'inizio, il bacio fu lento e dolce, ma poi Brock gemette profondamente e le infilò le dita nei capelli. La tenne ferma mentre inclinava la testa e apriva la bocca.

Si assaggiarono a vicenda voracemente, come se il mondo

fosse in pericolo e stesse per esplodere, e quello fosse l'ultimo momento della loro vita.

Quando Brock rialzò la testa, respiravano entrambi a fatica. Finley sentiva i capezzoli spingere fastidiosamente contro il reggiseno e non resisté all'impulso di stringere le cosce, cercando di controllare il desiderio. Quell'uomo era *micidiale*.

"*Cacchio*," sussurrò Brock.

Le fece piacere sapere che non era l'unica a subire l'effetto di quel bacio.

"Ora vai in casa e chiudi la porta," le disse, dopo aver ripreso fiato. Però non le tolse la mano da dietro la nuca e le accarezzò lo scalpo con le dita, inviandole un formicolio per tutta la spina dorsale.

"Va bene... ma prima lasciami andare," gli disse con una smorfia.

"Sì, lo so... ora ci provo," borbottò lui.

Per Finley, fu emozionante accorgersi che anche lui era molto attratto. Lei gli teneva ancora le mani appoggiate sul petto, accarezzandolo distrattamente, passando senza volere sui capezzoli di Brock, turgidi sotto la maglia. Alla fine, Brock fece un gran respiro e si allontanò da lei di un passo.

"Ci vediamo domattina. Ti va bene se passo a prenderti alle quattro e venticinque?"

"Sei sicuro di volerti alzare davvero tanto presto?" gli chiese.

"Sicurissimo."

"Allora sì, va bene, alle quattro e venticinque va benissimo. Grazie."

Lui annuì e si allontanò dalla porta di casa senza voltarsi verso il veicolo. "Dentro, Fin. Chiudi a chiave."

Lei gli tenne gli occhi addosso mentre apriva la porta ed entrava in casa. Gli sorrise un'altra volta, poi si chiuse in casa. Dopo aver dato due mandate alla chiave di sicurezza, fece un gran respiro e si appoggiò alla porta. Si passò una mano sulle labbra, poi sorrise.

Quella era stata una giornata... sorprendente. Aveva assunto due dipendenti, era uscita con un uomo dopo un'eternità ed era stata baciata, sentendosi la persona più importante al mondo.

Eh sì: se solo avesse potuto vivere molte giornate come quella!

CAPITOLO QUATTRO

Era passata quasi una settimana da quando Finley si era fatta male al polso e Brock aveva cominciato a presentarsi in pasticceria la mattina per darle una mano. Ormai il polso era completamente guarito, ma Brock non aveva smesso di accompagnarla. Anche Davis si era presentato a giorni alterni, da quando aveva bussato alla porta del locale la prima volta. I due uomini l'avevano aiutata moltissimo.

Ma era stato Liam a cambiarle profondamente la vita dal punto di vista professionale. Quell'uomo era davvero perfetto: aveva un carattere gentile e aperto, inoltre aveva padroneggiato fin da subito l'arte di promuovere le vendite. Se un cliente chiedeva un rotolino alla cannella, lui di solito riusciva a convincerlo ad aggiungere un muffin o un biscotto da mangiare più tardi. Non solo le vendite del locale erano aumentate nei pochi giorni passati da quando Liam aveva cominciato a lavorarci, ma Finley sentiva che il clima generale si era anche alleggerito.

Di solito, lei era costretta a dividersi tra il servizio al banco e le preparazioni in cucina. Negli ultimi due giorni, da quando poteva concentrarsi solo sugli impasti, sulle glasse e sulle teglie da infornare o sfornare, era stata più produttiva e i clienti abituali non si sentivano più pressati a decidere in fretta cosa ordinare.

Finley era riuscita persino a sperimentare qualche ricetta nuova, oltre a tenere sempre riforniti gli espositori; avrebbe dovuto assumere un aiutante tanto tempo prima.

Se Liam avesse deciso di proseguire in quell'impiego, Finley poteva immaginare di espandere l'attività. In passato, non era mai riuscita a offrire il servizio di preparazione torte o altri dolci su richiesta, ma aveva sempre sperato di arrivarci, un giorno. Era molto entusiasta di preparare la torta nuziale di Ethan e Lilly, e sapeva che l'amica non avrebbe avuto alcun problema a passare parola, raccomandandola anche ad altri... in particolare ai clienti che assumevano Lilly per fare servizi fotografici di altre cerimonie nuziali.

Tutto sommato, le cose andavano benissimo, sia sul piano professionale, sia su quello personale. Vedeva Brock ogni mattina e spesso lui passava anche all'orario di chiusura dello Sweet Tooth, tanto per chiacchierare ancora un po'. Non erano ancora usciti per un secondo appuntamento, ma intendevano rimediare presto.

Il bowling non andava esattamente a genio a Finley, ma a lei non interessava *davvero* cosa avrebbero fatto, l'importante era passare il tempo con Brock. Ormai le sembrava sciocco aver resistito tanto tempo alla voglia di conoscerlo, e rimpiangeva le occasioni perse a causa delle proprie insicurezze. Lui era un uomo alla mano, cordiale, meraviglioso, e sembrava sinceramente interessato a lei.

Finley sentì la campanella dell'ingresso: un altro cliente entrava in pasticceria. Liam salutò il nuovo arrivato, poi giunse alla porta della cucina.

"C'è una certa Khloe che chiede di parlare con te," la informò.

"Davvero? Falla passare di qua. Comunque è un'amica e

può passare sempre in cucina, quando vuole, proprio come le altre amiche."

Liam annuì. "Nessun problema. La faccio passare."

Dopo qualche secondo, Khloe si presentò in cucina. Finley era uscita in compagnia di Khloe in un paio di occasioni, ma non la conosceva molto bene, non quanto conosceva Lilly, Elsie, Bristol e Caryn.

Quel mattino, Khloe sembrava... agitata; quella fu l'unica parola che le venne in mente. La tranquilla bibliotecaria era sempre stata piuttosto sulle sue e nessuna delle amiche sapeva molto di lei. Era arrivata a Fallport da circa un anno e aveva accettato al volo il lavoro in biblioteca. A volte, lei e Raiden (il responsabile della biblioteca, nonché uomo della squadra di ricerca e soccorso, come Brock) sembravano andare d'accordo, tanto che Finley si era chiesta se non ci fosse qualcosa di più, tra datore di lavoro e dipendente. In altre occasioni, però, sembravano sopportarsi a malapena.

A prescindere da cosa ci fosse tra i due, il cane di Raiden adorava *sempre* Khloe, sorprendendo tutti: quel segugio era completamente devoto a Raid e sembrava sempre ignorare tutti gli altri... tranne la nuova arrivata.

Khloe passava spesso in pasticceria per fare colazione con un rotolino alla cannella, ma non si fermava mai a chiacchierare con Finley, che quindi era molto curiosa di sapere quale fosse il motivo di quella visita. "Ciao," le disse allegramente.

"Ciao," rispose Khloe. "Scusa, non volevo interromperti."

"Non c'è problema," la rassicurò Finley. "È successo qualcosa?"

"No," le rispose Khloe senza esitare. "Però avrei bisogno del tuo aiuto."

"Ma certo. Dimmi tutto."

"Devo andare fuori paese per un po' di tempo... e tu sai che mi prendo cura dei gattini piccoli che vivono dietro la biblioteca. Sono preoccupata all'idea di abbandonarli. Mi chiedevo se potessi tenerli d'occhio al posto mio?"

"Ma certo, ci penso io!"

"Di solito porto la pappa al mattino e do un'occhiata durante il giorno. Ho preparato anche una specie di casetta per gatti, così stanno all'ombra e non si bagnano quando piove. È solo una scatola di compensato con un buco da una parte, ma a loro piace molto, mi sembra. È vicino al bidone sul retro. Finora, tutti quelli che ci parcheggiano li hanno lasciati in pace, ma io sono in pensiero."

"Ah, ma certo che sei in pensiero, anch'io mi preoccuperei. Mi fa piacere tenerli d'occhio. Per quanto tempo pensi di stare via?"

Khloe abbassò lo sguardo, trovando all'improvviso il pavimento molto interessante. "Non lo so."

Finley aggrottò la fronte. Non le piacque vedere l'amica improvvisamente tanto ansiosa e si sentì in dovere di dirle: "Lo sai che puoi dirmi tutto, vero? Senza che io ne parli con nessuno."

Khloe tornò a guardarla negli occhi. "Ma certo. Non è chissà cosa, solo che devo tornare a casa per una faccenda."

Finley non fu ingannata da quel tentativo di sembrare disinvolta. Quale che fosse la faccenda, ovunque dovesse andare (Finley non sapeva nemmeno dove fosse la "casa" di Khloe), era chiaramente importante... e metteva la bibliotecaria sotto stress.

Finley non voleva certo aggiungere altra agitazione allo stress dell'amica, quindi le disse: "Va bene. Devo prendere altro cibo per gatti?"

Khloe scosse la testa e abbassò un poco le spalle, che prima aveva contratto mettendosi sulla difensiva. "No, ci ho già pensato. Vuoi passare da me, così ti mostro come mi sono organizzata?"

"Certo. È il momento perfetto. Ho appena tolto dei

cupcake dal forno, così mentre sono da te si freddano," le spiegò Finley con un sorriso. "C'è anche mamma gatta?"

"Purtroppo no. Non l'ho vista nei paraggi, per questo mi prendo cura dei micetti. Non so se è stata investita da una macchina o se l'ha presa qualche altro animale..."

"Oh, che *triste*."

Khloe annuì.

"I gattini stanno bene? Li hai portati dal veterinario?"

Inaspettatamente, Khloe arricciò le labbra in un sorriso sarcastico e rispose: "Non porterei *mai* degli animali a cui tengo da quel somaro."

Finley sbatté le palpebre per quell'affermazione tanto lapidaria sull'unico veterinario di Fallport. Il dottor Ziegler era sulla cinquantina e lavorava in paese da anni. "Ah... va bene," commentò con imbarazzo.

"È uno molto all'antica, secondo me si è laureato nel diciottesimo secolo," si lamentò Khloe. "Non ha nemmeno idea delle nuove tecniche di produzione per un'alimentazione più naturale e semplice. Non solo, non concede ai proprietari di stare vicini ai propri animali, quando arriva il momento finale e sono costretti all'eutanasia. *Chi* può essere tanto crudele? Lui dice che così è meno traumatico per le persona, ma è una cavolata: e gli animali, allora? Io non ho prove per dimostrarlo, ma *so* che anche gli animali si rendono conto che è arrivato l'ultimo momento prima di morire. Chi vorrebbe morire con un estraneo? Nessuno! Chiunque vorrebbe essere circondato dai propri cari, per un minimo di sollievo di fronte alla paura, alla confusione. Quello è un barbaro... e non mi fido di lui, quindi lo evito, finché posso."

Finley si corrucciò. "Ah sì, non è il massimo... io non ho animali, ma non riesco a immaginare di essere separati proprio negli ultimi momenti."

"Esattamente! Quello è troppo impostato coi suoi metodi e non è nemmeno disposto a considerare delle cure alternative, come l'agopuntura o l'omeopatia. Quindi, tanto per risponderti, no, non gli ho ancora portato i micetti. Magari proporrebbe di ucciderli perché sono randagi," concluse Khloe.

Finley non l'aveva mai vista tanto agitata. In quel momento, le sembrava quasi una donna totalmente diversa da quella che aveva conosciuto, sia pur minimamente. Di solito, Khloe parlava pochissimo, come se le desse fastidio esprimersi e non volesse farsi notare. A parte quando litigava con Raiden, ovviamente. In quel preciso istante, però, era là in piedi coi pugni chiusi e con gli occhi infuocati. Se il dottor Ziegler fosse stato presente, senza dubbio gli sarebbero tremate le ginocchia dalla paura.

"Va bene, allora, niente veterinario. Almeno i mici stanno bene? Devo tenere gli occhi aperti? Se succede qualcosa, li porto a Christiansburg?" Era la cittadina più prossima a Fallport, a una quarantina di minuti di macchina lungo la I-480.

Khloe fece un respiro profondo, come per calmarsi. "Stanno bene. Sono sani. Non succederà nulla. Dovresti solo dar loro da mangiare. Ormai tendono ad andare in giro, sono abbastanza grandini, ma la sera tornano sempre. Se c'è un temporale o se le previsioni mettono brutto, puoi metterli nello scatolone e tirarlo dentro in libreria. Quando sentono arrivare il maltempo, tornano sempre."

"Dentro? Ma Raiden lo sa? Un attimo... perché non hai chiesto a *lui* di guardarteli?

"Certo che lo sa." Khloe fece un gran sorriso e Finley pensò che il sorriso le cambiasse totalmente l'espressione. La rendeva più morbida, anche per il modo adorabile in cui arricciava il naso. "*Chiederei* a Raid, ma... in questo momento ha già tanti pensieri. Lavora molto in biblioteca e poi ci sono le responsabilità di ricerca e soccorso. Proprio non voglio addossargli un'altra preoccupazione. Poi c'è Duke, il cane di Raid, che non è molto appassionato di gattini, e la sensazione è reciproca. Anzi, chiudi bene la porta che collega al salone principale della biblioteca e di' a Raid che li hai portati dentro, così vedrai che andrà tutto bene."

"D'accordo."

"Apprezzo molto il tuo aiuto," le disse Khloe.

Finley fece un cenno col capo e andò al lavandino per lavarsi le mani. Non aveva idea che Khloe fosse tanto appassionata di animali. Finley ormai viveva a Fallport da un po' di tempo e non aveva mai incontrato il veterinario del posto. Non sapeva come avesse fatto Khloe a crearsi quella brutta impressione, ma decise che quei micini non avrebbero potuto trovare assistenza migliore.

Dopo aver detto a Liam che sarebbe tornata presto, Finley attraversò insieme a Khloe la piazza per raggiungere la biblioteca, che si trovava proprio sul lato opposto dello Sweet Tooth. Salutarono Art, Otto e Silas con un cenno della mano. Due persone erano sedute nel Cerchio, il padiglione in mezzo alla zona erbosa del centro; Finley sorrise nel vedere che portavano con loro una borsina di dolci griffata Sweet Tooth. Vedere gli altri godersi i dolci che lei preparava era sempre una sensazione rinfrescante.

Arrivarono alla biblioteca e si recarono nella zona sud-est, lontano dalla Tana. La biblioteca si trovava tra lo studio medico del dottor Snow e il circolo del biliardo; alcuni concittadini sorridevano all'ironia di quel palazzo tanto sobrio vicino al famigerato locale, ma i rispettivi clienti non si immischiavano tra loro. La biblioteca chiudeva molto prima che gli scalmanati si affollassero alla porta accanto.

Appena girato l'angolo, Finley scovò la scatola tra il bidone dell'immondizia e il palazzo. In giro non c'era alcun micio, quindi lei immaginò che fossero usciti a esplorare il mondo, come le aveva anticipato Khloe.

L'amica aprì la parte alta dello scatolone: dentro c'era una coperta. Khloe la tirò fuori per scuoterla, poi la ripose dentro dicendo a Finley che le avrebbe portato qualche asciugamano pulito con cui sostituire la coperta sporca, oltre a un sacchetto del cibo da dare ai gattini.

Guardarono insieme le foto che Khloe aveva scattato col cellulare, commentando con *ooh* e *aah* i tre micetti: uno era tartarugato, uno era nero, l'ultimo bianco e marrone.

"Ormai si sono abituati alla mia presenza, ma non ti offendere se con te sono diffidenti. Tendono a correre via ogni volta che qualcuno si avvicina troppo, il che non mi dispiace affatto. Di certo non voglio che qualcuno della Tana se li pigli per fare chissà cosa. Però vedrai che dando loro da mangiare si abitueranno a te abbastanza alla svelta, penso proprio di sì. Sono anche sicura che la gente che passa pensa che questo sia uno scatolone pieno d'immondizia, quindi nessuno viene a curiosare. Poi, chi passa di qui di solito è troppo impegnato a correre al bar per bere," aggiunse Khloe con un certo sarcasmo.

"Pensi di cercar loro una casa?" le chiese Finley. "Cioè, non possono vivere qua fuori per sempre, vero?"

Khloe sospirò. "Certo, sì, vorrei tanto trovar loro una casa."

"Che ne dici di Bristol o Lilly?"

"Che c'è da dire?"

"Hanno entrambe delle case piuttosto grandi. Scommetto che sarebbero contente di prenderli."

"Pensi?"

"Tentar non nuoce."

"Magari glielo chiedo. Nel frattempo, apprezzo che tu me li tenga d'occhio per un po', intanto che son via."

"Ma certo," le rispose Finley. "Davvero non sai per quanto tempo rimarrai via?"

Al che, gli occhi di Khloe si spensero all'improvviso. "No. Spero non più di una settimana, ma sinceramente può darsi anche di più."

"Sei sicura che vada tutto bene?"

"Non preoccuparti," le rispose tagliando corto e chiarendo di non voler rispondere ad altre domande sul dove o sul perché dovesse andare. "Di solito porto la pappa al mattino. Non vivo lontano, solo qualche via più in là. Passò prima che aprano i negozi. Quando cominciano a circolare le macchine, i gattini se ne vanno a spasso a fare quel che vogliono per tutto il giorno."

"Non è un problema. Tanto io comincio a lavorare ogni mattina verso le quattro e mezza."

"Lo so," le disse Khloe con un sorrisetto. "Per questo chiedo a te."

"Oltre alla pappa, devo fare qualcos'altro coi gattini durante il giorno?"

"No, se la caveranno. Però tieni d'occhio le previsioni del tempo. Davvero, ti ringrazio tantissimo."

"Ma figurati. Comunque sinceramente... se *vuoi* parlare di qualcosa, io sono brava ad ascoltare."

Per un momento, Khloe sembrò quasi malinconica, poi la sua espressione si alleggerì di nuovo. "Grazie, non c'è bisogno."

"Sicura?" le chiese Finley.

"Sicura. Adesso forse dovrai tornare al lavoro e di sicuro anche Raiden sarà là che brontola a mezza voce perché io sto fuori troppo a lungo."

"Ah sì? Non mi sembra il tipo che brontola per queste cose."

Khloe fece spallucce. "Sì, hai ragione. Probabilmente non si è nemmeno *accorto* che sono uscita," commentò con una risatina.

Finley la pensava diversamente. Mentre cercava di fissare Brock, quando erano entrambi fuori con il gruppo di amici, lei aveva notato che Raiden aveva adocchiato Khloe, nelle poche occasioni in cui anche lei era uscita. Non le era chiara la dinamica tra loro due, sembravano come il giorno e la notte: in alcuni momenti erano molto cordiali, in altri cercavano di starsi lontani.

"Allora, hai il mio numero. Se vedi qualcosa di strano, per favore, mandami un messaggio," le disse Khloe.

"Lo farò. Anche se non so cosa potresti fare, se sei via."

"Potrei sorprenderti," le rispose Khloe con un tono misterioso. "Comunque sia, anche se non volevo chiedere aiuto a Raiden per i gattini, sono certa che, se hai bisogno di aiuto, lui ti darà una mano."

Finley annuì. "Quando devi partire?"

"Stasera."

Finley spalancò gli occhi. "Così presto?"

"Eh sì."

"Va bene, insomma... allora buon viaggio."

Khloe sorrise. "Ti ringrazio ancora."

Finley capì che era il momento di tornare in pasticceria. Salutò Khloe e svoltò l'angolo del palazzo. Sarebbe anche potuta passare da dentro la biblioteca, ma le piaceva sentirsi addosso l'aria frizzante di quella giornata autunnale. Era ormai ottobre, le nozze di Ethan e Lilly si stavano avvicinando. Da quel che aveva sentito lei, il fienile ristrutturato sul terreno di Bristol e Rocky, in cui si sarebbe tenuta la cerimonia, si era trasformato in un ambiente meraviglioso.

Aveva incontrato Lilly un paio di giorni prima; la futura sposa aveva accettato l'idea di Finley per una torta nuziale a tema Halloween. La cerimonia non sarebbe stata troppo formale: non una festa in costume, ma Lilly voleva che gli ospiti fossero a loro agio... quindi niente giacca e cravatta, niente abiti da favola per le signore. Il che a Finley andava benissimo.

Liam la salutò con un cenno del capo appena la vide entrare; Finley fu contenta di vedere quante vendite aveva compiuto anche nel breve tempo in cui lei si era assentata insieme a Khloe. Eh sì: gli affari si stavano finalmente muovendo per il verso giusto e Finley non poté che sorridere mentre entrava in cucina per glassare i cupcake che aveva sfornato poco prima.

———

Guardando l'orologio al polso, Brock si accorse che erano le tre e mezza. Finley stava per chiudere la pasticceria, a meno che non dovesse fermarsi più a lungo... cosa che succedeva spesso: lavorava moltissimo per il successo dell'attività, il che lo rendeva estremamente orgoglioso.

"Faccio una pausa," disse a Jesus.

"Capito. È ora di salutare Finley. Nessun problema," gli rispose il socio con un sorrisetto.

A Brock non importava che tutti i suoi meccanici lo sapessero innamorato cotto della bella pasticciera.

"Liam mi ha detto che gli ha pagato in anticipo il primo stipendio: sapeva che i soldi servivano alla sorella e voleva che glieli mandasse il prima possibile. Te lo giuro, lui stava per piangere," disse Jesus a Brock. "Non solo: Finley ha aggiunto cinquecento dollari di bonus... come regalo per assicurare rapidamente alla sorella di Liam le cure migliori. Per quanto mi riguarda, d'ora in avanti andrò a comprare torte di compleanno o dolci per i miei figli solamente allo Sweet Tooth e in nessun altro posto."

Brock non fu sorpreso della generosità di Finley: lei era fatta così. Si ripromise di dare lui stesso un contributo a Finley, affinché lo passasse a Liam, che probabilmente non avrebbe accettato soldi direttamente da lui... ma dalla sua datrice di lavoro? Sotto forma di bonus nella busta paga? Avrebbe funzionato. "Lei ne sarà felice," rispose a Jesus.

Poi tirò fuori il telefono dalla tasca mentre si avviava verso il cortile recintato sul retro dell'officina. Caryn e Drew a volte sfruttavano quello spazio per fare allenamento la mattina, e Caryn aveva sistemato alcuni dei veicoli meno scassati di quel deposito per usarli nell'addestramento sia del Dipartimento dei Vigili del fuoco di Fallport, sia per il programma junior che stava per far partire. Il dipartimento stava attraversando grossi cambiamenti nel personale e nel sistema di addestramento, novità che agli occhi di Brock erano molto positive.

Quando lui lavorava per la polizia di frontiera, si sottoponeva a un costante addestramento, non solo per non perdere colpi, ma anche per imparare le tecniche più recenti con cui i contrabbandieri cercavano di importare merce illegalmente nel Paese. Il fatto che al dipartimento nessuno si fosse preoccupato di aggiornare l'addestramento del personale per diversi anni era una negligenza vergognosa.

Dopo aver passato gran parte della giornata rinchiuso in una buca d'ispezione a lavorare sotto le macchine, Brock uscì nel deposito all'aperto, godendosi la sensazione dei raggi del sole sul viso. Cliccò sul nome di Finley e si accorse del proprio sorriso mentre aspettava che lei gli rispondesse.

"Ciao," gli disse lei prendendo la linea.

"Ciao a te," ribatté lui. "Com'è stata la tua giornata?"

"Ottima. Indaffarata. Ho definito gli ultimi dettagli della torta per Ethan e Lilly, sto pensando a una torta di prova per la prossima settimana, tanto per correggere eventuali particolari che non vanno bene, anche per essere sicura che a Lilly piaccia. Oggi abbiamo venduto una trentina di cupcake più del solito e ho appena sfornato una teglia fresca di biscotti speziati alla zucca, sono pronti per domani. La glassa l'aggiungo domattina. Ah, Khloe mi ha portato la roba per i gattini di cui si prende cura, ci penserò io mentre lei è via."

"Dove deve andare?" le chiese Brock.

"Non lo so. Non me l'ha detto. Anzi, mi è sembrata molto misteriosa al riguardo, però non ho voluto insistere. Ha detto che non sa esattamente quando tornerà."

"Hmmm," commentò Brock, che si ripromise di chiedere a Raiden se Khloe, che lavorava per lui, avesse qualche problema. Anche se i due sembravano avere un rapporto complicato, di sicuro Raiden doveva avere qualche informazione in più rispetto a Finley. Khloe stava simpatica a Brock: era una un po' sulle sue, ma non aveva mai detto o fatto alcunché che gli facesse pensare male di lei. Peraltro, Khloe piaceva a Duke... accidenti, quel segugio la *adorava*... e Brock si fidava sempre dell'istinto di un animale.

"Allora... hai programmi per stasera?"

"Beh, pensavo di andare a casa a provare una nuova ricetta per i biscotti alla zucca con lo zucchero. Ma voglio anche rinfrescarmi la ricetta per i biscotti alla melassa, prima di metterli in vendita ai clienti."

"Gnam!" esclamò Brock allettato. "Se hai bisogno di un assaggiatore, io sono disponibile."

Finley fece una risatina e a lui sembrò di non aver mai sentito suono più soave: adorava sentirla felice.

"Non so se posso fidarmi di te: hai il palato di un uomo che muore di fame e che non assaggia dolci da anni."

Finley non si sbagliava: Brock non aveva la pazienza di prepararsi da solo dei dessert e quando faceva la spesa di solito si riempiva di cibi proteici e poco zuccherini. Stare con Finley, nell'ultima settimana, gli aveva fatto capire cosa si era perso: aveva apprezzato ogni singolo dolcetto che lei gli aveva chiesto di assaggiare, persino i biscotti d'avena alle ciliegie che all'inizio non lo attiravano nemmeno. "Verissimo, ma penso dipenda più dal fatto che tutto ciò che prepari è buonissimo," le rispose. "Per caso ti va un po' di compagnia mentre inforni, stasera?"

"Se sei tu a tenermi compagnia, allora sì," gli rispose.

Di nuovo, Brock sospirò soddisfatto; gli piacevano le risposte chiare di Finley, senza giochetti. Lei non si atteggiava, non cercava di dissimulare il proprio desiderio di vederlo. “Che mi dici di domani sera? Chissà, ripensavo a quell’uscita al bowling di cui abbiamo parlato.”

“Mi farebbe piacere,” gli rispose subito, “anche se... devo avvertirti: sono passati secoli dall’ultima volta che ho giocato.”

“Nessun problema.”

“Anzi, a dirla tutta, penso che ti metterò in imbarazzo per come gioco. Sai, mi metto là in piedi senza una rincorsa, tengo la palla con entrambe le mani, poi mi abbasso e la spingo in pista... peccato che nove volte su dieci finisce nei canali.”

Brock fece una grassa risata; però non vedeva già l’ora di osservarla da dietro, tanto per sbirciarle il dolce culetto ogni volta che si abbassava per far rotolare quella palla.

“Brock? Ci sei ancora?”

“Sì, scusa, ci sono. Non me ne frega di come giochi a bowling o di quante volte spingi la palla nei canali; voglio solo passare il tempo insieme a te.”

“Vale anche per me,” gli rispose a voce bassa. Poi gli chiese: “Invece com’è stata la *tua* giornata? Hai rimesso in sesto qualche macchina?”

Brock fece una risatina. “È andata bene; non ho dovuto riparare motori o niente del genere, ma ho fatto qualcosa come otto cambi olio e tre di gomme, tutte e quattro,” le rispose divertito.

“*Wow*. Una giornata frizzante, vero?”

Brock aveva già spiegato a Finley che lui preferiva di gran lunga scoprire cosa non andasse nei vari impianti di un’auto, per fare in modo che funzionasse tutto alla perfezione. I cambi d’olio non erano tra i compiti di cui lui amasse occuparsi, ma l’officina doveva lavorare e anche sostituire il lubrificante portava introiti all’attività. “Infatti. Vuoi che prenda qualcosa al volo per cena, prima di passare da te?” le chiese.

“Che ne dici se cucino io?” ribatté lei.

"Non vorrei crearti fastidio," le rispose.

"Brock, infilare dei petti di pollo nel forno di sotto mentre uso quello di sopra per i biscotti non è affatto un fastidio. Ti piacciono i broccoli?"

"Sì."

"Bene. Allora inforno anche quelli, con un sacco di erbette e magari del formaggio filante. Questa settimana sono stata troppo pigra per cena, ho bisogno di qualcosa di buono per compensare la robaccia che mi sono mangiata."

"Tu non sei pigra," ribatté subito lui.

Lei ridacchiò. "Quando si tratta di cucinare qualcosa di sano, fidati: un po' sì. Comunque sia, passa quando vuoi. Io sto finendo e dovrei essere a casa tra una mezz'oretta."

Brock fu tentato di riattaccare e avviarsi subito verso casa di Finley, in modo da passare insieme a lei più tempo possibile, ma prima di chiudere col lavoro doveva sostituire l'olio a un'altra macchina. "Va benissimo. Ti mando un messaggio quando parto."

"Va bene. Ah, Brock?"

"Dimmi, Fin?"

"Questa settimana è stata bellissima, in gran parte per merito tuo. Grazie per avermi consigliato Liam e per avermi aiutato la mattina, e anche per aver incoraggiato Davis a passare. Per me... è molto importante."

"Ci mancherebbe. Anche per me è stata una settimana bellissima."

"Mi fa piacere. Allora ci vediamo tra poco."

"A tra poco," le disse Brock, che poi chiuse la chiamata. Rimase là in piedi per due o tre minuti buoni, nel deposito sul retro dell'officina, a sognare a occhi aperti la sua dolce pasticciera; poi si girò per rientrare. Prima finiva i compiti della giornata e prima poteva tornare a casa, farsi una doccia e raggiungere Finley.

CAPITOLO CINQUE

Finley uscì dallo Sweet Tooth con in mano la borsa del cibo per gatti e una coperta pulita, e con un gran sorriso in volto. La sera prima, passata insieme a Brock, era stata... meravigliosa. Insieme a lui, si trovava perfettamente a suo agio, tanto da indossare un vecchio paio di leggings leggeri e una maglia oversize con un piccolo foro vicino all'orlo. Era il suo completo abituale, quando era a casa, e a lui non era affatto dispiaciuto. In passato, quando usciva con qualcuno, Finley non avrebbe nemmeno pensato di vestirsi in modo tanto informale con un uomo che aveva appena cominciato a frequentare. Le servivano sempre alcune settimane, prima di sentirsi tranquilla e di vestirsi casual.

Invece con Brock era tutto diverso. Lui la faceva sentire libera di essere sé stessa, libera di indossare ciò che le piaceva, di dire ciò che le passava per la testa.

La sera prima, l'aveva aiutata a infornare dei biscotti, che poi aveva gradito appassionatamente. Le aveva confidato di non aver mai compreso le persone ossessionate dal gusto speziato alla zucca, ma che dopo aver assaggiato quei biscotti si era convertito anche lui. Gli era piaciuto mangiare del semplice pollo al forno con i broccoli... e lei aveva ancora in mente il bacio che le aveva dato prima di andarsene.

Più tempo Finley trascorreva insieme a Brock e più lo desiderava. Lui la faceva sentire bella, il che non era certo un compito semplice. Lei aveva accettato il proprio corpo ormai da anni, ma lo sguardo acceso con cui lui la osservava, insieme all'evidente erezione che lei aveva sentito addosso... beh, le dava ancor più sicurezza a livello sessuale.

Si sentiva ancora nervosa al pensiero di spogliarsi davanti a lui, sempre che il rapporto fosse andato avanti fino a quel punto. Lui era molto muscoloso e probabilmente non aveva un filo di grasso in tutto il corpo. Lei di sicuro non voleva deluderlo, mostrandosi senza veli. Anche se Brock le aveva più volte dimostrato, sia a parole che coi gesti, che lei gli piaceva per come era fatta, a lei rimaneva sempre quell'odiosa insicurezza.

Tuttavia, non era certo quello il giorno in cui preoccuparsene. Quella sera, avevano in programma il secondo appuntamento ufficiale, anche se in realtà si erano visti ogni giorno per tutta la settimana. Lei si sarebbe accontentata di invitarlo a casa di nuovo, tanto per rilassarsi insieme, ma lui aveva insistito per portarla fuori. Le aveva detto che voleva farsi vedere con lei, un altro modo per farla sentire speciale.

Brock non era affatto imbarazzato di farsi vedere in pubblico con lei.

In passato, Finley era uscita con uno che non la portava mai a cena al ristorante, non andava mai a fare la spesa con lei, né la teneva per mano o la sfiorava in alcun modo, quelle poche volte che uscivano insieme. Quando si erano lasciati, lui aveva ammesso di essere in imbarazzo, perché non voleva che gli amici lo vedessero insieme a una come lei. Quel particolare brutto colpo ci aveva messo un po' a passare.

Con Brock, invece, non aveva nulla di cui preoccuparsi. Lui cercava il contatto ogni volta che poteva. Mentre camminavano insieme, quando erano seduti sul divano a guardare un film, o anche in piedi nella cucina dello Sweet Tooth... era sempre pronto a sfiorarla.

Ecco perché, all'invito di Brock per una partita a bowling, lei aveva accettato volentieri. Non le importava di chiamarlo secondo appuntamento, oppure quinto, o sessantesimo. Finley era contenta che Brock volesse passare il tempo insieme a lei.

Prima, però, doveva sbrigare le faccende del giorno, a partire dal prendersi cura dei gattini randagi di cui si occupava Khloe. Davis stava lavorando nella cucina dello Sweet Tooth, mescolava gli ingredienti dell'impasto per la prima infornata di rotolini alla cannella. Finley gli aveva detto che sarebbe tornata entro una decina di minuti, poi era uscita.

A quell'ora del mattino, a Fallport era tutto tranquillo ed era ancora buio. Le stelle su nel cielo brillavano, mentre lei attraversava il prato in piazza. Svoltò a sinistra e girò intorno allo studio medico, come aveva fatto il giorno prima Khloe. Raggiunse rapidamente la scatola vicino all'immondizia... e con grande emozione vide una testolina marrone fare capolino.

Si inginocchiò e lentamente avvicinò la ciotola di plastica del cibo. Mormorò sottovoce ai micetti, per non spaventarli, mentre riempiva la ciotola. Poi la spinse verso l'apertura della scatola e nel giro di qualche secondo tutti e tre i gattini si ritrovarono intorno alla pappa a masticare. Non si avvicinarono a Finley per farsi coccolare, ma almeno, sentendola avvicinarsi, non erano scappati via dalla paura. Finley immaginò che il cibo fosse un ottimo incentivo.

Non volendo spaventarli nel tentativo di coccolarli mentre mangiavano, rimase in ginocchio vicino alla scatola, guardandoli mangiare di gran lena.

Un rumore dalla sinistra la spaventò; Finley si voltò e vide un pick-up nero che accostava nel parcheggio del circolo del biliardo. Era ancora molto buio e chiunque fosse alla guida di quel veicolo, probabilmente non l'aveva notata là dov'era, inginocchiata vicino al bidone dell'immondizia; così Finley tenne gli occhi sul veicolo, nel caso facesse manovra verso di lei. Di certo non voleva che i gattini si spaventassero e cominciassero a scappare... magari finendo proprio sotto le gomme di quel pick-up.

Con grande sorpresa di Finley, un uomo girò da dietro l'angolo del circolo del biliardo e avvicinò la testa al finestrino del passeggero del veicolo. Il guidatore abbassò il finestrino da quel lato e scambiò qualche parola con l'altro uomo, che poi infilò un braccio all'interno e ne tirò fuori uno zainetto, allontanandosi mentre il veicolo ripartiva; poi l'uomo si mise lo zainetto in spalla e sparì dietro l'angolo da dove era arrivato.

Tutta la scena era durata meno di due minuti, e nel frattempo i gattini avevano finito di mangiare. Quello tartarugato aveva trovato il coraggio di avvicinarsi a lei per annusarla.

Dimenticatasi del veicolo nero, Finley abbassò una mano e passò un dito sulla testa del micio, che cominciò subito a fare le fusa. Ovviamente anche gli altri due mici, accorgendosi che si stavano perdendo qualcosa, le si avvicinarono. Ben presto, Finley si ritrovò col sedere per terra e con tre gattini sulle gambe.

Rimase là al buio, godendo dell'innocenza di quei micetti, fin troppo a lungo. "Vorrei tanto star qui tutto il giorno," sussurrò. "Però ci sono biscotti e altri dolcetti da preparare. Intanto vi ho portato una copertina pulita."

Si abbassò e tirò fuori dallo scatolone la coperta sporca, mentre lentamente i tre micetti le scendevano di dosso. Mise la copertina pulita al posto di quella sporca, ripromettendosi di portare il mattino dopo un'altra ciotola e una bottiglietta d'acqua. Guardò i gattini che se la svignavano, sparendo tra gli alberi ai lati del parcheggio.

Finley si sentì più determinata a convincere Bristol e Lilly a prendere in casa quei gattini; si alzò in piedi e si tolse lo sporco dal sedere. Raccolse la copertina sporca e la borsa di cibo per gatti, avvicinò la ciotola di plastica alla scatola, poi si avviò per tornare in pasticceria.

Brock arrivò ad aiutarla subito dopo, e presto, anche grazie a Davis, tutte le preparazioni del mattino furono pronte.

La giornata trascorse con una certa rapidità, con gran sollievo di Finley, che fu doppiamente grata della presenza di Liam quando arrivavano molti clienti propensi a scaricare i cattivi umori su qualcun altro. Finley odiava i conflitti e di solito finiva per accontentare i clienti più fastidiosi, dando loro ciò che volevano. Invece Liam era più paziente e saldo: parlava sempre in modo gentile, aiutando così ad allentare qualunque tensione, ma soprattutto sapeva risolvere i problemi e le questioni sollevate dai clienti senza cedere a priori e senza finire per regalare dolci come faceva lei per congedare i guastafeste di turno il prima possibile.

Quando arrivarono le tre e fu l'ora di chiudere il locale, il nervosismo stava cominciando ad avere la meglio su di lei. Si sentiva sciocca. Aveva trascorso insieme a Brock tutti i giorni della settimana; solo perché quella sera dovevano uscire, invece di fermarsi a casa da lei o da lui, non c'era motivo di agitarsi.

Lei invece era fatta così: quell'uscita rendeva il loro rapporto più ufficiale. Per quanto si dicesse che erano solo amici che passavano il tempo insieme, un'uscita in pubblico, davanti agli occhi di tutti, era ben diversa. Sarebbero finiti sulla bocca di tutti, un gossip che quella ridente cittadina amava, ma che Finley *odiava*.

Lei già si immaginava i commenti delle persone: si sarebbero chieste per quale diamine di motivo uno come Brock stesse con una come lei. Lui era un uomo atletico, lei... per nulla. Probabilmente in tanti avrebbero pensato che lui provasse compassione o qualcosa del genere, che uscisse con lei per pietà, magari anche solo per portarsela a letto.

Dopo un respiro profondo, Finley scosse la testa. No, non si sarebbe preoccupata di ciò che pensavano gli altri. Era sicura che a Brock non importasse un fico secco dell'opinione degli estranei, e che lui non avrebbe perso tempo uscendo con lei, se non fosse stato veramente interessato. Se c'era una cosa che aveva imparato su Brock nell'ultima settimana... in realtà, negli ultimi mesi, da quando lo frequentava nel gruppo di amici... era che non faceva nulla senza convinzione.

Salutò Liam con un cenno della mano e si avviò verso la macchina. C'era ancora molto tempo, prima dell'orario in cui Brock doveva passarla a prendere. Finley poteva rilassarsi un pochino, riposare i piedi. Era abituata a stare in piedi tutto il giorno, ma senza dubbio starsene seduta a riposare per un po' era come una grazia ricevuta.

Dopo tre ore, Finley sospirò accorgendosi che non si era fermata un minuto. Da quando era rientrata a casa, era stata presa da troppi pensieri. Aveva perso fin troppo tempo a decidere cosa indossare. Non voleva dare l'impressione di essere troppo ricercata, ma nemmeno di vestirsi in modo sciatto. Dopo aver passato l'intero guardaroba, alla fine aveva optato per un paio di jeans e un top a fiori che le stringeva i seni, ma svolazzava liberamente intorno alla pancia, nascondendo i chili di troppo in quella zona.

Aveva tenuto i capelli sciolti, una libertà che non si concedeva mai. Quando lavorava in cucina, i capelli non potevano scompigliarsi troppo, col rischio di finire in qualche dolce. Inoltre, aveva i capelli folti, tanto che d'estate non sopportava sentirseli sul collo; però il tempo a Fallport si era rinfrescato, quindi i capelli sul collo non l'avrebbero fatta sudare.

Lei non era tipo da tacchi alti, quindi indossò un paio di Skechers rosse e infine si controllò allo specchio. Si sentiva davvero carina. Aveva le guance arrossate, con un filo di trucco che metteva in risalto il nocciola variegato degli occhi.

Alle sei spaccate, sentì bussare alla porta. Finley sentì il cuore in gola e si affrettò ad aprire.

Brock la lasciava sempre senza fiato, ma quella sera era ancora più affascinante.

Aveva i capelli ancora bagnati, come se fosse uscito da poco dalla doccia. Profumava di un doccia schiuma speziato e lei se lo mangiò avidamente con gli occhi da capo a piedi. Indossava jeans neri che gli stringevano i muscoli delle cosce, una Polo verde e scarponcini da montagna neri. I bicipiti tiravano il tessuto delle maniche, facendo venire l'acquolina in bocca a Finley, che adorava quei muscoli scolpiti.

"Ciao," gli disse con un po' di ritardo.

Brock sembrò non accorgersi del fatto che lei non l'avesse salutato immediatamente; del resto, anche lui era impegnato a squadrarla. Sentendola parlare, tornò a guardarla in viso, ma invece di risponderle a voce fece un passo verso di lei.

D'istinto, Finley arretrò. Lui continuò ad avvicinarsi fino a entrare nel piccolo atrio di casa. Con un piede, si chiuse la porta alle spalle, poi alzò le mani verso di lei e le cinse il viso, abbassandosi.

Lei si alzò in punta di piedi, mossa dalla voglia di incontrarlo a metà.

Lui la tenne ferma, mentre le loro labbra si sfioravano. Passarono da zero a cento in pochi secondi; Finley gli appoggiò i palmi chiusi sul petto mentre lui la baciava fino a farle perdere la testa.

Brock si staccò da lei, ma non si allontanò: la fissò per un lungo momento, poi le disse: "Sei bellissima, accidenti."

Finley si lasciò sfuggire uno sbuffo. Sapeva di essersi tirata di tutto punto, ma non era mai stata molto sciolta nel ricevere complimenti sul proprio aspetto esteriore. Se qualcuno voleva congratularsi per ciò che offriva in pasticceria, lei non aveva alcun problema a godersi il piacere di quei commenti; però era ben consapevole del proprio aspetto fisico: non somigliava nemmeno lontanamente alle donne delle riviste o dei film. Negli anni, Hollywood si era un po' impegnata a scegliere uomini e donne che non corrispondessero ai cliché tipici di ciò che si riteneva bello in società, ma quegli attori e quelle attrici erano comunque pochi e raramente diventavano dei divi.

"Grazie," gli rispose infine.

"Tu non mi credi," affermò Brock.

Finley non sentì un briciolo di irritazione nel tono in cui glielo disse, così fece solo spallucce. "So come sono e come non sono."

"Ovviamente non è così," ribadì lui. "Quando hai aperto quella porta, ho visto una donna talmente piacevole che sono riuscito a malapena a controllarmi."

Finley accennò un sorriso. "È così che tieni il controllo?" gli chiese d'istinto. "Mi metti spalle al muro e mi baci da farmi impazzire?"

"Sì, perché in realtà avrei *voluto* prenderti in spalla, gettarti sul letto, spogliarti nuda e affondare la mia faccia tra le tue gambe."

Finley sentì il cuore fermarsi per un attimo, mentre le guance le si scaldavano e lei riusciva a commentare solo con un: "Oh." L'immagine che quelle parole le fecero sorgere in mente era talmente erotica che le venne quasi un orgasmo spontaneo.

"Non mi hai mollato un ceffone," le disse Brock con un sorriso complice. "Lo prendo come un buon segno."

"Sì, beh... a una come me non capita tutti i giorni di sentirsi dire cose del genere," gli spiegò.

"A una come te?"

Finley fece un respiro profondo. "Sono sovrappeso, Brock. Lo so che te ne sei accorto, perché lo vedono tutti. Avrò sempre questa corporatura. Ho fatto diete, a volte ho anche perso un bel po' di peso, ma stavo malissimo. Ero sempre stanca e giù di morale, la mattina mi alzavo a fatica dal letto. Mangiare mi piace troppo, non posso stare sempre a dieta. Però faccio un controllo medico ogni anno, la pressione è buona, il colesterolo normale. Faccio movimento quando posso, yoga, trekking, seguo dei programmi di allenamento su internet, cose così. Ma è probabile che rimanga sempre più grossa rispetto ai canoni della società."

Finley prese fiato e fissò Brock: non le aveva lasciato andare il viso, mentre lei gli aveva tenuto le dita affondate nel petto.

"Hai finito?" le chiese.

"Ehm... sì, credo di sì."

"Hai ragione, non mi è sfuggita la tua corporatura, Finley, e credo di avertelo già detto, ma te lo ripeto di nuovo: non me ne frega di quel che dice la bilancia. Ai miei occhi, tu sei *perfetta*, accidenti. Io sono molto grosso come uomo, faccio allenamento, sollevo pesi... spesso. È il modo in cui scarico la tensione. Non mi viene in mente nulla di più sensuale del tuo corpo morbido contro i miei muscoli. Adoro ogni singola curva del tuo corpo, e il pensiero di tenerti sotto di me, ma anche sopra di me, mi fa perdere la testa. Non *voglio* che tu perda peso. Voglio che tu sia in salute, ovviamente, ma non ti bacerei e non ti toccherei in questo modo, se non ti volessi esattamente per come sei."

Finley si sentì sul punto di piangere. In passato, era stata con uomini che le avevano garantito che il peso non era importante, ma che alla fine le avevano dimostrato il contrario. Invece la presenza salda di Brock, che le premeva l'erezione contro la pancia e le parlava con tono sincero... non poteva non convincerla.

"Grazie," gli sussurrò, quasi sopraffatta dall'emozione.

"Non mi ringrazieresti, se potessi leggermi nella mente e

vedessi cosa stavo pensando in questo momento," le disse scherzosamente, mentre abbassava gli occhi dal viso al petto di lei.

Finley sentì i capezzoli indurirsi; inoltre, la maglia che indossava aveva una scollatura piuttosto profonda e generosa: Brock ci avrebbe messo un attimo a tirare giù quel tessuto e...

Interruppe i propri pensieri: era troppo presto per fare sesso con Brock. Oppure no? In passato, era abituata ad aspettare almeno un paio di mesi, prima di fidarsi a sufficienza di un uomo e portarlo a letto. Però, con Brock, stava facendo fatica a convincersi di aspettare.

Lui si schiarì la gola e inspirò profondamente, poi lasciò cadere le mani dal viso di Finley e fece un passo indietro. "Sei pronta?"

Pronta? Lei era più che pronta...

Finley deglutì a fatica. Non era quello a cui Brock faceva riferimento, e lei lo sapeva bene. "Sì."

"Pensavo di andare a mangiare al Dieci Birilli. Fanno degli hamburger discreti e anche le patatine condite sono molto gustose."

"Però non farti sentire da Sandra," scherzò Finley. "Sarebbe sgomenta di sentirti apprezzare quel che si mangia in un locale da bowling."

"Ciò che non sa non può farle male," rispose Brock facendole l'occhiolino. Poi si abbassò di nuovo su di lei. Fu un bacio breve e dolce.

"A cosa devo questo bacio?" gli chiese Finley, mentre lui la prendeva per mano e si girava verso la porta.

"A nulla," le rispose alzando le spalle. "Ti dà fastidio?"

"Cosa mi dà fastidio?" gli chiese appena furono fuori di casa, mentre lui le prendeva le chiavi per chiudere la porta.

"Che cerco il contatto, che ti bacio. Sinceramente faccio fatica a tenere le mani e le labbra lontane da te, ma ho bisogno di sapere quanto sei a tuo agio con i GAP."

"GAP?" gli chiese con una risatina. "Gesti di affetto in pubblico? Cosa siamo, alle elementari?"

Brock fece un gran sorriso mentre si avviava verso il suo pick-up tenendole una mano dietro la schiena. "No... ma sai, Fallport è un paesino, lo sai bene. Appena ti bacerò davanti a tutti al Dieci Birilli, si spargerà la voce e tutti sapranno che usciamo insieme. Voglio solo essere sicuro che ti vada bene."

"Mi va bene," lo rassicurò subito.

"Sono solo un meccanico," le ricordò.

Finley si corrucciò proprio mentre passavano davanti allo sportello sul lato di guida. Fu sorpresa nel comprendere che anche lui aveva delle insicurezze che riguardavano l'opinione degli altri su di lui. Alzò una mano e ne appoggiò il palmo sulla guancia di Brock, proprio come aveva fatto lui prima con lei. "E sei anche bravissimo," gli disse sottovoce. "L'unica cosa che so io della mia macchina è che devo fare benzina prima che la tacca si avvicini troppo allo zero, se no rimango a piedi. Tu non sei uno 'qualunque', Brock Mabrey."

Lui inclinò la testa, appoggiandogliela sul palmo di Finley e chiudendo gli occhi per un momento. Quando li riaprì, la guardò con un'intensità tale che lei si accorse di trattenere il fiato mentre ricambiava lo sguardo.

"Non ho intenzione di rovinare tutto," le disse dopo un momento.

"Certo che no," gli rispose lei sorpresa.

"Dico davvero. È passato tantissimo tempo dall'ultima volta che ho desiderato qualcosa con l'intensità con cui desidero che il nostro rapporto funzioni."

"Idem," ammise lei. Esporsi in quel modo, senza barriere, la spaventava un po', ma le sembrava anche giusto.

"Bene. Adesso hai voglia di buttar giù qualche birillo?"

"Beh, sì, ma non per questo riuscirò a fare strike," gli rispose scherzando.

Brock fece una risatina e il momento intenso e potente

che avevano appena creato si interruppe; dopo essersi girato, le aprì lo sportello e le fece cenno di salire e di portarsi sul lato del passeggero.

"Arriverà mai il giorno in cui mi farai salire dall'altro lato?" gli chiese spostandosi sull'altro sedile.

"Probabilmente no," le rispose Brock alzando una spalla. "Così è più sicuro."

Finley avrebbe voluto sbuffare e ricordargli che vivevano a Fallport, un paesino in cui la criminalità era a livelli ridicolmente bassi... ma poi ripensò a cos'era successo a Lilly, Elsie, Bristol e a Caryn e concluse che anche lui aveva le sue ragioni, così non aggiunse altro.

Arrivarono alla piazza e Brock parcheggiò dietro il circolo del bowling. Finley intravide la casetta che i cittadini avevano costruito per Davis dalla parte opposta del parcheggio e sorrise. Vivere in un centro tanto piccolo aveva di sicuro degli svantaggi, ma anche molti vantaggi.

Brock la tenne per mano mentre entravano insieme nel circolo del bowling, e Finley fu sorpresa di trovarlo pieno zeppo di persone. "Santo cielo, *chissà* se ci sono mai state così tante persone tutte insieme in questo posto!"

"Magari quando il bowling è a metà prezzo," commentò Brock un po' preoccupato; poi si incamminò verso il bancone di servizio per ritirare le scarpe da bowling.

Prima ancora che potesse dire all'addetto le taglie delle scarpe, il ragazzo gli disse: "Al momento siamo al completo; prima che ci sia una pista libera passeranno almeno tre quarti d'ora. Posso darti un biglietto di prenotazione, e quando chiamo il numero all'altoparlante, potete venire a prendere le scarpe."

Brock prese il biglietto in cartoncino con un sospiro.

Finley gli strinse la mano. "Va bene, intanto che aspettiamo possiamo prenderci qualcosa da mangiare. Tanto sarebbe scomodo mangiare mentre giochiamo."

Lui annuì e si avviarono verso la zona ristorante. C'era una lunga fila d'attesa e Finley sentì di nuovo Brock sospirare, mentre si mettevano dietro agli altri. Gli si appoggiò contro e gli mise un braccio intorno alla vita. Lui le appoggiò subito un braccio intorno alle spalle e la strinse dicendole: "Mi dispiace tanto."

"Di cosa? Non puoi controllare quante persone vengono al bowling la stessa sera in cui decidiamo di venirci noi," gli disse alzando le spalle. "Anche a me i turisti non stanno sempre simpaticissimi, ma è un bene per le attività. Anch'io ho aumentato il giro."

"Lo so, è solo che... mi sto accorgendo che non mi piace non essere da solo con te."

Finley ebbe l'impressione che Brock stesse mettendo il broncio. Un broncio bello e buono. Così le venne l'istinto di ridere.

"Cosa c'è di tanto divertente?" le chiese.

"Tu," gli rispose alzando una spalla.

"Mi ero abituato a stare da solo con te, chiacchierando con te nel tuo locale ogni mattina, passando il tempo insieme la sera. Qui c'è un sacco di gente..." Brock non concluse la frase.

"È affollato?" gli chiese, come per chiedergli conferma.

"Esattamente," confermò lui con un sorriso, per poi abbassarsi e baciarla in fronte.

Per fortuna, la fila per ordinare da mangiare si mosse con una certa rapidità. Brock parlò al ragazzo indaffarato dietro alla cassa e ricevette un altro cartoncino con un numero.

"Non so se troveremo posto per sederci, ma ci proviamo?" le chiese Brock.

Finley annuì; per fortuna dovettero aspettare solo circa cinque minuti, prima che una coppia liberasse un tavolo. Brock scattò più velocemente della ventina di altri ragazzi che stavano aspettando nei paraggi, occupando per primo quel tavolino appiccicoso.

"Il mio eroe..." commentò Finley con un sospiro, sbattendogli le palpebre con fare giocoso.

"Non penso che quella abbia bisogno di mangiare ancora, sembra che si sia già pappata una mucca intera," mormorò a mezza voce un ragazzo sprezzante.

Finley sentì i muscoli di Brock contrarsi, ma lo afferrò per l'avambraccio prima che lui potesse rialzarsi e affrontare quello scemo incosciente. "Lascia stare," gli disse.

"Pensi che possa lasciar perdere quell'imbecille?" le chiese alzando le sopracciglia.

"Sì, penso di sì, perché non è certo il primo insulto che sento su di me e non sarà nemmeno l'ultimo. Ci sono abituata, Brock, non è un problema."

"Invece *è* un problema," insisté lui. "È stato un brutto maleducato e non potrei mai consentire che qualcuno parli di te in questo modo."

"Senti cosa ti dico," gli spiegò Finley, "purtroppo è normale, per le persone della mia corporatura. Essere sovrappeso mi rende un bersaglio, ci sono abituata e anche se ammetto che, in passato, commenti come quello mi davano fastidio, ormai ho capito che è un problema *suo*, non mio. A parte il leggero imbarazzo ogni tanto, ho accettato il mio corpo per com'è. Dargli addosso mi metterà solo in imbarazzo e non cambierebbe certo il suo modo di pensare."

"Ma è uno schifo," commentò Brock; Finley però fu sollevata nel vederlo rilassarsi di nuovo sulla sedia.

"Hai ragione," gli disse alzando le spalle.

Brock avvolse con le dita la mano di Finley accarezzandone dolcemente il dorso. "Sei una donna generosa," le disse sottovoce. "E io sono un idiota fortunato perché stasera sto insieme a te. Ormai lo desideravo da tanto tempo."

"Davvero?" gli chiese.

Lui annuì. "Però tu mi guardavi appena, quando stavamo in compagnia con gli amici. Così ho dovuto prendere tempo, per farti abituare alla mia presenza."

Finley fece spallucce e gli rispose: "Sono timida."

"Non mi dici nulla che io non sappia già," commentò Brock con un gran sorriso. "Ma a me piaci così."

"Sei strano," commentò Finley.

"Ma dai, no, è che sapevo che sotto la superficie di timidezza c'era una donna appassionata e che valeva la pena di aspettare."

"Ne sei convinto?" gli chiese inclinando la testa con un sorrisetto.

"Sicurissimo. Lo vedo dall'energia e dall'impegno che metti nella pasticceria. Metti molta passione in ciò che fai, stai dalla parte delle amiche, ti preoccupi per loro... hai molta più passione di chiunque altro, quindi... sì, una volta superata la ritrosia iniziale, sapevo che avrei scoperto la vera Finley."

Lei lo fissò incredula: quelle parole la facevano sentire quasi un mistero. Finley si sentiva dentro come un pizzicore di piacere per l'interesse che Brock mostrava verso di lei, per la pazienza con cui lui aveva aspettato tanto a lungo, al fine di conquistarne la fiducia.

Aprì la bocca per dire qualcosa, anche se non sapeva nemmeno lei cosa, quando il loro numero fu chiamato all'altoparlante.

Brock le prese la mano, ne baciò il dorso e le disse: "Mi tieni il posto?"

Lei alzò gli occhi al cielo: "Guarda che non c'è la fila di uomini pronti a rubartelo."

"Allora non sei stata attenta: con quel sedere in quei jeans? Cara mia... sono sorpreso che nessuno di quei tipi sia venuto a provarci con te nonostante ci fossi io. Torno subito."

Finley lo osservò incamminarsi verso il bancone del bar per ritirare gli hamburger e si pizzicò da sola per controllare che non fosse un sogno. Brock era di gran lunga l'uomo più affascinante di tutto il locale. Non era nemmeno una questione di aspetto fisico, per quanto fosse senz'altro un piacere per gli occhi. No: era la sicurezza di sé che emanava. Senza dubbio, per difenderla avrebbe potuto affrontare un intero plotone di uomini, se ci fosse stata una rissa.

Lei non sapeva nemmeno cosa fosse esattamente un plotone, ma di sicuro Brock l'avrebbe potuto affrontare.

Stava ancora sorridendo, quando lui tornò col vassoio di plastica carico di hamburger e patatine.

"Hai un'aria felice," le disse.

"Lo sono. Mi sto divertendo. Grazie per avermi portata qui."

Lui ridacchiò. "Finora abbiamo scoperto che bisogna aspettare un'ora prima di giocare a bowling, ci siamo messi in fila per ordinare, abbiamo aspettato che si liberasse un tavolo, qualcuno ti ha insultata e ho dimenticato le bevande. Ecco, un divertimento unico…"

Lei fece una risatina. "In realtà stasera ho imparato qualcosa di te che non sapevo, quindi ne è già valsa la pena."

"Del tipo?" le chiese con una curiosità sincera.

"Non sei tanto sicuro di te quanto lasci trasparire, il che in realtà accende molto il mio interesse. Hai un carattere protettivo, ma questo lo sapevo già, anche se probabilmente è più forte di quanto pensassi. Ti piace il costante contatto fisico, il che è meraviglioso, e sei molto paziente."

"Paziente?" le chiese con una risatina.

"Sì, altrimenti, quando quel ragazzo ti ha detto che c'era da aspettare un'ora prima che si liberasse una pista, tu ti saresti girato per andar via."

"Va bene, probabilmente è vero. Ho imparato il potere della pazienza stando seduto nel bosco ad aspettare, nel caso ci fosse stato qualcuno nascosto, pronto a entrare illegalmente nel Paese;

io dovevo rimanere dov'ero, nella speranza che qualcuno facesse una mossa rivelandomi il nascondiglio. Ma anche aspettando che una certa bella pasticciera mi concedesse una chance."

Finley gli sorrise.

"Mangia," la invitò lui, con un cenno del capo verso il panino. "Prima che si freddi."

"Sissignore," gli rispose lei scherzosamente, prendendo in mano il panino e mordendolo.

"È buono?" le chiese dopo un momento.

Finley annuì con entusiasmo, dato che aveva la bocca piena e non poteva parlare.

Quando furono a metà pasto, Brock si alzò per andare a comprare delle birre, poi finirono di mangiare rapidamente. Dopo aver gettato la carta nell'immondizia e messo il vassoio di plastica nell'apposito spazio sopra il bidone dei rifiuti, sentirono finalmente chiamare il loro numero per il bowling. Ritirarono le scarpe e si avviarono verso la corsia a loro assegnata.

Finley non era una cima al bowling, proprio come gli aveva detto, ma a lui non sembrava interessare, e a lei di certo non importava nulla. Quando arrivarono a metà della prima partita, dopo un ennesimo strike di Brock, il meccanismo che raccoglieva e sistemava i birilli si bloccò.

"Ma *stiamo* scherzando?" mormorò Brock passandosi una mano tra i capelli innervosito.

Finley invece si mise a ridere.

Brock andò a dire a qualcuno del problema; mentre era via, Finley sentì inavvertitamente la coppia alla corsia a fianco che discuteva se rimanere o meno a Fallport una notte in più. Il tipo voleva restare per tornare nel bosco il giorno dopo, mentre la tipa ovviamente si era stufata di andare a zonzo tra gli alberi in cerca di Bigfoot.

"Dicono che probabilmente passerà una decina di minuti,

prima che qualcuno si liberi e venga a risolvere il problema," le comunicò Brock con un tono irritato.

Finley fece spallucce e bevve un sorso di birra. Non era più fresca come prima, ma lei non aveva intenzione di lamentarsi: ormai il povero Brock era già troppo frustrato da quell'inconveniente.

Lui le si sedette al fianco e scosse la testa. "Secondo appuntamento, seconda volta che le cose non vanno come immaginavo. Penso che d'ora in poi dovremmo solo stare a casa."

"Vuoi dire che non mi porterai fuori mai più?" gli chiese.

"Ma no... voglio uscire con te, ma con la fortuna che mi ritrovo, forse non è la scelta migliore."

"Brock, gli imprevisti fanno parte della vita, io e te non c'entriamo nulla. Ma va bene così, io mi sto divertendo lo stesso. E tu?"

"Certo che sì. Quando sto insieme a te è sempre bellissimo."

"Vale lo stesso per me. Quindi... dove vogliamo andare per il terzo appuntamento?"

"Penso che dovremmo andare all'Occhio di Bue. Almeno là siamo abbastanza al sicuro."

Finley decise di non ricordargli dell'episodio, avvenuto proprio alla tavola calda, in cui un uomo si stava strozzando e Caryn gli aveva salvato la vita; né gli disse che, probabilmente, quel locale sarebbe stato affollato tanto quanto il bowling. Si limitò a sorridergli annuendo.

La discussione tra la coppia nella pista accanto a quel punto divenne più accesa. La donna accusò il compagno di non tenerla in alcuna considerazione. Era arrabbiata perché si trovavano in un "paesino sperduto" in cui non c'era un ristorante decente e perché si era stufata di quel suo atteggiamento all'insegna del risparmio, quando dovevano andare in vacanza insieme.

Purtroppo, il tipo dimostrò di non avere molto buon senso e le rispose a tono: "Fammi indovinare, preferiresti andare a Chicago o a New York City a fare shopping tutto il giorno, quando sai che io odio le metropoli. Spenderesti centinaia di dollari per robaccia che non metteresti o non useresti mai. Non sarebbe una vacanza, ma solo una stupidaggine."

Finley guardò Brock con gli occhi spalancati e lo vide che tentava di soffocare una risata.

Ma quel sorriso svanì in un lampo, quando la donna, ovviamente stufa delle tirate del compagno, si alzò in piedi e cercò di vuotargli addosso la bottiglia di birra quasi piena.

Il tipo, che evidentemente non era un idiota, scansò il getto, così la birra che doveva arrivargli addosso finì per bagnare Brock.

Dato che l'altra coppia era nella panca adiacente, Finley fu colta alla sprovvista e cercò di non mettersi a ridere, mentre Brock la guardava sbattendo le ciglia, con la birra che gli gocciolava dai capelli, andando a bagnargli la faccia e le spalle.

Finley si voltò e vide che l'altra donna aveva gli occhi strabuzzati tanto da far ridere, poi la vide scoppiare a piangere e correre verso i bagni.

"Cazzo, amico, mi dispiace!" disse l'altro uomo a Brock, che nel frattempo si stava alzando. Quel tipo sembrava terrorizzato: fissava Brock dall'altra parte della panca. Rispetto a lui, Brock era enorme... e avrebbe potuto strizzarlo come uno straccio, tanto era piccolo e assai meno muscoloso.

Invece Brock scrollò le spalle e disse: "Non badarci, amico. Però ti consiglio di scusarti con la tua compagna... e magari domani portala a fare shopping, invece di andare a cercare Piedone."

"Sì, ottima idea," gli rispose il tipo, che poi prese la borsetta della sua ragazza, le scarpe di entrambi e si avviò verso i bagni.

Finley non riuscì più a trattenere la risata: il povero Brock era conciato male. Non rideva di lui, ma della situazione che si era creata.

"Dai, è meglio che andiamo," le disse chinandosi per togliersi le scarpe. Altra birra gli gocciolò dai capelli sul pavimento. Quando Finley lo vide di schiena, si accorse che era completamente fradicio. Aveva la camicia totalmente inzuppata di birra sulla schiena, e i jeans si erano scuriti nella zona del fondoschiena e lungo tutte le cosce, fino alle ginocchia.

Dopo aver indossato le proprie scarpe, Finley lo seguì al bancone di servizio, dove informarono l'addetto che non avrebbero aspettato il tecnico per riparare il meccanismo del bowling, ma che se ne sarebbero andati. Brock non chiese alcun rimborso, nonostante ne avessero diritto, con ogni probabilità.

La prese per mano e le fece strada fino all'uscita. Lei si lasciò guidare fino al pick-up ed entrò senza una parola di protesta. Lui guidò fino a casa di Finley e dopo averla aiutata a scendere, si rimise dietro al volante.

Fu allora che gli mise una mano sul braccio. "Brock?"

"Sì?" rispose lui, con un piede dentro e l'altro fuori dal veicolo.

"Ti va di rimanere un pochino? È presto."

"Puzzo. Sono irritato e bagnato fradicio. Ho bisogno di una doccia e non sarei di buona compagnia, con questo umore. Mi dispiace, Finley."

Lei non voleva che quella serata terminasse. Nonostante tutto ciò che era successo, si era divertita insieme a Brock. Aveva scoperto con piacere che, anche quando una situazione non andava come lui si aspettava, non perdeva le staffe. Chissà quanti, al posto suo, si sarebbero arrabbiati con la donna che aveva lanciato la birra, oppure con il suo compagno. O magari con il tipo al bancone delle scarpe. Invece Brock no: era rimasto calmo.

"Puoi farti la doccia da me. Un aspetto positivo della mia taglia è che sicuramente avrò una maglia che ti va bene, intanto che la tua si asciuga. Non posso darti dell'intimo o le mie tute, ma ho dei teli molto grandi, puoi metterli in vita intanto che i jeans si asciugano."

Lui la fissò per un momento incredibilmente lungo, poi le chiese: "Ti sta bene se mi fermo a casa tua indossando solo un asciugamano?"

Lei notò subito che Brock non si era lamentato dell'ipotesi di indossare una maglia di Finley. Lei gli aveva detto la verità: probabilmente le maglie con cui le piaceva rilassarsi in casa gli sarebbero andate a pennello, ma non glielo ribadì. "Sì," gli rispose semplicemente. "Perché? Non avrai certo intenzione di farmi del male, vero?"

"Cazzo, certo che no!"

"Allora..." lasciò la frase in sospeso.

Brock fece un respiro profondo, poi scese dal veicolo e chiuse lo sportello sbattendolo. La prese di nuovo per mano e si avviò a passo di marcia verso casa di Finley.

Lei lo seguì docilmente con un sorriso, contenta perché Brock aveva deciso di rimanere. Lui le porse una mano per ricevere le chiavi, che lei gli passò volentieri.

"La doccia?" le chiese.

Ovviamente Brock era ancora irritato, così Finley non aggiunse altro, ma gli indicò solo il corridoio, verso il bagno degli ospiti. Quando lui si incamminò, lei aggiunse sottovoce: "Se mi metti i tuoi vestiti fuori dalla porta, intanto faccio la lavatrice."

Brock annuì e sparì in corridoio.

Wow: che uomo intenso! Però in senso positivo: Finley apprezzava il suo carattere, perché Brock non brontolava, né si arrabbiava. Certo, c'era rimasto male, ma non si era comportato in modo da farla preoccupare, o da metterla in difficoltà standole troppo vicino.

Finley sentì la porta del bagno che si apriva e che si chiudeva, così fece capolino nel corridoio e vide la pila dei vestiti di Brock. Li raccolse alla svelta, li mise in lavatrice e avviò il lavaggio rapido. Poi si cambiò, indossando un paio di pantaloni comodi da casa, con vita elasticizzata, e una maglia a maniche lunghe. Infine andò in cucina per preparare del caffè alla macchinetta. Tirò fuori dal pensile dei biscotti alla zucca, quelli che aveva preparato insieme a lui. Li sistemò su un piatto, che appoggiò sul tavolino da caffè. Quando tornò in cucina per versare due tazze di caffè, Brock aveva già finito di fare la doccia.

Sentendolo arrivare, Finley si girò... e quasi si morse la lingua: Brock si era avvolto intorno alla vita un asciugamano da bagno e aveva i capelli bagnati. Ma furono gli ampi pettorali che le fecero tremare le cosce e risucchiare un respiro.

Santo cielo, che uomo affascinante! Aveva un fisico scolpito come quello di una divinità dell'antica Grecia... almeno per come se l'immaginava lei. I muscoli del braccio si contrassero mentre Brock stringeva il nodo che aveva fatto all'asciugamano per tenerlo chiuso in vita. Vedendo Finley che lo fissava, contrasse anche i muscoli della mascella.

"Se non la smetti di guardarmi in questo modo, non risponderò delle mie azioni."

Quelle parole non la spaventarono minimamente, perché anche lei si accorse che lo stava fissando come una bimba che sbava davanti a un gelato. Di sicuro aveva voglia di leccarlo. Avrebbe cominciato dai capezzoli, per scendere pian pianino...

Finley chiuse gli occhi e si girò per far qualcosa con le tazze di caffè. Le serviva un minuto per riprendere il controllo di sé. Sapeva già che Brock aveva un fisico speciale, ma tutti quei muscoli e quella pelle tonica proprio davanti agli occhi... erano quasi insopportabili.

"Sento aroma di caffè?" le chiese lui con disinvoltura,

come se fosse abituato a girare mezzo nudo in casa di una donna, con solo un asciugamano intorno alla vita.

"Mh mh," gli rispose, ancora incapace di esprimersi a parole.

Lo sentì avvicinarsi da dietro e appoggiarle una mano sul fianco, poi Brock si abbassò e le avvicinò il naso al collo sussurrando: "Ti ho mai detto quanto adoro i tuoi capelli sciolti?"

Lei scosse la testa.

"Beh, è così. Apprezzo il modo disinvolto in cui hai reagito, so che è una situazione... imbarazzante."

"Non è imbarazzante," gli rispose decisa girandosi verso di lui. "Cioè, se quella birra fosse arrivata addosso a me, non avrei reagito a sangue freddo come hai fatto tu."

"Se quella birra fosse piovuta addosso a te, la situazione si sarebbe conclusa in modo molto diverso," commentò lui con tono profondo e minaccioso.

Finley sentì i brividi.

"Dai, ti va di guardare un film?" le chiese.

Seduta di fianco a lui, in *quel* momento, quando le sarebbe bastato tirare quell'asciugamano per denudarlo? No, non era il caso. Però lei annuì comunque. Se lui prendeva tutto con scioltezza, poteva farlo anche lei.

Finley portò le tazze di caffè verso il divano. Vedendo il piatto coi biscotti, Brock sorrise. "Non hai resistito, vero?"

"A cosa?"

"Ai biscotti?"

Lei fece spallucce. "Ho pensato che andassero bene come dessert."

"Hai pensato bene," le disse. Poi, come fosse stata l'azione più normale al mondo, si sedette e la fece accomodare al proprio fianco. La tirò più vicina, fino ad averla addosso.

Finley non sapeva bene dove mettere le mani, ma pensò lui a risolvere il problema, prendendogliene una e appoggiandosela al petto. Aveva la pelle tiepida, quasi calda, mentre lei naturalmente aveva le dita fredde. Brock aveva qualche pelo sul petto, letteralmente la visione più sensuale di cui Finley avesse mai goduto.

Gli rimase addosso un po' tesa, finché lui non le mormorò: "Rilassati, Fin."

Con sua stessa meraviglia, lei si rilassò. In pratica gli si sciolse addosso.

Passò qualche minuto, mentre lui cercava qualcosa da guardare sull'app dei film. Alla fine scelse *Signs*, un film non recente che a lei piaceva molto, poi le disse: "Alla fine è molto meglio così."

Lei sorrise. "Così come? Praticamente nudo sul mio divano, con i vestiti pieni di birra in lavatrice?"

"Sì. Almeno così ti ho tutta per me."

Lei scosse la testa.

"Mi dispiace se ero seccato, quando siamo arrivati qui."

"Ti capisco."

Finley non si era certo dimenticata che Brock non indossava alcun vestito, ma apprezzava il fatto che lui alleggerisse l'atmosfera, pur senza fare delle mosse affrettate: Brock non stava cercando di approfittare della situazione. Passò una mezz'oretta, poi lei si alzò per spostare i vestiti di Brock dalla lavatrice all'asciugatrice, infine tornò da lui.

Quando l'asciugatrice tintinnò, avvertendo che il ciclo era terminato, a Finley quasi dispiacque. Senza dire una parola, lui si alzò; quando tornò, si era rimesso i vestiti di prima. Finley quasi rimpianse di avere un'asciugatrice tanto efficiente.

Appena dopo essersi seduto di nuovo al fianco di Finley, Brock le spinse leggermente le spalle fino a farla sdraiare supina, sovrastandola. Poi la baciò a lungo, con molta passione e intensità. Lei sentì contro la coscia l'erezione che spingeva dietro ai jeans.

Quando Brock si staccò da lei e la guardò con grande affetto, lei si preoccupò.

"Che c'è?" le chiese.

"Nulla, sto solo cercando di capirti," gli rispose accarezzandogli la pelle del braccio muscoloso.

Lui comprese il motivo di quella confusione e le spiegò: "Non volevo baciarti mentre avevo addosso solo un asciugamano, non volevo innervosirti, farti pensare che volessi andare oltre; né volevo rischiare di perdere il controllo cercando di prendere qualcosa che tu non mi stavi offrendo; sapevo che, *se* avessi cominciato a baciarti, sarebbe stato estremamente difficile fermarmi."

"Non avresti perso il controllo, e comunque... avrei accettato volentieri," gli spiegò con un po' di timidezza.

Brock inspirò profondamente, poi le sorrise. "Penso che tu ti fidi di me più di quanto mi fidi io stesso."

"Probabile," gli disse lei facendo spallucce. "Sei un brav'uomo, Brock, fino al midollo."

"Però passerà un po' di tempo, prima di un terzo appuntamento," le disse.

Finley aggrottò la fronte preoccupata. "Davvero?"

"Sì sì. Con la fortuna che abbiamo, non voglio nemmeno immaginare cosa succederebbe. Quindi vengo ad aiutarti al mattino, anche se so che non ne hai più bisogno, e poi ci frequentiamo così, ma senza chiamarli appuntamenti, va bene?"

Lei si rilassò sbuffando. "Va bene."

"Ah... so che stai preparando la torta nuziale di Ethan e Lilly e che darai una mano alla cerimonia in generale... ma speravo che ti sedessi con me? Che ballassi con me?"

"Tipo, come a un appuntamento?" gli chiese.

"No!" esclamò Brock.

Al che Finley si mise a ridere.

Lui sorrise. "Niente appuntamenti, si sta solo insieme.

Soprattutto *non* parliamo di appuntamento alle nozze dei nostri amici. Altrimenti chissà come rischieremmo di rovinare il gran giorno."

"Sì, forse hai ragione," concluse Finley alzando gli occhi al cielo. "Comunque sia, mi farebbe molto piacere *frequentarci* il giorno delle loro nozze."

"Bene. Ti fa comodo un passaggio?"

"Non ti pesa?" gli chiese indecisa.

"Se mi pesasse non te l'avrei offerto."

"È che devo arrivare molto presto e trasportare la torta è una rottura. Non sarà ancora assemblata, perché senza dubbio cadrebbe o si romperebbe nel viaggio, perciò dovrò portare qualche scatolone di dolci e altre cose, per dare il tocco finale quando sono là."

"Nessun problema," le rispose tranquillamente. "Come fai di solito a portare le torte per le cerimonie?"

"Beh, da quando ho aperto la pasticceria ho consegnato solo qualche torta di compleanno. Non ho mai avuto il tempo di ricevere ordini tanto speciali. In generale, incrocio le dita e spero che gli scatoloni non scivolino e non cadano per terra, un po' così..."

"Se vuoi posso aiutarti," le disse con naturalezza. "Come assistente, per quel che ti serve."

"Grazie."

Si fissarono l'un l'altra per un lungo momento, poi Brock sospirò, si spostò e le porse la mano.

"Vai via?" gli chiese Finley.

Lui annuì. "Mi dispiace che la serata non sia andata come previsto."

"A me no."

Sorrisero entrambi.

Passò un altro quarto d'ora buono, prima che Brock andasse davvero via, dato che nessuno dei due aveva voglia di interrompere i baci sull'uscio. Quando lui partì e uscì dal vialetto, Finley si appoggiò alla porta sorridendo. Poteva senz'altro dire di essere felicissima di come stava procedendo il rapporto con Brock. Non si sarebbe mai aspettata una sintonia tanto immediata, ma aveva molta voglia di scoprire come si sarebbe evoluto il prossimo "non appuntamento".

CAPITOLO SEI

Quattro giorni dopo, Finley era dietro l'angolo della biblioteca, seduta insieme ai gattini, che ormai la riconoscevano e appena la vedevano cominciavano a miagolare sonoramente, sapendo che la pappa stava arrivando. La sera prima, aveva avuto notizie da Khloe: solo un messaggino con cui la informava che sarebbe stata via almeno un'altra settimana.

Finley era preoccupata per l'amica, ma Khloe non era pronta a condividere cosa le stava succedendo, quindi non era possibile aiutarla. Se non altro, Finley poteva prendersi cura dei gattini salvati da Khloe, tenerli al sicuro, nutrirli fino al ritorno dell'amica da quel viaggio denso di misteri.

Finley doveva tornare al lavoro, infornare i dolci per la giornata, ma si stava godendo la pace tranquilla del mattino. Proprio quando si convinse ad alzarsi per rientrare, un veicolo accostò nel parcheggio e si fermò dietro il circolo del biliardo. Era lo stesso pick-up nero che aveva visto in un'altra occasione.

Da quella prima volta, non aveva più ripensato a quell'avvistamento, ma in quel momento sentì una strana vibrazione alla schiena. Continuò a osservare e vide lo stesso uomo arrivare da dietro l'angolo del circolo del biliardo con uno zainetto familiare. Lo passò all'interno del veicolo dal finestrino e ritirò un altro pacco dall'autista, poi sparì dietro l'edificio nel giro di un minuto.

Però il veicolo nero non ripartì subito: rimase fermo nel parcheggio col motore acceso.

Più il veicolo rimaneva immobile, e più Finley si innervosiva. Non credeva di essere facilmente visibile, là seduta tra l'edificio e il cassonetto, senza la luce del sole. Eppure... imparò a memoria il numero di targa, poi si alzò lentamente e arretrò verso lo studio medico del dottor Snow.

Quando fu a metà strada tra il cassonetto e l'angolo dell'edificio, le luci dei freni del veicolo si illuminarono.

La luce illuminò l'area, altrimenti immersa nel buio... e Finley non ebbe dubbi che se il guidatore avesse guardato nello specchietto retrovisore l'avrebbe vista.

Preferì ignorare ciò che aveva appena visto: si girò e si incamminò più svelta che poté per aggirare l'angolo. Appena uscita dalla visuale dell'autista, cominciò a correre. Tagliò di netto la piazza e pregò che chi era dietro al volante di quel pick-up, chiunque fosse, non l'avesse vista.

Tirò fuori di tasca il mazzo di chiavi e si avvicinò allo Sweet Tooth. Trovò a fatica la chiave giusta ed entrò, sana e salva. Respirava a fatica, non per via della corsetta in piazza, che non l'aveva affaticata più di tanto, ma per l'adrenalina che le scorreva nelle vene.

Quel mattino, evidentemente, non era uno di quelli buoni per Davis, che non era in pasticceria ad aspettarla. Per la prima volta in assoluto, Finley si sentì nervosa perché era da sola nel locale.

Quel pensiero le fece raddrizzare la schiena e inspirare a fondo. No, non si sarebbe spaventata in quel luogo: viveva a Fallport, era al sicuro. Non aveva alcuna prova che ciò che aveva visto nascondesse qualcosa di losco...

Insomma... non era sicura di cosa avesse visto, ma non era certo una sciocca: era impossibile che delle persone si incontrassero alle prime luci dell'alba in un parcheggio deserto, dietro a un circolo del biliardo, per scambiarsi qualcosa al volo dal finestrino di un veicolo, *se non* per qualche motivo sospetto.

Sentì bussare alla porta e si spaventò, lanciando un grido indecoroso e piroettando su sé stessa. Fu pervasa dal sollievo appena vide Brock in piedi là fuori. La pasticceria aveva un'uscita secondaria, come tutti i negozi della piazza, ma Finley la usava raramente, senza un motivo particolare. Si era abituata a fare il giro per entrare dal davanti, anche per controllare che il marciapiedi e l'ingresso fossero puliti e dessero un'immagine professionale.

Aprì rapidamente la porta e sorrise a Brock. "Ciao!" gli disse con un po' troppo slancio.

"Che succede?" le chiese lui cogliendo subito il momento emotivo di Finley.

"Nulla, tutto a posto."

"Finley... che succede?" insisté lui. "Non dire di nuovo che non è nulla. Ti conosco, c'è qualcosa che non va. Non hai ancora acceso le luci in cucina e quando sono arrivato eri là in piedi e fissavi nel vuoto."

Chissà per quale motivo, Finley non voleva discutere di ciò che era successo quel mattino. Soprattutto perché non era successo *nulla*. Probabilmente aveva solo reagito in modo esagerato. Si sarebbe sentita una stupida se avesse creato dei problemi a qualcuno per un nonnulla. "Sul serio, sto bene, è solo che stamattina sono un po' in ritardo," gli rispose con una bugia innocua che la mise comunque a disagio. "Ho passato troppo tempo coi gattini e poi ero là in piedi ferma a pensare a cosa preparare oggi."

Brock la fissò per un lungo momento, poi annuì. "Va bene... ma se è successo qualcosa, sai che puoi parlarmene, vero? Non mi interessa cosa sia, tu non devi avere paura di venire da me."

"Guarda che lo so, ma grazie," gli rispose. A ogni secondo che passava, Finley si convinceva sempre di più di aver esagerato.

"Bene. Adesso... che ne dici di un bel bacio del buongiorno?" le chiese allargando le braccia.

Lei entrò in quell'abbraccio con un sorriso, stringendo Brock forte a sé. Quel contatto la fece sentire benissimo. Protetta. Alzò la testa dopo un momento, senza lasciarlo andare, e lui abbassò le labbra per raggiungerla. Non fu un bacio dalla passione devastante, ma della dolcezza ideale per la situazione, tenero, adorabile.

Quando le loro labbra si staccarono, Brock non sciolse l'abbraccio, ma continuò a fissarla abbastanza a lungo da crearle un certo disagio. Era come se potesse leggerle nella mente. Come se capisse quanto disperatamente lei lo voleva, quanta paura aveva di fare qualcosa che mandasse il loro rapporto all'aria.

Come se capisse quanto era nervosa per ciò che era successo nel parcheggio dietro la biblioteca.

Lui però, quando finalmente la lasciò andare, non le disse nulla, se non: "Cosa offre il menù stamattina?"

Quando arrivò Liam era tutto pronto: rotolini alla cannella, muffin e pagnotte alla zucca con mirtilli rossi; ma Finley non aveva affatto dimenticato lo strano episodio di quel mattino. Alla luce del giorno, si sentiva una sciocca per lo spavento preso. Decise di togliersi dalla testa quell'incidente... ma non prima di aver annotato il numero di targa di quel pick-up nero su un foglietto di carta, mettendolo nella scatola delle ricette che teneva su uno dei mobiletti della cucina.

———

Quella sera, Finley si ritrovò nella casetta in cui Caryn viveva con Drew. L'avevano presa in affitto, ma era una sistemazione perfetta per loro, almeno per il momento. Era situata vicino alla casa del nonno di Caryn, Art; lasciare il nonno a casa da solo innervosiva ancora Caryn... anche se ormai si era ripreso quasi al cento per cento dall'aggressione.

Caryn aveva invitato Finley perché Lilly stava andando nel pallone per le nozze. Non tanto per il fatto di sposarsi di per sé, quanto per il fatto che le sembrava troppo presto. Elsie e Bristol erano già arrivate, quando giunse anche Finley.

Le altre avevano in mano un bicchiere di vino ciascuna e Finley vide una bottiglia di liquore artigianale appoggiata su un mobiletto. Caryn era amica di Clyde Thomas, che preparava il liquore più buono di quella regione della Virginia; ovviamente lei ne aveva portato una bella bottiglia. Caryn non si ubriacava più dalla famigerata sera alla Tana, dove alcuni vigili del fuoco di Fallport l'avevano fatta bere troppo, volutamente, ma non aveva problemi a versarsi qualche goccetto con le amiche.

"Non puoi entrare se non ti fai un goccio," le ordinò Elsie appena la vide entrare, indicando il bicchierino vicino alla bottiglia di liquore appoggiata sul mobile.

Finley obbedì all'ordine con un gran sorriso, trasalendo un pochino al bruciore dell'alcol che le scendeva nella gola. Se qualcuno le avesse detto, anche solo un anno prima, che avrebbe bevuto degli shot in compagnia delle amiche, lei avrebbe risposto che era impossibile. Invece, nel giro di qualche mese, quelle quattro donne erano diventate le amiche migliori che Finley avesse mai avuto; per loro avrebbe affrontato fuoco e fiamme... e sapeva che loro avrebbero rischiato altrettanto per lei.

Si sedette e Bristol le disse: "Tanto per aggiornarti... Lilly è preoccupata che il rapporto con Ethan sia andato troppo alla svelta e che sia una follia sposarsi in questo momento.

Noi pensiamo tutti che si sbagli e io personalmente credo che stia solo andando nel panico per via di tutti i dettagli delle nozze da organizzare all'ultimo minuto."

Finley si sedette sul divano con le gambe piegate sotto al corpo. Bevve un sorso del liquore che si era versata prima di sedersi e guardò Lilly. L'amica sembrava molto sotto stress. "Lo ami?" le chiese.

"Sì." La risposta di Lilly fu immediata: non dovette pensarci minimamente.

"Gli hai parlato di questi dubbi?" le chiese Finley.

Lilly sospirò e scosse la testa, guardando nel proprio bicchiere di liquore.

"Ecco," commentò Finley. "Io probabilmente sono l'ultima che può dare consigli, dato che non sono mai stata fidanzata o nemmeno in un rapporto di lunga durata, ma vi ho visti insieme, tu ed Ethan, e penso di non aver mai visto nessuno tanto innamorato quanto voi due. Lui ti tiene sempre gli occhi addosso, anche quando tu non te ne accorgi. Ti guarda sempre, è come se fosse sempre pronto a scattare per proteggerti, in qualunque momento, se per caso ti arrivasse addosso anche un proiettile. Se io stessi con uno così? Se un uomo mi amasse quanto Ethan ama te? Non aspetterei nemmeno la cerimonia di nozze: trascinerei il suo deretano in municipio per farmi mettere l'anello al dito a tutta velocità."

Lilly rilassò le spalle mentre rifletteva sulle parole di Finley.

"Cos'è che ti mette veramente a disagio?" le chiese Elsie. "Cosa possiamo fare, per toglierti di dosso un po' di stress?"

"Non lo so. Forse sono solo una sciocca," mormorò Lilly.

"Tu sei la persona meno sciocca che io conosca," ribatté Elsie. "Adesso vuota il sacco."

Nell'ora successiva, le cinque amiche condivisero spontaneamente delle idee per alleviare lo stress che la cerimonia imminente stava creando a Lilly. Anche se, a meno di due settimane dal giorno della cerimonia, era troppo tardi per fare delle modifiche, loro ci provarono lo stesso. Invece di una cena a sedere per gli invitati, Elsie avrebbe incontrato Sandra per inventarsi un menù che potesse essere servito sotto forma di buffet. Dato che Lilly era l'unica a Fallport abile nel fare registrazioni video, e che ovviamente non poteva riprendere il proprio matrimonio, Caryn si offrì per contattare una persona che conosceva, una fotografa incontrata a New York, dove Caryn aveva vissuto. Uno studio fotografico si era incendiato e Caryn era tra i vigili del fuoco intervenuti: era riuscita a salvare quasi tutte le attrezzature e la fotografa le aveva detto che si sentiva in debito e che Caryn avrebbe potuto chiamarla in qualunque momento, quando le fosse servito un favore.

Finley si offrì di presentarsi in anticipo il mattino della cerimonia, portando la torta nuziale e poi aiutando con altre faccende, mentre Elsie avrebbe portato in anticipo anche Tony, il figlio: era un ragazzo ancora giovane, ma con un sacco di energie e di buona volontà, uno a cui non sarebbe dispiaciuto darsi da fare sistemando sedie o aiutando in ogni modo.

Dopo un'oretta, Lilly si sentiva già molto meglio. Forse grazie all'effetto dell'alcol, che l'aveva ammorbidita; ma dato che aveva bevuto solo un bicchiere, Finley immaginò fosse stato soprattutto l'effetto delle amiche.

"Non so cosa farei senza di voi," disse Lilly con tono impastato. "Siete le amiche migliori al mondo! Adesso basta, sono stufa di parlare di me. Davvero, non vedo l'ora che sia tutto fatto e finito. Voglio tornare alla vita di sempre... a parte diventare la signora Lilly Watson."

"Devo ammettere che mi fa molto piacere che Zeke abbia accettato di non esagerare con la cerimonia," disse Elsie con un sorrisetto. "Insomma, ci sono giorni in cui un po' mi dispiace di non aver indossato l'abito bianco e tutto il resto, ma poi penso a quanti soldi e quanti mal di testa ci siamo risparmiati e mi sento subito sollevata."

"Non parliamo nemmeno delle spese," brontolò Lilly.

Risero tutte.

"Sai bene quanto noi che Ethan non è minimamente attaccato ai soldi," commentò Bristol.

"Lo so, anzi, devo ringraziarti, Bristol, perché non avremmo potuto trovare un contesto migliore della tua casa. Ancora stento a credere a quanto sia diventato bello il tuo fienile."

"*Infatti*, si è trasformato totalmente, non è vero?" chiese Bristol con un sorriso.

"Come sta venendo la vetrata istoriata per l'Occhio di Bue?" chiese Finley.

"È quasi finita," rispose Bristol.

"Rispondi sinceramente, quanto costerebbe un'opera del genere, se la vendessi?" le chiese Elsie.

Bristol fece un sorriso imbarazzato. "Non è il caso che ve lo dica..."

"Invece sì, vogliamo saperlo!" esclamarono le altre.

"Beh, dipende sempre da quanto è disposto a pagare il cliente; però, in base alle dimensioni e al tempo che mi ci è voluto... probabilmente qualche centomila," concluse Bristol facendo spallucce.

Finley la fissò sbalordita... e capì che anche le altre la stavano guardando allo stesso modo.

"Sul serio?" le chiese.

"Eh sì," confermò Bristol con un sorrisetto.

"Ma accipicchia, è magnifico!" esclamò Elsie.

"E pensare che la sola e unica Bristol Wingham in versione originale si trova a Fallport!" aggiunse Lilly.

"Ed è nostra amica!" aggiunse Caryn di slancio.

"Ti prego, dimmi che ci hai messo anche Bigfoot," le chiese Finley. Avevano sentito tutte l'idea di quella vetrata, che doveva includere la mitica creatura introvabile che faceva capolino da dietro un albero, ma nessuna l'aveva ancora vista.

"Certo che ce l'ho messo," rispose Bristol con una risata. "È il punto focale della scena. Beh, a parte il sedere del mio uomo."

Scoppiarono tutte a ridere.

"A *lui* non l'ho detto che era il suo sedere, ma non ho saputo resistere. Sarà perché sono di parte, ma è il miglior sedere di Fallport," spiegò Bristol.

Ne nacque un breve ma appassionato dibattito su chi avesse il sedere migliore tra gli uomini di Fallport, ma Finley rimase in silenzio, mentre le altre vantavano a turno i fondo-schiena dei rispettivi compagni.

Poi Caryn fece una smorfia e si girò verso Finley. "Noi possiamo anche dibattere sui culetti dei nostri uomini, ma penso che in materia di braccia muscolose Brock la vinca di gran lunga su tutti."

Finley arrossì senza sapere nemmeno il perché. Non stavano parlando di *lei*.

"Santo cielo, vero?" chiese Bristol. "Giuro che potrebbe sollevare un orso da terra."

"Immagino che quando ti abbraccia ti fa stare davvero bene, eh, Finley?"

Lei riuscì solo ad annuire.

"Immagina come si sostiene mentre fa l'amore con te, lentamente e con dolcezza," aggiunse Elsie con malizia.

Ovviamente l'alcol aveva reso l'amica più sfrontata del solito, ma Finley non si offese. Come poteva, quando anche lei aveva immaginato la stessa scena?

"Beh, io questo non lo so, ma immagino sia così," le rispose.

"Accidenti, ho perso la scommessa," commentò Elsie imbronciata.

Finley corrucciò la fronte e chiese: "Che scommessa?" Tutt'a un tratto, nessuna delle amiche la guardò più negli occhi. "Ragazze? Che scommessa?"

"Era solo per scherzare," le disse Caryn dopo un momento. "Abbiamo fatto una puntatina sul fatto che tu e Brock foste già stati a letto insieme, e nel caso, su quando succederà."

Finley non sapeva bene se arrabbiarsi con le amiche oppure no, ma decise che, a parti invertite, anche lei sarebbe stata altrettanto curiosa e magari avrebbe scommesso qualcosa.

Lei e Brock avevano passato molto tempo insieme; ogni mattina in pasticceria, ogni sera in compagnia. Non solo: quanto accaduto al bowling aveva senz'altro acceso un incendio che si era propagato alla svelta. Sapevano tutti che Brock era stato annaffiato con la birra gettata da una turista. Accidenti, si sapeva anche che poi era andato a casa di Finley, quindi non c'era da sorprendersi se le amiche avevano immaginato che avessero passato la notte insieme.

"Non te la sei presa, vero?" le chiese Elsie mordendosi un labbro. "Non abbiamo puntato davvero dei soldi, solo il nostro dolce preferito."

Finley si fece seria. "Non posso crederci," disse sottovoce. "Pensavo fossimo amiche." Fece una pausa teatrale, poi tolse le altre dalle spine aggiungendo: "Lasciarmi fuori da una scommessa che include del cioccolato è *cattiveria*."

Risero tutte, sollevate.

"Senti, ci sono cascata. Pensavo te la fossi presa davvero," disse Lilly.

"Ma no!" esclamò Finley. "Anche perché, al vostro posto, avrei fatto la stessa cosa. Per la cronaca... io sono pronta: prontissima. Ci frequentiamo solo da un paio di settimane, ma Brock è... beh... è una meraviglia della natura."

Tutte le altre confermarono.

"Ti tiene gli occhi addosso da sempre, da quando vi ho conosciuti," aggiunse Caryn. "E io sono l'ultima arrivata del gruppo; se l'ho notato io, è probabile che ti stesse adocchiando da molto tempo."

"Hai ragione," commentò Bristol. "Mi ricordo di averlo notato alla parata del Quattro Luglio, non ti toglieva gli occhi di dosso."

"Ogni volta che ci troviamo in compagnia, passa tutta la serata a guardare noi donne," aggiunse Elsie. "All'inizio mi ero convinta che ce l'avesse con me, o chissà che, magari che non gli facesse piacere che le serate tra uomini fossero disturbate da noi donne... poi ho capito che fissava sempre Finley."

"Ragazze, state esagerando," ribatté Finley, che però, nel profondo, sentì una piacevole sensazione di tepore.

"No no... ma insomma, anche tu non eri certo criptica, negli sguardi che lanciavi *a lui*," aggiunse Elsie.

"Vero? Lo fissava sempre con gli occhi colmi di desiderio, poi appena lui si voltava, lei abbassava gli occhi a terra, come se il pavimento fosse la cosa più interessante che avesse mai visto," aggiunse Bristol ridendo.

"Possiamo cambiare argomento?" chiese Finley disperata.

"No no: abbiamo già parlato d'altro, adesso tocca a te," le rispose Lilly.

"D'accordo! Mi piace e io piaccio a lui. Chissà per quale motivo, non sembra interessato al peso di troppo che mi porto dietro."

"Certo che non gli interessa!" esclamò Lilly.

"Non esiste alcun 'certo' al riguardo," commentò Finley. "A tanti uomini non interessano le donne della mia stazza."

"A Brock chiaramente interessi. Anche lui è uno grosso, pieno di muscoli. Capisco perfettamente il motivo per cui gli interessi. A parte il fatto che sei affascinante, non dovrà mai preoccuparsi di eccedere... in foga," spiegò Caryn ammiccando con le sopracciglia.

"Vero? Ve l'immaginate uno come lui con una donna piccolina come me?" chiese Bristol. "Impossibile."

Finley non se la prese affatto: le amiche non avevano tutti i torti. "Va bene, va bene, siamo entrambi attraenti, una combinazione perfetta... adesso però c'è solo un problema," si lamentò.

"Che problema c'è?" le chiesero tutte le altre insieme.

"È che adesso mi avete messa in fibrillazione e non penso ad altro che ai suoi bicipiti contratti mentre si sostiene sopra di me."

Scoppiarono tutte a ridere.

Che bella sensazione, davvero bellissima: Finley non aveva mai avuto delle amiche tanto intime da poter discutere con loro di sesso. Anche se non l'aveva ancora fatto con Brock... aveva il presentimento che sarebbe successo presto, e le andava benissimo. Desiderava Brock, che ovviamente ricambiava lo stesso desiderio. A Finley non interessava minimamente della velocità con cui si stava sviluppando il loro rapporto. Aveva visto le amiche trovare compagni con altrettanta rapidità ed erano le persone più innamorate che lei avesse mai conosciuto.

Sinceramente, anche Finley desiderava lo stesso amore. Che lo trovasse o meno in Brock era ancora tutto da decidere, ma non si sarebbe lasciata sfuggire l'opportunità di fare sesso con lui.

"Ne avevo proprio bisogno," commentò Lilly. "Adesso mi sento una sciocca, per la paura che mi era venuta. Amo tantissimo Ethan e ovviamente voglio sposarlo. Apprezzo il vostro aiuto più di quanto non riesca a esprimere a parole. Se mai una di voi avesse bisogno di me, vi prego, basta chiedere. O anche farmelo capire. Sarò sempre disponibile per dare una mano."

"Lo stesso vale per me," aggiunse Elsie. "Siete state tutte eccezionali con Tony; è tanto contento di vedervi alle sue partite di pallone, ormai siete le sue zie acquisite."

"Anch'io non so come ringraziarvi per tutto quello che

avete fatto per me," aggiunse Bristol. "Io non sono certo molto estroversa, e quando sono rimasta a letto con una gamba malmessa non è stata una gita di piacere. Però voi non avete esitato a venirmi a trovare e mi avete tenuto compagnia quando mi rompevo le scatole dalla noia."

"Vuoi dire che siamo venute a romperti le scatole," scherzò Elsie.

Risero tutte, ma Bristol disse: "Ragazze, voi non rompete mai le scatole."

"Mai?" le chiese Caryn.

"Beh, insomma, magari è meglio dire *quasi* mai." Bristol fece un gran sorriso. "Comunque mi fa molto comodo che Lilly curi tutti i dettagli delle nozze al fienile," proseguì, "perché così, quando toccherà a me, sapremo già cosa funziona meglio e cosa no." Fece l'occhiolino a Lilly.

"Vedrai che andrà tutto benissimo," le disse Finley convinta. "E anche in caso contrario," aggiunse rivolgendosi a Lilly, "a chi importa? Ti prego, dimmi che non diventerai una di quelle spose incazzose... finora sei sempre stata molto equilibrata, a parte stasera, che non conta."

"Niente sposa incazzosa," rassicurò Lilly.

"Anche se piove?" chiese Elsie.

"Anche se piove."

"E se faccio cadere la tua torta nuziale?" le chiese Finley.

"Allora qualcuno andrà di corsa al centro commerciale a comprare tutti i cupcake che trova e mangeremo quelli," rispose Lilly con fermezza.

Finley rabbrividì. "Rimangiatelo subito, non puoi dare agli invitati quelle porcherie!"

"Allora non far cadere la torta," ribatté Lilly.

Finley rise, poi annuì. "Hai ragione."

"Sinceramente, adesso sono molto più tranquilla, so che l'unica cosa che mi importa è stare con Ethan. Non mi interessa nemmeno cosa indosseranno gli invitati, anche se preferirei di gran lunga una baraonda spontanea a una festa impettita. Non mi interessa cosa mangiamo, né il volume della musica, *niente*. Voglio solo che le mie amiche e rispettivi compagni e parenti siano presenti per vedere che mi sposo con Ethan."

"Esattamente ciò che succederà," confermò Elsie decisa.

"Vi voglio bene, amiche," affermò Lilly tirando su col naso.

"Niente lacrime!" esclamò Caryn.

"La pompiera grande e grossa non vuole farsi vedere che piange?" la stuzzicò Finley.

Non si accorse di chi la cominciò, ma Finley si ritrovò nel bel mezzo di una frenetica lotta con i cuscini. Tra le risatine e le grasse risate di tutte, nemmeno le cuscinate in faccia riuscirono a intaccare il buon umore di Finley.

Quando furono cotte a puntino, le cinque amiche si spaparanzarono nel salottino. I cuscini erano sparsi sul pavimento e qualcuna aveva rovesciato un mezzo bicchier d'acqua, ma a Caryn sembrava non importare.

"Khloe dovrebbe essere qui con noi," commentò Bristol dopo un momento.

"Sì, l'avete più sentita?" chiese Lilly.

"Mi ha mandato un messaggio per chiedermi se potevo seguire i suoi gattini ancora per un po', perché dovrebbe tornare tra una settimana circa, se tutto va bene," spiegò Finley.

"Cos'è che deve andare bene?" chiese Elsie.

"Non ne ho idea," le rispose Finley scrollando le spalle.

"Non è che per caso ha dei problemi?" chiese Caryn.

"Perché mai dovrebbe avere dei problemi? È una che parla a malapena," spiegò Bristol, "ma io penso che abbia dei segreti belli grossi."

"Raiden potrebbe saperlo?" chiese Lilly.

"Se non lo sa, scommetto che non gli fa piacere essere tenuto all'oscuro," osservò Bristol.

"Gli piace, vero?" chiese Elsie.

"Penso di sì, ma di sicuro non è disposto ad ammetterlo," rispose Lilly.

"Spero solo che non aspetti troppo," aggiunse Bristol con un po' di preoccupazione.

Rimasero tutte in silenzio per qualche momento, ripensando a cosa potesse nascondere Khloe... e se fosse il caso che Raid cercasse di spillarle qualche informazione.

"Ecco, allora... quando torna... comincia l'operazione Amicizia Khloe?" chiese Lilly.

"È già nostra amica," ribatté Bristol.

"Lo so, ma dobbiamo approfondire. Se c'è qualcosa che non va, qualche problema per cui le serve aiuto, dobbiamo scoprire cos'è prima che succeda qualcosa di brutto," spiegò Lilly, che poi alzò la mano, come per fermare eventuali obiezioni, anche se nessuna delle altre stava per parlare. "Sto solo dicendo che dobbiamo farle capire fino in fondo che le siamo vicine. Ce ne sono successe abbastanza, di tragedie, sappiamo bene che anche le brave persone possono trovarsi in un mare di guai."

Non aveva tutti i torti. "Che si fa con Talon?" le chiese Finley.

Quattro paia di occhi si voltarono verso di lei.

"Che si fa in che senso?" le chiese Caryn.

"È l'unico senza una ragazza. Insomma, Raiden e Khloe non stanno insieme, ma è ovvio che è solo perché sono due testoni cocciuti. Dobbiamo trovare una compagna per Tal."

"Sto pensando che è impossibile 'trovare' una donna per uomini come i nostri. Ti immagini cosa direbbe, se sapesse che vogliamo accoppiarlo?" chiese Lilly.

"E poi *chi* mai possiamo trovargli?" domandò Elsie.

"Penso che sotto sotto sia molto sensibile e serio, dietro il suo tipico umorismo britannico," aggiunse Bristol. "Cerca sempre di alleggerire ogni situazione, ma penso che nel profondo voglia anche lui quello che hanno i suoi amici."

Finley annuì. "L'ho notato anch'io."

"Ha bisogno di una donna di cui occuparsi," soggiunse Caryn a bassa voce. "Ma lo dico in senso buono."

"Ti capisco," rispose Bristol. "Tra tutti gli altri, lui è quello che è venuto a trovarmi più spesso. Mi portava sempre qualcosa da mangiare e da leggere. Un giorno mi ha anche accompagnato in macchina fino a Roanoke, solo perché mi aveva sentito nominare un negozio di perline da cui acquisto molto."

"Ma davvero?" le chiese Lilly.

"Eh sì. Anch'io la penso come Caryn. Non durerebbe molto con una donna troppo indipendente. Dovrebbe mettersi insieme a una che ha bisogno di lui," ragionò Bristol.

"Conosciamo una donna così?" chiese Finley.

Rimasero tutte in silenzio, spremendosi le meningi.

Elsie sospirò: "Io no."

"Nemmeno io," aggiunse Lilly.

"Accidentaccio. Non possiamo certo mettere un annuncio sul giornale che dica: 'Se non te la passi bene o sfuggi a un ex, o hai una dozzina di figli e ti serve uno che li mantenga, abbiamo il tipo giusto per te'," disse Caryn.

Finley rise insieme alle altre, anche se con una certa tristezza. Caryn aveva ragione: Talon aveva bisogno di una compagna di cui occuparsi e che in cambio si occupasse di lui. Ma ormai quasi tutte le donne erano indipendenti, era diventata una convenzione sociale, peraltro niente affatto sbagliata.

"Allora tenete gli occhi aperti," ordinò Lilly. "Talon non può essere l'unico dei nostri amici a rimanere senza una donna."

"Pensi che la donna perfetta per lui possa piovere così dal cielo?" chiese Elsie.

"Beh, *noi* ci siamo trovate tutte qui a Fallport un po' per caso; chi lo sa, magari la donna perfetta per lui potrebbe presentarsi da un momento all'altro."

"È vero. Va bene, allora siamo tutte convinte?" chiese Elsie. "Tutte felici? Nessun ripensamento su nessun matrimonio?" chiese guardando prima Lilly, poi Bristol.

Le due amiche scossero la testa.

"Non guardare me," aggiunse Caryn con una risata. "Io e Drew non siamo pronti per sposarci. Siamo impegnatissimi e per adesso preferiamo vivere alla giornata."

"Tu invece, Finley, tutto a posto? Ci farai sapere quanto è meraviglioso e fantastico Brock, appena ti sconvolge l'esistenza?"

"Solo se posso assaggiare qualcuno dei dolcetti che avete puntato su di me," ribatté lei.

"Affare fatto!" esclamò Elsie. "Comunque, per la cronaca, anche tra me e Zeke va tutto bene. A meraviglia. Adesso vado a casa e mi scopo il mio uomo, così vediamo se riesce a farmi germogliare un bimbo nel ventre."

Al che scoppiò il finimondo: tutte volevano sapere da quanto tempo stavano cercando di avere figli e se lei fosse già incinta.

"Beh, credo proprio di no, altrimenti non avrei bevuto, stasera. Mi venga un colpo se dirò a Zeke di essere incinta *appena* lo scoprirò," aggiunse Elsie.

"Non glielo dirai? Perché no?" chiese Lilly preoccupata.

Elsie fece l'occhiolino. "Perché mi piace troppo quando si dà da fare per mettermi incinta. Appena saprà di esserci riuscito, so che mi tratterà come una bambolina di cristallo."

"Ecco, allora ti capisco perfettamente," commentò Lilly.

Anche Finley era d'accordo.

"Allora... se siamo tutte a posto, adesso telefono a Zeke. Qualcuna ha bisogno di un passaggio?"

Nessuna lo chiese, perché erano rimaste tutte d'accordo di

telefonare ai rispettivi compagni, dato che si aspettavano di bere. Anche Finley non soppesò nemmeno l'ipotesi di arrangiarsi senza telefonare a Brock.

Gli uomini arrivarono tutti più o meno allo stesso tempo; Finley abbracciò le amiche per salutarle, poi si lasciò accompagnare da Brock al pick-up, ci salì e si spostò verso l'altro lato come al solito.

"Ti sei divertita?" le chiese Brock appena avviatosi per strada.

"Sì sì."

"Bene."

"Non vuoi sapere di cosa abbiamo parlato?" gli chiese lei.

"No."

Finley fece un gran sorriso.

"Anche se... con la faccia che hai, forse potrei cambiare risposta," aggiunse Brock, che si fermò un po' di tempo a casa di Finley, anche per controllare che bevesse un bel bicchiere d'acqua e che prendesse un paio di antidolorifici per evitare i postumi della sbornia. Si accoccolarono sul divano e Finley non riuscì a togliere la mani dai bicipiti di Brock. Lo incoraggiò a togliersi la maglia e si trattenne a malapena dal tirargli giù i pantaloni.

"Sarà meglio che ci fermiamo," sospirò Brock rialzando la testa.

"Perché?" piagnucolò Finley.

Brock si alzò su di lei e Finley lo fissò: era eccitata, maledizione... e voleva quell'uomo.

"Perché voglio che la nostra prima volta sia speciale. Dovrai alzarti tra meno di cinque ore e voglio che la tua mente sia sgombra, quando faremo l'amore."

Fu un pensiero dolce, ma Finley si sentì in dovere di dirgli: "Non sono ubriaca."

"Lo so, e comunque non vedo l'ora di farlo anche quando

uno di noi due... o entrambi avremo bevuto troppo... ma non stasera."

Finley conosceva Brock abbastanza da sapere che quando lui decideva qualcosa, poi non cambiava idea. Quindi gli fece un mezzo broncio.

Per tutta risposta, lui rovesciò la testa all'indietro e rise. Anche quel gesto fu maledettamente sensuale. Dopo aver ripreso il controllo su di sé, Brock le passò un dito sul sopracciglio e la scrutò con un'espressione tenera negli occhi.

"Per la cronaca... io sono pronta," gli disse. "So che non è passato tanto tempo da quando abbiamo cominciato a frequentarci, ma mi sembra di desiderarti da un'eternità. Sono quasi stufa di aspettare."

Mentre lo guardava negli occhi, notò le pupille che si dilatavano. "Bene," le disse dopo un momento.

"Cacchio, non ti ho convinto?" gli chiese mestamente.

Lui ridacchiò. "Per stasera? No. Ma mi hai convinto a stringere un po' i tempi? Direi proprio di sì."

"Ottimo," commentò lei.

"Sono disposto ad aspettare il tempo necessario, voglio che tu sia completamente sicura di questo, di noi."

"Ma io sono sicura," ribadì lei. "Sono abbastanza grande da riconoscere un brav'uomo, quando lo incontro. Brock, tu sei uno degli uomini più speciali che io abbia mai incontrato. La ciliegina sulla torta al cioccolato è che non mi sembri interessato al mio sovrappeso, o al fatto che sono timida, quando incontro persone nuove... o quando voglio piacere a qualcuno."

"A me piaci tantissimo," le disse senza esitare. "E tu sei perfetta, Fin, non accettare chi dice il contrario. Dai, accompagnami alla porta," le disse preparandosi ad alzarsi.

Finley gli afferrò i bicipiti e li strinse. "Brock?"

"Sì?"

"Non farmi aspettare troppo."

"Va bene, te lo prometto," le disse con sguardo acceso.

"Bene, perché le amiche hanno aperto le scommesse su quando lo faremo, sai, hai capito... quando *lo* faremo, e ci sono in ballo dei dolci."

Brock rise. "Qual è il tuo dolce preferito?"

"Barrette caramellate."

"Ah sì."

"Qualunque cosa, basta che sia caramellata."

"D'accordo. Te ne porto una confezione intera."

Finley fece una risatina. "Wow."

Brock si abbassò di nuovo per baciarla. Quando si tirò su per allontanarsi da Finley, l'erezione era impossibile da nascondere; Finley, dal canto suo, aveva le mutandine bagnate. Lui la prese per mano e l'aiutò ad alzarsi dal divano, poi la tenne per mano mentre si avviavano verso la porta. La baciò ancora, per un momento lungo, quasi con disperazione, facendole capire che anche per lui era difficile andarsene.

"Ci vediamo domattina," le disse arretrando fuori dalla casa per rimandare il più possibile la separazione.

Finley annuì. "Lo sai che non c'è bisogno che tu venga tutte le mattine, vero?" gli chiese. "Davis mi aiuta moltissimo, e adesso che c'è Liam riesco a portare avanti tutte le infornate."

"Lo so, vuoi che non venga?" le chiese.

"No! Non sto dicendo questo. Solo che fatichi già molto in officina e mi sento in colpa perché ti alzi presto la mattina per aiutarmi, poi devi anche andare a lavorare."

"Non è una gran fatica," le rispose. "Preferisco di gran lunga cominciare la giornata con te, che da solo nel mio letto."

Finley fu sul punto di dire che Brock poteva cominciare la giornata insieme a lei, nello stesso letto, *non* da solo, ma si trattenne. Le aveva detto che voleva aspettare, quindi lei non avrebbe insistito per fargli fare qualcosa per cui lui non si sentiva ancora pronto. "Allora ci vediamo domattina."

"Certo, a domattina," le disse; poi Brock finalmente si girò e raggiunse il pick-up, le fece un segnale di saluto con due dita, poi un cenno col mento per dirle di rientrare.

Sapendo che lui non se ne sarebbe andato prima di saperla chiusa in casa, Finley rispose al cenno di saluto e si girò per rientrare. Continuò a sorridere anche in camera da letto. Non si sarebbe mai addormentata, senza sfogare un po' di tensione sessuale.

"Presto," commentò a voce alta, sorridendo a quel pensiero. Ben presto Brock l'avrebbe aiutata a sfogare la tensione nel miglior modo possibile, e lei non vedeva l'ora.

———

"Se pensi che mi lasci beccare da un deficiente che comanda la polizia di un paesino sperduto, sei più idiota di quanto credessi, maledizione," sibilò rabbiosamente la voce profonda dall'altra parte del telefono.

"Ho detto che ci penso io e lo farò," disse succintamente la persona che si faceva chiamare "Boss".

"Cazzo, mi ha *visto*," disse l'altro. "Non so da dove sia arrivata o che diavolo ci facesse, appostata in quel parcheggio così presto, ma quando ho guardato nello specchietto l'ho vista là dietro, in piedi, che fissava verso di me. Devo sapere cos'ha visto."

"Lo so," disse il Boss, già in preda alla noia per quella conversazione. L'intera operazione dipendeva da quell'imbecille. Si muoveva solo tre volte a settimana, per portare a Fallport le pillole necessarie a portare avanti il business delle droghe. Nessuno sospettava del contatto che aveva sul posto, e nessuno l'avrebbe mai scoperto... bastava che quella stronza di pasticciera tenesse la bocca chiusa.

"Allora, cos'hai intenzione di fare?" domandò il fornitore.

Al Boss non piacevano le critiche, ma per non interrompere il flusso di denaro, doveva mettere tranquillo il fornitore. "Manderò i miei uomini a interrogarla, per scoprire cos'ha visto."

"E se ha visto troppo?" Se ha parlato? Allora che si fa?" insisté il fornitore.

"Allora ci penseranno loro."

"Tutto qua?"

"Tutto qua."

"D'accordo. Ma la prossima consegna è sospesa finché non sarò sicuro che è tutto a posto. Di nuovo, non mi faccio beccare da uno sbirro di campagna. Col cazzo!"

Il Boss era in preda all'irritazione. Che andasse a fanculo anche quel tipo, che non voleva consegnare le pillole. I clienti di Fallport contavano su quel bastardo. L'attività dipendeva tutta da quel fornitore. C'erano persone da pagare. La riluttanza di quell'idiota a tornare a Fallport poteva convincere qualche cliente a guardarsi attorno per soddisfare le proprie esigenze. Uno scenario inaccettabile. "Allora vengo io da te. Mando uno dei miei a Roanoke per fare lo scambio."

"Non uno dei tuoi. *Tu*. Cazzo, non mi fido di nessuno finché non so cos'ha visto quella stronza."

"D'accordo. Quando?"

Decisero luogo e data dello scambio, poi il Boss riattaccò e andò su tutte le furie.

Quella dannata pasticciera. Non doveva trovarsi in quel maledetto parcheggio. Se avesse detto a qualcuno ciò che aveva visto, se ne sarebbe pentita.

Riaccese il telefono usa e getta e selezionò il numero di un cliente. Non era la mente più brillante della cerchia, ma avrebbe obbedito senza fare domande.

"Ehi, Boss, che c'è?" rispose.

"Ho un lavoro per te."

"Troppo forte," replicò il tipo.

Dopo aver preso i dovuti accordi, chiusero la chiamata. Pete e Cory avrebbero seguito la pasticciera e l'avrebbero beccata da sola, poi avrebbero scoperto quanto aveva visto di quello scambio e se ne aveva parlato con qualcuno. In ogni caso, visto o non visto, l'avrebbero malmenata a sufficienza per spaventarla e farla tacere.

Se solo quella avesse osato riferire a qualcuno di quell'incontro... sarebbero tornati per assicurarsi che non potesse riaprire mai più quella boccaccia.

Dopo aver calmato le acque, almeno per il momento, il Boss spense il telefono usa e getta e andò nel garage per spaccarlo in mille pezzi, poi lo infilò in una busta di plastica insieme agli escrementi canini che aveva raccolto in settimana nel cortile. Più tardi, avrebbe gettato il tutto in un cassonetto a caso in città, mentre svolgeva delle faccende. Aveva di scorta un'altra dozzina di telefoni come quello.

Un salto a Roanoke era scomodo, ma non impossibile. Con un po' di fortuna, sarebbe stato il primo e l'ultimo, almeno per un certo periodo. L'operazione doveva andare avanti come prima... ma con un punto diverso per gli scambi. L'angolo dietro alla Tana era stato perfetto: uno dei baristi era un cliente fedelissimo e non aveva avuto problemi a incontrare il fornitore per ritirare le pillole. Invece ora bisognava trovare un altro punto di scambio, tutto a causa di quella stronza cicciona!

Il Boss non impazziva per le paste e gli altri dolci che facevano ingrassare, ma un giretto allo Sweet Tooth per incontrare quella scema era indispensabile: scoprire tutto il possibile sul nemico era una mossa non solo intelligente, ma necessaria affinché l'operazione proseguisse liscia come sempre.

Con un sorriso, il Boss mise fuori dalla porta la borsa con gli escrementi e i frammenti del telefono; l'avrebbe raccolta al momento di uscire. Per il momento, aveva fatto tutto il necessario per occuparsi della faccenda pasticciera, quindi poteva fare un giretto in banca. Doveva depositare i soldi delle ultime transazioni, poi andare a prendere i ragazzi a scuola.

Come ogni altro santo giorno a Fallport.

CAPITOLO SETTE

Mentre camminava verso lo Sweet Tooth; Brock si accorse di sorridere come un ebete. Il nome della pasticceria richiamava certo il piacere di Finley per i dolci, e lui non vedeva l'ora di assistere alla sua reazione al regalo che le stava per consegnare quel mattino. Erano passati tre giorni da quando era andato a prenderla alla serata tra amiche, e Brock era ansioso di passare la serata con Finley.

Sandra li aveva invitati all'Occhio di Bue per una cena speciale con menù a tema da sperimentare. Era un menù dedicato in particolare ai turisti che arrivavano a Fallport a caccia di Bigfoot, ogni pietanza aveva qualche nesso con la creatura misteriosa.

Gli hot-dog si chiamavano Bigfoot-Dog, poi c'erano gli spaghetti Yeti, il polpettone di montagna, il sandwich Piedone, il Burrito Bigfoot, l'hamburger Piedone, Bistecca alla Bigfoot con le uova e polpette Piedone (fatte con salsiccia, peperoncino e formaggio), come contorni le patate Piedone e il purè Bigfoot. C'erano varie altre pietanze e Brock fu colpito dalla fantasia di Sandra, sicuro che quell'offerta avrebbe avuto molto successo.

Successo o meno, Brock era ancora convinto che tutta la storia di Bigfoot fosse una grande cialtroneria, invece Finley era persa in quell'idea romantica. Quello era il terzo appuntamento ufficiale, anche se ormai avevano smesso di contare le occasioni in cui stavano insieme. Passare con lei ogni serata era il momento più bello di ogni giornata di Brock, che amava stare con lei anche al mattino, prima che la pasticceria aprisse, ma preferiva averla tutta per sé.

Di solito guardavano la TV accoccolati sul divano... e naturalmente si concedevano lunghi momenti di baci e carezze.

Quella sera, Brock aveva intenzione di portare il rapporto fisico al livello successivo. Ormai non era più sostenibile continuare a interrompere poco prima di aver raggiunto il punto di non ritorno, terminando le serate con frustrazione da parte di entrambi.

Se un paio di mesi prima qualcuno gli avesse chiesto se si aspettasse che Finley si sarebbe aperta con tanto entusiasmo al rapporto fisico con lui, Brock avrebbe risposto che era impossibile. Lei era una donna molto timida, per cui lui si aspettava di doverla accompagnare con calma, facendole accettare lentamente un rapporto fisico di *qualunque* tipo. Invece era andata del tutto diversamente.

Una volta superata la timidezza iniziale, dopo averla convinta che non c'era *nulla* di lei che non lo attraeva, Finley era come emersa da quella bolla di protezione che si era creata da sola. Gli era fiorita davanti agli occhi... e lui non vedeva l'ora di scoprire tutto ciò che lei aveva da offrirgli.

Così quella sera, dopo cena, l'avrebbe portata a casa propria, le aveva comprato dei fiori, già pronti sul mobile, aveva persino comprato uno spazzolino da denti in più, oltre allo shampoo e al balsamo preferiti da Finley. Secondo lui, sarebbe stato più naturale e meno imbarazzante preparare gli oggetti necessari piuttosto che chiederle di prepararsi una borsa per la notte.

Fu quasi sorpreso dal proprio nervosismo. Era passato un certo periodo di tempo dall'ultima volta che era stato con una donna, figurarsi dall'ultima volta in cui aveva provato sentimenti profondi per una compagna con cui faceva sesso. Voleva che Finley fosse a proprio agio, che non si preoccupasse di nulla: doveva solo rilassarsi e lasciare che fosse lui a darle piacere.

Ma la serata non era ancora arrivata. Prima le aveva preparato una sorpresa per il mattino, motivo per cui lui aveva un gran sorriso stampato in volto.

Dopo aver bussato alla porta (aveva insistito con Finley affinché la tenesse sempre chiusa a chiave, anche se lei odiava farlo aspettare fuori), Brock dondolava sul posto avanti e indietro con impazienza, quando lei spuntò dalla cucina.

"Buongiorno," gli disse allegramente dopo aver aperto la porta.

Ecco un aspetto che in altri contesti gli avrebbe dato fastidio, fosse stata una donna diversa da Finley: era una persona molto mattiniera, sempre allegra quando la incontrava.

"Buondì," le rispose abbassandosi verso di lei.

Finley si alzò subito in punta di piedi, incontrandolo volentieri a mezz'aria: aveva in bocca il sapore di cannella, come se avesse appena assaggiato una delle sue creazioni, il che era probabile. Brock avrebbe tanto voluto prenderla in braccio, portarla in cucina e farla piegare su un piano di lavoro, ma non per la loro prima volta.

Inoltre, Finley probabilmente non avrebbe preso con grande entusiasmo l'idea di farsi scopare in cucina: era molto pedante in materia di igiene, un aspetto che lui apprezzava. Del resto, Brock non voleva pensare che qualcuno mettesse il sedere su un ripiano su cui si preparava da mangiare nei ristoranti in cui lui amava andare. Però quella fantasia non gli uscì di mente.

"Cos'hai stamattina, che sorridi così?" gli chiese Finley, tenendogli una mano sul braccio dopo il bacio.

"Ho un regalo per te," le rispose porgendole la borsa di plastica che chiaramente le era sfuggita.

"Oh, è per me? Non c'è bisogno che mi compri delle cose," gli disse, anche se gli occhi le brillavano e non riusciva a distogliere lo sguardo da quella borsa.

Brock fece una risata: alla sua Fin piacevano i regali, era il caso di ricordarselo. "Non è niente di che, qualcosa che hai detto l'altro giorno mi ha fatto pensare a te mentre ero a fare la spesa."

Finley afferrò la borsa con una gran voglia di sbirciare dentro. Poi scoppiò a ridere; vedendola con il viso illuminato dalla gioia, a Brock venne voglia di stringerla e di prenderla immediatamente.

Maledizione: era cotto. Non aveva mai avuto tanta voglia di fare l'amore.

Finley continuò a ridere e tirò fuori dalla borsa le barrette che Brock le aveva comprato; ce n'erano di vari tipi: Snickers, Milky Way, Twix, 100 Grand, Caramello, Whatchamacallit, Rolos, Reese's Take 5.

"Wow!" esclamò Finley.

"Hai detto che ti piacciono le barrette al caramello," spiegò Brock facendo spallucce.

"È vero! Grazie mille!"

"Ci mancherebbe," le rispose.

Poi l'ampio sorriso di Finley si fece più pensieroso. "Questo significa quello che penso?" gli chiese.

"Significa che ero a fare la spesa e ho pensato a te," aggiunse Brock, non volendo farle alcun tipo di pressione.

"È un pensiero dolcissimo, ma forse... spero che significhi

anche che la vincitrice di quella sciocca scommessa verrà determinata stasera..."

Mentre parlava, le guance di Finley si arrossarono e Brock sentì il cuore che cominciò a battergli a mille nel petto. Le prese di mano la borsa, con tutti i dolci dentro, al sicuro, pronti per i momenti di piacere di Finley, poi appoggiò il tutto su un tavolo vicino e prese di nuovo Finley tra le braccia. Le passò una mano dietro la nuca, accarezzandole la schiena con l'altra.

L'erezione appoggiata all'addome di Finley non sembrò darle minimamente fastidio, a giudicare dal modo in cui anche lei gli si mosse addosso. "Ti voglio. Non è certo una sorpresa. Voglio farti finalmente mia stasera? Sì. Però non c'è alcun obbligo o programma, Fin. Se capita, capita; se aspettiamo, va benissimo comunque. Voglio che il nostro rapporto proceda con naturalezza, non dobbiamo compiere dei passi predeterminati, né rispettare delle scadenze stupide che qualcun altro pensa che dovremmo rispettare."

Lei gli sorrise, mentre con le dita lo sfiorava dietro la nuca, facendolo fremere quasi con forza. Brock non si era mai accorto di essere tanto sensibile in quel punto.

Finley sembrò accorgersi dell'effetto che gli faceva, perché gli parlò passandogli il pollice lungo l'attaccatura dei capelli. "D'accordo. Anch'io ti voglio. Mi dà fastidio dover andar via, o guardare *te* che vai via a fine serata. Voglio andare a dormire insieme a te, svegliarmi allo stesso modo."

Poi Finley si irrigidì e smise di muovere le dita. Accidenti, sembrava quasi aver smesso di respirare. "Sempre che tu non abbia voglia di stare insieme per la notte," gli disse con un po' di disagio. "Cioè, posso capire."

"Non c'è nulla che desideri di più che tenerti stretta tutta la notte, svegliandomi al mattino insieme al tuo bel viso," le spiegò lui subito per rassicurarla.

Finley tirò un sospiro di sollievo. "Ottimo," gli disse sottovoce. "Ehm... vuoi che mi porti una borsa per la notte? A che ora vieni a prendermi per la cena?"

Cacchio. L'uccello fece uno scatto verso di lei. "Se vuoi. Comunque ti ho preso qualche accessorio per il bagno, quindi non hai bisogno di portarti dietro tutto. Se poi domattina vuoi indossare una delle mie maglie, a me va benissimo."

Lei spalancò gli occhi e gli chiese: "Mi hai comprato dei prodotti da bagno?"

"Sì," le rispose semplicemente.

"Wow, ehm... va bene. Per quanto mi interessi indossare una delle tue maglie, penso non sia il caso di andarci in giro per Fallport."

"Forse no, ma a me farebbe piacere," le disse Brock con un sorrisetto allusivo.

Lei rise.

Quella conversazione intima fu interrotta da un colpetto alla porta principale della pasticceria. Brock si girò e vide Davis sul marciapiedi con una strana smorfia sul viso.

Dopo un altro bacio a Finley, più casto del precedente, Brock si allontanò.

Lei abbassò lo sguardo per guardarlo tra le gambe, anche lei con una smorfia. "Vado io ad aprire. Quel pacco mi sembra... scomodo," gli disse.

Lui ridacchiò. "Ci sono abituato," le rispose alzando una spalla. "Ogni volta che stiamo insieme, mi sembra il mio stato naturale."

"Allora più tardi vedremo come risolverlo, va bene?"

"Così mi torturi," replicò lui con aria sofferente.

Lei ridacchiò di nuovo e si avviò verso l'ingresso.

Man mano che la mattinata procedeva, il loro rapporto sembrò diverso, più rilassato. Era come se avessero deciso di vivere davvero la relazione, togliendosi di dosso ogni tensione. Persino Davis sembrava d'umore particolarmente allegro, probabilmente grazie alla loro complicità in cucina.

Arrivarono più clienti del solito e Brock non ebbe problemi a fermarsi per dare una mano a Liam; aveva sempre pensato che Fallport fosse un paesino, ma si accorse con meraviglia di non conoscere nemmeno la metà di tutta quella gente. Ovviamente c'erano tanti turisti che si erano fermati a comprare qualcosa di dolce per colazione prima di avviarsi nei boschi, ma c'erano anche molti compaesani.

Invece Finley sembrava conoscerli tutti. Dal preside delle superiori alle casalinghe e ai negozianti, fino ai genitori del consiglio scolastico. Ogni volta che portava nuovi vassoi di dolci negli espositori, salutava sempre tutti chiamandoli per nome, e quando non conosceva qualcuno recuperava alla svelta chiedendo come andava la mattinata, che piani avessero per la giornata... cose del genere.

Brock stentava a credere che Finley fosse stata timida con lui, talmente era a proprio agio con la gente e ogni volta che trattava con un cliente gli faceva venir voglia di sorridere. Non sapeva bene come trattare i clienti che si lamentavano per qualche motivo, ma Liam e Brock gestivano quelle situazioni volentieri. Per fortuna, le persone di cattivo umore non erano molte. Del resto, come potevano, quando i dolci di Finley erano sempre cotti a puntino e tanto gustosi da tirar su di morale chiunque?

Quando arrivò l'ora di andare in officina, Brock non ebbe modo di salutare Finley con più di un bacetto sulle labbra. Non poteva certo baciarla appassionatamente quanto avrebbe voluto, con tutti i clienti presenti. Tuttavia, vedere che lei non evitava il contatto con lui nonostante la presenza dei clienti lo emozionò.

"Vengo a prenderti verso le sei?" le chiese.

Lei annuì. "Va benissimo."

"Sandra ha detto che ci tiene il tavolo."

"Perfetto, perché ho la sensazione che l'Occhio di Bue sarà affollatissimo. Specialmente perché ha annunciato che il venti per cento dei ricavi dal menù Bigfoot andranno in beneficenza al club dei vigili del fuoco junior e in favore della vostra squadra di ricerca e soccorso."

"È una brava persona," commentò Brock.

"Davvero," confermò Finley. "Ora vai, sistema bene le macchine di tutti gli abitanti di Fallport."

Brock fece un gran sorriso da babbeo: "Sissignora. Ci vediamo più tardi."

Lei annuì e il desiderio che le luccicò negli occhi non gli sfuggì. Brock si costrinse a girarsi e ad andarsene. Avevano entrambi delle responsabilità, ma entro l'indomani Finley gli si sarebbe concessa sotto ogni punto di vista. Esattamente come lui si sarebbe concesso a lei.

———

Quello stesso pomeriggio, alle diciotto in punto, Brock accostò nel vialetto di Finley. Ce l'aveva avuto mezzo duro per un paio d'ore, al solo pensiero di rivederla... e di cosa probabilmente sarebbe successo quella sera.

Più che la voglia di uscire, aveva desiderio di portarla a casa propria e di mostrarle esattamente quanto l'aveva pensata e con quanta forza la desiderava. Però Finley gradiva l'idea di cenare fuori e lui si sarebbe fatto in quattro, pur di darle tutto ciò che voleva.

Si avvicinò a grandi falcate alla casa e sorrise nel notare che lei gli stava già aprendo la porta.

"Ciao!" gli disse con entusiasmo... ma senza guardarlo negli occhi. Finley continuava a fissargli il collo.

Brock fece un passo verso di lei e le mise un dito sotto al mento, facendole alzare la testa con dolcezza per farsi guardare in faccia. "Che succede?" le chiese.

"Nulla, perché?" gli rispose con un po' troppa fretta.

Lui rise di naso. "Dai, dimmi tutto."

Lei sospirò. "Credo di essere solo... nervosa."

"Ti preoccupa stare con me?"

"No. Sì. Non lo so. È che... stavo preparando una borsa quando mi sono accorta all'improvviso che la mia ultima volta è stata tanto tempo fa, così adesso non sono più tanto sicura. Vedermi nuda è tutt'altra cosa dal vedermi vestita. Sono una bella grossa, Brock. Sono piena di ciccia dappertutto e non sono affatto tonica. Non..."

Brock la interruppe nel modo più carino possibile: baciandola senza freni. Quando si staccò da lei, ansimavano entrambi.

"Basta stress," le disse con dolcezza. "Facciamo come viene. Se stasera ci va solo di farci delle coccole, allora va benissimo. Nessuna pressione ad andare oltre. Per quanto riguarda il tuo corpo... fidati: appena vedrò le tue tette, non mi accorgerò più di nient'altro. Non lo sai che agli uomini piace perdersi nelle poppe?"

Lei fece una risatina, proprio come lui sperava. Non era stato completamente sincero: Brock era ansioso di vedere ogni centimetro del corpo nudo di Finley, ma dirglielo in quel momento non l'avrebbe aiutata. Si ripromise di tenere la camera da letto al buio, quella sera, ma non un buio totale, perché voleva intravederla. Un giorno, anche lei si sarebbe sentita a proprio agio nel lasciarsi guardare svestita con le luci accese, ma per la loro prima volta Brock voleva fare tutto il possibile per non distrarla dal piacere che le avrebbe provocato.

"Non la capisco, quest'ossessione per le poppe," gli disse Finley.

"Non so spiegartela. È una cosa che hanno tutti gli uomini," le rispose. "Sei pronta?"

Lei annuì e si chinò per prendere una borsa che si era preparata vicino alla porta. Al solo vederla in quella posizione, lui sentì uno scatto all'inguine. Almeno quella sera non avrebbe dovuto separarsi da lei e tornare a casa per masturbarsi pensandola. L'avrebbe tenuta stretta tutta la notte, che facessero o meno del sesso. Il profumo di cannella e vaniglia l'avrebbe circondato e lui moriva dalla voglia di respirarlo.

Si chiese se le avrebbe fatto piacere andare subito a letto, una volta tornati a casa dopo la cena.

Brock la accompagnò al pick-up tenendole una mano dietro la schiena, poi gettò la borsa sul sedile posteriore e le aprì lo sportello davanti. Ormai lei non ci faceva più caso, saliva dalla parte del conducente e si spostava dall'altra parte; lui preferiva così perché lo trovava più sicuro.

Il viaggio per raggiungere la piazza durò poco. Servì molto più tempo a trovare parcheggio che ad arrivare in centro.

"Wow, è davvero affollato," commentò Finley mentre camminava verso l'ingresso della tavola calda, mano nella mano con lui.

All'improvviso, Brock si fermò e restò impalato davanti all'Occhio di Bue.

"Che mi venga un colpo!" esclamò a mezza voce.

Finley aveva stampato in volto un sorrisone. "L'hanno installata oggi, non volevo rovinarti la sorpresa."

Fissarono insieme la vetrata istoriata che Bristol aveva creato per Sandra. Era larga circa due metri e mezzo, alta poco meno di un metro. Le varietà di verdi e marroni nel vetro facevano sembrare gli alberi in movimento. Una persona sola era illustrata da dietro mentre percorreva il sentiero nel bosco: era un uomo con indosso una maglia della squadra di ricerca e soccorso Eagle Point, portava in mano uno zainetto.

Proprio come Bristol aveva promesso, c'era anche una creatura pelosa che sbucava da dietro il tronco di un albero in fondo, come intenta a osservare l'uomo che attraversava quel territorio.

"È..." la voce di Brock si interruppe: non trovava le parole per esprimere la propria meraviglia di fronte a quell'opera d'arte.

"Lo so," commentò Finley stringendosi a lui.

Altre persone tutt'intorno scattavano foto della vetrata istoriata e anche dell'insegna dell'Occhio di Bue. Quella trovata avrebbe avuto un enorme ritorno pubblicitario per Sandra e per la tavola calda, ma anche per Bristol e per tutta Fallport in generale.

Brock sospirò. "Immagino che così arriveranno ancor più persone nel nostro tranquillo paesino."

Finley gli diede un colpetto sul braccio. "Eh sì."

Lui le sorrise. "Forse dovrai assumere un altro assistente," le disse.

"Si può fare."

Certo che si poteva: Brock fu colpito dal fatto che quell'idea non creasse alcun problema a Finley. "Dai, andiamo a vedere se Sandra ci ha tenuto il tavolo come promesso."

Riuscirono a superare la folla che aspettava appena oltre l'uscio e la cameriera responsabile di sala, la quale, pur sembrando molto nervosa, sorrise appena li vide. "Ciao, ragazzi. Non è pazzesco?" chiese. Senza aspettare una risposta, prese due fogli di carta (molto probabilmente i menù speciali in onore di Bigfoot) e disse loro di seguirla. Li accompagnò a un tavolo alla parete opposta della sala. In quella tavola calda, non c'erano molti posti appartati, un aspetto che a Brock dispiaceva.

"Karen verrà a sentire cosa volete appena si libera."

"Nessun problema. Possiamo aspettare," rispose Finley con affetto.

La cameriera la ringraziò con un sorriso, poi si girò e tornò all'ingresso.

"Wow," commentò subito Finley. "Immaginavo sarebbe stato affollato, ma... così? È pazzesco davvero."

"L'inaugurazione della vetrata istoriata di Bristol, in

combinazione con i menù Bigfoot, è stata una trovata vincente, almeno penso," le disse Brock.

Finley rise di nuovo. "Lo pensi?"

Passarono dieci minuti buoni prima che Karen arrivasse al loro tavolo, ma a Brock non dispiacque aspettare: si godette la chiacchierata con Finley a proposito della giornata. Ordinarono sia da bere che da mangiare, nel caso passassero altri dieci minuti prima che Karen si liberasse per tornare a prendere l'ordine del cibo. Gli occhi di Finley si accesero quando ordinò l'hamburger Piedone con le patatine e il purè Bigfoot. Lui invece optò per la bistecca alla Bigfoot con le uova e come contorno verdure alla Piedone, che in realtà erano una specie di minestrone.

"Troppo divertente!" esclamò Finley appena Karen terminò di annotare gli ordini e se ne andò.

Brock le prese la mano e la tenne stretta sorridendole. Erano seduti uno di fronte all'altra a un tavolino per due. Lui avrebbe preferito un tavolo con panche imbottite, ma sarebbe stato scortese pretendere un tavolo per quattro con quella folla. Così si doveva accontentare di tenerle la mano sul tavolo e di fissare quel bel viso.

Chiacchierarono nell'attesa che arrivasse la cena. La cucina doveva essere efficientissima, perché Karen tornò con le pietanze dopo appena venti minuti.

Nel frattempo erano passate molte persone che si erano fermate a salutare Finley. Brock fu di nuovo impressionato dal numero di compaesani che la conoscevano.

Stavano per terminare il pasto, quando accadde qualcosa che Brock temeva.

Aveva cercato di non pensare troppo ai primi due appuntamenti: c'erano stati imprevisti sgradevoli in entrambe le occasioni. Ma dato che succedeva sempre qualcosa a rovinare le occasioni in cui usciva con Finley in pubblico, anche in quella tavola calda Brock non era riuscito ad allontanare uno strano presentimento.

Proprio quando stava cominciando a rilassarsi, pensando di completare un appuntamento senza che ci fossero tragedie, una cameriera si avvicinò a Finley da dietro con un vassoio ricolmo di cibo.

I clienti del tavolo vicino scelsero proprio quel momento per andarsene. Un uomo si alzò in piedi spingendo di lato la sedia... proprio davanti ai piedi della cameriera.

Accadde tutto come al rallentatore: Brock cercò di allungare una mano per tenere la cameriera in equilibrio, o per afferrare il vassoio, ma non ne ebbe il tempo.

Il vassoio si rovesciò dalle mani della cameriera, che cercò di evitare la sedia di quell'uomo. Piatti e bicchieri scivolarono verso Finley, cadendo in preda alla forza di gravità.

Un vassoio con spaghetti Yeti, polpette Piedone e hamburger Piedone cadde sulla spalla di Finley, finendole sulle gambe. Due bicchieri d'acqua e una Coca-Cola si rovesciarono sul tavolo, bagnando sia Finley che Brock.

Per un attimo, nessuno all'Occhio di Bue si mosse o disse nulla.

Rimasero tutti a fissarli con occhi spalancati e sbalorditi.

Poi, quando la cameriera cominciò a scusarsi profusamente, l'uomo prese dei tovagliolini dal tavolo passandoli a Brock e Sandra accorse attraversando tutta la sala... Finley cominciò a ridere.

All'inizio fu una risatina sottile, che man mano divenne talmente intensa da impedirle persino di parlare.

Brock era *arrabbiato*... ma vedendo l'allegria con cui Finley stava prendendo l'episodio, sospirò, scosse la testa e infine sorrise.

"Santo cielo!" esclamò Sandra. "Mamma mia... ma è... ecco, prendi questi tovagliolini."

Chissà perché, quelle parole fecero ridere Finley ancor di

più: spinse indietro la sedia, facendo cadere gli spaghetti dalla spalla; persino una polpetta rimbalzò sul pavimento, rotolando lontano un metro.

Finley era ricoperta di salsa e spaghetti... e Brock non aveva mai apprezzato nulla di più bello in vita sua: la vide lasciar andare la testa all'indietro e ridere a crepapelle per l'assurdità del momento. Invece di infuriarsi o di piangere, pur avendone ogni diritto, aveva scelto di godere dell'aspetto ridicolo del momento. Quell'uomo non intendeva far inciampare la cameriera, la quale a sua volta non aveva rovesciato di proposito il vassoio addosso a Finley.

Ciononostante, Brock avrebbe preferito che fosse tutto caduto addosso a lui.

"Wow, ecco fatto," disse Finley togliendosi con attenzione gli spaghetti dalla camicetta e gettandoli sul tavolo. "Avevi ragione tu: basta appuntamenti."

Lui raggelò per un momento, chiedendosi se Finley stesse *chiudendo* davvero e se avesse deciso che era finita. Poi però lei proseguì.

"Quando usciamo insieme, è solo per passare il tempo, rilassarci, pranzare o cenare. O in montagna. Avevi ragione a non chiamare appuntamenti le nostre uscite fuori casa. Meglio ancora, dovremmo starcene chiusi in casa e non uscire mai più."

Brock fece spostare con gentilezza la cameriera, che cercava di raccogliere il piatto rotto e parte del cibo; poi prese Finley per un braccio e la tirò a sé.

Lei fece un gridolino, sempre ridacchiando, e gli disse: "Ti sporco tutto!"

"Non potresti sporcarmi, perché tanto sono già pieno di bibita e sono tutto appiccicaticcio come te."

"Almeno non hai addosso gli spaghetti Yeti!" esclamò lei ridendo.

Brock le mise una mano sulla guancia e le si avvicinò.

"Non ci nasconderemo in casa: voglio mostrare a tutti la donna che mi fa ridere anche quando le si rovescia addosso da mangiare, che mi fa venir voglia di prendere a botte tutti quelli che osano guardarla male, e che mi fa ringraziare il cielo di aver accettato il lavoro qui a Fallport, cinque anni fa."

Lei smise di ridere e lo fissò. "Anch'io voglio metterti in mostra," gli rispose semplicemente.

Condivisero un sorriso intimo, poi lui si abbassò per baciarla sulla punta del naso; poi sulla fronte.

"Mi dispiace," disse la cameriera mortificata.

Finley si voltò tenendo un braccio intorno alla vita di Brock. "Va bene, dai, è stato un incidente," disse con comprensione.

"Mi dispiace da morire, quella bella camicetta si sarà rovinata!"

"Probabile," confermò Finley, "ma non è certo la fine del mondo."

"Ti pago io una camicetta nuova," le disse Sandra.

Finley scosse la testa. "No, no, non voglio. Non è un problema."

"La cena la offre la casa, allora. Avevate finito? Beth, vai a dire in cucina che preparino di nuovo i loro piatti immediatamente."

"No!" esclamarono Brock e Finley allo stesso tempo. Si sorrisero a vicenda, e dopo una risatina sommessa Brock si rivolse a Sandra.

"Avevamo quasi finito, non ci serve dell'altro cibo. Quel che abbiamo mangiato era delizioso, come sempre."

Sandra si stava straziando le mani dall'agitazione. "Allora cosa posso fare?" chiese.

"Puoi ripulire e andare avanti con la serata," le rispose Finley con fermezza. "È stato solo un incidente, non si è fatto male nessuno."

"E preferiamo comunque pagare per la cena," aggiunse Brock.

Sandra sospirò. "D'accordo... ma lo stornerò tutto come contributo in beneficenza, non solo una percentuale."

Brock annuì, soddisfatto della proposta, poi si voltò verso Finley. "Sei pronta ad andare?"

"Sì."

Sandra li seguì a ruota nella sala, verso la cassa, mentre gli altri clienti giravano al largo; del resto era comprensibile: Finley era ricoperta di salsa e spaghetti.

"Un momento!" esclamò Sandra poco prima che loro due uscissero. "Non andate via. Datemi un secondo!"

Loro non ebbero modo di chiederle cosa stesse facendo, perché Sandra scappò di corsa in cucina.

"Se ci porta una confezione da asporto di spaghetti Yeti, credo proprio che scoppierò di nuovo a ridere," commentò Finley sottovoce.

A lui piaceva un mondo quel senso dell'umorismo. Si abbassò, le mise le labbra vicino all'orecchio e le sussurrò: "Allora pensa di essere nella mia doccia, nuda." Poi non si trattenne e le mordicchiò l'orecchio scherzosamente, prima di rialzare la testa.

Lei sentì i brividi nel fissarlo. "Non mi porti a casa mia per ripulirmi?" gli sussurrò.

"No. Ti voglio nella *mia* doccia. Nel mio letto. Il piano era di spogliarsi insieme, fin dall'inizio, quindi l'incidente non fa altro che accelerare il tutto."

Brock le vide le pupille dilatarsi e proprio mentre stava per incamminarsi con lei verso l'uscita della tavola calda, Sandra tornò.

"Ecco! Non puoi sederti in macchina conciata così. Prendi questi strofinacci per proteggere il sedile."

Fu un suggerimento davvero utile e ben pensato. Brock afferrò gli strofinacci.

"Grazie mille," le disse Finley.

Sandra fece una risata nervosa. "Non è giusto, sei tu a ringraziarmi, quando hai addosso tutto il cibo rovesciato," le mormorò.

"Ti abbraccerei, ma a quel punto ti sporcheresti anche tu," le disse Finley. "Allora, domani aspettati un abbraccio da parte mia."

"Affare fatto," le disse Sandra, che si era un po' calmata.

"Ora vai a fare il tuo lavoro... e goditi il successo della serata," le disse Finley a voce bassa. Poi diede un colpetto sul braccio della ristoratrice e tornò a guardare Brock. "Sono pronta."

Quelle due parole erano talmente pregne di significati che ne compresero le implicazioni persino le persone intorno. Brock salutò Sandra con un cenno del capo e aprì la porta dell'Occhio di Bue.

Accompagnò Finley al veicolo, entrambi persi nei pensieri della nottata imminente. Dopo aver aperto lo sportello, Brock si abbassò e aprì uno strofinaccio sul sedile del passeggero. Poi porse la mano a Finley, che salì a bordo e si scostò dall'altra parte. Infine, Brock sistemò uno strofinaccio anche dalla parte del guidatore, si sedette e avviò il motore con un gesto rapido; quando imboccò la strada principale, le prese la mano.

Di nuovo, non si dissero nulla in quel breve tragitto. Solo quando furono dentro casa di Brock, con la porta chiusa, lui fece un gran respiro, poi le disse: "Possiamo fare in due modi. Il primo: fai una doccia, indossi l'accappatoio appeso dietro la porta del bagno, intanto io faccio la doccia nel bagno degli ospiti, e quando siamo belli puliti ci troviamo qualcosa da guardare in TV; poi, quando siamo stanchi, andiamo a letto a dormire. Tutto qua. Oppure... posso raggiungerti nel mio letto dopo che hai fatto la doccia."

"C'è sempre una terza opzione," gli disse Finley, con un tono che lasciava trasparire un pizzico di trepidazione.

Brock non aveva idea di quale fosse la terza opzione, ma se Finley gli avesse proposto di cambiarsi con i vestiti che si era portata, per poi tornarsene a casa sua, lui avrebbe cassato quella proposta senza se e senza ma. "Quale sarebbe?"

"Puoi sempre farti la doccia insieme a me, e *poi* andiamo a letto," gli spiegò sottovoce.

Brock sentì l'uccello risvegliarsi di nuovo. Al solo pensiero di stare con lei nuda, bagnata e insaponata nella doccia, quasi gli sembrò che del liquido gli uscisse dalla punta.

Senza dire una parola, le prese la mano e si avviò di gran lena, attraversando il salotto per imboccare il corridoio. Sentì Finley ridere dietro di lui, ma gli sembrò di percepirla come dietro una densa nebbia ovattata: Brock non riusciva a pensare ad altro che a spogliarsi con lei nella doccia.

Le fece strada nel bagno attiguo alla camera da letto e chiuse la porta. Adorava quell'iniziativa, il coraggio di Finley nell'invitarlo a fare la doccia insieme; tuttavia, ben sapendo che lei aveva qualche imbarazzo per il proprio corpo, spense la luce a soffitto, accendendo la lucina nell'angolo, che illuminava a sufficienza per vedere, ma non era potente come quella a soffitto. La stanza si riempì di ombre e Brock vide l'espressione di puro sollievo di Finley.

"Spogliati," la esortò, afferrando il lembo della propria maglia.

CAPITOLO OTTO

Finley tremò al tono di voce di Brock. Per la prima volta in assoluto, smise di pensare ai rotolini della pancia o alle dimensioni delle cosce: riusciva solo a concentrarsi su di lui.

Brock si era già tolto la maglia sfilandosela dalla testa, e lei avrebbe giurato di gocciolare, talmente era bagnata. Sì: l'aveva già visto a petto nudo, ma in quel frangente era diverso, perché sapeva che stavano per entrare insieme, nudi, sotto la doccia.

Riuscì a togliersi la camicetta da sopra la testa, ma evidentemente si mosse con troppa lentezza, tanto che, quando sfilò la testa dal tessuto, si ritrovò Brock davanti: praticamente *addosso*. Come le aveva promesso, lui non riusciva a staccare gli occhi dai seni, che strabordavano dal reggiseno di pizzo che si era messa per uscire. In generale, Finley indossava sempre reggiseni sportivi che la sostenevano meglio quando lavorava; ma per Brock aveva optato per un modello che la facesse sentire più carina.

Più sollevata di quanto potesse ammettere per aver scelto qualcosa di più vanitoso (perché un reggiseno sportivo non aveva nulla di sensuale), Finley inarcò un pochino la schiena, mentre lui si abbassava su di lei.

Brock portò le mani all'aggancio dei jeans di Finley, mentre a bocca aperta la leccava lungo il petto, giù tra i seni. Ormai i capezzoli erano duri come la roccia e a ogni respiro Finley spingeva la pelle contro le labbra di Brock. Lui spinse giù jeans e mutandine allo stesso tempo e Finley sfilò i piedi dalle scarpe per uscire dai pantaloni. Mentre lui strisciava con le mani dietro la schiena di Finley per slacciarle la fibbia del reggiseno, lei si abbassò per togliersi le calze. Secondo lei, non c'era niente di meno sensuale che tenersi addosso solo le calze.

Brock non arretrò per ammirarla in tutta la sua gloriosa bellezza: appena il reggiseno cadde sul pavimento, lui si fiondò con le labbra sui capezzoli.

Lei si lasciò sfuggire un lungo gemito; accidenti, quanto le piaceva quel lavoro di bocca: aveva sempre avuto i capezzoli molto sensibili.

Mentre Brock succhiava, prese una delle mani di Finley e se la portò al bottone dei jeans. Lei capì l'invito e armeggiò con bottone e cerniera fino ad aprirli. Poi appoggiò i palmi delle mani sui fianchi di Brock e abbassò i pantaloni.

Quando anche lui fu svestito come lei, le mise un braccio intorno alla vita, tenendole la grande mano ruvida sulla parte bassa della schiena e invitandola a portarsi nella doccia. Una volta dentro, Brock si girò per dare la schiena al soffione della doccia e Finley lanciò un gridolino appena lui aprì l'acqua. Era fredda... e lei non era nemmeno sotto il getto d'acqua. Non sapeva come facesse Brock a sopportarla, ma non ebbe il tempo di pensarci, perché lui usò la mano libera per afferrarle un seno, spalancando le labbra per spingerselo meglio in bocca.

Finley gli portò le mani dietro la schiena; con una gli

strinse una natica, mentre con l'altra si aggrappò al bicipite massiccio, per poi perdersi, inebriata dalle sensazioni. Sollevò d'istinto una gamba cercando di avvicinarsi ulteriormente a Brock... il che era praticamente impossibile.

"Cazzo, sei una meraviglia," commentò lui con un filo di voce mentre rialzava la testa il tempo necessario per passare all'altro capezzolo.

"Brock," disse Finley con un gemito, mentre la passera pulsava ogni volta che lui succhiava il capezzolo. Non si era mai sentita tanto eccitata. Mai.

Finley si accorse vagamente che l'acqua era diventata calda e che il vapore aveva cominciato a crearsi intorno a loro. Poi Brock si mosse, facendola girare di fianco e spingendola contro il muro. Il contrasto tra le piastrelle fredde contro la schiena e l'acqua calda che le bagnava il fianco e il petto le fece girare la testa.

Prima che lei se ne rendesse conto, Brock si mise in ginocchio davanti a lei e la fece girare di schiena, facendola appoggiare al muro mentre l'acqua le bagnava la schiena. Finley sbatté le palpebre sorpresa, mentre lui le afferrava con forza i fianchi per poi fissarle la passera alla luce fioca del box doccia per un momento lungo e intenso.

Lei non aveva un rapporto fisico con un uomo da parecchi mesi, troppi per contarli, ma si teneva comunque molto in ordine. A parte un ciuffettino di peli appena sopra il clitoride, era completamente depilata. Trattenne il fiato, nell'attesa di scoprire la reazione di Brock.

"Santo cielo, che donna!" esclamò lui, che le mise una mano tra le gambe, passandole un solo dito tra le pieghe. Lei stessa si accorse di essere assai bagnata, ma per la prima volta nella vita non provò alcun imbarazzo.

"Non pensavo di farlo nella doccia, ma chi se ne frega!" esclamò Brock, poco prima di farsi avanti. Finley lasciò andare la testa all'indietro, accorgendosi appena del leggero dolore dell'impatto con le piastrelle del muro. Sentiva solo le labbra e la lingua di Brock tra le cosce.

Lui le fece alzare una gamba e se la mise sulla spalla, aprendo Finley completamente, di modo che fosse alla sua mercè. Lei traballò per un attimo, ma lui la tenne salda con le mani.

Finley abbassò lo sguardo e vide la testa di Brock, che la stava leccando e succhiando come un dolcetto che non gustava da troppo tempo.

Le venne la pelle d'oca sulle braccia, mentre lui le assaporava la passera. Le era mai successo che qualcuno le praticasse sesso orale con tanto entusiasmo?

No, la risposta era senz'altro no.

Mentre Finley lo guardava divorarla come un uomo che moriva di fame, cercando di non pensare al rischio di soffocarlo tra le proprie cosce, lui alzò lo sguardo e per una volta lei non notò nemmeno il proprio addome. Non pensò a quanto fosse tonico e muscoloso Brock rispetto a lei, né al grasso di troppo che gli stava mostrando. L'unico pensiero che la pervadeva era il piacere che lui le stava dando. Mentre la fissava, lei notò le pupille illuminate dalla luce soffusa: erano dilatate dalla voglia pura, un'espressione che rispecchiava il desiderio che anche lei provava.

"Brock," sussurrò Finley.

Lui le sorrise addosso, poi chiuse gli occhi e tornò a farla impazzire. Sembrava sapere esattamente cosa la eccitasse, perché si concentrò proprio sul clitoride. Lei sentì i muscoli interni stringersi e cercò qualcosa a cui aggrapparsi, qualcosa da stringere, mentre Brock la portava sempre più vicino a un orgasmo pazzesco.

Gli afferrò i capelli con una mano e la spalla con l'altra. Si sentì cedere, tremava. L'ultima cosa che voleva era cadere a metà orgasmo. L'eccitazione del momento si sarebbe senz'altro persa.

"Ti tengo io," le sussurrò Brock nella carne tremula. "Lasciati andare. Vieni, fallo per me, Fin. Voglio assaggiarti. Voglio sentire i tuoi succhi sulla faccia."

Lei non si sorprese di sentirlo parlare senza freni, ma un po' si stupì, e innegabilmente la eccitò da morire. Gli affondò le dita nella spalla, mentre lui riprese a leccarla e mordicchiarla senza sosta, veloce, con foga. Finley si sentì tremare i fianchi e la gamba su cui si reggeva cominciò a cedere, mentre l'orgasmo si avvicinava.

Brock le avvolse un braccio intorno alla coscia che teneva sulla spalla e spinse con più forza contro il muro. La mano con cui le teneva il fianco si mosse tra le gambe, poi lui le spinse un dito dentro il corpo, mentre continuava a leccarle il clitoride.

"Sì, dai! Brock!" gridò Finley.

Ormai era sull'orlo del precipizio con tutto il corpo. Ogni muscolo le sembrava teso come le corde di un violino. Altalenava tra il resistere e il lasciarsi andare. Poi lui aggiunse un secondo dito al primo, aprendola e riempiendola. Spinse dentro e fuori il corpo di Finley, dolcemente, mentre le succhiava con foga il clitoride.

A quel punto, pur volendo, lei non poté più trattenersi. Le sfuggì di bocca un grugnito profondo, mentre si spingeva contro la faccia di Brock, lasciandosi andare.

Un gemito soddisfatto provenne dalla gola di Brock, ma lei se ne accorse appena.

"Ecco, scopami le dita," la incitò con voce roca, mentre cercava di prolungare più che poteva l'orgasmo. Quando lei superò il picco del piacere che Brock le aveva provocato, si sentì inerme come un mucchio di gelatina. Ma Brock non si interruppe, anzi: tenne la coscia di Finley sulla spalla e continuò a muovere le dita dentro e fuori il suo corpo.

"Non vedo l'ora di sentirti venire intorno al mio uccello," le disse, senza togliere lo sguardo dalla passera che stava penetrando con le dita. "Mi stringerai talmente forte che scoppierò appena dentro, lo so già."

Finley ebbe la sensazione di avere la faccia paonazza. Non avrebbe dovuto sentirsi in imbarazzo per quelle parole erotiche, né per il sesso in generale; ma quello non era solo sesso. Molti degli uomini con cui era stata l'avevano fatta bagnare a malapena, prima di saltarle addosso per sfogare il loro piacere. Brock era tutt'altro. La stava... venerando.

Finley capì di essere persa, capì che non avrebbe mai più guardato un altro uomo.

Dopo un momento, gli parlò tentennando: "Brock?"

"Hmmm?"

"Penso di avere un crampo al polpaccio."

Al che lui si mosse. Si abbassò e le succhiò di nuovo il clitoride, leccandosi le labbra mentre le sollevava la gamba dalla propria spalla, facendole appoggiare il piede sulle mattonelle del piatto doccia. Però non si alzò: si tenne solo ai fianchi di Finley, inginocchiato davanti a lei con lo sguardo alzato. Il vapore nel box doccia si era fatto denso, mentre l'acqua continuava a piovere su di loro.

"Grazie," disse Brock dopo un momento.

Finley aggrottò la fronte. "Dovrei essere io a dire grazie."

Lui scosse la testa. "No: ho perso il controllo, è che non vedevo l'ora di assaggiarti. Apprezzo molto la fiducia che hai riposto in me, ti sei appoggiata sapendo che non ti avrei fatta cadere. È un regalo che mi hai dato, e... per la cronaca... *adoro* leccartela, accidenti! Mi sa tanto che vorrò ripeterlo un sacco di volte, in futuro."

Finley si sentì bruciare il viso: Brock era dispiaciuto perché si aspettava che lei si opponesse? Col cavolo, ci mancherebbe! "Ehm... va bene."

Lui le fece un gran sorriso, poi le appoggiò le mani sui

fianchi, andando a prenderle i seni. Lei abbassò lo sguardo e trovò quelle manone ruvide, aggrappate alla propria pelle, estremamente erotiche. Poi gli guardò il petto, gli addominali a tartaruga, l'uccello, che rimbalzava leggermente, dato che Brock si teneva in equilibrio sui talloni e aveva le gambe divaricate. Ce l'aveva lungo e grosso. Il desiderio che Finley aveva sentito scemare poco prima tornò a crescere dentro di lei.

Lo desiderava, lo voleva dentro: subito.

Forse le sfuggì un gemito di desiderio dalla gola, perché Brock fece un sorriso malizioso e si alzò lentamente. La trasse a sé e lei sentì contro il ventre molle la rigidità dell'erezione. Le differenze tra i loro corpi, maschile e femminile, non erano mai state tanto evidenti come in quel preciso istante.

Invece di prenderla subito contro il muro della doccia, come voleva Finley, Brock la fece girare di schiena rispetto al getto d'acqua, si abbassò e prese una spugna da doccia e un flacone di gel detergente, ne versò una dose sulla spugna, strofinandola con forza con le mani per preparare la schiuma.

"Brock?"

"Sì?" le rispose, mentre cominciava a passarle la spugna sulla spalla.

"Ti voglio."

"Ti voglio anch'io, e ti prenderò, come tu prenderai me."

Finley allungò una mano per prendergli l'uccello, che le sparse delle gocce sulla pancia ogni volta che lei lo stringeva. Lui però le afferrò la mano e se la portò al petto. "Pazienta, Fin," le disse con un sorrisetto, mentre cominciava a lavarla. L'aroma di vaniglia le riempì le narici...

Era lo stesso prodotto per doccia che aveva lei nella doccia di casa.

"Senti chi parla. Mi chiedi di pazientare, dopo l'orgasmo che mi hai dato e dopo avermi mostrato quanto sei duro per me?"

"Sì," le rispose senza fare una piega, sempre con lo stesso

sorriso. "Devo toglierti di dosso gli spaghetti Yeti e anche la bibita. Rilassati. Questa è una maratona, non è uno sprint."

Santo cielo! Quell'uomo stava seriamente cercando di farla fuori. "Ricordati solo che io non ho la tua stessa resistenza," gli sussurrò di rimando, inarcando la schiena quando le passò la mano sul sedere, facendole scivolare la spugna tra le gambe.

"Tu non devi fare proprio nulla, solo stare sdraiata e lasciare che io ti dia piacere," le sussurrò Brock in un orecchio, mentre con l'altra mano le spargeva il detergente che le aveva distribuito sulla passera. Al che, lei sentì di nuovo le gambe cedere.

Il resto della doccia fu una lezione di pazienza, che Finley scoprì di non avere. Quando lui le sciacquò il sapone di dosso lei lo ripagò con la stessa moneta, prendendo la spugna e andando a pulire ogni centimetro del suo corpo. Poi lui chiuse l'acqua e aprì la porta del box per prendere un asciugamani.

Quando lui tornò a voltarsi verso Finley, la trovò in ginocchio.

"Finley, tu..."

Si interruppe appena lei gli afferrò la base dell'uccello e se lo infilò in bocca. Ormai Finley non poteva più trattenere le mani, né la bocca, un secondo di più. Voleva restituirgli almeno in parte il piacere che lui le aveva provocato.

Il sapore di Brock era tutto vaniglia e sesso. Una combinazione da perdere la testa. Mentre con la mano gli massaggiava il membro, se lo infilava dentro e fuori dalla bocca più che poteva. Era grosso, tanto che le riusciva difficile, anzi, impossibile infilarlo tutto, ma lei fece del suo meglio.

Si accorse che Brock le scostava i capelli per poterla guardare.

"Cazzo, sì, Fin! Accidenti, che bello! Succhiamelo di più. Siiiiiì, così!" Brock cominciò a spingere coi fianchi mentre lei succhiava e godeva nel tenere in pugno quell'uomo magnifico. Lui le infilò una mano tra i capelli e strinse con decisione, ma senza cercare di guidarla nel movimento: si aggrappò a lei, che gli praticava il sesso orale col massimo entusiasmo.

Molto prima di quanto lei si aspettasse, Brock strinse la presa sui capelli e le sfilò l'uccello di bocca. Poi la fece alzare in piedi sollevandola con la leggerezza di una piuma, infine la strinse. Ansimavano entrambi e i capezzoli turgidi di Finley gli sfioravano il petto. Lui la fissò per un istante, poi le fece strada verso la camera da letto. Erano entrambi bagnati, i capelli di Finley le gocciolavano sulla schiena, ma a lui sembrò non importare, o forse non lo notò.

La gettò quasi con impeto sul letto e salì subito su di lei; si sistemarono entrambi al centro del materasso.

Proprio come nelle fantasie di Finley, i muscoli delle braccia di Brock erano contratti, mentre lui la sovrastava. La punta dell'uccello le bagnò l'interno coscia e lei aprì subito le gambe. Non aveva mai desiderato tanto un uomo in vita sua.

"Sono sano," le disse Brock con voce roca.

"Anch'io."

"Tu sei protetta?" le chiese.

Lei si accigliò. "Merda. No."

Lui chiuse gli occhi, ma non si mosse. "Avrei dovuto comprare i profilattici mentre ero a fare la spesa, ma mi sono distratto cercando le barrette per trovare quelle al caramello."

Finley si sentì istintivamente un po' delusa. Non per i dolci che le aveva comprato, ma perché non avere protezione significava non poter provare tutto il piacere che Brock poteva darle. Lei lo voleva. Tremendamente. Voleva dentro di sé quell'uccello maestoso. Voleva essere scopata. *Forte*.

Lui aprì gli occhi con uno sguardo che la catturò. "Fanculo tutto. Non ce la faccio ad aspettare. Devo prenderti subito, Finley. Voglio affondare dentro di te tanto da non saper più dove si distinguono i nostri corpi. Se dopo stasera ci saranno conseguenze, se ci sarà una gravidanza, mi prenderò cura di te e del bambino, a prescindere dal fatto che stiamo insieme per sempre oppure no.”

“Lo so che è un ragionamento irresponsabile... ma non mi interessa. Questo non è solo sesso, Fin. C'è molto di più. Non ho solo voglio di sfogarmi, potrei farlo con la mia mano e ultimamente l'ho fatto quasi ogni sera. Sei tu che hai qualcosa che mi fa impazzire. Davvero, non so resisterti.”

Brock fece un respiro profondo. “Dimmi qualcosa,” la implorò. “Dimmi di allontanarmi, dimmi che non sei disposta a rischiare di rimanere incinta, o che sono un folle, se non ho paura di una gravidanza. Dimmi *qualcosa*.”

Finley fu sbalordita da ogni parola, ma non poteva negare che in parte, dentro di sé, stava già saltando di gioia, gridandogli di muoversi a scoparla...

...di riempirla di seme e metterla incinta.

Lei aveva sempre voluto figli, ma non aveva mai trovato la persona giusta con cui averne. L'idea dell'inseminazione artificiale non l'aveva mai appassionata. In quel momento, invece, capì all'istante che una bimba con gli occhietti marroni belli come quelli di Brock sarebbe stato un sogno che si avverava. Oppure un maschietto che lo seguisse ovunque per imparare tutto dal papà, sia sulle macchine che sul bosco.

“Finley?” la chiamò sollevandosi su di lei. “Cacchio, ho detto una cazzata. Scusami tanto.”

In tutta risposta, lei allungò una mano e avvolse con le dita l'uccello ancora duro. Si scostò fino a sentirlo esattamente dove lo voleva, spalancò meglio le gambe e ne infilò la punta tra le labbra della passera.

“Prendimi, Brock: sono tua.” Così si sentiva. Da quel momento in poi, Finley sentì di appartenergli con il cuore, con il corpo e con l'anima, tanto che non poteva immaginare di stare con un altro.

Forse si sarebbe rivelato un errore... ma pazienza: stava

vivendo il momento e sapeva che quel momento con Brock sarebbe stato il più bello di tutta la vita.

Con un gemito, Brock spinse e la penetrò con un movimento lungo e lento.

———

Brock pensò davvero di venire immediatamente. Senza alcuna stimolazione, solo per la sensazione diretta del corpo delizioso di Finley.

Lei non aveva nemmeno ribattuto al discorso da cavernicolo sulla gravidanza.

Brock non si era mai sentito tanto spavaldo: quando aveva fatto sesso, si era sempre messo il preservativo, *sempre*. Però con Finley sentiva il bisogno di un contatto diretto, carne su carne. Con lei non avrebbe sopportato barriere. Forse un angolo recondito del suo cervello l'aveva già capito, facendogli dimenticare di acquistare i profilattici.

Non le aveva mentito: se da quel rapporto fosse risultata una gravidanza, Brock si sarebbe sempre assicurato che Finley e il nascituro avessero sempre ciò di cui avevano bisogno.

"Brock?" gli sussurrò da sotto. "Muoviti. *Dai!*"

Finley gli affondò le unghie nella carne dei bicipiti e sussultò appena, quando lui spinse fino in fondo. Era davvero stretta. Quasi troppo, nonostante fosse ancora bagnata da prima. Brock sentiva i succhi caldi che gli penetravano la pelle dell'uccello.

"Ho paura," sbottò.

Lei si accigliò. "Sto bene, non mi stai facendo male."

"Sì, ho paura di fare qualcosa che ti provochi dolore, ma temo anche che muovendomi verrò subito. Non voglio che finisca. Voglio rimanere dentro di te il più a lungo possibile. Mi stai dando un piacere assurdo, Fin... non ne hai idea."

Vederla arrossire in volto gli dava sempre soddisfazione:

Finley era una donna appassionata e smaniosa, eppure lui riusciva sempre a farla arrossire e adorava avere quell'effetto su di lei.

In quell'istante, lei strinse i muscoli interni e Brock, quasi senza volerlo, oscillò coi fianchi avanti e indietro.

Gemettero entrambi.

"Fallo ancora," le chiese.

Lei lo strizzò di nuovo, ma con più forza, e Brock strinse i denti per evitare di esplodere.

Finley fece una risatina e lui ne sentì i movimenti interiori, talmente era penetrato nel profondo. Brock abbassò lo sguardo su di lei, stentava a credere a ciò che finalmente stava succedendo. Finley gli si concedeva anima e corpo... uno spettacolo incredibile, un corpo pieno nei punti giusti, morbido come la seta, gloriosamente prospero.

A quel pensiero, spinse dentro di lei e si ritrasse, facendole sobbalzare i seni; al che lui volle ripetere il movimento per vederli muovere ancora allo stesso modo. Spinse di nuovo coi fianchi e sorrise nel rivedere ondeggiare quei seni generosi.

Il solo pensiero di prenderla da dietro e di guardarla in uno specchio messo in posizione strategica per osservare le tette che ondeggiavano avanti e indietro mentre lui spingeva lo fece quasi venire all'istante. In quel momento, un lungo spruzzo di liquido seminale gli sfuggì dall'uccello e lui chiuse gli occhi, impegnandosi a riprendere il controllo.

"Scopami, Brock," gli ordinò Finley. "Smettila di torturarti da solo. Finisci la prima, così ci prendiamo più tempo per la seconda."

Finley aveva ragione; lui non aveva intenzione di farla uscire tanto presto da quel letto o dalle proprie braccia. Ormai ce l'aveva sotto, nuda, e non se la sarebbe fatta scappare.

Cominciò a scoparla. *Con forza.* Il suono dei loro corpi che si colpivano lo eccitò quanto lo spettacolo dei seni che rimbalzavano. Mentre lui la prendeva, Finley si morse un labbro e inarcò la schiena, cercando anche lei di spingere e affondandogli le unghie nella pelle. Lui sperò che gli lasciasse i segni: voleva un ricordo di quella sera, della prima volta in cui prendeva la donna con cui voleva passare il resto della propria vita.

Quel pensiero non lo innervosì. Niente affatto. Accidenti, Brock sperava *già* di metterla incinta davvero; il pensiero di farla traslocare e di avere tutto per sé quel corpo delizioso per i successivi quarant'anni non lo sconvolgeva minimamente.

Finley era bagnata, sudata e stretta, e l'attrito dell'uccello che si infilava nella passera stretta fu troppo, e il cervello sovraccarico di Brock non resse: sentì le palle che tiravano, pronte a rilasciare il loro carico. Abbassò lo sguardo al punto in cui i loro corpi si univano... e gli bastò quello. Vedere le labbra intime esposte intorno all'uccello fu talmente erotico che cominciò a eiaculare prima ancora di accorgersene.

Si spinse dentro di lei più che poté e continuò a rilasciare quantità enormi di sperma. Ormai Brock era tutto sudato e gli tremavano le braccia per il piacere che l'aveva sopraffatto.

Quando riprese un minimo di lucidità, Brock si accorse di quanto era appena successo: aveva scopato Finley senza curarsi minimamente che anche lei provasse lo stesso piacere.

Con l'uccello ancora mezzo duro, immaginò che sarebbe rimasto così per tutta la notte. Le mise una mano intorno al sedere per tenersi dentro di lei, poi rotolò sul letto portandola con sé.

Finley si lasciò sfuggire uno dei suoi adorabili gridi di sorpresa, finendo a cavalcioni sopra di lui. Gli appoggiò le mani sul petto e sbatté le palpebre verso di lui. "Beh, che movimento... di talento," gli disse con un sorrisetto complice.

Brock sentì i liquidi che scivolavano fuori da lei, andando a bagnargli i testicoli: un'esperienza che non aveva mai provato e che gli fece crescere il desiderio di non poco. Il pensiero del proprio seme che riempiva la passera di Finley gli ravvivò ancor di più l'uccello. "Tu non sei venuta," le disse. "Mostrami come ti piace essere toccata."

Lei rimase perplessa. "In che senso?"

"Masturbati per me, Fin."

"Ehm... così, adesso?"

"Sì."

Brock si accorse che Finley stava tirando in dentro la pancia, come se si fosse appena accorta di essere esposta. Quella timidezza, mentre lui era ancora dentro, era inaccettabile. Le afferrò un ginocchio e lo spinse più di lato, sostenendola di peso.

"Brock, cosa stai facendo?"

"Rilassati, Finley. Non pensare a nulla, solo a godere."

Poi Brock le fece spostare l'altra gamba, affinché non facesse alcuna pressione sulle ginocchia, mentre l'uccello man mano affondava dentro di lei in profondità.

"Sono troppo pesante," si lamentò lei.

"Ma scherzi?!" grugnì Brock, "e se non vuoi farmi vedere cosa ti piace, dovrai dirmi se ti sto toccando come preferisci oppure no." Poi spostò una mano tra i loro corpi e le spinse il pollice contro il clitoride.

Lei gli sussultò tra le braccia, e lui le vide i capezzoli che si indurivano proprio davanti ai propri occhi. Gli venne l'acquolina in bocca per la voglia di leccarle le tette, ma ciò che stava facendo era più importante: doveva farla venire di nuovo.

Le passò l'altra mano sotto una coscia, fino a sentire il punto in cui l'uccello le affondava nel corpo. Le accarezzò le labbra della passera intorno al proprio uccello, mentre le stimolava il clitoride. Non passò molto tempo, prima che lei si appoggiasse sulle ginocchia, cominciando a oscillare su di lui.

Brock rallentò il movimento sul clitoride, facendola gemere dalla frustrazione.

"Più forte," gli ordinò.

Brock la ignorò, alleggerendo ulteriormente il tocco per stuzzicarla.

"Brock, dai!" si lamentò lei.

"Fammi vedere come ti piace," insisté lui.

Finley era talmente persa nel piacere che gli obbedì immediatamente. Si portò una mano tra le gambe tenendogli l'altra sul petto per sostenersi.

Brock non si aspettava minimamente lo spettacolo che aveva davanti, su di sé. Finley si sfregò il clitoride con foga, muovendo due dita, cominciando a cavalcarlo. Brock sentì l'uccello ravvivarsi, allungandosi e indurendosi in cerca di riscossa, mentre lei lo usava come vibratore personale.

A un certo punto, Finley raddrizzò le spalle e inarcò la schiena, mostrandosi pienamente il proprio corpo a Brock, che ne trovò magnifico ogni centimetro. La pelle le vibrava a ogni movimento, brillando imperlata di sudore. Le tette rimbalzavano su e giù sul petto mentre lo cavalcava con velocità crescente. Molto prima che Brock fosse pronto a porre fine a quella meraviglia, le dita di Finley accelerarono sul clitoride fino a raggiungere un ritmo frenetico, lei gemette sensualmente, a lungo.

Brock sentì dall'interno i muscoli di Finley pulsare e contrarsi; a quel punto anche lui non si trattenne: la prese per i fianchi e la tenne ferma, mentre la scopava da sotto, spingendo dentro di lei con forza e rapidità. La scopò anche mentre lei godeva dell'orgasmo, trovando piacere proprio mentre lei stava terminando il proprio.

La tirò verso il basso, facendo sbattere i loro corpi sonoramente un'altra volta mentre anche lui veniva. L'uccello pulsò più volte, svuotandosi dentro di lei una seconda volta nella stessa sera. Brock sentì quasi la testa girare. Erano entrambi sudati, profumavano di vaniglia e di sesso: un odore che lui avrebbe amato per sempre.

Le mise una mano tra le scapole invitandola a sdraiarsi su di lui.

"Peso troppo," mormorò Finley.

"Non è vero," le rispose tenendola stretta per evitare che scendesse. L'uccello era ancora dentro di lei, ormai molle. Brock capì che era solo una questione di tempo, prima che gli scivolasse fuori, e voleva tenere quel contatto intimo il più a lungo possibile.

"È stato..." esordì Finley interrompendosi.

"Sì..." confermò Brock.

Passarono un paio di minuti, poi l'uccello scivolò fuori dalla passera, facendolo gemere dal dispiacere; Finley però non si spostò per cercare di scendergli di dosso. Lui unì le gambe. Non gli dispiaceva la sensazione erotica dei succhi di entrambi che uscivano da Finley, bagnandogli le cosce.

"Brock?"

"Sì?"

"Cosa stiamo facendo?"

"Scopiamo?" le rispose ridacchiando.

La sentì ridere di naso. "Dai, intendo... io non l'ho mai fatto senza un preservativo."

Brock si fece serio. Accidenti: Finley si era pentita di ciò che avevano fatto? "Vuoi che telefoni al dottor Snow per procurarci una pillola del giorno dopo?"

Al che, Finley alzò la testa e lo guardò dritto negli occhi. La luce era ancora accesa... Finley era stata talmente eccitata da non preoccuparsene, per fortuna. Brock aveva apprezzato la vista di tutto il suo corpo sotto e sopra di sé.

"Tu *vuoi* che la prenda?" gli chiese.

"No!" le rispose con un po' troppa determinazione. Poi sospirò. "Tutto quello che ti ho detto è vero. Se ci sarà una gravidanza, sarò felicissimo. Non perché ho sempre voluto dei figli, il che è vero, ma perché li avrei insieme *a te*. Non so cosa ti aspetti tu, ma per quanto mi riguarda questo non è un rapporto a breve termine." Brock si stava esponendo al rischio di un dolore incommensurabile, ma non voleva mascherarsi evitando l'argomento.

"Nulla mi è mai sembrato tanto giusto quanto stare insieme a te. Dentro di te. Non è stata solo una scopata, Finley: abbiamo fatto l'amore," le disse, quasi con disperazione.

"Sì," confermò lei, al che lui rilassò i muscoli.

"Ti voglio tantissimo. Voglio passare con te tutto il tempo possibile. Voglio continuare a starti vicino mentre lavori in pasticceria, la mattina, anche se sappiamo bene entrambi che non sono un grande aiuto. Le mie giornate trascorrono al pensiero di rivederti appena finisco di lavorare. Jesus ormai è stufo di sentirmi parlare di te mentre siamo in officina, ma a me non importa. Quel che provo... non è un sentimento leggero, Finley... niente affatto."

"Idem," gli disse con un sorriso timido.

"Bene. Adesso non ti dico che ti amo perché sono sicurissimo che ti farebbe andare nel panico, ma dovresti abituarti all'idea, perché lo sentirai alquanto presto."

Lei fece un sorriso stanco. "Va bene."

Brock si rilassò. "Che ne dici di darci una ripulita?"

"Con 'ripulita' intendi come abbiamo fatto prima in doccia?"

"No, intendo che mi alzo e prendo una salvietta tiepida e torno a ripulire il mio seme che ti esce dalla passera, poi ci accoccoliamo un poco, finché non resisto più a tenere mani, bocca e uccello a posto e devo tornare a leccartela, prima di penetrarti di nuovo."

Lei cacciò una mezza risata strozzata. "Ehm... ho altra scelta?"

"No," le disse con decisione, scuotendo la testa per enfatizzare il concetto.

"Allora sì, vada per una 'ripulita'."

Brock non riuscì a trattenere un sorriso: si sentiva un uomo del paleolitico, ma almeno non l'aveva spaventata e ciò gli bastava. L'aiutò a scendere, poi scivolò giù dal letto e la prese per mano, aiutandola ad alzarsi. "Rimani qui."

Tornò dopo pochi secondi con delle lenzuola pulite, dato che quelle sul letto erano bagnate, perché le avevano usate per asciugarsi dopo la doccia. Nel giro di due minuti, Brock tolse le lenzuola e rifece il letto con quelle pulite, poi aiutò Finley a sdraiarsi, infine andò in bagno. Tornò con un asciugamani e la trovò sotto le lenzuola. Avrebbe voluto scoprirla per vedere sulla passera il proprio seme, ma immaginò che le servisse ancora del tempo, prima di mostrarsi in quel modo. Così si infilò con lei sotto le lenzuola e la asciugò dolcemente. Poi gettò alla cieca l'asciugamano in un angolo della stanza e la strinse a sé.

Finley sospirò appagata e lui provò un gran piacere nel sentirsela addosso, pelle a pelle.

"È un po' presto per dormire," mormorò lei.

"Ci riposiamo un poco, non andiamo a dormire."

"Ehm... sdraiati, a letto... sai com'è," scherzò lei.

Brock ridacchiò mentre con le dita le accarezzava la pelle morbida della spalla. "Shhh. Riposati. Ne avrai bisogno."

"Non dimenticare che domattina devo alzarmi alle quattro e un quarto per andare a lavorare alle quattro e mezza," gli borbottò sul petto.

"Non lo dimentico," la rassicurò, pensando di svegliarsi verso le quattro, di modo che avessero il tempo di fare la doccia insieme, prima di uscire. Dopo tutta quell'attività, Finley avrebbe avuto bisogno di una bella doccia... ma anche lui.

Mentre sentiva sulla pelle i respiri regolari di Finley, Brock chiuse gli occhi. Era un bastardo fortunato, e lo sapeva. Il minimo pensiero che quel rapporto finisse o, non fosse mai, che succedesse qualcosa a Finley, era sufficiente per farlo sudare freddo. Per fortuna, Finley non aveva alcun ex o collega pazzoide, nessuno che la perseguitasse. Brock non avrebbe retto, se lei avesse passato un'esperienza anche solo lontanamente simile a quella delle compagne degli altri amici.

No, a lui andava benissimo una vita monotona insieme a lei, da quel momento in avanti.

———

"Ehi, Boss, sono Pete."

"Hai scoperto quel che devo sapere?"

"Non esattamente," borbottò Pete.

"Che diavolo vorresti dire?" gli chiese il Boss con tono minaccioso.

"È solo che... non è mai da sola. Io e Cory non siamo riusciti a beccarla perché sta sempre con qualcuno e tu hai detto che non vuoi testimoni."

"Sei un idiota imbecille!" gridò il Boss rabbiosamente.

"È vero! Tipo, oggi, stamattina, quel senzatetto era con lei in pasticceria già alle prime ore dell'alba. Poi è arrivato anche il meccanico. Poi quel tipo sudamericano che ci lavora, che è rimasto con lei tutto il giorno. È rimasta fino a tardi e volevamo fermarla per strada da qualche parte, ma non ci siamo riusciti perché non è mai uscita dalle strade trafficate. Ha consegnato qualcosa a una tipa al Bed & Breakfast e ci è rimasta a chiacchierare. Poi è tornata a casa e prima che trovassimo il modo di entrarci, lei è andata via di nuovo. È uscita a cena con quel meccanico. La cameriera le ha rovesciato addosso un vassoio colmo di cibo e pensavamo che a quel punto tornasse a casa, invece è andata da quello stronzo e ci è rimasta tutta notte."

"Quella stronza puttana!" esclamò il Boss sospirando. "Ma voi due siete degli incompetenti. Bisogna farla finita. Anch'io ho una cazzo di vita e non posso prendere la macchina e andare a Roanoke un giorno sì e l'altro pure per le consegne. Maledizione, dobbiamo portare a termine il lavoro, così posso assicurare al fornitore che la questione è chiusa. Devo tornare alla mia routine, cazzo, lo capisci?"

"Sì," gli rispose Pete.

"Bene, perché se non mi dai ciò che voglio, andare in galera per spaccio sarà l'ultimo dei tuoi problemi, maledizione."

Pete deglutì a fatica. Non era il caso di inimicarsi una persona come il Boss. Circolavano delle voci su ciò che era successo agli spacciatori precedenti, quando avevano fatto una cazzata. Pete non voleva sparire senza lasciar traccia. Alla gente normale, il Boss sembrava una persona qualunque... persino gentile. Ma nel profondo, ovviamente aveva qualcosa di assolutamente perfido.

Pete rimpianse di essersi lasciato coinvolgere in quel casino. All'inizio gli era sembrato un buon modo per guadagnare soldi facili, oltre alle pillole di cui aveva un disperato bisogno. Invece, aveva capito di essere spacciato: non poteva andarsene perché sapeva troppo, e se avesse cercato di uscirne avrebbe fatto la stessa fine degli altri... tagliato a pezzi e sparpagliato in varie discariche del sudovest della Virginia.

Nessuno sapeva con certezza cosa fosse davvero successo a Oscar, Jimmy e Andrea, ma Pete non aveva dubbi: il Boss non avrebbe esitato a finire chiunque mettesse a rischio la bella operazione che filava liscia a Fallport.

"Mi hai sentito?" gli chiese il Boss con impazienza. "Beccate da sola quella stronza, scoprite cosa sa, altrimenti dovrò occuparmene io di persona... e in quel caso, le conseguenze non ti piaceranno!"

"Ho capito."

La telefonata si chiuse e Pete sospirò. Era andata più o meno come si aspettava, ma il Boss voleva delle novità. Era il fine settimana di Halloween, e l'amica di quella stronza si sarebbe sposata in un appezzamento di terreno poco fuori dal centro. Pete sapeva che sarebbe stato impossibile arrivare a quella culona prima di allora, specialmente da quando lei passava la notte con quel meccanico, ma dopo... lui e Cory si sarebbero fatti trovare pronti. Dovevano solo sorprenderla da sola per avere le risposte che cercavano.

CAPITOLO NOVE

Finley si sentiva come svolazzare per aria dalla gioia. Poteva ben dirlo, facendo buon sesso... no, sesso *grandioso* tutte le sere. Alzarsi alle quattro del mattino non le creava grandi difficoltà, dato che si faceva la doccia insieme a Brock prima di andare in pasticceria. Spessissimo, la doccia si trasformava in una sveltina; a volte si limitavano alle bocche, altre volte alle mani.

Brock era un amante creativo e generoso, non sembrava farsi problemi per il sovrappeso di Finley. Dopo la prima volta, quando l'avevano fatto con tutte le luci accese, lei aveva perso ogni inibizione. Non aveva mai fatto tanto sesso durante una relazione quanto ne aveva fatto con Brock negli ultimi nove giorni. Non aveva mai creduto che una coppia potesse essere tanto libidinosa come nei romanzi rosa che lei leggeva; invece, con Brock, era arrivata a comprendere. Le bastava guardarlo per bagnarsi all'istante.

Quel mattino, nonostante la gioia più grande che ricordasse di aver provato, Finley era anche stressata. Era il giorno delle nozze di Ethan e Lilly, e Finley aveva una miriade di faccende da sbrigare; la più importante era portare la torta che aveva preparato a casa di Bristol, senza rovinarla. Poi doveva assemblarne i pezzi nella speranza che risultasse sfarzosa come la torta di prova.

"Smetti di preoccuparti," la riprese Brock chiudendo la cerniera della borsa da portare a casa di Bristol e Rocky. Erano gli abiti che avrebbero indossato per la cerimonia e per il ricevimento, insieme al regalo su cui Brock aveva insistito per mettere anche il nome di Finley.

"Non posso," si lamentò lei. "Se poi non gli piace? Se non riesco a rifinirla nel modo giusto? Se il sapore si rovina?"

Brock la raggiunse e la prese tra le braccia, facendola sospirare: quello era il posto in cui Finley preferiva stare, stretta al petto di Brock con tanta forza da sentirgli battere il cuore. "La tua torta sarà un gran successo. Ho assaggiato lo strato in più che hai fatto ieri, quello che poi hai deciso di non usare... era delizioso! Con la glassa sarà ancor più fantastica. Piacerà a tutti e avrà un colpo d'occhio perfetto; ma anche se non fosse, Ethan e Lilly non si lamenteranno di certo. Sono talmente sollevati che il gran giorno sia arrivato, che anche se la torta l'avesse preparata un adolescente qualunque, a loro piacerebbe lo stesso."

Finley sapeva che Brock aveva ragione, ma era comunque nervosa.

"Andiamo," le disse, "prima arriviamo e prima puoi darti da fare per aiutare gli altri e fare quel che devi fare, così ti passa il nervoso."

Brock aveva ragione.

Mentre raggiungevano in auto la casa di Bristol e Rocky, Finley non poté che ripensare agli ultimi giorni. Erano stati turbinosi sotto molti aspetti. Aveva passato ogni notte a casa di Brock; la borsa che si era portata la prima volta si era già ampliata con vestiti sufficienti per una settimana, più i prodotti da bagno che avevano occupato una mensola del bagno di Brock.

Lui aveva riempito anche tre scatole di oggetti presi dalla cucina di Finley, dopo che lei si era lamentata perché lui aveva in casa solo pentole scadenti. Lei l'aveva detto per scherzo, ma in un baleno si era ritrovata i propri oggetti impacchettati e trasferiti, con lui che le diceva di sistemarli come preferiva. Si stavano muovendo a velocità iperspaziali... e Finley non riusciva a preoccuparsene. Nell'asciugatrice c'erano i vestiti di entrambi, mescolati, mentre sui nuovi obiettivi fotografici in regalo per Lilly, appoggiati sul sedile posteriore c'erano i nomi di entrambi.

Ethan aveva detto a tutti gli amici di non fargli alcun regalo, ma di ricoprirne Lilly: la richiesta più dolce che Finley avesse mai sentito. Era felicissima per l'amica.

Ormai si era sparsa la voce per tutta Fallport: Finley e Brock erano tutt'uno. Probabilmente perché il mattino dopo averlo fatto per la prima volta, quando Brock stava uscendo dallo Sweet Tooth, si erano lasciati trasportare dal bacio dell'arrivederci mentre erano ancora sul marciapiede davanti alla pasticceria. Quando finalmente si erano staccati, ansimanti ed eccitati, Silas, Otto e Art avevano commentato con fischi e grida di ammirazione dal loro punto di osservazione davanti all'ufficio postale. Finley si era imbarazzata, invece Brock aveva solo sorriso, l'aveva baciata in fronte e le aveva detto: "Ci vediamo stasera."

Finley e Brock stavano andando a casa di Bristol e Rocky, mancavano ancora otto ore all'orario di inizio della cerimonia, precisamente al tramonto, ma Finley doveva arrivare in anticipo, come anche Elsie, Bristol e Caryn, per dare una mano nella speranza di contenere il livello di stress di Lilly.

Ethan e Lilly avevano scelto di non stilare un lungo elenco di conoscenti: solo loro due, in piedi davanti ai parenti stretti e agli amici, per dichiararsi amore reciproco per tutta la vita.

La mamma di Ethan e Rocky era arrivata a inizio settimana, Finley l'aveva già incontrata perché era passata dalla pasticceria. Era una donna molto cordiale e alla mano e Finley l'aveva adorata dal primo istante.

C'erano anche tutti i parenti di Lilly, un gruppo divertente e chiassoso, almeno a detta di Brock, che comprendeva il padre, i quattro fratelli e *rispettive* famiglie. Nell'elenco per la cerimonia erano incluse anche molte persone di Fallport che Finley conosceva appena, come Whitney Crawford, la proprietaria del B&B in cui Lilly aveva alloggiato quando era arrivata a filmare il programma di indagini sul paranormale.

Uno dei motivi per cui Finley era tanto nervosa e preoccupata che la torta nuziale non fosse perfetta era precisamente *per via* dei tanti compaesani presenti. Poteva essere un'opportunità straordinaria per aumentare le vendite esterne in catering... ma solo se fosse filato tutto liscio con la primissima torta nuziale di sua produzione.

Quando arrivarono, trovarono uno stuolo sorprendente di persone intorno al fienile e alla casa, ma Brock riuscì a evitare quelli che portavano sedie e tavoli, facendo manovra proprio davanti alla porta di casa.

"Dai, andiamo," le disse. "Portiamo dentro la torta, poi io vado dagli altri per dare una mano."

Dopo qualche minuto, prima di tornare fuori a spostare il veicolo e a dare una mano nei preparativi, Brock la strinse tra le braccia. "Cerca di divertirti, non preoccuparti, sarà tutto perfetto."

"Mi accontento che vada bene, anche se non sarà perfetto," ribatté Finley con sarcasmo. Brock fece una risatina leggera, poi la scrutò con un'espressione che lei non riuscì a interpretare. "Che c'è?" gli chiese.

Lui alzò le spalle. "Nulla, sono solo felice."

Finley sentì dentro di sé un tepore speciale. "Anch'io."

"Bene. Se hai bisogno di me, mandami un messaggio. Sarò

felice di fare il commesso, se necessario. Forcine, bibite, se ti serve qualcosa dalla pasticceria… nessun problema."

Cavolo: Brock era il massimo. "Grazie," gli rispose con voce rotta dalla commozione.

"Farei tutto per te, Fin. Ricordatelo. Adesso baciami, così vado e ci vediamo dopo."

Finley si alzò in punta di piedi e lo baciò, come lui le aveva chiesto. Fu un bacio lungo, probabilmente troppo intimo per l'occasione, specialmente perché nessuno dei due poteva nascondere il desiderio che quel bacio istigava.

"Accidenti, che donna," le disse fingendo di lamentarsi, mentre le passava un pollice sulla guancia. "Mi fai impazzire."

"Potrei dire lo stesso di te," ribatté lei.

"Meno male che prima di raggiungere gli altri devo spostare la macchina," le disse fingendosi imbarazzato e guardandosi tra le gambe.

Lei ridacchiò nel vedere l'erezione che spingeva la patta dei jeans. "Mi dispiace…?"

"No, non ti dispiace, ma va bene così. Non mi crea alcun problema far vedere a tutti che la mia ragazza mi eccita. Allora divertiti," le disse, poi la baciò sulla fronte e si girò per andare alla porta.

Finley invece rimase in cucina, dove Bristol le aveva detto di scaricare tutto il necessario per finalizzare la torta nuziale. Quando Brock sparì in corridoio, Finley sentì un colpetto di tosse e si voltò di scatto.

Caryn si era schiarita la gola in salotto, e salutò Finley con un sorrisetto complice. "Stavo per chiederti come andava tra voi due, ma penso di aver visto coi miei occhi che va benissimo."

Finley arrossì e sorrise all'amica. "Sì, puoi dirlo forte."

"Sono felicissima per voi due, vi meritate a vicenda."

"Grazie, è…" Finley non proseguì perché non riusciva a trovare gli aggettivi giusti per descrivere Brock.

Non ce ne fu bisogno: Caryn sembrò capirla al volo. "Sì," le disse annuendo. "Ti serve aiuto qui?"

Dopo un respiro profondo, Finley scosse la testa. "Non è ancora il momento di cominciare con la torta, è un po' troppo presto e non è il caso che qualcuno ci vada a sbattere per sbaglio o chissà che altro. Come sta Lilly? È agitata?"

"No, stranamente. È piuttosto calma. Penso che abbia solo voglia di arrivare in fondo alla giornata."

"Mi sembra giusto."

"Sono scesa a prendere una delle bottiglie di liquore alla mela caramellata che mi sono portata," le spiegò Caryn. "Clyde me ne ha preparato una bella scorta apposta per l'occasione."

"Forte," commentò Finley. "Io con il caramello ci vado a nozze."

Caryn fece un sorriso raggiante, si avviò verso uno scatolone appoggiato sul pavimento in un angolo della stanza e ne tirò fuori una bottiglia.

"Ci servono i bicchieri?" le chiese Finley.

"No no, ce ne sono già al piano di sopra. Vieni... Lilly si sta facendo i capelli, poi tocca a noi."

"Ah, ma non pensavo che..."

"Lo so, non lo sapevamo, ma anche se non ci sono damigelle d'onore, Lilly voleva condividere con le amiche le coccole della giornata, così ci ha organizzato trucco e parrucco."

"Che dolce."

"Sì. Ma ti dico una cosa... sarei felicissima di allontanarmi da quel sovraccarico di estrogeni almeno per un po', quindi quando devi scendere a preparare la torta, per favore, portami con te."

Finley fece una risatina. "Affare fatto. Sono già arrivate tutte?"

"Tutte tranne Khloe."

"Oh, pensavo tornasse ieri. Mi ha inviato un messaggio dicendomi che stava tornando e che oggi non dovevo andare dai gattini." Finley aveva raccontato alle altre di quei mici adorabili, e sia Bristol, sia Lilly avevano già accettato di prenderne uno a casa dopo le nozze.

"Per quanto ne so, è tornata e ha detto che arriva per la cerimonia, ma che non ce la fa ad arrivare in anticipo per dare una mano," le spiegò Caryn un po' corrucciata.

"Ma sta bene?" chiese Finley. "Cioè, mi sembra... in difficoltà."

"Non lo so, ma ho avuto la stessa impressione. C'è qualcosa sotto e mi dà molto fastidio che non ce ne parli."

"Tu lo sai dov'è andata o cos'è andata a fare?"

"No."

"Qualcuna lo sa?"

Caryn fece spallucce. "No, che io sappia. Cioè, probabilmente la più vicina a Khloe è Bristol, e anche lei non sa dove sia andata."

"Beh, ma accidenti, come facciamo ad aiutarla se non sappiamo cosa c'è che non va?" chiese Finley. "Magari le preparo una torta con doppio cioccolato e gliela porto a casa la settimana prossima. Non c'è niente di meglio di una buona dose di cioccolato per sentirsi meglio."

"Sei molto carina," le disse Caryn con un sorriso. "Come mai a me non è arrivata una torta con doppio cioccolato, dopo quel che mi è successo?"

Finley la fissò per un secondo, preoccupata che l'amica ci fosse davvero rimasta male, ma Caryn rise.

"Stavo scherzando! Ho sentito che hai praticamente trascinato il povero Brock fuori dalla pasticceria, quando è venuto a dirti cos'era successo. Sei stata una forza irrefrenabile, hai preteso che ti portasse a farmi visita perché volevi vedere coi tuoi occhi come stavo. Preferisco questo a una torta, mille volte."

"Però non hai provato la mia torta al doppio cioccolato," borbottò Finley con un po' di imbarazzo per il modo in cui aveva insistito quel giorno con Brock.

Come leggendole nella mente, Caryn le disse: "Per come la vedo io, tra te e Brock è andato tutto come doveva, sono contenta che il mio piano abbia funzionato."

"Il tuo piano?"

"Beh, *sì*. Sono stata io a dirgli di venire in pasticceria per dirti cosa mi era successo, quel giorno. E poi, non so se te lo ricordi, ma gli ho telefonato per dirgli di farti da assistente quando ti sei fatta male al polso."

"Sei tremenda," le disse Finley scuotendo la testa.

"Eh no, sono solo innamorata e voglio che anche le mie amiche siano felici quanto me. Adesso andiamo, devo tornare di sopra con questa roba prima che ci sia una sommossa."

Caryn prese Finley sottobraccio e si avviarono insieme su per le scale. Finley ripensò alle parole dell'amica: si sentiva innamorata di Brock?

Sì. Assolutamente sì... e quel sentimento la spaventava a morte. Si era innamorata alla svelta e profondamente di un uomo che aveva il potere di spezzarle il cuore, qualora lui non l'avesse presa con altrettanta serietà. Certo, tutti i segnali indicavano che Brock non stava con lei solo per fare sesso. Accidenti, le aveva detto senza mezzi termini che non gli sarebbe dispiaciuto fare un figlio insieme a lei. Un uomo che cercava solo sesso avrebbe evitato a tutti i costi una gravidanza, anzi, si sarebbe fatto in quattro per avere la certezza che un rapporto fisico non avesse conseguenze a lungo termine.

Ma l'enorme passione, che si era accesa tanto alla svelta e con tale intensità, si sarebbe poi spenta?

Oddio, Finley sperava tanto di no.

"Smettila di pensare troppo," la rimproverò Caryn raggiungendo il piano superiore. "Tu e Brock siete perfetti insieme: quando siete nella stessa stanza, lui non ti toglie gli occhi di dosso, e non dimenticare che ho visto quel bacio. Presto arriverà anche il giorno delle vostre nozze.”

“Oh, no, per me questo sarebbe troppo, io preferisco una cerimonia semplice e contenuta.”

Caryn fece una smorfia. “Lo sapevo che ci stavi pensando,” le disse soddisfatta.

Finley alzò gli occhi al cielo, poi commentò sottovoce: “Comunque le nozze riparatrici non si usano più.”

“Eh... cosa?” le chiese Caryn con gli occhi strabuzzati, fermandosi di colpo in corridoio.

“No, nulla.”

Gli occhi di Caryn brillarono mentre prendeva Finley per un braccio e la trascinava in una camera da letto. Appena entrarono, Lilly, Elsie e Bristol si voltarono tutte verso di loro, come fece anche la parrucchiera che stava sistemando i capelli a Lilly.

“Era ora, muoio di sete!” esclamò Elsie scherzosamente.

Caryn appoggiò la bottiglia di liquore su un tavolo e si girò verso le altre. “Finley è incinta!”

A quell’annuncio, Finley sussultò mentre tutte le altre a parte la parrucchiera cominciarono a parlare allo stesso tempo.

“Davvero?!”

“Porco cane, Brock fa alla svelta!”

“Congratulazioni!”

Finley alzò una mano. “Un attimo, un attimo! *Non* sono incinta.”

“Stavamo parlando di nozze e hai detto che le nozze riparatrici non si usano più. Le nozze riparatrici sono quando il padre della donna costringe un uomo a sposare la figlia perché l’ha messa incinta. Di conseguenza, ho letto tra le righe e ho presunto che fossi in dolce attesa,” spiegò Caryn incrociando le braccia.

"Io e Brock stiamo insieme *davvero* solo da una settimana," ribatté Finley.

Caryn sospirò con enfasi. "Appunto, quindi è praticamente impossibile sapere se sei in dolce attesa, dopo solo una settimana, ma... sei stata tu a parlare in quel modo e quindi mi è venuto il dubbio."

A quel punto fu Finley a sospirare. "D'accordo. Il motivo per cui ne ho parlato è perché non prendo la pillola e ne abbiamo parlato e abbiamo deciso che... ci prendiamo il rischio. Lui ha detto che, a prescindere da come andrà il nostro rapporto, si occuperà di nostro figlio, se dovesse arrivare."

"Ma è... santo cielo!" esclamò Lilly a mezza voce.

"Una stupidata, lo so," proseguì Finley con una smorfia.

"No, è romantico!" ribatté Bristol. "Dai, vedervi insieme... è evidente che il vostro non è un rapporto qualunque. Se dice di non aver problemi a metterti incinta, allora deve *volerlo* veramente. Tu che ne pensi?"

"Io... ormai ho una certa età e mi piacerebbe diventare mamma," rispose Finley con titubanza.

"Saresti una mamma meravigliosa," disse Elsie con entusiasmo.

"Allora niente liquore per te!" esclamò Caryn. "Nel caso tu sia già incinta. Invece noi altre brindiamo al super sperma di Brock!"

Risero tutte... poi Lilly aggiunse arrossendo: "Niente liquore nemmeno per me."

Finley fu grata che l'attenzione di tutte passasse alla sposina: le creava un certo imbarazzo parlare della decisione affrettata di non usare precauzioni anticoncezionali, quando aveva appena iniziato a frequentare Brock; ma il supporto delle amiche e la convinzione che Brock facesse sul serio con lei la fecero stare molto meglio.

"Ma tu *sei...*?" domandò Bristol a Lilly senza terminare la frase.

Lilly arrossì e alzò le spalle. "Meno male che a mio papà Ethan sta simpatico e che in casa non ci sono pistole."

Scoppiò il pandemonio, tutte andarono a congratularsi con Lilly. Poi arrivarono domande a raffica, ma lei alzò una mano. "Una alla volta. Allora, è una scoperta recente, probabilmente è troppo presto anche per parlarne. Anzi, mi viene il patema perché la settimana scorsa, quando ci siamo trovate a casa di Caryn, ho anche bevuto. Poi ieri sera ho fatto pipì sul test ed è risultato positivo. So che potrebbe anche essere un falso positivo, ma ultimamente mi sono sentita stanchissima e molto emotiva, penso sia anche per questo che mi è venuto tanto stress per le nozze."

"Ma è meraviglioso!" esclamò Elsie a mezza voce. "Sono felicissima per te," aggiunse avvicinandosi a Lilly per abbracciarla.

"E tu invece?" le chiese Lilly.

"Io *invece* che cosa?"

"So che tu e Zeke volete altri figli."

Elsie si fece seria. "Io lo vorrei tanto, ma finora... nulla. È una frustrazione."

"Arriveranno quando devono arrivare," le disse Bristol con dolcezza. "Non fartene un pensiero."

"Lo so, ma insomma, non penso ad altro. Voglio davvero dare un figlio a Zeke e giuro che sono rimasta incinta di Tony appena ho smesso di prendere la pillola. Adesso invece ho la paranoia che non succederà," si lamentò Elsie sottovoce.

"Succederà," le disse Lilly con decisione.

"Sono d'accordo, ma intanto divertiti a provarci," aggiunse Caryn con un occhiolino.

Finley si accorse di essere arrossita, ma per fortuna nessuna la stava osservando. Senza rendersene conto, si era fissata sulle tante volte in cui aveva fatto l'amore con Brock e le era tornata in mente l'immagine del seme del compagno che gocciolava da lei; vedendolo, Brock si era eccitato ancor di più. Probabilmente era già incinta, oppure sarebbe successo presto: non aveva dubbi.

"Io e Drew ne abbiamo parlato, non vogliamo figli, ma accipicchia, non vediamo l'ora di coccolare i vostri," disse Caryn con un sospiro.

"Anche io e Rocky non ne siamo sicuri," aggiunse Bristol, "ma sarò al fianco di Caryn, pronta a spupazzarmi i figli di voi altre."

"Potremmo organizzare delle serate in compagnia, tenerli svegli fino a tardi e riempirli di bibite e zuccheri... poi mandarveli a casa," disse Caryn ridendo.

"Oppure far guardare loro dei film spaventosi così vorranno dormire con mamma e papà per una settimana intera," aggiunse Bristol con una smorfia.

Ormai stavano già ridendo tutte. Finley sapeva che le amiche avrebbero dato seguito a quelle minacce.

L'argomento figli si esaurì col passare del tempo. Quando Caryn finì di farsi fare trucco e capelli, Finley scese in cucina, in modo da cominciare a mettere insieme la torta, con l'aiuto entusiasta dell'amica. Quando finirono, inviò un messaggio a Brock per chiedergli se potesse aiutare a portare la torta nel fienile. Lui si presentò insieme a Tal; in due, trasportarono con cautela la torta fino al tavolo che era stato approntato nel fienile.

Il tempo era perfetto per una cerimonia nuziale. C'era fresco, ma non troppo. Finley non dovette preoccuparsi che la torta si sciogliesse o che si rovinasse, il che fu un gran sollievo. Brock la baciò con trasporto, poi tornò al fienile per chiacchierare con gli altri uomini della squadra di ricerca e soccorso Eagle Point e con gli ospiti in arrivo.

Quando Brock se ne fu andato, Finley sentì un pizzicore alle labbra; in passato, non si era mai sentita bella, non le era mai capitato che un uomo le fischiasse dietro vedendola camminare per la strada. Nessuno ci aveva mai provato con lei alle feste o nelle uscite di gruppo. Invece con Brock, che la guardava sempre con ardente desiderio ogni volta che la baciava, per la prima volta nella vita Finley si sentiva desiderata.

Vedendolo dopo un po' di tempo, dopo essersi cambiata in un paio di jeans stretti e una maglia con ampia scollatura, con capelli e trucco a livello professionale... l'espressione di lussuria e desiderio negli occhi di Brock le aveva fatto venir voglia di piangere.

Ovviamente Brock era affascinante come sempre, con i jeans neri e una camicia bianca appena stirata, e Finley si sentiva orgogliosa di averlo al proprio fianco.

Le porse la mano non appena Lilly uscì di casa tenuta sottobraccio dal padre per incamminarsi verso il fienile. La cerimonia si sarebbe svolta fuori dall'enorme fienile, dove poi ci sarebbe stato il banchetto. Il sole calava all'orizzonte, creando uno sfondo perfetto di nuvole violacee e arancio.

Lilly indossava un abito bianco che le scendeva sotto le ginocchia. Aveva un taglio basso sia sul davanti che sulla schiena e le fasciava il petto. Era svasato all'altezza della vita e il tessuto frusciava intorno alle sue cosce man mano che Lilly camminava. Si era fatta sistemare i capelli in un'originale acconciatura alta, mentre il trucco le metteva in evidenza gli occhi azzurri. Portava un bouquet di margherite e ricordava in tutto e per tutto una principessa delle fiabe.

Evidentemente Ethan non ebbe la pazienza di aspettare che Lilly lo raggiungesse: si incamminò sul prato per raggiungerla. Si mise di fianco alla futura sposa, dal lato opposto rispetto al suocero, accompagnando la sposa tra gli ospiti per raggiungere il cerimoniere che li aspettava in piedi. Non c'erano sedie, erano tutti raggruppati intorno agli sposi, a osservare con ammirazione.

Brock si spostò dietro a Finley e le avvolse le braccia intorno alla vita. Le appoggiò il mento sulla spalla mentre guardava l'amico che sposava la propria amata. Finley fece fatica a concentrarsi sui voti nuziali di Ethan e Lilly, distratta dalla mano che Brock le aveva appoggiato sulla pancia. Normalmente non le piaceva quando un uomo le toccava il ventre. Era sovrappeso e non le piaceva attirare l'attenzione proprio su quel punto del corpo. Ma Brock aveva dimostrato più e più volte di non aver assolutamente alcun problema con le sue forme; mentre le accarezzava con dolcezza la pancia con il pollice, a Finley venne il dubbio di essere già incinta. Del resto, non era affatto impossibile.

La cerimonia fu breve e romantica; prima di quanto Finley si aspettasse, Lilly ed Ethan si stavano baciando da marito e moglie. Tutti gioirono appena i neosposi si voltarono verso gli invitati con due sorrisi radiosi.

Tra le celebrazioni di tutti, Brock si voltò per mordicchiare un orecchio di Finley.

"Brock, smettila."

"Non posso. Sei troppo bella. Quando ti ho vista, quasi venivo nei jeans. Non vedo l'ora di toglierti tutte le forcine dai capelli per vederli sciolti sul cuscino mentre mi preparo a leccartela."

"Dico sul serio, Brock," si lamentò Finley senza troppa convinzione.

"Voglio brindare con gli amici, ballare con te, assaggiare la tua fantastica torta, vantarmi di stare con te... ma appena sarai pronta ad andar via, io ci sto," le disse nell'orecchio con voce profonda e roca. "Non vedo l'ora di entrare dentro di te, Fin. Non sono mai stato tanto insaziabile in un rapporto. Non passa nemmeno un'ora, senza che mi venga voglia di te; penso alla sensazione di venirti dentro, a quando ti osservo mentre mi cavalchi l'uccello. Ma quel che mi appassiona di più è la sensazione di quando stiamo insieme, il modo in cui mi guardi, come se il sole sorgesse e tramontasse con me. È bellissimo, Fin. Accidenti, davvero bellissimo... e farò tutto ciò che posso per arrivarci con te."

"Arrivare dove?" gli chiese Finley, che si stava praticamente sciogliendo in un brodo di giuggiole tra le braccia di Brock, unico appiglio rimastole. Avrebbe tanto voluto rispondergli che anche lei si sentiva allo stesso modo, ma temeva di scoppiare a piangere.

"*Arrivarci*," ribadì lui indicandole Lilly ed Ethan in piedi vicino al tavolo su cui stavano firmando i certificati di matrimonio.

Lei sentì il cuore fermarsi. Letteralmente.

Si voltò e lo guardò con gli occhi spalancati.

"Non ti avrei mai detto che voglio un figlio con te, se non volessi sposarti, Fin."

Santo cielo: era un passo più che veloce: supersonico. Fulmineo.

Però lei non poteva certo negare di essere in totale sintonia con Brock.

"Di certo non te lo chiederò adesso, qui su due piedi: oggi è il giorno di Lilly ed Ethan. Ma voglio solo essere sicuro che tu sappia quanto faccio sul serio. Ti osservo ormai da un'eternità, Fin, e nulla di ciò che ho visto mi ha trattenuto dall'iniziare un rapporto con te. Poi, quando finalmente ti sei aperta con me? Accidenti, un sogno che si è realizzato."

"Non sono uno scemo: ho trentotto anni e so riconoscere un miracolo quando mi capita. Ho passato la vita a guardare gli altri che si conoscevano, si sposavano, avevano figli e poi mandavano tutto in malora. Mi sono ripromesso di vivere diversamente, di aspettare fino a incontrare la donna giusta, quella che mi ami per come sono... con tanto di dita macchiate di morchia e carattere ruvido; una a cui non importi un tubo di ciò che pensano gli altri di me."

"Tu non hai un carattere ruvido," ribatté Finley voltandosi in quell'abbraccio per guardarlo in faccia.

Lui ridacchiò. "Ce l'ho, ma non m'importa."

"Anch'io faccio sul serio con te," gli disse, quasi sentendosi in dovere di confermarlo. "Solo che non avrei mai creduto di avere una chance con te perché tu sei… *tu*," concluse facendo spallucce, frustrata perché non riusciva ad articolare molto bene i propri pensieri.

"Tu sei *l'unica* che aveva una chance. Adesso… andiamo a brindare con gli sposini?" le chiese.

Finley annuì, poi arricciò il naso. "Anche se io preferisco bere solo dell'acqua."

Brock si fermò impietrito, tanto che Finley si preoccupò. "Brock?"

"Acqua? Stai bene?"

Il rossore alle guance tornò. Finley alzò una spalla. "Sì, è solo che… sai, stavamo cercando… è proprio il periodo giusto del ciclo, e sai che non usiamo protezioni. Non si sa mai, non vorrei…"

"*Accidenti*," sussurrò Brock appoggiando la fronte contro quella di Finley. "Santo cielo, Fin, ti voglio. Adesso. Tremendamente. Voglio riempirti ancora, senza freni. Non ho mai voluto mettere incinta una donna, mai… prima di te."

Finley sentì i capezzoli turgidi sotto la maglia e sentì il desiderio irrompente di Brock dall'erezione che le premeva contro la pancia. "Non dico sia già successo, è solo che è possibile. Se c'è anche solo una probabilità, non voglio fare nulla che metta a rischio il bimbo, o la bimba."

"Certamente." Brock fece un respiro profondo, poi un altro. "Dammi un attimo," le sussurrò, sempre con la fronte appoggiata a lei.

Finley pensò di scoppiare dalla gioia. "Va bene," gli rispose sussurrando.

Passò un minuto intero. Poi due. Brock non si mosse. La

tenne stretta contro di sé, mentre si sforzava di riprendere il controllo delle proprie emozioni e della libido.

"Basta pomiciare, venite qui!" gridò Talon, interrompendo quel momento magico. "È ora di fare le foto, Lilly ne vuole una con la squadra!"

"Immagino tocchi a noi," disse Finley a Brock.

Lui tirò su la testa. "Torta. Un ballo. Poi andiamo via."

Finley sorrise. "Va bene."

"Va bene," ripeté lui annuendo, poi allargò le narici per un altro respiro profondo. "La migliore cosa che mi sia mai successa," disse con un filo di voce, poi si girò, la prese per mano e si avviò al punto in cui Lilly ed Ethan si stavano facendo fotografare.

Dopo tre ore, dopo la cena, dopo che Lilly ed Ethan ebbero tagliato la torta e se ne furono lanciati una fetta in faccia, dopo che tutti ebbero divorato il dolce, apprezzandone con entusiasmo la bontà e dopo una sola danza, Brock mantenne la promessa e disse a tutti che lui e Finley dovevano tornare a casa perché lei doveva alzarsi presto il mattino dopo per aprire la pasticceria. Non era una bugia, ma sapevano tutti il vero motivo per cui Brock aveva tanta fretta.

Finley salutò tutti mentre raggiungeva Lilly ed Ethan dall'altra parte del fienile. Caryn le fece l'occhiolino, mentre Elsie l'abbracciò e le disse in un orecchio: "Vai a riprodurti."

Lilly la ringraziò profusamente per tutto ciò che aveva fatto e per la torta. Poi anche lei l'abbracciò a lungo e di cuore. Brock stava stringendo la mano di Ethan e parlottando con lui e con Rocky, così Lilly ne approfittò per dirle: "Mi sembri felice."

"*Sono* felice, è stata una cerimonia meravigliosa."

"Grazie. Sinceramente sono contenta che sia finita. Quando tocca a te, fidati... una scappata e via!"

Finley poté solo sorridere timidamente all'amica.

"Sono emozionatissima per voi due," commentò Lilly. "Brock è l'uomo perfetto per te."

"Davvero," confermò Finley.

"È anche impaziente di svignarsela da qui," scherzò Lilly.

"Anche Ethan, mi sembra," ribatté Finley.

"Ha sopportato tutto questo per me," spiegò Lilly alzando le spalle. "Per questo lo amo ancora di più. Ma so che è ansioso di avermi tutta per sé. Sono quasi gelosa che tu e Brock possiate andar via mentre io devo rimanere."

"Perché? Tu sei la sposa, se gli sposi vanno via, nessuno dirà una parola. Poi Bristol e Rocky hanno già detto che penseranno loro a sistemare tutto qui dentro."

"Sai che c'è? Hai ragione," rispose Lilly guardando il marito.

"Lo so."

Lilly abbracciò di nuovo Finley, ma quando si separarono le disse: "A giudicare dal modo in cui Brock ti fissa, ho la sensazione che, se non sei già incinta, lo sarai entro domattina."

Finley arrossì e aprì la bocca per rispondere, ma sentì una mano dietro la schiena.

"Sei pronta?" le chiese Brock.

Finley non sapeva se anche lui avesse sentito ciò che aveva detto Lilly, così si limitò ad annuire.

"Allora a presto," disse Lilly.

"A presto. Di nuovo congratulazioni."

Appena usciti dal fienile, Brock le mise un braccio intorno alle spalle e la strinse al proprio fianco. "Sarà un bel divertimento, fare del mio meglio per assicurarmi di metterti incinta," le disse nell'orecchio mentre camminavano.

Finley ebbe un brivido: Brock doveva aver sentito i commenti di Lilly.

"Se pensi che mi lamenti, purtroppo ti sbagli," gli rispose con una certa baldanza. Il sollievo della cerimonia nuziale ormai terminata, il fatto che tutti sembrassero aver apprezzato la sua torta e il modo in cui Brock l'aveva sempre tenuta d'occhio, mangiandosela con gli occhi tutta la sera le davano più sicurezza di quanta ne avesse mai avuta.

Saltò fuori che Brock non poteva aspettare di tornare a casa: fece manovra in una stradina sterrata non lontano da casa di Bristol e sbottonò i pantaloni di Finley, mettendola con la schiena contro lo sportello del passeggero e facendole divaricare le gambe; il tutto, prima ancora che lei se ne rendesse conto. Poi lui abbassò la testa tra le gambe di Finley, che era già molto eccitata e che perciò ci mise poco a esplodere.

Brock fece una smorfia e si leccò le labbra allegramente, poi inserì di nuovo la marcia e si avviò, imboccando la strada di casa.

Non volendo lasciargliela vinta, Finley si abbassò e gli sbottonò i jeans.

"Fin, no. Non posso..."

Ma lei non lo ascoltò: gli tirò fuori dai pantaloni l'uccello, già duro come la roccia, e se lo mise in bocca mentre lui guidava.

Lui le mise una mano sulla testa che andava su e giù, succhiando e gemendo nel tentativo di dargli lo stesso piacere che lui le aveva provocato. Brock riuscì a manovrare senza incidenti fino al vialetto di casa, poi afferrò una leva di fianco al sedile per abbassare lo schienale e crearle più spazio.

Prenderglielo in bocca in macchina, davanti a casa, sembrava un'azione molto spinta, ma Finley era troppo presa per preoccuparsi che i vicini li vedessero. Evidentemente anche lui era sulla stessa lunghezza d'onda, perché la spinse a muoversi più veloce e a succhiare con più forza.

Nel giro di pochi minuti, anche lui le esplose in bocca e Finley si sentì donna come mai prima, al massimo della sensualità. Sinceramente non amava il gusto del seme in bocca, ma ne valeva la pena, per l'espressione soddisfatta negli occhi di Brock, il cui uccello non si ammorbidì del tutto.

Brock si infilò l'uccello nei jeans, senza nemmeno preoccuparsi di abbottonarli, poi aprì di getto lo sportello e praticamente strattonò Finley per farsi seguire. Lei fece una risatina e corse con lui verso la porta di casa. Appena entrati, la richiusero e fecero a gara a chi si spogliava prima.

Ovviamente vinse lui, anche perché aveva meno indumenti da togliersi, ma Finley si sentì comunque vincitrice quando Brock la prese in braccio e la portò nel corridoio. Non ricordava l'ultima volta che qualcuno l'aveva portata in giro di peso in quel modo, probabilmente perché non era mai successo. Brock la faceva sentire donna, deliziosa e sensuale; quando erano in intimità, ormai Finley aveva già smesso di pensare ai chili di troppo.

Brock la gettò sul letto e senza dire nulla cominciò a mostrarle quanto era importante per lui, quanto ne amava il corpo e quanto era serio, quando parlava di mettere su famiglia.

Finley non era mai stata tanto felice come in quel momento. La vita le andava bene... davvero bene.

CAPITOLO DIECI

"Ci vediamo là."

Brock era preoccupato, in piedi in un angolo del Vecchio Garage, mentre parlava al telefono con Finley. Erano passati solo cinque giorni dalle nozze di Lilly ed Ethan, giorni molto frenetici. Da quando si era sparsa la voce che Finley aveva preparato la torta nuziale, lo Sweet Tooth era stato improvvisamente subissato di richieste: torte, cupcake, biscotti e quant'altro Finley potesse preparare per feste di compleanno, anniversari... e altre cerimonie nuziali. Sembrava che a Fallport tutti volessero affidare a Finley la preparazione dei dolci per ogni evento.

Se da un lato Brock ne era entusiasta, dall'altro Finley era costretta a lunghe ore di lavoro e quindi non aveva molto tempo da passare insieme a lui. Quando arrivava l'orario di chiusura, al pomeriggio, Finley era esausta. Non facevano l'amore da due giorni, ma non era quello che dava fastidio a Brock. Lui era felice anche solo di stringerla tra le braccia la notte, non stava con lei per il sesso, anche se farlo con lei era la fine del mondo; a lui bastava starle vicino per sentirsi appagato.

Però non gli faceva piacere che lei arrivasse tanto sfinita a fine giornata. Davis aveva cominciato a passare anche dopo l'orario di chiusura, al pomeriggio, per aiutarla a preparare gli ingredienti per il giorno dopo e per gli ordini del catering, ma il suo aiuto non era sufficiente. Qualcosa doveva cambiare.

Brock le aveva parlato quel mattino, invitandola a non esagerare, a prendersi del tempo per sé stessa, per lui; lei si era detta subito d'accordo, mettendogli il cuore in pace. Brock non voleva che Finley arrivasse all'esaurimento, però a lei dispiaceva molto non accontentare qualcuno; tuttavia, alla lunga, accettare ogni singolo ordine non sarebbe stato sostenibile.

Così, quel pomeriggio, avevano deciso di fare un'altra camminata in montagna. Il tempo di quella prima settimana di novembre era perfetto per fare trekking. Freddo, ma non gelido. Il vero inverno sarebbe iniziato solo a dicembre, molto probabilmente, e Brock voleva godersi il bosco finché era possibile.

I turisti arrivavano ancora numerosi a Fallport, nella speranza di intravedere Bigfoot, sempre per via del programma sul paranormale. Un ottimo sviluppo per i negozianti, ma un carico di ricerche in più per Brock e gli altri della squadra, che venivano chiamati di continuo per ritrovare dei turisti smarriti; per fortuna, le ricerche finivano nel giro di poche ore, sempre con esito positivo. Brock non vedeva l'ora di fare una bella camminata rilassante con Finley. Niente di troppo impegnativo, anche perché lei poteva essere già incinta.

Il ciclo di Finley era in ritardo, anche se lei sosteneva che le capitasse, ogni tanto, specialmente quando era più stressata del normale. Lui non si capacitava del proprio desiderio: la *voleva* incinta. Però lei si rifiutava di fare un test di gravidanza, per scaramanzia, preferiva aspettare. Lui non capiva quella posizione, ma aveva deciso di trattarla come se stesse già portando un figlio in grembo. Prima o poi la gravidanza sarebbe arrivata, tanto valeva anticipare le necessarie cautele.

In quel momento, Finley gli stava dicendo che era in ritardo e che sarebbe stato meglio trovarsi direttamente all'imbocco del sentiero di Rock Creek.

"Mi sembra logico," gli disse. "Tanto io sarò già da quelle parti, perché ho un appuntamento con una signora che mi deve spiegare come vuole la torta per le nozze d'oro dei suoi genitori."

"Non può venire lei a trovarti in pasticceria, come fanno tutti?" le chiese Brock.

"Lei finisce di lavorare alle tre, la stessa ora di chiusura della pasticceria. Poi ha il figlio che arriva in scuolabus alle tre e mezza e deve essere presente. Non è un problema. Vado da lei, parliamo della torta, poi ci troviamo al sentiero."

Brock sospirò. Si sarebbe offerto di accompagnarla da quella signora, ma era immerso fino al collo nella riparazione di una macchina che qualcuno aveva appena portato in officina e non voleva lasciare quel lavoro in sospeso. Preferiva portarsi avanti il più possibile. "Va bene, allora facciamo come dici tu."

"Grazie," gli rispose. "So che è un periodo impegnatissimo, ma già vedo che i ritmi stanno rallentando."

"Perché hai già preparato dolci per mezza Fallport," brontolò Brock. Non sapeva nemmeno lui il motivo di quel tono lagnoso.

"Non proprio," rispose Finley con una risata, "ma penso che l'ebbrezza della novità passerà in poco tempo. È una bella spinta per il negozio, ma non penso di voler essere sempre *tanto* impegnata. Del resto, è insostenibile anche per me, come mi dicevi stamattina. Preferisco guadagnare qualcosa di meno ma avere più tempo libero, piuttosto che fare cassa ma arrivare a sera sempre sfinita."

Brock era totalmente d'accordo con quel ragionamento.

Lui sarebbe stato in grado di provvedere a ogni esigenza di Finley, ma sapeva che per lei era importante mantenersi da sola, avere successo.

"Senti, a che ora ci vediamo al sentiero? Ricorda che il tramonto arriva molto presto."

"Un quarto alle quattro? Dovrebbe bastarmi, penso."

Era mezz'ora più tardi dell'orario in cui lui era d'accordo di passarla a prendere. Brock avrebbe dovuto farsene una ragione. "Va bene."

"Se per caso faccio tardi, ti avverto," gli disse Finley.

"Il segnale del cellulare da quelle parti è debole," la avvertì Brock.

"Ecco, allora ti mando un messaggio quando parto dalla casa della cliente."

"Ottima idea. Vai piano," le disse Brock.

"Va bene, anche tu."

"A dopo."

"Ciao."

Brock chiuse la telefonata e tornò al veicolo su cui stava lavorando prima che Finley gli telefonasse. La camminata in montagna sarebbe durata meno di quanto sperava, ma l'aria fresca sarebbe stata comunque un toccasana. Specialmente perché l'avrebbe tenuto lontano dal lavoro. A lui piaceva veramente immergersi nella natura, ma era difficile apprezzare il bosco quando stava cercando una persona smarrita.

"Ehi, Brock, puoi venire qui a dare un'occhiata veloce?" gli chiese Jesus da sotto il cofano di una macchina.

Brock cercò di togliersi dalla testa la preoccupazione per Finley e di concentrarsi per poter concludere il lavoro; così raggiunse l'amico e collega.

———

L'adrenalina scorreva nelle vene di Pete. Finalmente! Un evento del tutto insolito: quella stronza non rimaneva mai da sola! Lui l'aveva seguita per una settimana e non l'aveva *mai* beccata senza compagnia! Una situazione frustrante che l'aveva fatto infuriare. Il Boss si stava incazzando sempre più: il fornitore si rifiutava di venire a Fallport senza prima avere la certezza che la pasticciera non costituisse un problema, così il Boss andava sempre in macchina a Roanoke. Qualcuno cominciava a preoccuparsi per quei continui viaggi in città e il Boss era fuori di sé dalla rabbia.

Però *finalmente* la pasticciera era rimasta da sola. Era andata in macchina a un certo indirizzo per incontrare un'altra donna, poi era ripartita per tornare in paese.

"Tagliale la strada!" esclamò Cory nell'auto impegnata nell'inseguimento, sulla strada regionale che portava a Fallport.

"Adesso! Sta' zitto!" sbraitò Pete. "Devo trovare il punto migliore per beccarla. Deve accostare, così non ci vede nessuno mentre scopriamo quello che sa." Su entrambi i lati della strada c'erano spazi ampi; bisognava chiuderle la strada in modo che si fermasse, ma senza colpirla, per non farle perdere il controllo della macchina. Non era certo il caso di far arrivare la polizia per un incidente stradale.

Proprio quando Pete stava per fare la sua mossa, si accesero le luci dei freni della macchina di Finley, che rallentò.

"Cosa sta facendo?" chiese Cory.

"E io che cazzo ne so?" ribatté Pete.

"Maledizione, sta entrando nel parcheggio del sentiero," disse Cory. "Entra, seguila."

"Cosa? No! Là c'è sempre un sacco di gente."

"Senti, ormai non abbiamo alternativa. Il Boss si aspetta delle risposte e quella è da sola. Dobbiamo agire *adesso*."

"Cazzo!" esclamò Pete mormorando, per poi obbedire, entrando nel parcheggio.

"Avrà appuntamento con qualcuno?" chiese Cory.

Pete si guardò intorno ma gli sembrò che non ci fosse nessuno ad aspettarla. "Direi di no."

"Bene. La seguiamo per un po' nel bosco, poi la becchiamo. La tiriamo fuori dal sentiero, così se anche passa qualcuno non ci vede." Cory fece una smorfia. "Mi sa che dovremo convincerla a parlare, mi capisci..." Si afferrò i genitali con un sorriso beffardo.

Pete annuì. "Certo, amico, ce la meritiamo. Si è fatta inseguire per troppo tempo, accidenti a lei."

"Anche se è troppo grossa per i miei gusti, non so se me lo farà alzare," mormorò Cory voltandosi per aprire lo sportello.

"La passera è passera," commentò Pete alzando le spalle. "E poi al tipo che la frequenta sembra andar bene così."

"Deve avercela magica," commentò Cory. "Dai, andiamo, quasi quasi mi sto già eccitando. Prima ci divertiamo, poi facciamo capire a quella stronza che se parla con qualcuno di ciò che è successo se ne pentirà amaramente. Scopriamo cos'ha visto in quel vicolo e poi ce la filiamo via di qui. Il Boss avrà quel che vuole e ci farà contenti pagandoci. Tutto torna alla normalità."

Pete alzò una mano aperta e Cory batté cinque, poi cercarono di seguire la pasticciera verso il sentiero senza farsi notare.

———

Brock era arrivato al sentiero con un certo anticipo, ma aveva trovato nel parcheggio una donna molto agitata. Non potendo ignorarla, le aveva chiesto cosa le fosse successo. Lei gli aveva risposto di essere andata a fare trekking con i genitori, ma poi la madre si era fatta male a una caviglia mentre percorreva il sentiero e il padre la stava aiutando a tornare al parcheggio, mentre lei sperava di telefonare per far arrivare un'ambulanza; purtroppo, il cellulare non aveva segnale.

Brock le aveva spiegato che era normale che il cellulare non funzionasse e si era offerto di imboccare il sentiero per andare incontro ai genitori. La donna l'aveva ringraziato, così lui era partito; si aspettava di trovare la coppia a meno di un chilometro dal parcheggio, infatti, per fortuna, li trovò in poco tempo. A Finley non avrebbe dato fastidio aiutare qualcuno, ovviamente, anche se in teoria dovevano passare del tempo libero per rilassarsi.

Brock fu piacevolmente sorpreso vedendo che la signora era in grado di muoversi abbastanza bene. Zoppicava un poco, ma sosteneva che la caviglia non fosse fratturata.

Brock prese a camminare insieme a loro e scoprì che provenivano dal South Carolina e che, come tutti, erano venuti a Fallport per via del programma sul paranormale, ma non per cercare Bigfoot. Avevano solo trovato quei paesaggi affascinanti.

Avvicinandosi al parcheggio, Brock vide Finley che imboccava il sentiero per raggiungerli e le fece un gran sorriso.

"Quella è la tua ragazza?" gli chiese il signore.

"Certamente," rispose Brock.

"Bella donna. Abbine cura."

"Davvero bella, sono d'accordo. Il dottor Snow dovrebbe essere nel suo studio, andateci appena rientrate a Fallport. Darà un'occhiata a quella caviglia, giusto per verificare che non sia niente di grave."

"Grazie per essere venuto ad aiutarci," gli disse la donna.

"Ci mancherebbe."

Brock salutò i due, che se ne andarono, e attese che Finley lo raggiungesse lungo il sentiero. Si prese il tempo di ammirarla: si era cambiata, da quando l'aveva vista quel mattino. Indossava un paio di stivaletti da montagna, pantaloni cargo lunghi e una maglia a maniche lunghe. Si era legata in vita una felpa. Un abbigliamento che lui approvava senza riserve. Era importante vestirsi a strati, in quella stagione, perché anche se al momento non faceva troppo freddo, dopo il calar del sole la temperatura sarebbe scesa; anche se Brock non intendeva rimanere fuori fino a tardi, essere sempre preparati nel bosco era un imperativo.

Lui si era portato lo zaino con l'acqua, spuntini e un piccolo kit di primo soccorso. Non che si aspettasse incidenti, ma dopo tutti gli imprevisti negli "appuntamenti" con Finley, era meglio non rischiare.

"Ciao," gli disse Finley avvicinandosi.

"Ciao," le rispose con affetto. Quando lei fu abbastanza vicina, lui allungò un braccio per cingerla in vita e stringerla a sé. Poi Brock inspirò profondamente. "Noce moscata," le disse affondandole il naso nell'incavo tra il collo e la spalla.

Lei fece una risatina. "Sei davvero bravo."

"Hai sempre un profumino da assaggiare," le disse con sguardo malizioso.

Lei alzò gli occhi al cielo e scosse la testa rispondendogli: "Sempre birbante."

"A te piace."

"È vero," gli disse con tono più serio.

Lui sentì il cuore accelerare. Non se l'erano detti a parole, ma lui percepiva l'amore di Finley ogni volta che stavano insieme, proprio come sperava di farle arrivare il proprio. Gli venne voglia di tornare subito al parcheggio per andare a casa, ma avevano entrambi bisogno di staccare dalla routine quotidiana. Una bella passeggiata avrebbe fatto bene a entrambi.

Poi l'avrebbe portata a casa, nel proprio letto.

Brock si girò e tornò da dove era appena arrivato insieme ai genitori della signora. Cominciarono a chiacchierare; Brock le raccontò della signora con la caviglia dolorante, aggiungendo che secondo lui era stata solo una storta.

Quando Brock aprì bocca per chiederle dell'appuntamento con la potenziale cliente, Finley si lasciò sfuggire un gridolino di sorpresa.

Lui agì d'istinto: si mosse per prenderla, immaginando che fosse inciampata in una radice o qualcosa del genere, ma Finley non aveva perso l'equilibrio.

Qualcuno l'aveva bloccata da dietro e lei aveva emesso un gemito cadendo all'indietro, addosso a quell'uomo.

Brock strabuzzò gli occhi appena vide quei due: erano due giovani sulla ventina, sembravano molto nervosi, stavano in piedi in mezzo al sentiero. Quello con i capelli neri aveva un braccio intorno al petto di Finley, la teneva stretta... mentre con l'altra mano le teneva alla gola un coltello affilato.

Brock si irrigidì.

"Non ti muovere, cazzo!" sbraitò il tipo con il coltello.

Brock non aveva alcuna intenzione di muoversi; avrebbe potuto mettere fuori gioco quei due teppisti senza alcun problema, ma la punta di quel coltello era troppo vicina alla giugulare di Finley. Gli passarono per la testa un turbine di possibilità diverse su come allontanarla da quello stronzo senza che lei si facesse male.

"Che cosa volete?" chiese loro con tono rabbioso, stringendo i pugni.

Invece di rispondergli, il tipo che tratteneva Finley disse all'altro: "Svuotagli le tasche e prendigli lo zaino."

Non erano molto lontani dall'imbocco del sentiero e Brock sperava che arrivasse uno dei turisti che sembravano essere onnipresenti, ma ovviamente non passò nessuno.

"L'hai sentito: dammi il telefono, il portafogli e togliti lo zaino," gridò lo stronzo dai capelli castani.

Vedendo che Brock esitava, l'uomo dai capelli neri strinse la presa su Finley e Brock intravide una goccia di sangue rigarle il collo; lei non urlò, non gridò, ma tenne lo sguardo fermo su Brock.

Lui lesse in quello sguardo la fiducia: totale sicurezza che lui l'avrebbe tirata fuori da quella situazione.

A Brock non importava un bel nulla di essere derubato da quei due, nulla era più importante di Finley, così obbedì all'ordine. Si scrollò lo zaino dalle spalle e lo fece cadere sul sentiero davanti a sé; poi ci gettò sopra il portafoglio e tirò fuori il telefono satellitare da una tasca all'altezza della coscia.

"Cazzo, amico, quel coso sembra un residuo degli anni Novanta," commentò il tipo coi capelli castani ridendo.

"Vero? Penso che mio padre avesse uno di quei telefoni in macchina, ai suoi tempi," aggiunse l'altro.

Che due idioti: ovviamente non avevano idea di cosa fosse un telefono satellitare, che era l'unico mezzo di comunicazione che funzionasse in quella zona del bosco.

"Adesso a lei," disse il tipo coi capelli neri.

Vedendolo godere nel mettere le mani nelle tasche di Finley, Brock dovette farsi forza per non assalire quello stronzo e ucciderlo. Di sicuro le aveva dato una palpata, intanto che c'era, ma nemmeno in quel momento Finley si lamentò: non fece nulla, se non rimanere là in piedi completamente immobile, mentre quello le portava via il cellulare.

"Ecco, adesso andiamo," disse l'uomo che la tratteneva.

"Avete preso la roba, adesso lasciatela andare!" esclamò Brock furioso, appena vide che l'altro faceva girare anche Finley e cominciava a camminare spintonandola davanti a sé... fuori dal sentiero.

"Non abbiamo ancora finito con lei."

Quelle parole fecero raggelare il sangue nelle vene di Brock. Col cazzo che se ne sarebbe rimasto in disparte mentre quei bastardi gli violentavano la sua donna. Gli riaffiorò in mente l'immagine degli occhi brillanti di Finley quel mattino, quando l'aveva stuzzicato nella doccia, insieme ai gemiti che le erano sfuggiti quando gliela stava leccando... la forza con cui gli aveva afferrato i bicipiti quando era venuta.

No, cazzo, quei due non gli avrebbero sfiorato la donna; non avrebbero fatto nulla per soffocare la disinibizione di Finley, a letto e fuori.

"Se ti muovi, le ficco il coltello in gola, maledizione!" esclamò il tipo a Brock, chiaramente rendendosi conto della rabbia che gli cresceva dentro.

"Non farle del male," disse Brock a denti stretti.

"Non le farò del male... basta che facciate esattamente quello che dico."

"Arriva qualcuno," disse l'uomo castano.

"Vai!" esclamò Capelli Neri, invitando con un cenno del capo Brock a precederlo nella boscaglia. "Tu rimani davanti. Comincia a camminare. Ti dico io quando fermarti."

Frustrato a livelli insopportabili, ma convinto che per il momento fosse meglio obbedire, Brock uscì dal sentiero e cominciò a camminare tra le sterpaglie nella direzione indicatagli da quel tipo. Piegò tre rami per farsi strada e trascinò i piedi, tutte tracce per gli altri della squadra. Non aveva idea delle intenzioni di quei due balordi, ma prima o poi qualcuno sarebbe intervenuto per cercare lui e Finley, e Brock stava lasciando tracce che anche un bambino di cinque anni avrebbe potuto seguire.

"C'è meno luce," disse il Castano. "Si è anche annuvolato, probabilmente pioverà."

"Lo so. Chiudi il becco, Cory."

Cory. Brock memorizzò il nome.

"Dobbiamo solo farle delle domande, poi ce ne andiamo via di qui," insisté Cory con un tono quasi lagnoso.

Brock aveva preso quei due per semplici rapinatori, ma a quel punto fu chiaro che avevano piani diversi. Si sforzò di ragionare per capire cosa diamine stesse succedendo e che cosa volessero chiedere a Finley.

"Sentite, non so cosa volete..."

"Sta' zitta, stronza!" esclamò a mezza voce il tipo che la tratteneva.

Brock si voltò e notò che quelle parole erano state sottolineate premendo la punta di quel maledetto coltello contro la gola di Finley; la furia quasi lo accecò. Dovette dar fondo a ogni briciolo di disciplina che gli era stata inculcata quando lavorava nella polizia di frontiera per non saltare addosso a quel tipo in quel preciso istante.

"Non voglio sentire i tuoi stupidi piagnistei. Quando dovrai parlare, te lo dirò, hai capito?!"

Brock la sentì sussurrare appena un *sì*, che evidentemente fu sufficiente per il tipo che la teneva in ostaggio.

"Bene, adesso continuate a camminare."

Brock obbedì all'ordine con la frustrazione che gli cresceva dentro a ogni passo.

"Pete, si sta facendo davvero buio, amico, stiamo camminando da un'eternità. Penso che qui vada bene."

Il tipo che tratteneva Finley, ovviamente il capo, si chiamava Pete.

Brock strinse le labbra: quei due avrebbero fatto una brutta fine, maledizione; li avrebbe ammazzati, se necessario, ma senza alcun rimorso. In quel momento, però, non poteva muovere un dito, con il coltello alla gola di Finley, e Pete lo sapeva.

Dato che non erano sul sentiero, camminare sul terreno irregolare e pieno di sterpaglie non era facile, e quel bastardo non stava nemmeno attento a non farle del male. Ormai sul collo di Finley c'erano punti rossi e tagli leggeri, con goccioline di sangue dall'aspetto osceno, sulla pelle chiara. Quel Pete non le toglieva mai la lama dalla gola; chiaramente non era un idiota e sapeva bene che a Brock sarebbe bastato un solo attimo per farlo fuori.

"Santo cielo, sei uno sfigato piagnone," sussurrò Pete in risposta al lamento di Cory. "D'accordo. Adesso basta camminare, stronzo, vai laggiù vicino a quell'albero," ordinò a Brock indicando un tronco enorme a una ventina di metri.

"No," gli rispose Brock, che non voleva allontanarsi troppo da Finley.

"No?" riecheggiò Pete premendo la lama contro il collo di Finley, che si alzò in punta di piedi per cercare di allontanarsi dalla pressione della lama, senza riuscirci. Aveva la schiena schiacciata contro Pete, che l'avvolgeva con l'altro braccio intorno al petto, stringendola senza via d'uscita.

Brock alzò le mani in segno di resa. Non si era mai sentito tanto impotente in vita sua. "D'accordo! Vado, ma *smetti* di farle del male, maledizione!"

"Faccio quel diavolo che voglio con lei," sbraitò Pete.

Brock arretrò lentamente verso l'albero; ogni passo gli faceva aumentare la nausea. Era troppo lontano. Se Pete avesse veramente deciso di usare quel coltello, lui non avrebbe potuto fare un accidente per fermarlo.

Cory rise. "È *lui* lo sfigato piagnone," disse prendendo in giro Brock. "Che bestione ignorante e pieno di morchia, buono solo a smanettare sulle macchine. Patetico."

A Brock non importava un fico secco di quel che pensavano di lui quei due: preferiva che si concentrassero su di lui, piuttosto che su Finley.

"Tienilo d'occhio," intimò Pete al suo compare.

Brock notò per la prima volta che anche Cory aveva in mano un coltello, ma quell'arma non lo preoccupava affatto: avrebbe potuto lottare e fargliela cadere di mano facilmente, oppure colpirlo direttamente al polso per fargliela mollare, magari rompendogli anche qualche osso. Se però ci avesse provato, nel frattempo Pete avrebbe avuto tutto il tempo di ferire Finley.

Praticamente sentiva il corpo vibrare d'impazienza; rimase fermo in attesa dell'occasione giusta: una distrazione. Gli bastava un diversivo di un secondo per correre verso Finley, raggiungerla e allontanarla da quella maledetta lama.

"Adesso," disse Pete con un tono quasi soddisfatto. "*Tu*, stronza, *tu* ci dirai ciò che vogliamo sapere, altrimenti te ne pentirai. Comincerò a staccarti un mignolo, poi magari anche un pollice. Poi ti stacco la faccia un pezzo alla volta."

"Che cosa v-volete?" chiese lei. Brock capì che Finley stava cercando di sembrare coraggiosa, ma quella leggera esitazione era un segno: non era calma come cercava disperatamente di essere.

"*Cazzo* se è grassa," commentò Cory rimanendo dov'era, non troppo lontano da Brock. "Potremmo anche scoparcela per farla rispondere, come dicevamo, ma chi vuole vedere quel corpo nudo? Che schifo."

Brock non ci vide più dalla rabbia e fece un passo verso Cory, ma lo fermarono le parole di Pete, che lo avvertì: "Non fare l'eroe."

Brock si bloccò di nuovo e lanciò un'occhiataccia all'uomo che minacciava Finley.

"Bravissimo," gli disse quello canzonandolo e poi voltandosi verso Finley. Abbassò il braccio che le teneva intorno al petto e la fece girare, afferrandola per il polso sinistro. Le mise il coltello alla base del mignolo dicendo: "Sei pronta a parlare?"

Brock soppesò la situazione: il coltello non era più puntato alla gola di Finley, quindi gli si aprivano nuove opzioni. Senza dubbio Pete avrebbe dato seguito alle minacce, tagliandole il mignolo, ma perdere un dito era sempre meglio che una lama che recideva la giugulare. Quel pensiero gli fece venire i conati di vomito, ma lui respirò a fondo e si preparò a scattare.

"Cosa vuoi sapere?" chiese Finley alzando il mento con coraggio.

Brock provò un forte orgoglio per lei, nonostante l'incazzatura per la situazione in cui si trovavano.

"Devi dirmi *esattamente* cos'hai visto quando..."

Brock catturò un movimento con la coda dell'occhio.

Fu sbalordito: una donna corse fuori dagli alberi verso Pete e Finley.

Indossava un abito marrone che le arrivava al ginocchio e che si confondeva perfettamente con l'ambiente circostante. Era strappato in più punti e totalmente lercio. La donna camminava a piedi scalzi, aveva capelli ramati lunghi fino al fondoschiena, che ondeggiavano leggermente dietro di lei mentre correva.

Brock non capì quanti anni avesse, anche perché gli bastò una frazione di secondo per scattare.

La donna misteriosa corse davanti a Pete in silenzio, muovendo rapidamente i piedi, e gli gettò in faccia una manciata di terriccio, o almeno così sembrò a Brock. Dato che quello stava parlando, il terriccio gli entrò dritto in bocca e negli occhi e lui lasciò andare la mano di Finley, sfregandosi freneticamente il volto, tossendo e sputando.

Esattamente il diversivo in cui sperava Brock.

Attraversò in un attimo lo spazio che lo separava da Finley, la afferrò intorno alla vita e la allontanò da Pete e da quel maledetto coltello. Avrebbe voluto bloccare a terra quell'uomo per scoprire esattamente cosa stesse succedendo, ma era più importante portare in salvo Finley.

"Corri!" le gridò spingendola verso gli alberi; non ce ne fu bisogno: lei si stava già muovendo.

"Cazzo!" gridò Cory. "Torna qui!"

Brock non aveva alcuna intenzione di fermarsi.

Pete stava ancora tossendo e imprecando; la donna che gli aveva gettato addosso il terriccio aveva una mira eccezionale e non si era mai fermata. Brock l'aveva vista sparire tra gli alberi, era come se non fosse mai stata là.

Brock imprecò perché negli alberi circostanti non c'erano foglie, ma per fortuna le nuvole si erano addensate e la zona si era fatta molto buia. In quella stagione, appena il sole calava oltre le cime, nel bosco scendeva rapidamente la notte.

Sentì il fiatone di Finley, che però non smise di correre. Brock cercò di ascoltare mentre correva, ma non sentì i rapinatori all'inseguimento; però era meglio non rischiare. Non riusciva a togliersi dalla testa l'immagine di quella lama contro la gola di Finley.

Darle indicazioni mentre correvano non era semplice, sarebbe stato meglio precederla, ma non voleva esporla al rischio, nel caso Pete o Cory li raggiungessero e la bloccassero.

Brock non sapeva quanto tempo fosse passato, quando si accorse che Finley stava rallentando. La sentì ansimare sonoramente nel silenzio della sera e capì che aveva bisogno di una pausa per riprendere fiato.

Erano appena corsi giù da una discesa e si ritrovarono davanti a un ruscelletto. Il suono dell'acqua che scorreva sulle rocce poteva mascherare il vocio e il fiatone. Brock non si era allontanato da Finley più di mezzo metro durante la corsa: allungò un braccio e le afferrò il polso: "Fermati, Fin."

Lei si fermò immediatamente e lui sentì come uno scatto dentro di sé: Finley l'aveva ascoltato alla lettera mentre correvano, si era fidata di lui, lasciandogli decidere dove andare e come sfuggire a Pete e Cory. Non gli aveva fatto una sola domanda, né aveva fatto alcuna mossa che potesse aggravare il pericolo per lei, per loro. Brock era orgogliosissimo di lei.

La fece girare e la avvolse con le braccia. Lei si lasciò abbracciare volentieri, anzi, si gettò in quell'abbraccio, aggrappandosi a lui come con l'intenzione di non lasciarlo andare mai più.

Guardandosi attorno, constatò che era ormai difficile intravedere più di qualche ombra degli alberi; Brock girò la testa e non sentì nulla, solo l'acqua del ruscello che scorreva e il fiatone di Finley sul petto.

Soddisfatto per quel momento di pausa che potevano concedersi, ormai al sicuro, Brock le fece strada verso sinistra, dove un masso enorme creava una macchia scura nella luce del crepuscolo. Si accovacciò dietro il masso dal lato rivolto verso il ruscello, così se qualcuno fosse sceso dallo stesso pendio non l'avrebbe visto facilmente. Poi appoggiò il sedere per terra e Finley si abbassò, sedendoglisi in grembo e mettendogli le ginocchia intorno ai fianchi.

Finley non disse una parola: si aggrappò solo a lui nel tentativo di riprendere fiato. Brock aveva tanta adrenalina nelle vene che letteralmente tremava.

"Stai bene, va tutto bene, sono fiero di te. Accidenti, Finley, sei stata bravissima," continuava a mormorarle mentre le affondava il naso nei capelli, tenendola stretta.

Passarono vari momenti, poi lei recuperò il fiato e il suo cuore rallentò. Allora cominciò a tremare, quasi con violenza. Brock la strinse a sé e chiuse gli occhi, mentre le emozioni quasi lo sconvolsero. Rabbia. Paura. Confusione. Sollievo.

"Ci penso io. Sei al sicuro," le disse.

Finley gli annuì contro il collo e lui la sentì respirare profondamente. Un altro respiro. Poi Finley si allontanò lentamente da lui e gli disse sottovoce: "Sto bene."

"Cazzo," commentò Brock chiudendo gli occhi. "Cazzo, cazzo, *cazzo*." Avere Finley tra le braccia, al sicuro, era un'emozione troppo forte.

Brock sentì le mani di Finley ai lati della testa, poi le sue labbra sulle proprie. Non fu un bacio appassionato, non era né il momento né il luogo adatto, ma quella sensazione di calore e la consapevolezza che Finley stava cercando di confortarlo nonostante ciò che aveva appena passato lo aiutarono molto a riprendere il controllo di sé.

Ormai era talmente buio che si faceva fatica a intravedere qualcosa, ma lui poteva distinguere chiaramente le tracce di sangue sul collo di Finley; alzò una mano e con le dita le sfiorò la pelle con la leggerezza di una piuma. "Ti fa male?"

"No."

Brock si chiese se gli stesse dicendo una bugia o la verità, ma il fatto che Finley minimizzasse quelle ferite gli scatenò furia e orgoglio allo stesso tempo.

"Chi era quella donna?" gli chiese Finley dopo un momento.

Brock le rispose perplesso: "Non ne ho idea. Dai, dobbiamo trovare un posto per accamparci."

"Accamparci?" gli chiese.

"Sì."

"Non torniamo al sentiero?"

"No. Non so dove siano quei due e non voglio certo incontrarli di nuovo. Non voglio rischiare la tua sicurezza, né la mia, andando in giro con questo buio."

"Va bene."

"Va bene?" le chiese.

"Sì sì."

"Non ti lamenti se ti chiedo di passare la notte al buio? Al freddo? Nel bosco?" le chiese d'istinto.

"Brock, se devo dirti la verità, quando quel tipo mi ha bloccata, mi ha spaventata a morte. Ma sapevo che eri con me e che avresti trovato il modo di uscirne, qualunque cosa succedesse, quindi mi sono contenuta. Fossi stata da sola? Sarei andata nel panico. Se fossi qui nel bosco da sola, di sicuro avrei una paura folle. Ma *non* sono da sola, ci sei tu, la persona più competente che io conosca in termini di orientamento. Mi entusiasma l'idea di star qui tutta la notte? Certo che no, ma per fortuna ho un bello strato di grasso, è un isolante naturale."

Brock capì che Finley stava solo cercando di alleggerire

l'atmosfera, ma non gli piacque la battuta. "Non scherzarci in questo modo, Finley, davvero."

"Scusami. Sto solo cercando di dirti che ho paura, che domani sarò tutta indolenzita per la corsa, che non fa proprio per me, ma tu sei qui e so che non mi succederà nulla di male. Preferisco stare qui nel bosco con te, con due energumeni che mi cercano, piuttosto che altrove da sola. Quindi... no, non mi lamento di dover passare la notte al buio, al freddo nel bosco, perché sono con te."

"Ti amo," disse Brock all'improvviso.

La sentì ansimare, poi sentì un singhiozzo sopito.

"Non piangere," le disse.

"Eh, scusami... è solo che... ti amo tantissimo e non capisco cosa sia successo o il perché, ma meno male che sei qui con me."

Brock le mise una mano dietro la nuca e le fece abbassare la testa di nuovo contro il proprio petto, poi chiuse gli occhi nel tentativo di rilassare i muscoli.

"Penso che questa storia del darsi appuntamenti *davvero* non faccia al caso nostro," commentò Finley dopo un minuto.

Brock si accigliò. Si erano appena detti che si amavano e adesso Finley non voleva più uscire con lui? Poi gli tornò in mente il discorso a cui lei faceva riferimento e fece una risata nasale. "Te l'avevo detto."

"Avevi ragione."

Lui fece un gran sorriso. Accidenti, come poteva sorridere in un momento come quello? Però lui conosceva la risposta: era merito della donna che teneva tra le braccia.

Rimasero seduti dov'erano per diversi minuti, poi Brock si mosse. "Dobbiamo andare, tesoro, devo trovare un nascondiglio per la notte."

"Tu sai dove siamo?" gli chiese.

"Ho una vaga idea, ma non posso saperlo con precisione fino a domani, quando torna la luce. Però non importa."

"Ah no?"

"No, perché appena Davis arriva in pasticceria domattina e non ti trova, lancerà subito l'allarme, Simon avvertirà Ethan, che chiamerà gli altri. Troveranno le nostre auto all'imbocco del sentiero e capiranno al volo i segni che ho lasciato quando siamo usciti dal sentiero battuto. Saremo a casa a farci una doccia calda al massimo entro le dieci."

"E se Davis domattina non viene a lavorare?" gli chiese.

Brock alzò le spalle. "Allora sarà Liam a trovare la pasticceria vuota e chiusa a chiave e sarà *lui* ad avvertire Simon. Prima che tu me lo chieda, posso senz'altro ritrovare il sentiero e raggiungere le macchine senza aspettare rinforzi, ma è meglio rimanere nascosti e lasciare che siano gli altri a ritrovarci."

"Per via di quei due, che potrebbero essere ancora là ad aspettarci?" gli chiese sottovoce.

"Esatto."

"Non so davvero cosa volessero da me."

"Shhh, troviamo un posto per dormire, poi ne parleremo," le disse Brock. "Ce la fai ad alzarti?"

"Ma certo," gli rispose con uno sbuffo. Brock fu felice di quell'ulteriore dimostrazione di forza. Ripensò a qualche settimana prima, quando Finley nemmeno riusciva a guardarlo negli occhi quando lui passava in pasticceria. La differenza tra la donna di allora e quella che gli stava in braccio in quel momento era quasi sbalorditiva. Del resto, forse non c'era da stupirsi: finalmente Finley si sentiva a proprio agio con lui e, col passare del tempo, frequentandolo, aveva preso confidenza.

Brock la sostenne con la mano mentre lei si spostava all'indietro per alzarsi. Quando lei ondeggiò, lui fu pronto con un braccio per sostenerla in vita. "Fin?"

"Tutto a posto," insisté lei. "Ho solo le gambe un po'

tremule per tutto quel correre. Le ragazze rotondette non corrono, sai..."

Brock non percepì alcun segno di autocommiserazione, quindi non ribatté. "Sei andata alla grande, Fin, dico sul serio." Le slacciò la felpa dalla vita, ringraziando il cielo perché non era caduta, e gliela porse. Dopo che lei se la fu infilata dalla testa, le disse: "Andiamo, seguimi, ma fai attenzione a dove metti i piedi e non lasciare mai la mia mano."

"Non ne ho alcuna intenzione," borbottò lei.

Appena furono in piedi e si avviarono, cominciò a scendere dal cielo una pioggerellina fredda. Passare la notte nel bosco a novembre senza un rifugio non era una buona idea; del resto, Finley non si lamentò, ma gli strinse la mano e lo seguì senza dire una parola.

Camminarono lungo il ruscelletto per meno di un chilometro, poi Brock trovò ciò che cercava; aveva detto a Finley di non essere sicurissimo della loro posizione, ma anche al buio ne aveva un'idea piuttosto precisa. Idea che si era rivelata corretta. "Siamo arrivati," le disse a voce bassa. Brock era abbastanza sicuro che in quella zona del bosco ci fossero solamente loro due, ma non voleva rischiare di sbagliarsi e di imbattersi di nuovo in Pete e Cory, qualora fossero in giro a cercarli.

"Dove siamo arrivati?" gli chiese Finley un po' stanca.

"A sinistra c'è un pendio massiccio, la parte alta sporge abbastanza dalla base, possiamo infilarci sotto e proteggerci dalla pioggia."

"Una caverna?" gli chiese.

"Non esattamente, ma è abbastanza per proteggerci dalle intemperie e ti garantisco che nessuno ci vedrà, anche passandoci vicino."

"Va bene."

Brock le fece strada verso il massiccio che lui e gli altri

avevano soprannominato Roccia Ombrello, poi le fece cenno di infilarsi sotto la sporgenza.

Lei ci si infilò senza una parola di lamento.

A Brock dispiaceva molto che entrambi fossero bagnati, ma in quel momento non potevano togliersi i vestiti perché avrebbero sofferto il freddo.

Brock la seguì sotto la sporgenza, coricandosi su un fianco e dando la schiena all'apertura, poi prese Finley tra le braccia, stringendola al petto. In quella posizione, tra lei e il mondo esterno, Brock non poteva immaginarsi altrove.

"Sei bello caldo," gli disse lei sottovoce, appoggiandosi a lui.

Brock le prese una mano e la strinse tra le proprie. Come al solito, lei aveva le dita molto più fredde del resto del corpo. Poi Brock le infilò l'altra mano sotto la testa perché lui la usasse come un cuscino. Ormai non li separava nemmeno un centimetro, e lui sperava che il calore del proprio corpo non la facesse raffreddare troppo durante la notte.

Dopo un paio di minuti, la sentì sospirare. "Ho un sacco di domande su quanto è successo," disse Finley.

Brock resisté all'istinto di ridere sarcasticamente. Anche lui aveva altrettante domande. "Adesso dovresti pensare, Finley. Cosa volevano farti dire, quei tipi? Ti è successo qualcosa di strano, ultimamente? Qualcuno è entrato in pasticceria e ha trasmesso una strana sensazione a te o a Liam? Hai visto qualcosa che magari non dovevi vedere?"

All'ultima domanda, la sentì irrigidirsi. Tombola.

"Che cosa? Cos'hai visto?"

"Non ci ho pensato, all'inizio. Khloe mi ha chiesto di guardarle dei gattini randagi mentre lei era via. Ci andavo al mattino, prima di aprire la pasticceria."

Brock gemette. Sapeva dei gattini a cui Finley aveva dato da mangiare, ma gli dava fastidio che lei fosse andata nel parcheggio sul retro della biblioteca al mattino prestissimo, quando ancora c'era buio, anche se solo per alcuni giorni. Quando poi lei aveva cominciato a dormire da lui, Brock l'aveva accompagnata dai gattini fino al rientro di Khloe.

Finley si voltò e, nonostante il buio, Brock praticamente sentì addosso l'occhiataccia che gli stava lanciando. "Sono una donna adulta, Brock, e poi viviamo a Fallport. Quindi sì, alle quattro del mattino sono andata da sola a dar da mangiare ai mici, prima che tu cominciassi ad accompagnarmi."

"È solo che... accidenti, Fin, è solo che mi preoccupo per te."

Lei si lasciò sfuggire un sospiro e si appoggiò di nuovo a lui. Brock le mise il mento sulla testa.

"Lo so," gli rispose, "e lo apprezzo. Non è un problema, e comunque è andata così: stavo seduta vicino al cassonetto a giocare coi gattini, dopo che avevano mangiato, quando un pick-up nero ha accostato dietro alla Tana. Non mi sono allarmata, niente del genere, anche perché sapevo che non potevano vedermi, là seduta dov'ero, per via del buio. Qualcuno è arrivato da dietro l'angolo dell'edificio e ha infilato la testa nel finestrino sul lato passeggero. Hanno parlato per un momento, poi il tipo ha preso uno zaino e se n'è andato. Sinceramente non ci ho più ripensato, ma poi, qualche giorno dopo, ero di nuovo là coi mici ed è arrivato lo stesso veicolo. La prima volta non ci avevo fatto caso, ma due volte? Mi è sembrato strano."

"E non me ne hai parlato?"

"Brock, non eravamo ancora insieme *insieme*, e nonostante la stranezza, sinceramente non c'è stata una sparatoria o uno scambio di sacchetti di cocaina, niente di che. È successo tutto molto alla svelta. Però..."

"Però?" le chiese Brock appena lei si fermò.

"Mi sono insospettita abbastanza da annotarmi il numero di targa."

Brock le sospirò addosso. "Bravissima. Dove te lo sei scritto?"

"Beh, non pensavo ancora di aver visto chissà quali affari, non mi era sembrato nulla di che, ma quando sono tornata in pasticceria l'ho scritto su un biglietto, che ho messo nella scatola delle ricette."

"Lo portiamo a Simon appena torniamo a Fallport, domani," affermò lui.

"Pensi davvero che si tratti di quello?" gli chiese.

"Ti viene in mente qualcos'altro di strano o di sospetto su cui quei due vogliano farti domande?" le chiese.

Gli fece piacere che Finley non rispondesse immediatamente di no: si prese il tempo per pensarci davvero, prima di rispondere. Poi Finley scosse la testa. "No."

"Allora immagino che sia davvero quello il motivo. Probabilmente c'è un giro di droga e chi era in quel veicolo vuole sapere se hai visto qualcosa o se ne hai parlato con qualcuno. Hai visto se quei due si sono scambiati qualcosa?"

"Sì, ma come ti dicevo era solo uno zainetto, non era certo un cassone con sopra scritto DROGA a caratteri cubitali. Pensi davvero che quel Pete mi avrebbe tagliato il dito, se non gli avessi detto ciò che voleva sapere?"

Brock sentì un brivido. "Sì."

Finley gemette e Brock si pentì di averle risposto in modo tanto diretto. "Però adesso sei al sicuro," le disse per rassicurarla.

"A questo punto mi torna in mente quella donna. *Chi* era, Brock? Cioè, è sbucata dal nulla, sembra una cresciuta nel bosco, ha gettato il terriccio addosso a Pete e poi è sparita!"

"Che sia la signora Bigfoot?" scherzò Brock.

"Dai, dico sul serio," insisté Finley.

"Scusa, so che ti interessa davvero, ma non so proprio chi sia. Però meno male che c'era lei! Io non potevo fare nulla, mentre quel bastardo ti teneva la lama del coltello puntata alla gola."

"Potevi beccarlo," gli disse Finley con decisione.

"Hai ragione, però non avevo intenzione di fare una mossa che ti mettesse in pericolo, quello poteva ferirti, o addirittura ucciderti. Per me sei tutto, Finley, non mi interessa di quanto sia successo tutto alla svelta tra noi, conosco i miei sentimenti," le disse, come per difendersi.

Lei gli prese la mano e si voltò di nuovo verso di lui. "Lo so. È pazzesco, ma mi sembra di averti aspettato per tutta la vita. Tu non mi guardi come tutti gli altri."

"Perché gli altri sono degli idioti; peggio per loro, meglio per me."

Lei gli sospirò addosso, appagata, poi le venne un brivido.

"Accipicchia, hai freddo," disse Brock stringendola tra le braccia.

"Sto bene," gli rispose subito.

Lui fece una risata ironica.

"Beh, insomma, ho un po' freddo, ma soprattutto sono felice di essere viva, ho tutte le dita e sono grata alla misteriosa donna del bosco che ci ha salvato. Dobbiamo trovarla," aggiunse Finley sottovoce.

"Non sarà facile, se non vuole farsi trovare," le rispose Brock. "Mi sembra che abbia passato parecchio tempo nel bosco."

"Non aveva indosso le scarpe, Brock," gli spiegò Finley, "e fa freddo. Ha bisogno del nostro aiuto."

"Magari non ne ha bisogno," ragionò Brock.

"Sì che ne ha bisogno," insisté Finley. "Non so cosa le sia successo o come mai viva nel bosco, ma non può essere divertente. È chiaro che ci vive da un bel po'. Probabilmente avrà paura, ma è intervenuta lo stesso per aiutarmi. Per *aiutarci*."

"Hai ragione, allora vedrò cosa posso fare."

"Grazie."

"Non devi ringraziarmi, anch'io voglio assicurarmi che stia bene," le rispose Brock.

Dopo qualche minuto, quando Brock pensava che Finley si fosse addormentata, lei gli sussurrò: "Pensi che quei due se ne siano andati? Pensi che non ci stiano cercando?"

"Credo di sì, non erano dei professionisti. Non avevano idea di come muoversi nel bosco. Immagino che abbiano capito che la mossa migliore fosse svignarsela."

"Però non hanno ottenuto le risposte che cercavano."

Brock strinse le labbra. "Lo so."

"Se vado da Simon per raccontargli tutto e gli passo il numero di targa, quello che ho visto non sarà più un segreto, quindi non dovrei essere più in pericolo... vero?"

"Sinceramente? Non lo so," le rispose Brock. Era un ragionamento che non faceva una piega: una volta che Finley avesse informato il capo della polizia, Cory e Pete non avrebbero più avuto alcun motivo per darle la caccia per cercare di scoprire cosa sapesse. Quei tipi a quel punto avrebbero dovuto affrontare problemi più grossi. Però qualcuno si sarebbe incazzato e c'era il rischio di una vendetta. *Se* quel che Finley aveva visto era un traffico di droga e se, informando la polizia, lei avesse interrotto il flusso di stupefacenti in arrivo a Fallport, qualcuno se la sarebbe presa molto.

"Tu mi terrai al sicuro," gli disse senz'ombra di dubbio.

Quella fiducia in lui e nelle sue capacità lo fece star bene, ma non gli tolse la preoccupazione. "Certamente," le rispose con decisione.

"Merda. Maledizione! *Cazzo!*" esclamò Pete tornando all'imbocco del sentiero.

"Lo sai dove siamo?" gli chiese Cory.

"Siamo in mezzo a questo maledetto bosco," gli rispose con sarcasmo.

"Non vedo un bel niente," aggiunse Cory.

"Almeno non ti hanno tirato del terriccio negli occhi, maledizione," ribatté Pete quasi inciampando in una radice.

"Chi cazzo era quella là, comunque? Da dove è sbucata?"

"E chi lo sa?"

"Sembra sia sparita in un nugolo fumoso," proseguì Cory. "Prima è arrivata e poi è sparita in un secondo. Magari era un fantasma."

"Non era un accidenti di fantasma!" esclamò Pete disgustato. "I fantasmi non gettano terra."

"Come fai a saperlo?"

Era la conversazione più ridicola a cui Pete avesse mai partecipato, ormai non ne poteva più. Tirò fuori il cellulare, ben sapendo che il Boss non avrebbe preso bene l'accaduto; ma se Pete non avesse telefonato, prima o poi se ne sarebbe pentito.

"Maledizione!" imprecò appena si accorse che il cellulare non prendeva il segnale.

"Cosa c'è?"

"Questo maledetto telefono non funziona," gli rispose Pete.

Cory tirò fuori il suo telefono e scrollò le spalle. "Anch'io non ho segnale."

"Dammi lo zaino di quello stronzo," gli ordinò Pete.

Cory si fermò, si sfilò lo zaino dalle spalle e glielo passò. Pete lo appoggiò a terra e smanettò con la zip, poi ne tirò fuori il cellulare, che sembrava gigantesco rispetto agli altri. "Magari l'aggeggio di quello stronzo funziona," disse cliccando su quel bestione mostruoso.

Quando sentì il segnale nell'orecchio, sospirò. Almeno qualcosa funzionava! Compose rapidamente il numero di telefono del Boss e aspettò.

"Hai avuto le informazioni?" gli chiese il Boss senza nemmeno salutare.

"C'è stato un problema," esordì Pete, che sussultò sentendo il Boss che partiva con una lunga litania di imprecazioni. "Che cazzo è successo *adesso*?"

Pete spiegò che finalmente avevano beccato quella stronza da sola e l'avevano seguita nel bosco, ma poi lei aveva incontrato quel bastardo del meccanico e che l'avevano presa lo stesso, talmente erano incazzati. Spiegò al Boss che era sul punto di farsi rivelare le informazioni che voleva, quando una balorda pazza era saltata fuori dal nulla e aveva aiutato i due a scappare.

"L'avete inseguita?" domandò il Boss.

"Abbiamo provato, ma quella mi ha gettato del terriccio negli occhi e poi si era fatto buio," lamentò Pete.

"Cazzo, siete degli inutili imbecilli!" esclamò il Boss.

"La becchiamo la prossima volta," ribatté Pete.

"No, adesso basta, falla finita. Non voglio né sentirti né vederti mai più. Se mi capita di sentire che vuoti il sacco a sproposito su ciò che è successo, te ne pentirai, maledetto! Ti suggerisco di prendere il tuo amichetto e di andarvene fuori dalle palle e di non tornare mai più," concluse il Boss.

"Ma... e il pagamento? Le pillole?"

"Non vi beccate un centesimo e nessuno vi venderà mai più la roba in questo paesino. Fuori dai coglioni, stronzi. Siete finiti!"

Pete ci rimase malissimo. Avrebbe voluto ribattere, ma sotto sotto sapeva di aver fatto una cazzata. Il Boss gli aveva già dato molte opportunità di concludere il lavoro. Ormai non gli rimaneva nulla di più furbo da fare, se non obbedire all'ordine e andarsene da Fallport. L'alternativa era fare la fine degli altri spacciatori, che erano spariti per sempre.

Essere cacciato via era in realtà l'esito migliore che potesse aspettarsi. Andarsene non sarebbe stato nemmeno un dispiacere: lui odiava quel postaccio. Sarebbe andato in un posto in cui fosse possibile confondersi con la folla, un posto in cui smerciare roba senza doversi preoccupare che qualche bastardo gli tenesse il fiato sul collo. "D'accordo."

"Adesso dove siete?" chiese il Boss.

"Siamo in mezzo a questo cazzo di bosco," brontolò Pete.

"Come hai fatto a telefonare?"

"Il meccanico aveva uno di quei vecchi maledetti telefoni, è grosso come la mia testa, ma almeno quest'aggeggio funziona; il mio telefono e quello di Cory qui non prendono."

"Maledetto, sei un cazzo di idiota! Il meccanico fa parte della squadra di ricerca e soccorso Eagle Point. Quello che hai usato è un telefono satellitare. Adesso mi hai compromesso! Non pensi che gli sbirri controlleranno i registri telefonici, quando sapranno che gli hai rubato il telefono, imbecille della malora?"

Pete odiava essere insultato, ma non voleva far incazzare il Boss più di quanto lo fosse già. "Me ne libero subito."

"Certo che te ne liberi, ma ciò non cambia il fatto che adesso dovrò far sparire le mie tracce ed eliminare questo cellulare usa e getta che sto usando, *insieme* a tutti gli altri che ho comprato allo stesso tempo. Se per caso ti vedo o ti sento ancora, sei un uomo morto."

"Mi dispiace," rispose Pete. "Non succederà. Me ne vado via."

Sentì solo il silenzio della linea e sospirò: gli sembrava di aver sfiorato la morte, schivandola per il rotto della cuffia. "Dobbiamo andarcene via," disse.

"Lo so, stiamo cercando il sentiero," ribatté nervosamente Cory.

"No, via da Fallport. Via dalla Virginia."

"Cazzo, devo bucarmi," piagnucolò Cory.

"Passami lo zaino," gli sbraitò Pete, stufo di quel piagnone. Non vedeva l'ora di liberarsi di lui. Liberarsi di *tutto*. Afferrò lo zaino strappandolo dalle mani del complice e ci ficcò il telefono satellitare. Poi si guardò attorno, strizzando gli occhi per vedere nel buio, infine si avviò verso un alberello. Si mise in ginocchio e impugnò un bastone da terra. "Non startene là impalato, vieni ad aiutarmi, dobbiamo scavare un buco per sotterrare questa roba. *Adesso!*"

Chiaramente Cory comprese la fretta dal tono di voce di Pete e smise di lamentarsi: si mise in ginocchio per aiutarlo a scavare.

Dopo dieci minuti, una pioggerellina cominciò a cadere dal cielo. Lo zaino e il resto della roba che avevano portato via alla stronza e al meccanico erano ormai due spanne sotto terra. Nessuno avrebbe mai trovato quella roba, specialmente perché l'avevano nascosta ad almeno un quarto dal sentiero battuto.

Pete quasi temeva che da un momento all'altro quel meccanico saltasse fuori da dietro un albero, ma per fortuna non successe e i due compari riuscirono a tornare al parcheggio; Pete si mise al volante della macchina e, una volta partiti, si diressero verso Fallport. Lui e Cory non dissero una parola per tutto il viaggio. Una volta raggiunta la topaia in cui viveva Cory, Pete gli disse: "Vattene."

Cory uscì dal veicolo e Pete sfrecciò via senza dire altro. Fece una sosta rapida a casa per prendere ciò che poteva, poi se la filò.

Ripensò a quella stronza, mentre la pioggerellina si intensificava in una pioggia più continua e fitta, e mormorò a mezza voce: "Bastarda, spero che ti venga un accidente e che tu muoia di ipotermia."

CAPITOLO UNDICI

Finley si svegliò nel bel mezzo della notte. Aveva freddo, ma non si sentiva congelare. Così ascoltò la pioggia fitta che scendeva appena fuori dal piccolo nascondiglio. Quel suono la riempì di gratitudine per Brock. Si era girata nel sonno e si era risvegliata con il naso addosso a lui all'altezza del petto. I tagli al collo le davano fastidio, i muscoli delle gambe le facevano un male cane, ma era viva, al sicuro. Null'altro importava.

Quando si svegliò di nuovo, il sole stava cominciando a spuntare all'orizzonte. Immaginò fossero circa le sette. Si girò addosso a Brock, che la strinse a sé.

"Sei sveglio?" gli sussurrò.

"Sì, mi sono svegliato ore fa," le rispose.

Lei alzò la testa e vide sotto gli occhi di Brock delle borse scure. "Ma stai bene?" gli chiese.

"No."

Ecco tutto, una parola. "Cosa c'è che non va?"

"È solo che non riesco a smettere di pensare a cosa sarebbe potuto succedere. Non ho saputo fare altro che rimanermene là in piedi e guardare quel bastardo che ti teneva un coltello alla gola.”

“Ma io sto bene,” gli disse con decisione. “Hai fatto esattamente ciò che dovevi fare.”

“Come mai non ce l’hai con me perché non mi sono mosso prima?”

“Perché ce l’avevo io il coltello alla gola. Se ti fossi mosso, quello l’avrebbe usato. Brock, sapevo che bisognava prendere tempo, valutare la situazione. Ero anche certa che, alla prima occasione buona, mi avresti sottratta alle sue grinfie.”

“Come mai hai tanta fiducia?” le chiese Brock.

Finley gli mise una mano sulla guancia e gli disse in modo chiaro: “Perché ti amo.”

Lui socchiuse gli occhi e inspirò profondamente dal naso.

“E poi stavi per fare qualcosa, quando la donna misteriosa è arrivata, non è vero?”

“Come fai a saperlo?”

“Lo so perché ti ho visto muoverti quando Pete mi ha fatto girare. Un movimento minimo, ma ti sarebbe bastato un attimo. Appena il coltello si è allontanato dalla mia gola, tu ti sei preparato a scattare.”

“Avrebbe potuto tagliarti il dito prima che io ti raggiungessi,” disse Brock mestamente.

“Allora?” gli chiese.

“*Allora*? Non ci credo,” ribatté lui quasi irritato.

Anche Finley si sentiva nervosa: era stanca, indolenzita, affamata, doveva fare pipì ed era intirizzita dal freddo. “Posso vivere senza un dito,” gli rispose alzando la voce, “ma non se mi tagliano la gola, accidenti!”

Si fissarono a vicenda per un lungo momento, poi Brock crollò. Gli vennero gli occhi lucidi, e anche quando li chiuse le lacrime scivolarono fuori dalle palpebre abbassate.

L’irritazione di Finley svanì all’istante. “Brock, io sto *bene*, stiamo entrambi bene, mi hai tirata fuori da quella situazione e ci hai trovato un bel nascondiglio sicuro. È tutto a posto.”

Si tirò su e lo baciò sulle guance, asciugandogli le lacrime.

Lui aprì gli occhi... e lei si fermò per l’intensità di quello sguardo. “Non posso vivere senza di te, Finley.”

“Allora meno male che non devi,” commentò lei con tutta la calma possibile.

Brock le portò una mano alla nuca e la baciò. Fu un bacio dolce, appassionato ma non profondo. Brock gustò la bocca di Finley, facendole capire senza parole quanto fosse sollevato per come erano andate le cose.

Poi si staccò, si leccò le labbra, si asciugò gli occhi con le braccia e disse: “Devo dare un’occhiata al tuo collo, adesso che è giorno.”

Lei voleva insistere che non ce n’era bisogno, ma a parti inverse avrebbe voluto constatare coi propri occhi che Brock stesse bene, quindi annuì appena. Lui si spinse indietro, uscendo appena dalla sporgenza rocciosa, prendendosi un momento per stiracchiarsi. Si mise le mani sui fianchi e si piegò all’indietro.

Aveva un fisico meraviglioso e Finley quasi si pizzicò, incredula che quell’uomo stesse insieme a lei.

“Dai, ti aiuto a uscire,” le disse porgendole una mano.

Lei l’afferrò volentieri, si mosse e gemette al protestare di ogni muscolo.

Brock le fece alzare la testa e un gemito profondo gli fece vibrare la gola. Finley non si trattenne e sorrise.

“A cosa devo questo sorriso?” le chiese.

“Hai fatto un verso animalesco,” gli spiegò. “Un vero ruggito stile maschio alfa.”

“Faresti lo stesso ruggito se fossi io quello con il sangue secco su tutto il collo e con macchie di sangue sulla maglia.”

Finley si fece subito seria. Alzò le mani e gli afferrò i polsi. “Sto bene, Brock, te lo giuro. Credo che le ferite abbiano un brutto aspetto, ma io le sento appena." L'ultima frase fu una piccola bugia, ma Finley non avrebbe mai voluto aggiungere ulteriore aggravamento alla palese mortificazione di Brock ammettendo che le faceva male muovere la testa.

Brock la prese per mano e si voltò, accompagnandola a un masso non troppo lontano dal nascondiglio della notte. "Siediti," le ordinò.

"Devo fare pipì," gli rispose lei, accorgendosi di essere arrossita.

Brock sospirò. "Ecco, però poi ti siedi e lasci che io mi prenda cura di te, va bene?"

"Ti sei preso cura di me dal giorno che sei arrivato allo Sweet Tooth per aiutarmi, quando mi sono fatta male al polso," gli rispose pacatamente.

Era la frase giusta da dirgli; Finley vide le spalle di Brock rilassarsi un po'. Lui si abbassò e la prese di nuovo per mano, aiutandola ad alzarsi in piedi. "Andiamo, ti trovo un posticino per fare i tuoi bisogni."

"Anche qualcosa per pulirmi?" gli chiese.

Lui fece una risatina. "Sì, anche quello."

"Grazie," gli disse; una parola sola, ma ricca di motivazioni, un grazie che andava oltre la ricerca di un posticino per orinare e qualcosa al posto della carta igienica.

Brock si voltò e le disse: "Non devi ringraziarmi solo perché ti do ciò di cui hai bisogno o ciò che vuoi. Lo faccio con piacere."

Finley non riuscì a parlare per il groppo in gola. Che uomo. Lei non sapeva proprio da dove le fosse arrivata una tale fortuna, ma non avrebbe perso occasione di fargli sapere quanto lo amava, quanto lo apprezzava.

Dopo aver fatto i suoi bisogni, Finley si fece riaccompagnare alla stessa roccia; Brock si strappò un lembo della maglia e le pulì il collo. L'acqua del ruscello era ghiacciata, ma lei non si lamentò: lasciò solo che Brock facesse ciò di cui chiaramente aveva bisogno. Poi lui scovò dei frutti di bosco, le garantì che erano ancora buoni nonostante la stagione avanzata, tanto per mettere qualcosa nei loro stomaci vuoti.

Poi lui si sedette per terra vicino alla roccia dove Finley era seduta, le abbracciò le gambe e le appoggiò la testa sulla coscia.

"Magari dovremmo cominciare a prendere la via del sentiero," gli disse quando furono passati dieci minuti buoni.

"No no. Gli altri arriveranno presto."

"Sei tanto sicuro."

"Infatti."

La sicurezza con cui le rispose la rassicurò, così Finley lasciò stare e cercò di rilassarsi.

Passarono probabilmente meno di venti minuti, quando Brock alzò la testa e guardò sulla destra. Si alzò e si ripulì il sedere dal terriccio. Finley stava per chiedergli cosa stesse succedendo, ma poi sentì delle voci tra gli alberi.

"Te l'ho detto che sarebbero arrivati presto," le disse sorridendo e porgendole la mano. Lei la prese e si fece aiutare per alzarsi.

Nel giro di pochi secondi, da dietro un meandro del ruscello spuntarono Ethan, Zeke e Tal.

Quando videro lei e Brock, si misero tutti e tre a correre.

"Accidenti, meno male!" esclamò Ethan.

"Dovevi *proprio* fare una camminata nel bosco nel pieno della notte e sotto un temporale, vero?" scherzò Zeke.

"Cosa diamine è successo? Finley, stai bene?" le chiese Tal evitando ogni sentore di ironia.

"Sì, sto bene," rispose lei rassicurando tutti e chiedendosi che brutto aspetto dovesse avere, a giudicare dall'espressione tanto contrita di Tal.

Lo sguardo di Ethan si abbassò sulla maglia macchiata di sangue ancora addosso a Finley, e ogni traccia di ilarità sparì dalla sua voce quando disse: "Comincia a parlare, Brock."

Brock raccontò tutto ciò che era successo la sera prima, l'uscita con Finley per una camminata rilassante, poi il rapimento e la deviazione fuori dal sentiero, nel bosco; disse agli amici i nomi dei due che li avevano rapinati, raccontò cosa avevano rubato e descrisse il coltello che Pete aveva usato per impedirgli di intervenire; alla fine aggiunse la storia incredibile della donna misteriosa che li aveva aiutati a fuggire.

Quando finì il resoconto, gli altri tre tremavano dalla rabbia.

"Simon mi ha telefonato stamattina alle cinque. Davis si è preoccupato perché è arrivato in pasticceria e non c'era nessuno," spiegò Ethan.

Finley guardò Brock, che le disse: "Come immaginavo."

Lei non poté far altro che sorridere.

"Comunque, abbiamo telefonato a Jesus per sentire se sapeva dov'eri e lui ci ha detto che dovevi uscire con Finley per fare trekking. Quando siamo arrivati qui al parcheggio, abbiamo trovato le vostre due macchine e abbiamo cominciato subito a cercarvi," proseguì Ethan.

"Abbiamo capito che era successo qualcosa perché non ci avevi telefonato," spiegò Zeke. "Rocky e Drew stanno seguendo il radiofaro, noi invece abbiamo seguito il sentiero."

"E abbiamo trovato le tracce che hai lasciato, chiare come il sole," aggiunse Talon. "Immagino che non siate tornati al parcheggio per via dei due tipi a cui siete sfuggiti?" chiese.

"Esattamente," confermò Brock. "Non volevo rischiare di beccarli di nuovo, al buio. Ho pensato soprattutto a Finley."

"Un momento... il radiofaro? Che radiofaro?" chiese Finley interrompendoli.

"I telefoni satellitari che Bristol ha comprato per la squadra sono dotati di un transponder," spiegò Zeke. "Così, se per caso ci cadono o li dimentichiamo da qualche parte, li ritroviamo facilmente. Quegli aggeggi costano una fortuna, il minimo che possiamo fare è non perderli."

"È ancora qui nel bosco?" chiese Brock.

"Sì," rispose Ethan.

"Vuol dire che Pete e Cory sono ancora qui che ci cercano?" chiese Finley con voce tremante.

"Ne dubito," rispose Ethan tranquillamente. "Il segnale è fermo, e Brock ha ragione: sarebbero stupidi a rimanere qui attorno tanto a lungo."

"Probabilmente hanno gettato via la nostra roba," commentò Brock mettendo un braccio intorno alle spalle di Finley.

"Allora potrei anche avere indietro il mio cellulare?" chiese Finley.

"Forse sì," le rispose Brock. "Perché?"

"Perché ci tengo delle ricette che ho scaricato da internet; ieri sera ti ho anche scattato una foto mentre dormivi, ma non l'ho ancora salvata su cloud."

"Era a luci rosse?" chiese Brock stuzzicandola.

"Cosa? No!" esclamò Finley. "Ma dai!"

"Voglio saperne di più sulla donna che vi ha aiutati," disse Tal. "Chi era? Dove si trova adesso? Sta bene?"

"Non lo so, amico," rispose Brock. "È saltata fuori dal nulla, non mi sono nemmeno accorto della sua presenza, se non quando era già in mezzo alla radura. Indossava un vestito marrone tutto sgualcito, niente scarpe, sembrava molto... selvatica."

"Arruffata in che senso?" gli chiese Talon.

"Arruffata, sporca, capelli ingarbugliati... come se campeggiasse nel bosco da un po', magari ci vive."

Tal si preoccupò. Ovviamente era molto perplesso al pensiero che una donna vivesse nel bosco da sola.

"Dov'è Raid?" chiese Finley. Si era parlato degli altri uomini della squadra, ma non si era detto nulla di Raiden.

"Khloe non sta bene," rispose Zeke. "Raid e Duke sono da lei per darle una mano."

"Cosa?" chiese Finley accigliata. "Sta male? Non sta *mai* male. Dobbiamo tornare indietro, devo andarla a trovare," aggiunse con frenesia. "Cosa ci facciamo ancora qui? Andiamo!"

Brock fece una risatina.

"Non c'è niente da ridere," gli disse Finley con uno sguardo serissimo. "Cosa ci trovi di divertente?"

"No, nulla," rispose Brock cercando di negare, ma senza successo, dato che aveva riso palesemente. "È solo che non mi sorprendi: sei più preoccupata di un'amica che di te stessa, o del fatto che hai passato la notte nel bosco, a novembre, dopo un tentato rapimento."

Finley stava cercando di *non* pensare a quegli argomenti; sapeva benissimo di essere stata fortunata, insieme a Brock. "Io sto bene, tu stai bene. Khloe invece *no*. Lo sai benissimo che lei e Raiden continuano a beccarsi a vicenda, non so il perché, ma se è andato lui ad assisterla, allora Khloe deve stare *davvero* male."

"Ho parlato con Raid: ha chiesto al dottor Snow di passare da Khloe, pensa che sia solo sfinita perché ultimamente si è sforzata troppo e non si è presa cura di sé stessa. Sapete, tipo che non ha mangiato bene, non ha dormito a sufficienza... troppo stress. Vedrai che starà meglio, Finley," aggiunse Zeke con dolcezza.

"Io penso che dovremmo far visitare anche te dal dottor Snow," le disse Ethan guardandole il collo.

Finley si portò una mano ai tagli nel collo, ma Brock le fermò prima che potesse toccarli. "Hai le mani sporche, Fin, non toccare le ferite."

Lei abbassò lo sguardo e vide le proprie mani, piene di terra. Era sporca anche sotto le unghie. Sorrise a Brock e gli porse le mani coi palmi verso il basso. "Guarda, abbiamo le stesse unghie," gli disse.

Brock alzò gli occhi al cielo. "Solo tu puoi essere contenta perché hai le unghie sporche. Dai, andiamocene fuori di qui. Devi mangiare qualcosa, il dottor Snow ti visiterà, poi ti fai una doccia e magari ci facciamo anche una bella dormita."

"Sì, ma... la pasticceria..." esordì Finley, mentre tutti cominciavano a camminare, tornando indietro lungo il ruscello da dove erano arrivati.

"Ci pensa Liam," le rispose Ethan.

"Ma non c'è niente di pronto," ribatté lei confusa.

"Certo che c'è. Davis si è dato da fare."

"Oh." Le sembrò di essersi tolta un macigno dalle spalle. In passato, quando era da sola, le era capitato di chiudere, quando le amiche erano state colpite da qualche evento negativo e lei si era presa il tempo di star loro vicino. Però si era sempre sentita in colpa per non aver aperto, nonostante fosse la scelta giusta. Sapere che i suoi dipendenti avevano pensato a tutto era una grande benedizione, un vero sollievo.

Finley ebbe la netta impressione che il rientro verso il sentiero fosse molto più lento di quanto ci avessero messo i tre uomini a trovarla, dato che lei non teneva il loro passo, ma nessuno se ne lamentò. Sentiva i muscoli indolenziti a ogni passo; non fosse stato per la presa sicura di Brock, che le teneva la mano, si sarebbe ritrovata faccia a terra più di una volta. Quando finalmente mise piede sul terreno battuto, relativamente pianeggiante, per lei fu un altro gran sollievo.

Quando arrivarono al parcheggio, trovarono Rocky e Drew. Lo zaino di Brock, tutto coperto di fango, era appoggiato al cofano della Jeep di Drew.

I due amici si incamminarono verso il gruppetto, e quando furono abbastanza vicini Rocky cambiò espressione e chiese a Finley: "Che cacchio ti è successo al collo?"

"Ti racconto tutto io," rispose Ethan al fratello. "Brock deve portarla dal medico, poi vanno a casa a riposarsi."

"Ma stai bene?" le chiese Drew.

Lei annuì, più grata di quanto sapesse esprimere per quei buoni amici, tanto preoccupati per lei.

"Aspettati una visita di Caryn, più tardi," la avvertì Drew. "Non sarà tanto contenta di quanto è successo."

"Nemmeno Bristol," aggiunse Rocky.

"Immagino che le nostre donne ti invaderanno casa," disse Ethan a Brock.

"Saranno le benvenute, ma lasciateci qualche ora," rispose Brock.

"Farò del mio meglio, ma non garantisco," ribatté Rocky.

"C'è anche il mio telefono?" chiese Finley accennando col capo allo zaino di Brock.

"Sì," le rispose Rocky.

"Mando un messaggio a tutte per rassicurarle che sto bene. Magari posso invitarle a cena? Posso preparare la pizza fatta in casa, o qualcosa di semplice," disse Finley.

"Una cena mi sembra una buona idea, ma tu non prepari un bel niente," le disse Drew con decisione.

"Telefono a Sandra, ci pensa lei," intervenne Rocky.

Di nuovo, Finley fu quasi sopraffatta dalla gratitudine che provava verso quegli uomini.

"Grazie," disse loro, cercando di non scoppiare a piangere.

"Uno di voi può portare la sua macchina a casa mia?" chiese Brock, che ovviamente si era reso conto che Finley non ce la faceva più.

"Ma certo," rispose Zeke. "Andate pure."

"Io rimango qui a dare un'occhiata in giro," disse Talon, non riuscendo a mostrare la tranquillità che cercava di fingere, almeno secondo Finley.

"Cosa? Perché? Pensi che i tipi che li hanno intercettati siano ancora in giro?" chiese Drew.

"No, sono sicuro che sono già spariti, probabilmente anche da Fallport, almeno se hanno un minimo di cervello."

"Allora cosa cerchi?" gli chiese Drew corrugando la fronte.

"Immagino... un fantasma," rispose Ethan. "Vi spiegherò anche questo," aggiunse vedendo Drew che si voltava verso di lui con uno sguardo perplesso.

Finley si prese il tempo di abbracciare ciascuno degli amici, poi Brock la invitò ad andare in macchina. Appena furono a bordo, Brock le prese la mano. "Chiudi gli occhi, Fin, arriviamo dal medico in pochi minuti."

"Sto bene, Brock, voglio solo tornare a casa."

"No, dai, lo so che sei stanca e vuoi farti una doccia, ma è meglio se ti fai visitare, così siamo sicuri che non ci siano infezioni alle ferite."

Finley avrebbe voluto insistere. Si sentiva al sicuro e il calore cominciava a scaldarle le vene; era esausta. Però non poteva negare che le attenzioni di Brock la facevano sentire amata e coccolata. "Va bene."

"Grazie." Brock si portò le loro mani intrecciate alla bocca, baciando il dorso di quella di Finley.

———

Due ore dopo, Brock fissava Finley, addormentata. Il dottor Snow le aveva prescritto degli antibiotici, per precauzione. I tagli sul collo erano superficiali, ma vederli gli dava ancora ribrezzo. Aveva telefonato anche a Simon, per riferirgli dell'accaduto. Aveva descritto Pete e Cory, e il capo della polizia sembrava sapere esattamente chi fossero... quindi con un po' di fortuna li avrebbe trovati in breve tempo.

Brock aveva poi riportato Finley a casa da lui e si erano fatti una doccia insieme. Si erano insaponati senza alcun istinto erotico. Brock aveva passato un bel po' di tempo cercando di strofinare via lo sporco da sotto le unghie di Finley. A lei non importava molto di avere le mani sporche come quelle di Brock, ma a lui sì.

Poi l'aveva avvolta in un accappatoio che le andava largo e

l'aveva fatta sedere davanti al tavolino da caffè. Aveva scaldato della zuppa e aveva mangiato insieme a lei, poi l'aveva portata a letto e le aveva rimboccato le coperte. L'avrebbe lasciata da sola, anche perché gli serviva del tempo per controllare la rabbia per ciò che sarebbe potuto succedere; ma Finley gli aveva afferrato la mano dicendogli "rimani", così lui non l'aveva delusa.

Si era tolto i pantaloni della tuta e i boxer, infilandosi sotto le coperte. Erano entrambi nudi e sentirsi addosso le curve morbide di Finley gli procurava una sensazione quanto mai piacevole. Brock si era accorto che la stava abbracciando con troppa forza, ma lei non se n'era lamentata: si era stretta a lui con altrettanta intensità.

Finley si era addormentata nel giro di pochi minuti; invece Brock, anche lui esausto, non riusciva a dormire. Continuava a ripercorrere con la mente ciò che era successo. Aveva rischiato di perderla. L'aveva *quasi* persa.

Poi gli sovvenne un pensiero, e le mise una mano sulla pancia.

Si chiese se Finley fosse o meno incinta: le probabilità erano alte. L'aveva riempita col proprio seme più volte e, per quanto ne sapesse lui, il ciclo non le veniva praticamente da quando si era trasferita da lui.

Brock chiuse gli occhi e capì di aver rischiato di perdere lei *e* il loro futuro figlio.

Strinse i denti e spalancò gli occhi. Nessuno le avrebbe mai torto un capello, maledizione. Se qualcuno avesse osato anche solo fare un commento denigratorio per il peso di Finley, per la rapidità con cui si erano messi insieme, o per qualunque altro motivo, se ne sarebbe pentito.

Brock sapeva di avere una reazione eccessiva, ma non gli importava. Il pensiero che Finley portasse in grembo loro figlio mentre quel Pete le teneva il coltello puntato alla gola era ripugnante. "Mai più," mormorò con impeto.

Quelle parole arrivarono a Finley, che si mosse su di lui, mettendogli una gamba sulla coscia e appoggiandogli la testa sulla spalla, un braccio sulla pancia, aggrappandosi a lui. "Il mio Brock," mormorò Finley, che poi si riaddormentò.

La rabbia che aveva sconvolto Brock sparì in un battibaleno appena la sentì parlare.

Le apparteneva anima e corpo. Avrebbe fatto qualunque cosa per tenere al sicuro lei e l'eventuale nascituro che Finley portava in grembo. Le avrebbe chiesto di trasferirsi da lui in via definitiva, di portare avanti la gravidanza di loro figlio; le avrebbe chiesto di sposarlo.

Finalmente Brock riuscì a rilassarsi. La sua Finley non avrebbe accettato di convivere o di sposarsi solo per farlo contento: ma Finley l'amava, quindi sarebbe successo tutto, prima o poi.

Si addormentò con l'aroma di vaniglia nel naso e con la profonda soddisfazione di sapere che la sua donna era al sicuro.

CAPITOLO DODICI

"Sei soffocante!" esclamò Finley a Brock, frustrata.

Lui si passò una mano nei capelli, chiaramente altrettanto sfinito. "Sto solo cercando di tenerti al sicuro," ribatté.

Lei fece un respiro profondo. "Lo so e ti ringrazio. Ma è passato un *mese*. Abbiamo parlato più volte con Simon, sta collaborando con la polizia di Roanoke per rintracciare chi ha rubato quel veicolo. L'auto di Pete è stata registrata da una telecamera in un casello autostradale di New York, Cory ha ricevuto una multa per eccesso di velocità in Georgia. Non sono affatto qui vicino. Va tutto bene, io sto bene e non è successo nulla."

"Sì, ma Pete e Cory *sono* ancora a piede libero, chissà dove. Solo perché sono stati visti in altri stati non significa che non torneranno. Io voglio solo fare in modo che non ti succeda nulla."

"E io ti amo proprio per questo, ma non posso vivere tutta la vita sotto una campana di vetro," rispose Finley. "*Non* ce la faccio."

Brock strinse le labbra e la fissò: quella discussione non gli faceva piacere, ma Finley non era disposta a cedere.

"Per favore... La verità è che mi preoccupo *di più* se tu e i tuoi amici continuate a gironzolarmi intorno. Mi ricorda costantemente che c'è qualcosa di cui *devo* preoccuparmi. Non posso vivere in questo modo."

"Non so... è che..." Brock non sapeva più che dire.

Finley gli si avvicinò e lo abbracciò con forza. "Lo capisco. Se ti succedesse qualcosa, nemmeno io so cosa farei. Ma questa non è vita, Brock. Guardarsi continuamente alle spalle, sospettare di tutti quelli che entrano allo Sweet Tooth. È soffocante."

Brock la fissò per un minuto intero, poi sospirò: "D'accordo."

"D'accordo cosa?"

"Cercherò di smetterla con questa paranoia."

"Va bene... e?"

Brock proseguì con il labbro tremante. "E parlerò con gli altri."

"Grazie," concluse Finley soddisfatta. Non che le dispiacesse l'attenzione di tutti quelli che si preoccupavano per lei, ma doveva almeno tentare di vivere normalmente e le riusciva difficile, sapendo che tutti si aspettavano che un malfattore sbucasse da dietro ogni angolo. Si fidava di Simon e Brock: l'avrebbero tenuta al sicuro, le avrebbero riferito di ogni segnale di pericolo. Pete e Cory erano fuori gioco, almeno lei la pensava così: non si sarebbero mai ripresentati, soprattutto perché erano ricercati dappertutto. Anche se il veicolo nero era risultato rubato, lasciando la polizia senza alcun indizio su chi fosse la persona misteriosa alla guida, Finley non si preoccupava nemmeno di quello. La polizia era in massima allerta e, per Pete e Cory, riprendere con lo spaccio sarebbe stata una stupidaggine.

Finley doveva voltare pagina, non poteva vivere nella paura per settimane, o per mesi, o per tutto il tempo che la polizia avrebbe impiegato a scoprire le persone coinvolte nel traffico di stupefacenti.

"Magari posso darti qualcosa di diverso a cui pensare," disse a Brock. Non era né il luogo né il momento in cui Finley aveva pensato di dirglielo: stavano facendo un picnic ed erano seduti nel Cerchio, il padiglione in mezzo alla piazza del paese. Era un luogo tutt'altro che riservato, ma Brock le aveva fatto una sorpresa invitandola a pranzo e lei non era riuscita a dirgli di no.

"Che cosa?" le chiese.

Lei annuì e andò dritta al punto. "Sono incinta."

Brock la fissò per dieci secondi buoni, poi le sorrise raggiante. "Lo so."

"*Cosa*? Come fai a saperlo?"

"Fin, ormai vivi con me da un po' e non ti è mai venuto il ciclo. Conosco il tuo corpo quasi meglio di te: se pensi che non abbia notato dei leggeri cambiamenti, devi essere matta."

"Che cambiamenti?" gli chiese, sbalordita dal fatto che Brock si fosse accorto della gravidanza prima di lei.

Lui le si avvicinò. Erano seduti l'uno di fianco all'altra, a un tavolino da picnic al centro del padiglione. Le mise un braccio intorno ai fianchi e abbassò la testa, sfiorandole l'orecchio col naso. "I tuoi seni sono sensibilissimi. Ti ricordi l'altra sera, quando ti ho fatta venire solo con la bocca sui capezzoli e le dita nella passera?"

Lei arrossì. Era vero. Il modo in cui l'aveva presa subito dopo, con forza e rapidità, era stato diabolicamente erotico.

"Con tutte le volte che ti ho riempita col mio seme, in realtà mi sorprende che ci sia voluto tanto tempo. Di quanto sei?"

"Non abbastanza per dirlo a tutti, non ancora," gli rispose con un leggero broncio.

"Ecco," commentò Brock facendosi più serio. "I rischi di interruzione di gravidanza sono più alti nei primi tre mesi, e tu hai quasi quarant'anni. Magari potresti pensare a un periodo di riposo..."

"No," lo interruppe Finley cercando di rimanere calma.

"Ma non sai cosa stavo per dire," protestò lui.

"Certo che lo so. Vuoi che rimanga a casa, col sedere sul divano, per i prossimi otto mesi e mezzo. Non succederà. Prima di tutto, mi annoierei a morte. In secondo luogo, mi faresti impazzire, mi staresti sempre addosso, e terzo... no. Proprio no."

Brock si accigliò. "Voglio solo che tu e Fagiolino siate in salute."

"Io e Fagiolino *siamo* in salute," gli rispose. "E ci rimarremo."

"Io sono uno che si preoccupa," le spiegò Brock, come se lei non lo sapesse.

Finley rise. "Ma davvero?" gli chiese sarcasticamente.

Lui accennò un sorriso. "Mi sa che dovrai abituartici."

"Sinceramente non mi dispiace che ti preoccupi per me, perché anch'io mi preoccupo sempre per te. Ma non possiamo vivere nella paura, Brock. Dobbiamo *vivere*. Ho aspettato troppo a lungo, prima di trovarti, non voglio perdere un solo secondo della vita che possiamo goderci insieme, per paura di ciò che *potrebbe* succedere."

Finley capì di aver fatto finalmente breccia. Brock sospirò. "Hai ragione."

"Lo so," ribatté lei con baldanza.

"Però devi stare attenta a non correre rischi. Se noti qualcosa di strano, fidati dell'istinto. Se non stai bene, ascolta il tuo corpo e riposati."

Finley annuì subito. "Ma certo."

Lui la fissò, poi aggiunse: "Farò del mio meglio per non assillarti, ma tu abbi pazienza: non capita tutti i giorni che la donna che amo porti in grembo mio figlio."

Lei quasi si sciolse sulla panca. "Basta che ti impegni, mi

sta bene che tu sia protettivo."

"Bene. Adesso, c'è qualche modo in cui posso convincerti a tornare a casa per il resto della giornata?"

Lei sorrise. "No. Devo preparare cinquanta biscotti per la festa di compleanno di domani pomeriggio e devo impastare una torta, anche quella per domani."

Brock sospirò. "Ecco, allora posso chiederti qualcos'altro?

"Ma certo."

"Ti va di trasferire tutte le tue cose a casa mia?"

Lei spalancò gli occhi.

Lui proseguì di fretta. "Lo so che convivere ufficialmente è un passo importante, ma abbiamo già traslocato molta della tua roba dalla tua cucina alla mia, oltre alle tue piante e ai vestiti invernali. Non abbiamo mai passato una notte divisi dalla prima volta in cui ti sei concessa a me. Non riesco a immaginare di tornare a casa senza trovarti, oppure risvegliarmi senza averti al mio fianco. Se non ti piace la casa, possiamo trovarne un'altra. Anzi, forse dovrei cominciare a cercare, dato che l'anno prossimo ci sarà anche Fagiolino. Anche lui, o lei, avrà bisogno di una cameretta, perché non possiamo certo fare l'amore davanti alla culla, non vorrei traumatizzare la creatura per tutta la vita. Però posso..."

Finley interruppe Brock, che ormai parlava a briglia sciolta, mettendogli un dito sulle labbra e dicendogli semplicemente: "Sì."

"Sì?"

"Sì," gli ripeté.

Brock le prese la mano che lei gli teneva sulle labbra e ne baciò il palmo. "All'improvviso sei molto accomodante."

Lei fece spallucce. "Perché mai dovrei dire di no, se mi dà un delirio di felicità stare con te?"

"Appunto. Non voglio sfidare la sorte chiedendoti in questo preciso istante di sposarmi, ma prima o poi arriverà anche quello, tesoro."

Per un attimo, Finley sentì il cuore fermo. Amava Brock e sapeva di essere ricambiata. Per tutta la vita, aveva desiderato qualcuno che la apprezzasse esattamente com'era, con tanto di curve. Non aveva mai desiderato nulla con tanta forza come sposare quell'uomo, ufficializzare il loro legame. Voleva quasi dirgli di proporsi in quel preciso istante. Ma le andava bene anche aspettare. Portava in grembo loro figlio e stava per andare a vivere da lui. La pasticceria stava andando molto bene e aveva amiche meravigliose.

Cercare di aggiungere un'altra "felicità" a quel lungo elenco probabilmente sarebbe stato come sfidare la sorte.

"Va bene."

Brock le fece un gran sorriso. "Quando faremo un'ecografia per conoscere il nostro Fagiolino?" le chiese Brock.

"Vuoi venire con me?"

"Accipicchia, certo che vengo! Voglio vivere ogni momento della vita di nostro figlio."

Lei fece una risata ironica: "Non credo vorrai condividere anche le nausee."

"Sbagliato. Ti terrò i capelli mentre vomiterai, così non li riempirai di schifezze. Terrò sempre pronto uno spazzolino da denti, poi ti massaggerò la pancia o la schiena finché non starai meglio."

Finley corrugò la fronte e gli diede un pizzicotto forte nel braccio.

"Ahi, perché mi fai male?" le chiese Brock massaggiandosi il punto in cui l'aveva pizzicato.

"Stavo solo cercando di vedere se eri vero e non un androide o qualcosa del genere."

"Sono vero," ribatté lui, "e di sicuro ci saranno giorni in cui mi troverai fastidioso e vorrai prendermi a schiaffi. Non sono perfetto, ma per te cercherò di esserlo."

"Non ho bisogno di perfezione, non è quello che voglio,"

lo rassicurò. "Ho solo bisogno di essere accettata per come sono."

"È già così," le rispose con voce roca. "Come tu accetti me."

Finley inclinò la testa, scrutandolo per un momento, poi replicò: "Sai che c'è? Probabilmente riuscirò a fare biscotti e torta domattina."

"Cosa?"

"*In effetti* sono un po' stanca, magari andiamo a casa e ci infiliamo sotto le coperte. Nudi. Poi, per smorzare gli animi, magari mi tocco... mi procuro un orgasmo, così poi dormo meglio."

"Ecco... allora sarà meglio che ti porti a casa e ti metta a letto sana e salva."

Lei annuì. "Sì, sono d'accordo." Gli prese la mano e se la mise sulla pancia sorridendo. "Penso anche che dovremmo celebrare il tuo super sperma che ha creato questo Fagiolino."

Le pupille di Brock si dilatarono e lui si alzò in piedi per ripulire i resti del pranzo prima che lei dicesse altro. Nelle vene di Finley scorrevano soddisfazione e appagamento; avere per compagno un maschio alfa comportava dei disagi, ma i vantaggi erano ben maggiori; tra questi, anche fare sesso durante il giorno ogni volta che lei lo desiderava. Come quel giorno. In quel preciso istante.

Brock le prese la mano e cominciò a trascinarla verso il pick-up, che aveva parcheggiato lungo il marciapiede antistante l'ufficio postale.

"Dov'è l'incendio?" commentò Otto appena li vide arrivare.

Finley fece una risatina, invece Brock non si curò nemmeno di rispondere: le aprì lo sportello per farla salire, poi la seguì, salutò con un cenno della mano i tre anziani, che se la stavano ridendo, infine avviò il motore. Finley sentì Silas che gridava: "Divertitevi!" Poi partirono.

"Forse sarei dovuta passare in pasticceria per dire a Liam che non tornerò nel pomeriggio," disse Finley.

"Hai tre minuti per mandargli un messaggio e avvertirlo," le disse Brock con un grugnito. "Poi sei tutta mia."

Finley non esitò a prendere il telefono.

———

L'impresa più ardua che Brock dovette mai affrontare fu non urlare ai quattro venti che sarebbe diventato padre. Era più che entusiasta, ma anche preoccupato che succedesse qualcosa a Finley o al loro Fagiolino.

Il giorno dopo la rivelazione di Finley, la squadra di ricerca e soccorso fu chiamata per ritrovare un turista smarritosi in montagna dopo essersi separato dai suoi compagni di avventura. Brock avrebbe voluto vuotare il sacco con gli amici appena trovati all'imbocco del sentiero, ma rispettò la richiesta di Finley di aspettare.

Duke e Raiden seguirono una traccia del turista smarrito e lo ritrovarono nel giro di mezz'ora. Era un ragazzo di ventott'anni caduto in fondo a una scarpata, con una brutta storta a una caviglia.

A parte l'imbarazzo e il dolore, si sarebbe ripreso. Riuscì a saltellare fuori dal bosco usando come stampelle Ethan e Talon, poi gli amici gli promisero di portarlo al pronto soccorso appena tornati a casa.

"Hai avuto fortuna?" chiese Brock a Talon, mentre erano tutti riuniti a sparare qualche cazzata, prima di separarsi.

"Fortuna in cosa?" gli chiese Raid.

"Hai trovato la donna misteriosa che ha salvato me e Finley?" gli domandò Brock.

"Non è che la stia cercando davvero," rispose Talon alzando una spalla, ma sapevano tutti che mentiva.

"Ecco, allora... a tal proposito, l'altro ieri stavo parlando con Silas, Otto e Art," spiegò Rocky, "e ho raccontato loro cos'è successo, di questa donna comparsa dal nulla e poi sparita nel silenzio, con altrettanto mistero. Silas mi ha detto qualcosa di intrigante."

Tutti gli occhi erano puntati su Rocky.

"Cosa ti ha detto?" chiese Tal con impazienza.

"Sembra che tempo fa una ragazzina si sia persa. Molto tempo prima che arrivassimo noi, ovviamente. Quando è scomparsa aveva otto anni. Un suo vicino di casa l'ha vista entrare in una macchina a due porte di colore verde, più o meno nell'ora in cui doveva tornare a casa da scuola. Gli abitanti di Fallport hanno aiutato la polizia a cercare senza tregua, ma non hanno mai trovato alcuna traccia di lei né indizi di chi l'avesse portata via. I genitori erano straziati e alla fine hanno divorziato per lo stress ed entrambi si sono trasferiti altrove."

"E poi?" chiese Zeke appena Rocky fece una pausa.

"Si chiamava Heather Brown, aveva capelli rossi ed era un piccolo maschiaccio; Silas ha detto che quando è scomparsa c'era una specie di gruppo religioso che viveva ai margini del bosco. Tra loro si chiamavano 'Comune'. Le donne indossavano tutte delle tuniche e non potevano parlare con nessuno al di fuori del gruppo, specialmente uomini. La polizia ha indagato, ma non hanno trovato prove che Heather fosse con loro, né hanno trovato un'auto verde. Il loro leader è morto più di un anno fa e per quanto si dice in giro la setta si è sciolta e se ne sono andati via tutti dalla Virginia. La baraccopoli in cui stavano adesso è deserta e cade a pezzi."

"Pensi che la nostra donna misteriosa possa essere questa ragazzina scomparsa?" chiese Brock con scetticismo.

"L'hai detto anche tu che aveva i capelli rossi e che sembrava completamente a suo agio nel bosco. Non *potrebbe* essere stata rapita da qualcuno di quella setta? Poi, quando il leader è morto e se ne sono andati tutti, lei potrebbe essere rimasta; adesso avrebbe circa ventotto anni, probabilmente si sarà abituata a vivere da eremita."

"*Se* è lei, perché non è tornata, a questo punto? A otto anni era abbastanza grande da ricordare la sua vita prima del rapimento. Poi, ultimamente ci sono passate centinaia di persone, nel bosco," ragionò Raid.

"Probabilmente quando l'hanno presa lei si è spaventata a morte," spiegò Tal con calma. "Di sicuro l'avranno minacciata, forse anche violentata. Sarà terrorizzata, confusa, quindi avrà fatto di tutto pur di sopravvivere. Sono passati vent'anni..." aggiunse scuotendo la testa. "È un periodo più che sufficiente per fare il lavaggio del cervello a una bambina. È molto probabile che non conosca una vita diversa da quella che ha vissuto finora. Quando gli altri se ne sono andati, se l'hanno abituata a non fidarsi di nessuno... magari aveva troppa paura, per questo non ha chiesto aiuto a nessuno. È rimasta dov'era, facendo ciò che sa fare. A volte, l'inferno che conosci fa meno paura di un rischio ignoto."

"Non siamo sicuri che sia lei," disse Zeke.

"Non sappiamo nemmeno che *non* è lei," ribatté Tal.

"Tanto per ragionare... se è rimasta nascosta da quando il gruppo si è sciolto, cosa ti fa pensare di poterla trovare e convincere che non rischia nulla?" gli chiese Brock.

L'amico lo guardò negli occhi: "Ha rischiato di farsi vedere, di farsi *catturare*, per aiutare te e Finley. Questo mi dice che conosce la differenza tra giusto e sbagliato, e immagino voglia un cambiamento, ma forse non sa di chi fidarsi o di come fare il primo passo. Non ha nemmeno un mezzo di trasporto. Chissà che tipo di educazione ha ricevuto. Quei pezzi di merda della setta, o quel cavolo che erano... probabilmente non si sono presi la briga di insegnarle nulla, se non servire il capo. È più facile opprimere chi non ha un'istruzione. Ma insomma, lei ha comunque rischiato per aiutarvi."

Brock annuì. "Rimango io a camminare con te," gli disse.

"È il minimo che possa fare per quella ragazza, per ricambiare il suo aiuto."

"Che mi dici di Finley? Vuoi che uno di noi vada a tenerla d'occhio mentre sei nel bosco con Tal?" gli chiese Drew.

Brock fu tentato di accettare; avrebbe voluto dire agli amici di tenerla ben d'occhio, anche più di prima, dato che era incinta... ma le aveva promesso di darle più respiro, di non farsi troppe paranoie sulla sua sicurezza. Fu una delle mosse più difficili per lui: scosse la testa. "No. Ormai è passato un mese; ho parlato proprio ieri con Simon e, nonostante sappia che a Fallport c'è un problema di droghe, è convinto che Finley non corra alcun pericolo. Soprattutto dopo che gli ha raccontato ciò che ha visto e gli ha riferito il numero di targa."

"Hanno trovato quel veicolo?" chiese Zeke.

"Purtroppo no," rispose Brock sospirando.

"Maledizione!"

Brock annuì. "Per quanto non mi piaccia la situazione, Finley ha ragione: la sto soffocando; è una donna adulta e ha promesso che farà attenzione."

"Beh, allora... vuoi che oggi Elsie la inviti a cena all'On the Rocks, quando chiude la pasticceria?" gli chiese Zeke con furbizia.

Brock sorrise "Sì."

"Magari domani le farebbe piacere venire da noi a guardare le foto delle nozze, dato che Lilly le ha preparate?" suggerì Ethan con un gran sorriso.

"Sono sicuro che Bristol muoia dalla voglia di mostrarle l'ultima vetrata istoriata che sta preparando per una star di Hollywood."

Brock voleva un mondo di bene a quegli amici: così avrebbe rispettato la parola data a Finley, dicendo agli amici di lasciarle un po' di spazio, ma se le amiche volevano passare del tempo con lei al pomeriggio, prima che lui finisse di lavorare in officina... chi era lui per impedirglielo? "Grazie, ragazzi."

"Io non penso che sia in pericolo, ma è sempre meglio coprirsi le spalle," aggiunse Drew.

Brock ce l'aveva sulla punta della lingua: voleva dire agli amici che Finley era incinta; ma si morse la lingua all'ultimo secondo.

"Cercherò delle foto e altre informazioni su questa Heather Brown," disse Rocky a Tal.

"Grazie mille. Anche se non è lei, voglio comunque controllare che quella donna sia al sicuro. La stagione si fa sempre più fredda, presto nevicherà. Non sopporto l'idea che ci sia qualcuno nel bosco, senza alcun aiuto," spiegò Tal.

"Se invece *è* lei, ovviamente sa come prendersi cura di sé," gli ricordò Zeke.

"Era a piedi scalzi, e io..." Talon scosse la testa. "Voglio solo trovarla."

Brock mise una mano sulla spalla dell'amico, stringendola. Sapevano tutti che l'ultima missione di Tal nelle forze speciali della marina britannica era andata malissimo e l'aveva spinto a uscirne. Sapevano anche che in quella missione erano stati coinvolti dei bambini e delle donne... ma Tal non aveva mai raccontato altri dettagli, né gli amici avevano mai insistito. "Andiamo. Passiamo dove si era accampata questa famosa 'Comune' e vediamo se troviamo degli indizi. Con un po' di fortuna, troveremo Heather. Se no, torniamo dove hai già cercato, anche dove quegli idioti hanno portato me e Finley. Magari troviamo delle tracce, o meglio ancora, troviamo il rifugio in cui vive, il suo nascondiglio."

"Grazie," gli disse Tal.

"Se avete bisogno di noi, chiamateci," concluse Ethan.

"Va bene," gli rispose Brock; poi lui e Talon tornarono verso il sentiero che avevano appena percorso mentre scortavano il giovanotto infortunato alla caviglia.

CAPITOLO TREDICI

Due giorni dopo, Finley si allontanava di un passo dal bancone e inclinava la testa, scrutando la torta che aveva appena finito di decorare. Aveva un aspetto tremendamente accattivante, almeno secondo lei. Era per una bimba di quattro anni che prendeva parte allo spettacolo *Paw Patrol, la squadra dei cuccioli*. Dato che il personaggio preferito della bimba era Marshall, il pompiere dalmata, Finley aveva preparato la torta a forma di autopompa dei vigili del fuoco.

Tirò fuori il telefono e scattò una foto, che inviò a Caryn, sapendo che le sarebbe piaciuta un sacco. Non fu delusa: ricevette subito un messaggio di risposta.

Caryn: Ma è fantastica!!!!! Devi assolutamente farne una uguale anche per il mio compleanno!!!

Finley fece una risata e prese la torta con cautela per metterla nel frigo più grande, al sicuro (la madre della bimba sarebbe passata più tardi a ritirarla), poi inarcò la schiena per stiracchiarsi: le faceva male perché era stata china nel decorare la torta, ma anche perché era piuttosto indolenzita in generale.

Brock non era un amante che andava per il sottile... non che a lei dispiacesse. Non gli creava problemi sollevarla e metterla in ogni posizione, prendendola, tenendola stretta e scopandola con forza. A lei piaceva in tutto e per tutto, anzi, anche lei si scatenava quanto poteva, affondandogli le unghie nelle braccia o nel sedere e dicendogli esattamente cosa le piaceva, cosa desiderava.

Si sentiva una donna completamente diversa, quando stava con lui. Sensuale, bella, desiderata.

Ormai non le davano più fastidio le luci accese. Come poteva non sentirsi bella, quando Brock non riusciva a tenere gli occhi o le mani lontani da lei?

"Ti prego, dimmi che ti accarezzi la pancia per il motivo che penso," le disse Bristol dall'uscio della cucina, spaventando a morte Finley.

L'amica l'aveva trovata là ferma, con lo sguardo perso nel vuoto e le mani sulla pancia. Finley sorrise all'amica minuta. "Ciao."

"Non dirmi 'ciao' e basta," la riprese Bristol con un sorriso. "Dai, dimmi che sei in dolce attesa."

Finley fece spallucce. "Sono in dolce attesa."

Bristol gridò e attraversò di corsa la stanza. Ormai la gamba era guarita del tutto, dopo la vicenda drammatica con lo stalker, e lei si godeva la libertà di spostarsi senza il deambulatore da ginocchio che aveva usato per mesi.

Arrivò da Finley e la strinse a sé, poi si staccò da lei per squadrarla. "Ti trovo bene."

Quel complimento la toccò nel profondo. Finley non era mai stata una donna abituata a ricevere complimenti spontanei, quindi le fece molto piacere. "Grazie."

"A che settimana sei?"

"Non sono nemmeno al secondo mese," le rispose Finley, "per questo non ho ancora detto niente a nessuno."

Bristol annuì. "Ti capisco; però, se devo essere sincera,

sono entusiasta di essere la prima a saperlo. L'hai già detto a Brock?"

"Ma certo. Anche se lui ha detto che lo sapeva già."

"Fammi indovinare: ha notato dei cambiamenti nel tuo corpo?"

Finley arrossì. "Eh sì"

Bristol fece un sorriso radioso. "Sono felicissima per voi, ragazzi."

"Anch'io. Cioè, non che mi aspettassi di avere figli; mi sono sempre piaciuti i bambini e li ho sempre voluti, ma ormai pensavo fosse troppo tardi. Soprattutto perché dovevo trovare uno con cui farli," commentò Finley con ironia.

"Brock di sicuro non scherza," le disse Bristol.

Finley sogghignò. "Direi che è un eufemismo colossale."

"Ma, ti dà fastidio?" le chiese Bristol inclinando la testa.

"Cosa mi dà fastidio?"

"La rapidità con cui vi siete mossi. Insomma, vivi insieme a lui, sei incinta e non vedo motivo per cui Brock non voglia metterti un anello al dito prima del parto. Direi che è un tipico maschio alfa, come Rocky e gli altri della squadra."

"Sinceramente... *non ho* l'impressione che siamo andati tanto alla svelta. Cioè, ho una cotta per lui da sempre, come non potrei? È l'uomo che ho sempre desiderato. Ma mi sono sempre tenuta per me i miei sentimenti. Almeno... *pensavo* di averli nascosti."

"Lui sapeva di piacerti," le disse Bristol. "Stava solo cercando di non farti pressioni. Voleva lasciarti il tempo di vincere la timidezza."

Finley annuì. "Sì. Infatti, quando alla fine ho abbassato le mie difese, lui ha fatto un passo avanti e nel frattempo lo conoscevo già benino. Evidentemente anche lui mi conosceva."

"Ma certo. Parlavamo sempre di te, ogni volta che potevamo, quando lui era nei paraggi."

"Parlavate?" le chiese Finley.

"Sì, io, Lilly, Elsie e Caryn."

"Caryn praticamente me l'ha spinto addosso," commentò Finley pacatamente. "Quando è stata ritrovata al capanno dei liquori, ha mandato subito Brock per avvertirmi di ciò che era successo."

"Eh sì. È una bella furbetta," commentò Bristol con un sorriso. Poi si fece seria. "Voi due siete fatti l'uno per l'altra, più di ogni altra coppia che io abbia mai conosciuto. Inclusi me e Rocky. Siete anime gemelle, era chiaro fin dall'inizio. La tua dolcezza bilancia i suoi tratti ruvidi."

"Non sono tanto dolce," borbottò Finley.

"Noooo: dai un biscotto gratis a ogni bambino o bambina che entra in pasticceria, regali cupcake agli alunni delle elementari i cui genitori non possono permettersi nulla per i compleanni, sei..."

"Va bene, ho capito, sono la fata zuccherina," concluse Finley alzando gli occhi al cielo.

"Dico solo che tu e Brock siete fatti per stare insieme. Sono felicissima per voi due... anzi, scusa, per voi tre," disse Bristol con un sorriso.

"Anch'io."

"Allora... a quando le nozze?"

Finley scoppiò a ridere. "Si è appena sposata Lilly, e tra meno di tre mesi tocca a te. Saranno tutti stufi di cerimonie nuziali, a quel punto."

"Ma stai scherzando? Non sia mai! Che tipo di cerimonia vorresti? Molto sfarzosa? Più contenuta? Oppure vuoi fare come Elsie e Zeke, che sono andati a sbrigarsela in comune?"

Finley fece spallucce. "Non ci ho pensato molto. Poi, non me l'ha ancora chiesto e non voglio mettere il carro davanti ai buoi." Era una piccola bugia: in realtà Finley ci *aveva* pensato, e per quanto la cerimonia di Lilly le fosse piaciuta sotto ogni aspetto, come senz'altro avrebbe trovato adorabile anche quella di Bristol, lei preferiva qualcosa di diverso. Non le piaceva stare al centro dell'attenzione. Inoltre, considerata la propria corporatura, il solo pensiero di indossare un abito nuziale voluminoso e pieno di sboffi le faceva venire i brividi. Certo, non doveva essere necessariamente un abito di quel tipo, ma in ogni caso...

"Vedrai che te lo chiede. Come ti dicevo, è impossibile che Brock Mabrey lasci nascere quel bimbo senza infilarti l'anello al dito."

Finley si portò di nuovo la mano sul ventre. "Voglio questo bimbo," sussurrò. "Lo voglio tantissimo."

Bristol le si avvicinò e le mise una mano sulla pancia. "Vedrai che andrà tutto bene."

"Ho quasi quarant'anni," aggiunse Finley sottovoce. "Le interruzioni spontanee sono molto frequenti. È solo che... non voglio perdere questo Fagiolino."

Bristol sorrise a quel soprannome, ma non lo commentò. "Vorrei tanto saperti dire le parole giuste, invece vedrai che rovinerò tutto, ma ci provo. Non puoi controllare madre natura, Finley. Perdere un figlio dev'essere una delle disgrazie peggiori per una donna... ma devi avere fiducia: succederà quel che *deve* succedere. Tu sei in salute, non corri dei rischi. Spero e prego che vada tutto bene con tuo figlio, ma sai che c'è? Anche nella peggiore delle ipotesi, Brock sarà *sempre* al tuo fianco. Ti terrà stretta nei momenti di dolore e celebrerà le tue vittorie. Non devi far altro che fidarti di lui: ti starà vicino."

"Grazie," le sussurrò Finley.

Si abbracciarono di nuovo, mentre Finley cercava con tutta sé stessa di controllare le lacrime. Ecco un altro cambiamento, dall'inizio della gravidanza: bastava un nonnulla per farla piangere. Poi le capitava di arrabbiarsi con altrettanta facilità. In effetti, tutte le sue emozioni sembravano più intense. Certo, quando se ne lamentava con Brock, lui scrollava semplicemente le spalle e le diceva che era tutto parte del suo fascino.

"Quando te la senti, dopo che avrai dato la notizia a tutti, devo assolutamente organizzarti una festa per i regali del nascituro, con tanto di giochi di società, sai quelli a cui ci si diverte in occasioni del genere. Aspetta: anche Lilly è incinta! Ragazze, cos'avete, tipo... due settimane di differenza? Sarà *troppo* bello! Doppia festa per future mamme! I vostri figli cresceranno insieme. Magari finiranno per frequentarsi e un giorno si sposeranno!"

Finley a quel punto alzò d'istinto gli occhi al cielo. "Vacci piano, Bristol."

Risero insieme, poi Bristol le chiese: "Vuoi sapere prima se è maschio o femmina?"

"Oh, ehm... a dire il vero, non ci avevo pensato. Dovrò chiedere a Brock come preferisce."

"Vedrai che vorrà saperlo," affermò Bristol sicura.

"Pensi di sì?"

"Oh, sì. Gli servirà del tempo per elaborare, soprattutto se è una bimba. Te l'immagini, quanto sarà protettivo e ossessionato? Vostra figlia lo comanderà a bacchetta, di sicuro."

Bristol aveva ragione: Finley già si immaginava la reazione di Brock, se avessero scoperto che Fagiolino era una bimba. Una figlia tutta cocca di papà... che probabilmente avrebbe imparato a riparare un motore prima di compiere quattro anni. Finley sorrise.

"Ecco. Sono felicissima per te, Finley. Sul serio. Tu e Brock siete troppo carucci, insieme."

Carucci. Quella parola fece quasi ridere Finley. Le tornò in mente un ricordo del giorno prima. Brock dietro di lei, messa carponi davanti a uno specchio enorme che le aveva comprato giorni prima. La stava prendendo da dietro, con forza... e l'aveva sculacciata.

Evidentemente Brock doveva aver sentito una reazione

positiva intorno all'uccello, perché l'aveva sculacciata ancora, più volte. Poi le aveva accarezzato col pollice le natiche, mentre con l'altra mano le stimolava il clitoride scopandola... il tutto mentre fissava il riflesso erotico allo specchio. Dopo che lei era esplosa di piacere, lui era uscito e le era venuto sul sedere, spalmandole il seme sulle natiche mentre le faceva complimenti. Le aveva detto che era bellissima e che lui si sentiva l'uomo più fortunato al mondo.

Sì: "caruccio" non era la prima parola con cui avrebbe descritto il suo uomo. Intenso, sensuale, deciso, insaziabile? Sì. Caruccio? No.

Bristol fece una risatina, come se avesse letto nella mente di Finley. "Ho detto che siete carucci *insieme*. Adesso tira giù la testa dalle nuvole."

Finley fece una risata.

"Comunque sono passata per un motivo preciso," le disse Bristol con un sorriso.

"Ah sì?"

"Eh sì. Una fotografa del *National Geographic* viene a Fallport per scattare delle foto alla vetrata che ho creato per l'Occhio di Bue. Ne ho parlato con Sandra, che intende recuperare il menù speciale a tema Bigfoot. Ha accettato di donare in beneficenza tutti gli introiti della giornata in cui verrà la fotografa, in favore degli animali protetti in Africa. C'è un'associazione che cerca di salvare i rinoceronti e gli elefanti dai bracconieri che li uccidono per l'avorio. Insomma, mi chiedevo se ti andrebbe di preparare anche dei biscotti a tema Bigfoot da mettere in vendita per l'occasione."

"Certo!" esclamò Finley senza nemmeno pensarci. Poi corrucciò la fronte. "Però dovrei fare una ricerca per le decorazioni, devono essere belli, non pacchiani."

"I tuoi biscotti non potranno mai sembrare pacchiani," le disse Bristol.

"Dai, sei dolce, ma fidati: un conto è metterli in forno, un altro conto sono le decorazioni."

"Ho piena fiducia in te."

Passarono qualche altro minuto a chiacchierare dei dettagli: quanti biscotti preparare, quando le foto della vetrata istoriata sarebbero state pubblicate sulla rivista di fama mondiale, i dettagli dell'associazione di beneficenza a cui sarebbero andati i proventi... Quando finirono, la mente di Finley turbinava, così decise di preparare anche biscotti a forma di elefanti e rinoceronti, oltre a quelli modellati su Bigfoot.

Quando scoccarono le tre e la pasticceria fu chiusa, Finley era più che pronta ad andarsene. Non vedeva l'ora di parlare con Brock, per dirgli dell'arrivo della fotografa a Fallport e condividere con lui le idee sui biscotti. Aveva altri due ordini speciali da preparare per l'indomani pomeriggio, ma il desiderio di vedere Brock soppiantava l'esigenza di avviare quelle preparazioni. Avrebbe avuto tempo in abbondanza l'indomani, prima che i clienti venissero a ritirare i dolci.

Quando Finley fu pronta, Liam la accompagnò alla macchina; Brock gli aveva parlato, chiedendogli di accompagnarla alla macchina, per sicurezza, ogni volta che non poteva farlo lui stesso. Da quando gli aveva detto che si sentiva soffocata, lui aveva fatto un passo indietro; ma lei, sotto sotto, apprezzava la sua voglia di tenerla al sicuro.

Ripensare a ciò che sarebbe potuto succedere nel bosco con Pete e Cory la spaventava. Aveva rischiato molto e sperava davvero di non ritrovarsi mai più in una situazione simile. Le sue amiche avevano dimostrato tutte una grande forza interiore, ma lei sapeva nel profondo di non essere fatta della stessa pasta. In una situazione critica come quelle affrontate da Lilly, Elsie, Bristol o da Caryn, lei probabilmente si sarebbe fatta prendere dal panico e di sicuro non se la sarebbe cavata bene come loro.

Ecco perché il fatto che Brock chiedesse a Liam di accompagnarla alla macchina la faceva sentire protetta, anche se con meno paranoia, in modo meno soffocante rispetto ad avere sempre fuori dalla pasticceria uno della squadra Eagle Point, come appostato in attesa di un malvivente pronto a sbucare da dietro l'angolo. Per fortuna, anche Brock aveva capito la differenza.

Finley salutò Liam con un cenno della mano e fece manovra per uscire dal parcheggio, avviandosi verso il Vecchio Garage. Un altro cambiamento fisico dovuto alla creaturina che le cresceva dentro era la costante eccitazione sessuale. Aveva persino fatto una ricerca online per scoprire se quelle fossero sensazioni normali, e aveva constatato che per fortuna era così: moltissime donne avevano scritto su vari forum che quel picco di libido poi scemava durante la gravidanza.

Ovviamente Brock non aveva alcun problema a soddisfare quella crescente voglia, che anche lui si gustava. L'aveva incoraggiata a scatenarsi a letto... ma anche in tutto il resto della casa, senza riserve. Finley sapeva che, ogni volta che le veniva voglia di farlo, a qualunque ora del giorno o della notte, lui sarebbe stato felicissimo di accontentarla.

Si agitò sul sedile mentre accostava davanti all'officina. Avrebbe dovuto lasciare Brock in pace, dato che stava lavorando. Poteva sempre tornare a casa e masturbarsi, ma non voleva: desiderava il suo uomo.

Dopo un respiro profondo, Finley scese dalla macchina e si avviò verso un angolo dell'officina. Brock era piegato sul cofano di un veicolo; il suo sedere dava una forma perfetta alla tuta che indossava. Finley notò il suo bicipite sinistro contrarsi nello spostare qualcosa nel vano motore.

I capezzoli le divennero turgidi, le mutandine bagnate. Non ebbe nemmeno il tempo di imbarazzarsi per quella reazione, perché lui, come presagendo l'arrivo di Finley, tirò fuori la testa da sotto il cofano.

La squadrò dalla testa ai piedi e si voltò per gridare: "Jesus!"

Il suo socio fece capolino dall'ufficio sulla sinistra. "Sì?"

"Vado via," gli disse Brock asciugandosi le mani su un panno appeso vicino alla macchina.

"Va bene!"

"La macchina degli Abernathy la finisco domattina."

"Ricevuto!"

Poi Brock si avviò verso Finley a grandi passi, e lei non poté fare altro che fissarlo e cercare di non sbavare. Dopo averla raggiunta, Brock si abbassò su di lei, che sentì odore di olio, di sudore e del sapone che lui aveva usato per farsi la doccia quella mattina.

"Hai bisogno del tuo uomo?" le chiese con voce roca.

Lei sentì una stretta tra le gambe e annuì.

Lui alzò una mano e gliela mise dietro la nuca, tirandola a sé senza troppo riguardo e facendola sbuffare nello scontro con il suo corpo, duro come una roccia. "Accidenti, sei affascinante. Hai della farina nei capelli e profumi..." Brock abbassò la testa annusandole profondamente l'incavo del collo. "...di zucchero."

Lei gli sorrise e gli avvolse le braccia intorno al collo, strofinandogli con malizia i seni contro il petto. "Probabile, dato che ho glassato biscotti tutto il pomeriggio."

Lui fece scorrere la mano dalla nuca giù per la schiena, fino al sedere di Finley, stringendole con forza una natica carnosa. "Forte e svelto, o dolce e lento?" le chiese contro le labbra.

Finley arrossì e gli rispose, quasi affannata: "Forte e svelto. Ho bisogno di te, Brock."

Senza dire altro, lui la prese per mano e la accompagnò dall'altro lato dell'edificio, dove aveva parcheggiato. Finley fece un gran sorriso e cercò di tenere il passo. Le piaceva un sacco vederlo reagire in quel modo. Quasi quasi le avrebbe fatto piacere una sveltina in officina, ma lui le aveva detto senza mezzi termini che non le avrebbe mai mancato di rispetto scopando in un luogo in cui chiunque poteva entrare da un momento all'altro. Brock la voleva solo per sé, *nessuno* avrebbe mai visto ciò che gli apparteneva.

Il viaggio verso casa di Brock le sembrò fin troppo lungo, anche se durò solo cinque minuti. Finley si agitò per tutto il tempo sul sedile. Appena spento il motore del veicolo nel vialetto, Brock la precedette fuori, sospingendola verso casa.

Due secondi dopo essersi chiusi la porta alle spalle, lui le fu addosso. La spogliò su due piedi, nell'ingresso, si tirò giù i pantaloni abbastanza da estrarre l'uccello, già durissimo, e la penetrò con una spinta profonda.

Finley gridò di piacere. Era già pronta a riceverlo, ma era comunque grosso e riempiendola le provocò un certo disagio, che amplificò il piacere. La prese subito, contro il muro, facendola sentire piccola, minuscola, tanto la sovrastava.

Dopo che furono venuti entrambi, Brock la prese in braccio e la portò in salotto. La fece accomodare sul divano, poi si mise in ginocchio davanti a lei, le allargò le gambe scostandole con le spalle e le fissò la passera per un lungo momento.

"Brock?" lo chiamò ansimando.

"Non sai quanto è sexy," le disse passandole un dito tra le gambe per togliere il seme che le usciva da dentro. "Sapere che abbiamo concepito una vita insieme? Non so dirti quanto mi meravigli." Poi Brock raddrizzò la schiena, le tirò il sedere per farla spostare sul bordo del divano e glielo infilò dentro di nuovo.

"La prima ti ha fatto sfogare, piccola?" le chiese, mentre spingeva dentro e fuori lentamente.

Finley annuì.

"Bene. Devo farmi una doccia."

Lei gli sorrise; Brock ne aveva proprio bisogno, ma a lei piaceva così com'era, tutto sudato, maschio; le piaceva sentirsi addosso quelle mani macchiate. Brock era diversissimo da lei, e lo amava proprio per questo. Quella mascolinità grezza l'aveva intimidita per tanto tempo, dandole l'impressione che lei non fosse all'altezza di un uomo come lui. Invece, conoscendolo, si era accorta che le loro differenze si completavano perfettamente a vicenda.

"Dopo," gli disse ansimando appena lui cominciò a spingere con più forza.

Brock sogghignò, poi si fece serio e cercò di darle ancor più soddisfazione.

Più tardi, dopo averla fatta venire altre due volte, riempiendola più che poteva, dopo una doccia e dopo aver insistito che si sedesse sul divano e si rilassasse, Brock grigliò delle costolette di maiale e si sedette al suo fianco per guardare insieme una partita di football in televisione.

"Brock?" lo chiamò.

"Sì?"

"Vorresti sapere prima se è maschio o femmina?"

Lui la guardò. "Tu vorresti saperlo?"

"Secondo me potrebbe essere una bella sorpresa, ma anche una tortura. Non sapremmo che tipo di lista di regali compilare e dovremmo prepararci due nomi, per sicurezza."

"Per quanto riguarda l'elenco di regali, cambia molto se è maschio o femmina?" le chiese Brock. "Possiamo scegliere colori diversi, come verde, giallo, viola, magenta; ma a chi diamine interessa il colore degli abitini e dei giocattoli? Al neonato non importerà un fico secco del colore del pigiama. Tanto non farà che dormire, mangiare e fare pupù."

"Non ti interessa se tuo figlio si veste di rosa?" gli chiese.

"Non m'importa un fico secco. Non sono i vestiti a

renderti uomo, o donna," le rispose con una decisione fuori dal comune. "Mia figlia può indossare tutti i colori che vuole. Blu, viola, rosa o giallo con pois arancioni. Se mio figlio vuole giocare con le bambole o diventare un ballerino di danza classica, non me ne frega un tubo. Io voglio solo che sia una brava persona, che sia felice. Voglio solo che *tu* sia felice."

Gli occhi di Finley si riempirono di lacrime.

"Non piangere," le chiese.

Lei sorrise. "Non so cosa farci. Sei sempre meraviglioso."

"Certo che lo sono, non dovresti sorprenderti."

Al che, Finley sorrise, e lui ricambiò. "Ecco, adesso va meglio," le disse quando le lacrime si asciugarono. Poi le accarezzò la guancia con il dorso delle dita. "Se vuoi che il nostro Fagiolino sia una sorpresa, rimarrà una sorpresa."

"Ma *tu* che cosa vuoi?" insisté lei.

"Come ti dicevo poco fa: io voglio solo che tu sia felice. Voglio che tu partorisca in tutta sicurezza e senza complicazioni. Voglio che siamo una famiglia. Voglio la pace nel mondo, ma su questo non ho molta voce in capitolo, quindi mi accontenterò di tenere al sicuro e di rendere felici la mia donna e il nostro Fagiolino."

"Brock," gli sussurrò.

"Per ora optiamo per la sorpresa. Se poi cambi idea nei prossimi mesi, chiederemo al dottore di farcelo sapere."

"Va bene," gli rispose.

"Va bene."

Finley gli si appoggiò addosso e sospirò felice. Era ciò che aveva sempre sognato: amare ed essere amata. Essere amata per la persona che era, non per l'aspetto esteriore, o per il lavoro che svolgeva, o per qualunque altro motivo. Le sembrava che Brock la pensasse allo stesso modo.

Gli prese una mano e gli baciò una alla volta le dita macchiate, poi gli appoggiò la testa sul petto. Lui la strinse a sé, poi si rilassò sui cuscini.

Hillary Kendall, che si faceva sempre chiamare "il Boss" dai pesci piccoli che spacciavano per lei e dai tossicodipendenti a cui vendeva la roba, camminava avanti e indietro nel suo salotto.

Era incazzata. Infuriata. Talmente tanto che le si era annebbiata la vista.

Quella stronza maledetta le aveva *rovinato* la bella operazione che lei aveva messo in piedi!

Cinque anni prima, Hillary era stata operata al ginocchio e aveva affrontato l'intervento ritenendolo di ordinaria amministrazione. Invece c'erano state varie complicazioni, e il ginocchio non era guarito se non dopo mesi di antidolorifici; ma ormai lei era diventata dipendente dalle pillole che le prescriveva il medico.

All'inizio era stato difficile trafficare alle spalle del marito e dei figli per procurarsi le pillole che le servivano per andare avanti, con lunghi viaggi a Roanoke per incontrare loschi figuri nei vicoli. In poco tempo era riuscita a farsi dei contatti migliori, dovendo andare solo in una zona di servizio della strada statale, a est di Fallport.

Poi le avevano offerto la possibilità di spacciare lei stessa pillole a Fallport.

Un'opportunità che lei aveva colto al volo.

Da quel momento, aveva vissuto una doppia vita. Faceva parte del consiglio scolastico ed era molto coinvolta nelle attività della figlia; faceva volontariato a scuola, come allenatrice della squadra di calcio del figlio. Nonostante dovesse gestire il piccolo impero di spaccio, che le fruttava una barca di soldi, non si era persa una sola partita di pallone negli ultimi due anni, da quando il figlio Robert era passato alle scuole superiori. La figlia Nevaeh invece era una ragazzina di prima media con molti amici.

Il marito non aveva il minimo sospetto. Non gli *interessava* cosa facesse la moglie: voleva solo trovare la cena pronta quando tornava, trovare la casa pulita e sentire che i figli andavano bene a scuola.

Però era tutto sul punto di crollare. Tutto per quella stronza di pasticciera.

Pete e Cory non dovevano fare altro che spaventarla a sufficienza, per farle tenere la bocca chiusa. Invece avevano fallito miseramente. Il giorno dopo, quella era stata ritrovata nel bosco con il suo meccanico ed era andata dritta alla polizia con il numero di targa del fornitore.

Pete e Cory se l'erano svignata da Fallport, ma era solo una questione di tempo, prima che la polizia li rintracciasse. Avrebbero cantato, lei non aveva alcun dubbio. Avrebbero fatto la spia su di lei e su tutta l'operazione. Quell'idiota di Pete aveva usato un telefono satellitare, e anche se nessuno si era ancora presentato alla sua porta per chiederle come mai un tossico che aveva rapito una donna minacciandola avesse telefonato a un cellulare che lei aveva comprato un anno prima, lei non era certo una stupida: la polizia avrebbe rintracciato il segnale; lei lo sapeva perché seguiva un sacco di programmi polizieschi in TV.

Quando aveva comprato quei telefoni, aveva fatto del suo meglio per evitare di essere individuata; aveva pagato in contanti e li aveva comprati a Roanoke... ma non aveva potuto spegnere le telecamere di sorveglianza di quel supermercato, o i ripetitori su cui il segnale era rimbalzato. Era solo una questione di tempo, prima che il capo della polizia seguisse quel segnale abbastanza per risalire a lei e bussare alla sua porta, chiedendole di interrogarla.

Hillary però non si sarebbe fatta beccare senza prima vendicarsi di quella stronza che le aveva rovinato la vita.

Il fornitore di Roanoke era incazzato con Hillary: si era visto costretto a eliminare il veicolo rubato, perché le persone a cui lei aveva affidato quel lavoro erano state stupide e insensate. L'aveva tagliata fuori completamente. Tutti i clienti avevano trovato degli altri spacciatori a cui rivolgersi, ma ancor peggio: lei non aveva più accesso alle pillole di cui aveva un disperato bisogno per tirare avanti e mantenere le apparenze.

Due settimane prima, era andata a Roanoke per cercare un altro fornitore, poi qualcuno le aveva offerto dell'eroina. Lei sapeva bene che non era il caso... ma era troppo disperata.

La pace che l'aveva pervasa alla prima dose era stata euforica. Non aveva mai provato un'esperienza del genere. Dieci volte meglio dell'effetto delle pillole.

Ne aveva comprata a sufficienza per il tempo necessario, prima di poter tornare a Roanoke, o almeno così credeva.

L'aveva consumata tutta in meno di tre giorni.

Hillary ribolliva di rabbia nel camminare. Ormai era diventata *una di quelli*: una fottuta tossica. Quando prendeva le pillole, almeno si era consolata col fatto che stava usando dei farmaci legali. Delle pillole prescritte normalmente dai medici.

Ma ormai si era ridotta a farsi di eroina diverse volte al giorno, ogni giorno, da due settimane, prosciugando alcune migliaia di dollari dal conto in banca... un ammanco che il marito avrebbe presto scoperto; si era anche persa due partite di calcio e si era dimenticata di andare a prendere la figlia Nevaeh a scuola per tre giorni di fila, perché girovagava per Fallport alla ricerca di qualcuno che le vendesse dell'eroina. Sapeva di essere sull'orlo del precipizio. Il marito avrebbe chiesto il divorzio, togliendole la custodia dei figli; si sarebbe ridotta a vivere per la strada, come quel patetico idiota di Davis Woolford.

Tutta colpa di quella maledetta Finley Norris!

Quella stronza l'avrebbe *pagata*.

Pensava forse di vivere una vita tanto perfetta? Avrebbe

presto scoperto con quanta rapidità anche una vita perfetta poteva crollare in mille pezzi... proprio come era successo a Hillary.

Smise di camminare con una smorfia, si voltò e andò nel garage. Aveva appuntamento con un tipo che le aveva promesso la migliore partita di eroina nera da sniffare su cui lei avesse mai messo le mani. Ormai a lei non fregava più nulla della qualità, doveva solo farsi una dose.

Ignorando la pila di biancheria sporca, i piatti nel lavello e la ciotola vuota del cane, Hillary se ne andò via di casa. Maledizione, in fondo lei non era una schiava. La famiglia poteva anche arrangiarsi, ogni tanto! Lei doveva incontrare qualcuno... e prepararsi alla vendetta.

CAPITOLO QUATTORDICI

Brock baciò Finley nella cucina dello Sweet Tooth.

Ci era andato, come sempre, per passare del tempo insieme mentre lei si preparava per la giornata. Il loro rapporto non era mai andato meglio. Lei portava in grembo loro figlio (Bristol l'aveva scoperto il giorno prima, quindi anche lui non vedeva l'ora di dirlo agli altri), ormai si era trasferita ufficialmente da lui e nonostante passassero molto tempo insieme, a lui non bastava mai.

La sua Finley era divertente, dolce e a volte eccessivamente modesta, tanto che a lui faceva piacere farla scatenare, trasformare ciò che lei riteneva imbarazzante in qualcosa di erotico. La spingeva a implorarlo di giocare col suo sedere, di scoparla con più forza, oppure di leccarla dopo essere venuto dentro di lei. Però Brock non stava con lei per via del sesso, per quanto fosse fantastico. A lui Finley piaceva veramente. Era una brava persona, anche con chi non se lo meritava.

Giustificava sempre gli altri, anche chi si comportava male con lei o con Liam, nella pasticceria. Quando Brock se la prendeva con un cliente maleducato, Finley sminuiva e diceva che probabilmente al cliente era successo qualcosa di cui gli altri non sapevano nulla e che secondo lei valeva sempre la pena di chiudere un occhio.

Non era l'approccio alla vita che preferiva Brock… se qualcuno si comportava da stronzo, senza farsi riguardo nello scaricare i propri problemi personali sugli altri, quel qualcuno meritava di essere messo al suo posto. Però Finley aveva un cuore d'oro, uno dei tanti motivi per cui lui l'amava moltissimo.

La considerava la propria ricompensa, pur sapendo di non meritarla. Finley meritava un uomo migliore, ma adesso che portava in grembo loro figlio, Brock non l'avrebbe mai allontanata. Mai. Avrebbe fatto di tutto per tenerla con sé.

Quel mattino, lei era sotto stress perché doveva preparare tre diversi ordini esterni tutti insieme, oltre ai dolci da esporre per i clienti della pasticceria. Brock era orgoglioso per il grande successo del servizio di catering, ma anche preoccupato che Finley fosse troppo sotto pressione.

"Lo sai che non devi accettare per forza ogni singolo ordine che ti arriva?" le chiese tenendola stretta. Davis era andato via da mezz'oretta, ma aveva promesso di tornare verso ora di pranzo per aiutare a completare le preparazioni ancora da terminare. Il suo contributo era diventato inestimabile, anche se lui rimaneva sempre riservato e non passava ogni giorno. Era grazie a lui se lo Sweet Tooth stava rendendo tanto bene.

"Lo so," gli rispose Finley, che però era troppo dolce e gentile per rifiutare un ordine a qualcuno.

"E se dicessi che puoi accettare solo due ordini esterni al giorno? Punto? In ordine di richiesta. Così avresti un po' di tempo per respirare… specialmente andando avanti con la gravidanza. Inoltre creeresti carenza."

"Cosa vuole dire carenza?" gli chiese lei.

"Vuol dire che se i clienti sanno di non poter entrare o telefonare come e quando vogliono, perché devono pensarci prima, programmare, darebbero più valore anche al tuo tempo. Quindi potresti anche aumentare i prezzi rispetto a ora.”

“Non voglio approfittarmene troppo,” protestò lei.

“Non te ne approfitteresti comunque, ma il tuo tempo *vale*, e la tua bravura è fuori discussione. Pensi che Bristol accetti ogni singola richiesta, quando la contattano per delle vetrate?” Non le lasciò il tempo di rispondere. “No. Si fa pagare un occhio della testa perché sa che le sue opere d’arte hanno un valore enorme e ci sono clienti disposti a pagare molto per averne una. Così può scegliere quali progetti accettare e quali no. È solo economia, Fin.”

Finley sospirò. “Però mi sentirei in colpa se qualcuno avesse bisogno e io rispondessi di no.”

“Sono solo dei dolci, tesoro, non sono anelli d’oro per un fidanzamento.”

Lei sembrò comunque titubante.

“Che ne dici di fare una piccola scorta delle torte e dei cupcake più popolari, magari in un espositore visibile da fuori? Se qualcuno arriva all’ultimo minuto, può sempre scegliere da quella scorta; puoi anche insegnare a Liam come decorarle con delle scritte, tipo ‘Buon compleanno’, oppure ‘Bravo scemo’.”

Lei fece una risatina.

Quel suono gli andò dritto al cuore. “Dico solo che correre come una matta per soddisfare tutti non funzionerà, quando sarai nell’ultimo trimestre. Oppure quando nasce il nostro Fagiolino. Quando ci sarà nostro figlio, o nostra figlia, vorrai ancora passare ogni giorno qui in pasticceria dalle quattro e mezza del mattino fino alle sei del pomeriggio?”

Finley aggrottò la fronte. “No.”

“Appunto. Devi fare dei cambiamenti subito, così, quando arriverà il momento, ai clienti non verrà un colpo.”

"Hai ragione." Finley alzò una mano e gliela mise sulle labbra. "Però non dirmi 'lo so'."

Lo conosceva troppo bene. Brock le leccò il palmo della mano, assaggiando la farina rimasta dall'impasto dei rotolini alla cannella, poi si congedò.

Gli piacque il brivido che attraversò Finley quando lui le passò la lingua sulla pelle. Ovviamente gli venne subito il pensiero di mettere labbra e lingua anche in altri punti del suo corpo.

"No," gli disse scuotendo la testa con un sorriso. "Non pensarci nemmeno: ho da fare."

Brock le restituì il sorriso mentre lei abbassava la mano. "Ti amo," le disse.

"Ti amo anch'io."

"Non lavorare troppo," aggiunse Brock.

"Non preoccuparti."

Lui alzò gli occhi al cielo perplesso.

"Potrei dire lo stesso a te," ribatté lei.

Finley aveva ragione: anche Brock lavorava sodo, ma perché sapeva di dover supportare la quasi-famiglia, mentre in passato lo faceva perché non aveva altro da fare e non voleva tornare a casa tutto solo.

"Quando hai finito, telefonami," le disse. "Passo a prendere la cena all'On the Rocks e voglio essere giusto coi tempi, così quando torni a casa trovi il cibo ancora caldo."

"Va bene."

Brock le sorrise di nuovo e non resisté alla voglia di squadrarla da capo a piedi. Era di una bellezza rigogliosa, con delle curve che lo facevano impazzire di desiderio. Ed era tutta sua. Tutti quelli che si voltavano dall'altra parte, sdegnando le taglie forti, non sapevano cosa si perdevano.

"Devo finire i rotolini alla cannella," gli rispose con decisione.

Brock sospirò. "Lo so."

"È normale?" gli chiese. "Intendo dire, come mai non riusciamo a tenere a posto le mani, quando siamo insieme?"

"Non lo so e non mi interessa," le rispose immediatamente. "Il nostro rapporto è esattamente come deve essere."

"La penso come te," gli disse... poi si leccò le labbra con sensualità.

"Ricordati di questo momento," le disse con una risatina, poi la baciò con trasporto. Non si soffermò troppo, perché già gli riusciva difficile staccarsi da lei. Baciarla come avrebbe voluto, per poi doversene andare, avrebbe lasciato entrambi insoddisfatti.

Brock le passò il pollice sulla guancia, poi si allontanò con un sorriso malizioso. "Ci vediamo dopo."

"A dopo."

Brock si sforzò di girarsi per uscire dalla cucina. Nell'uscire, salutò Liam con un cenno del capo e scambiò due parole con qualche altro cliente in fila alla cassa.

Mentre si avvicinava al proprio pick-up, parcheggiato davanti all'edificio, Brock pensò che la sua vita era assolutamente perfetta.

Sotto sotto, una voce insidiosa gli sussurrò che nulla rimane perfetto per sempre.

Si mise al volante e gli venne un brivido. No: non sarebbe successo nulla. Lui e Finley andavano alla grande. Avrebbero avuto un figlio, si sarebbero sposati e sarebbero vissuti per sempre felici e contenti. Nulla e nessuno gli avrebbero incasinato l'esistenza, lui non l'avrebbe permesso.

Dopo un respiro profondo, avviò il motore e si avviò verso il Vecchio Garage. Lo aspettava un motore da ricostruire.

———

Intorno alle quattro, Brock sentì il telefono squillare. Si aspettava la telefonata di Finley.

"Ciao, tesoro, com'è andata la giornata?"

"Impegnativa," gli rispose ridendo. "E la tua?"

"Idem. Stai tornando a casa?"

"Più o meno."

"Più o meno?" ripeté lui. "Come fai a tornare *più o meno* a casa?"

"Beh, ero pronta a chiudere baracca e burattini, quando è arrivata una telefonata."

Brock gemette. "Ti prego, dimmi che hai risposto di no."

Lei sospirò. "Non potevo! Le serve una torta per il tredicesimo compleanno della figlia, fanno la festa stasera!"

"Finley," disse Brock esasperato.

"Lo so, lo so... ho riflettuto su quanto mi hai detto stamattina, e penso che sia una buona idea. Solo che non sono riuscita a rifiutare. La signora voleva preparare la torta da sola, ma le si è guastato il forno. Ha detto che è letteralmente saltato in aria, o qualcosa del genere. Quindi adesso sta cercando di arieggiare la casa prima che arrivino le ragazzine. Ha detto che non le serve niente di particolare e che mi pagherà il doppio. *In più*, mi paga un centone per la consegna. Non sei almeno fiero di me per aver chiesto un extra per l'urgenza?"

Brock sospirò frustrato. "Sì, certo, ma... ti serve un metodo migliore per prendere gli ordini. Tipo, un modulo online, o un numero di telefono diverso a cui tu non puoi rispondere. Ad esempio, potrebbe essere Liam a ricevere gli ordini. Tu non sai dire di no a una persona sfortunata, Fin."

"Lo so," confermò lei. "Sei arrabbiato?"

"Certo che no. Posso raggiungerti tra un quarto d'ora, devo finire un lavoro e ripulire, poi passo a prenderti."

"Oh, no, io devo andare via subito. Telefono a Elsie e le dico cosa prendiamo, così quando vai all'On The Rocks trovi già pronto. La signora vive a otto minuti dal centro. Probabilmente arriveremo a casa più o meno alla stessa ora."

Brock non era tanto dell'idea, ma ricordava quanto Finley l'avesse pregato di non soffocarla. "Va bene. Però penso non sia una buona idea abituare i clienti a farti fare le consegne dopo che hai chiuso."

"Questa è la prima e l'ultima volta. È che la conosco, quella signora. Cioè, l'ho vista in giro, è già stata in pasticceria, è una che partecipa a scuola, ha un figlio alle superiori nella squadra di calcio e una figlia che fa la cheerleader, credo. È una a posto."

"Solo perché una persona sembra a posto, non significa che lo sia," le disse Brock, per esperienza.

"Lo so, ma Hillary è una per bene. Vado da lei per portarle la torta, poi torno a casa. Adesso dimmi, cosa vuoi che ti ordini per cena?"

Dopo qualche minuto, quando Brock riattaccò, quasi richiamò subito Finley per dirle che aveva cambiato idea, che sarebbe passato subito da lei per accompagnarla a consegnare la torta. Invece sospirò e scosse la testa. No. Le aveva promesso di non esagerare, con la tendenza a proteggerla.

Ripulì senza troppo entusiasmo la zona in cui aveva lavorato e fu pronto a partire in metà del tempo solito. Quando arrivò all'On the Rocks, l'ordine non era ancora pronto, così Brock, mentre aspettava la cena, si fermò a chiacchierare con Zeke.

Quando arrivò a casa, fu deluso di scoprire che Finley non era ancora tornata, così mise la cena nel forno per tenerla al caldo e optò per una doccia rapida. Finley non era tornata nemmeno quando lui uscì dal bagno.

Guardò l'orologio e vide che era passata mezz'ora da quando si erano salutati. Forse Finley non si era accorta del tempo che passava perché si era fermata a chiacchierare con la donna a cui aveva consegnato la torta...

Una sensazione di disagio cominciò a scorrergli nelle vene; Brock tirò fuori il telefono, cliccò sul nome di Finley e sentì il segnale intermittente mentre il telefono dall'altra parte squillava. Non ci fu risposta e scattò la segreteria.

"Ciao Fin, sono io, volevo solo sentire se andava tutto bene. Chiamami quando puoi. Ti amo."

Chiuse la chiamata e si picchiettò il mento col telefono. Camminò avanti e indietro in casa per altri cinque minuti, poi riprovò a telefonare a Finley, ma scattò di nuovo la segreteria.

C'era qualcosa di strano, lui se lo sentiva dentro.

Sapeva anche di essere un fissato paranoico... ma gli venne lo stesso presentimento abituale di quando lavorava alla frontiera per fermare potenziali immigrati clandestini, la sensazione di quando stava per succedere qualche tragedia.

Si sarebbe preso a schiaffi per non aver chiesto a Finley l'indirizzo della signora; compose il numero della polizia.

"Polizia di Fallport, parla il capitano Hill," rispose Simon.

"Ciao Simon, sono Brock Mabrey."

"Che succede?" gli chiese il capo della polizia.

"Spero nulla. È solo che Finley doveva consegnare una torta e tornare già da una ventina di minuti, invece non è ancora arrivata."

"Hmmm. Nell'ultima mezz'ora non ci è stato riferito alcun incidente," gli disse Simon.

Brock deglutì a fatica. Non avrebbe certo preferito sentirsi dire che Finley era stata coinvolta in un incidente, ma forse sarebbe stato meglio, rispetto agli scenari da incubo che gli passavano in quel momento per la testa. "C'è qualcosa di strano," disse, "vorrei andare alla casa in cui doveva consegnare la torta, ma non ho pensato di chiederle l'indirizzo quando ci siamo sentiti."

"Sai nulla del cliente a cui doveva portarla?"

"È stata una signora a ordinare la torta, ha due figli, la ragazzina ha tredici anni, oggi è il suo compleanno. Il ragazzino gioca a calcio nella squadra delle superiori. La signora si chiama Hillary, non so il cognome."

"Kendall," disse Simon senza esitare. "Hillary Kendall. Sua figlia si chiama Nevaeh, che sarebbe Heaven scritto al contrario," gli spiegò con una mezza risata. "Il figlio gioca bene a pallone, tanto che potrebbe essere ammesso anche al college per meriti sportivi, se lo desidera."

"Conosci il loro indirizzo?"

"Ma certo. Però non ci andare da solo. Tra due minuti sono da te. Ce la fai ad aspettarmi?"

Brock non era sicuro di poter aspettare, ma presentarsi con un poliziotto avrebbe reso tutto più semplice. Non poteva certo irrompere a casa di quella donna senza alcuna prova che Finley fosse ancora là. "Ti aspetto," gli rispose in breve.

"Arrivo subito," concluse Simon, che poi chiuse la chiamata.

Brock sentì lo stomaco rivoltarsi dalla nausea. Perché mai gli veniva in mente di dover fare irruzione in casa di qualcuno? Quell'immagine non avrebbe nemmeno dovuto passargli per la testa.

Invece ci aveva pensato, perché sapeva che Finley non l'avrebbe mai fatto preoccupare tanto, se avesse potuto evitarlo. Era sempre stata molto presente, gli aveva sempre riferito dove andava e cosa faceva. Non che lui volesse controllarla: a Brock non importava chi incontrasse o dove andasse Finley, voleva solo che fosse al sicuro.

Ma l'istinto gli diceva chiaro e tondo che in quel momento Finley non era al sicuro. Non rispondeva al telefono, non gli scriveva per fargli sapere dov'era, quando ormai (guardò l'orologio) era passata più di mezz'ora dall'orario in cui l'aspettava a casa.

Mentre attendeva che Simon arrivasse, Brock telefonò a Talon.

"Ciao Brock."

"Finley è sparita."

"Cosa?"

"È sparita. Stava andando a consegnare una torta e poi doveva tornare a casa. Invece non c'è."

"Dove doveva fare la consegna?"

Brock disse all'amico il nome della signora che aveva ordinato la torta. "Simon passa a prendermi, andiamo insieme a quell'indirizzo."

"Telefono a Raid, vi raggiungiamo subito."

"Grazie," gli rispose Brock, che vide un'auto accostare davanti a casa. "È arrivato Simon."

"Fatti forza, stiamo arrivando."

Brock chiuse la chiamata; nonostante il sollievo degli amici che gli avrebbero dato man forte, la sensazione di disagio ormai lo angosciava. Finley aveva bisogno di lui, Brock se lo sentiva dentro; sembrava la stessa sensazione che aveva vissuto Rocky quando Bristol era nei guai, la stessa che avevano vissuto gli altri, quando le rispettive compagne erano state in pericolo.

Saltò sulla macchina della polizia e Simon sfrecciò ancor prima che Brock si allacciasse la cintura di sicurezza. Quando il capo della polizia gli comunicò l'indirizzo a cui erano diretti, Brock inviò un messaggio a Talon.

"Per caso la scientifica ha rintracciato il numero che è stato chiamato dal mio satellitare?" gli chiese Brock. Negli ultimi giorni, non aveva pensato di chiedere a Simon aggiornamenti sui due che avevano rapito lui e Finley nel bosco. "Si sa qualcosa di Pete e Cory?"

"La scientifica ha fatto marcia indietro, cazzo. Tagli al bilancio e cavolate varie," gli rispose Simon senza mezzi termini. "Cory è ancora irreperibile, invece Pete l'hanno trovato."

"Ah sì? E perché non mi hai avvertito?" gli chiese.

"Te l'ho detto adesso," rispose Simon con calma.

"Cos'ha detto? Per chi lavoravano?"

"L'hanno trovato morto," proseguì Simon. "Overdose."

"Cazzo," mormorò Brock.

"Eh già, ma quando ho telefonato alla scientifica, qualche giorno fa, per far sentire loro il fiato sul collo, mi avevano promesso che avrebbero trovato il numero entro fine settimana."

Brock ribolliva di rabbia in silenzio.

"Pensi che c'entri qualcosa con l'assenza di Finley?" chiese il capo della polizia.

"Che altro dovrei pensare?" ribatté Brock. "Finley è la persona più gentile che conosca, accidenti, profuma di vaniglia e cannella. Ha il sorriso tatuato in volto e non ha mai offeso nessuno, nemmeno quegli stronzi che se lo meritavano."

"Magari è rimasta con una gomma a terra," ipotizzò Simon. "Oppure è rimasta per dare una mano a Hillary per la festa di compleanno."

Erano entrambe possibilità, ma Brock scosse la testa. "Mi avrebbe avvertito."

"Sì," confermò Simon.

Passarono solo cinque minuti e raggiunsero l'indirizzo di Hillary Kendall. Era un tipico quartiere bene, che d'estate si riempiva di bimbi che giocavano in cortile. D'inverno faceva troppo freddo, ma le case erano in ottime condizioni, sembrava tutto molto idilliaco.

Simon accostò nel vialetto di casa dei Kendall e Brock si fece serissimo. "Dovrebbe esserci una festa in questa casa."

"Forse hanno già portato tutti i bambini," ipotizzò Simon uscendo dal veicolo. "Stai calmo, Brock," gli ordinò. "Rimani dietro di me."

Brock annuì mentre il capo della polizia si incamminava verso la porta di casa. Suonò il campanello e aspettò con impazienza che qualcuno venisse ad aprire.

A Brock sembrò passare un'ora, anche se probabilmente

furono solo una ventina di secondi; poi un ragazzo aprì la porta. "Chi cercate?"

"Tu sei Robert, vero?" chiese Simon.

Il ragazzo annuì.

"La mamma è a casa?"

Il bimbo fece spallucce. "No."

"No?" chiese Simon sorpreso.

"È qualche giorno che è sempre via," aggiunse il ragazzino.

"È in casa tua sorella?"

"Ha qualcosa a scuola, non so cosa, perché?"

Brock si girò e sferrò un calcio con tutte le forze, colpendo una pianta secca ai piedi dei gradini, facendola volare sul prato, proprio mentre arrivavano Tal e Raid.

Simon chiese al ragazzino se quel giorno fosse il compleanno della sorella, Robert rispose confuso che non era quel giorno, perché la sorella compiva gli anni ad aprile.

"È qui?" chiese Tal avvicinandosi.

"No. Non è il compleanno della ragazza e la signora che ha ordinato la torta non è a casa."

Simon si affiancò a Brock. "Telefona a Liam."

Brock tornò a guardare in quella casa: il ragazzino era ancora in piedi sull'uscio, confuso e un po' preoccupato.

"Andiamo dentro a controllare in casa?" chiese Raid al capo della polizia.

"Non c'è bisogno," rispose Simone," Finley non è qui. Quel ragazzo ha detto la verità: è a casa da solo."

Brock aveva già il telefono all'orecchio. Appena Liam rispose, gli disse: "Ho bisogno dell'indirizzo a cui Finley doveva consegnare la torta oggi pomeriggio."

Per fortuna, Liam non gli fece domande, né si lamentò del tono secco e deciso di Brock. "Aspetta... gliel'ho cercato io su Google Maps, per vedere quanto tempo le servisse per arrivarci."

Brock trattenne il fiato mentre aspettava che Liam gli

comunicasse l'indirizzo. Appena Liam glielo spifferò, Brock lo ripeté ad alta voce per tutti i presenti.

"Finley sta bene?" chiese Liam.

"Starà presto bene," gli promise Brock, che ovviamente non poteva saperlo. Proprio quel mattino, pensava di avere una vita perfetta... mentre in quel momento era sul punto di perdere tutto: la donna che amava, loro figlio...

Si sentì pervaso dalla determinazione. No, maledizione, non avrebbe perso Finley. L'aveva appena trovata!

Tal quasi gli lesse nella mente e gli mise una mano sulla spalla. "La troveremo."

Brock annuì e corse verso la macchina di Simon. Certo che l'avrebbero trovata, e a quel punto, chiunque avesse osato metterle le mani addosso l'avrebbe pagata. Brock non si sarebbe fatto scrupoli a far del male a una donna: come tutti i membri della squadra, lui sapeva bene che alcune donne sapevano essere malvagie quanto gli uomini. Se Hillary Kendall era la persona che aveva orchestrato il rapimento di Finley, ovviamente era una donna priva di scrupoli, disposta a far del male per ottenere ciò che voleva.

Mentre sfrecciavano verso l'indirizzo riferito da Liam, Brock concluse che non gli importava *nulla* di ciò che volesse quella Hillary; non sapeva il motivo per cui Finley era stata attirata lontano dal centro, ma in fin dei conti non importava. Brock avrebbe portato in salvo Finley e il loro Fagiolino, a costo della propria vita.

CAPITOLO QUINDICI

Finley si preoccupò mentre accostava all'indirizzo che le aveva dettato Hillary.

"Non può essere questo," mormorò dando un'occhiata a quel quartiere fatiscente. Molte case avevano porte e finestre chiuse con assi di legno, molte altre mostravano segni di abbandono. Era impossibile che Hillary Kendall vivesse da quelle parti, doveva esserci un errore.

Appena mise la mano sulla leva del cambio per innescare la retromarcia, si aprì lo sportello sul lato di guida e la canna di una pistola le arrivò dritta alla testa.

"Fuori dalla macchina!" le ordinò una voce stridula.

Finley mise subito le mani in alto dicendo: "Non farmi male, prendi i soldi, anche la macchina."

"Non voglio i tuoi maledetti soldi o la macchina," rispose la donna, che le spinse con forza la pistola contro il cranio. "Fuori!"

Finley sentì il cuore battere a mille all'ora. Non stava succedendo a lei. Ogni suo pensiero andò alla vita che le cresceva in grembo. Se quella donna le avesse sparato, il

Fagiolino di Brock non avrebbe avuto alcuna possibilità di nascere, né di scoprire quanto amore lo aspettava.

La persona che le stava puntando addosso la pistola ovviamente voleva qualcosa, altrimenti le avrebbe già sparato... giusto? Finley pregò che quella donna avesse commesso un errore.

Molto lentamente, scese dal veicolo e vide per la prima volta la persona che la minacciava.

"Hillary?" disse Finley incredula.

"Sì, proprio io, stronza. Cammina!"

Confusa, Finley obbedì. L'istinto le disse di scappare via di corsa, ma non aveva idea se ci fosse qualcun altro insieme a Hillary, e di sicuro non voleva farsi sparare alla schiena nel tentativo.

Fu quasi sopraffatta dal panico. Lei non aveva un addestramento militare, non veniva dalle forze speciali, non era stata in polizia come Brock. Quando si era trovata nel bosco, con il coltello alla gola, non era andata nel pallone solo perché insieme a lei c'era anche Brock, che sapeva come comportarsi in quella situazione. Invece, in quel frangente era da sola. Sola col nascituro. Un essere umano minuscolo la cui esistenza dipendeva da lei.

Finley non aveva idea di cosa fare, di come mettere al sicuro sé stessa e il bimbo.

Hillary la costrinse a camminare verso una casa semidistrutta. Appena ci entrò, Finley sentì i conati di vomito per il puzzo atroce. Doveva esserci qualche animale morto e putrefatto, sempre che non fosse un essere umano!

Era chiaramente un edificio vecchio, costruito molto prima che prendesse piede l'idea degli spazi aperti; c'era un piccolo atrio che portava a un corridoio, poi un salotto. "Seduta!" le ordinò Hillary indicando l'unica sedia di legno in mezzo alla stanza.

Finley si incamminò verso quella sedia sgangherata e si

sedette trattenendo il fiato. Con la fortuna che Finley si ritrovava, quell'affare si sarebbe sfasciato sotto il suo peso. Invece tenne, sia pur scricchiolando appena lei si sedette, facendola rimanere col fiato sospeso per un momento.

Non avere più l'arma puntata alla tempia la fece sentire molto meglio; Finley si concesse un respiro profondo. Ovviamente, Hillary la teneva ancora sotto tiro con quell'arnese maledetto.

"Chinati e usa quelle fascette per legarti alle gambe della sedia."

Finley abbassò lo sguardo e vide ai propri piedi due fascette di plastica bianca appoggiate sul pavimento. Le sarebbe stato impossibile fasciare sia le proprie caviglie sia le gambe della sedia. Alzò lo sguardo verso Hillary per dirglielo, ma lei la stava fissando con tanta rabbia che Finley si rimangiò le parole.

Afferrò una fascetta e fece un risvolto ai propri pantaloni di cotone. Sembravano pantaloni da ospedale, tanto erano belli larghi. A lei piaceva indossarli in cucina, perché non la stringevano ed erano comodissimi.

Finley si avvolse la fascetta intorno alla caviglia; proprio come si aspettava, quell'accidente di plastica era troppo corto per stringere anche la gamba della sedia. Cominciò ad ansimare e andò nel panico per un momento. Poi fece un respiro profondo.

"Come mai ci metti tanto? Sbrigati, stronza!"

Finley alzò lo sguardo e le chiese: "Perché mi tratti così?"

"Perché mi hai rovinato la vita!" sbraitò Hillary.

Sorpresa per quel tono velenoso, Finley le rispose: "Ma se non ti conosco nemmeno. Penso tu sia passata solo una volta in pasticceria."

"Sono passata in perlustrazione, per vedere in faccia la troia che volevo rovinare, proprio come lei ha rovinato me!"

Finley trasalì per l'odio totale nell'espressione di quella

donna, ma fu sollevata per aver almeno portato la sua attenzione su qualcos'altro. Mentre Hillary continuava a parlare della propria vita disastrosa, Finley si abbassò di nuovo e cercò di sistemare la fascetta in modo che sembrasse legata intorno alla caviglia e alla sedia. In realtà, se la legò solo intorno alla caviglia, stringendola dietro. Tenendo il piede ben attaccato alla gamba della sedia, con l'aiuto del cielo, Hillary non avrebbe notato la differenza.

Il rumore della fascetta che si stringeva fece esultare di giubilo Hillary. "Adesso anche l'altra!"

Finley abbassò il risvolto che aveva fatto ai pantaloni in modo da coprire la fascetta, poi ripeté la stessa operazione alla caviglia sinistra trattenendo il fiato.

Hillary camminava avanti e indietro, ed era talmente presa dai suoi discorsi sul ginocchio dolorante, sui viaggi a Roanoke e sull'eroina, che non si accorse che la sua prigioniera non era veramente legata alla sedia.

Il cuori di Finley pompava all'impazzata nel petto. Le braccia le tremavano per la scarica di adrenalina, ma lei non sapeva cosa fare. Certo, aveva un vantaggio sulla sua rapitrice per via delle fascette, ma se Hillary le avesse sparato, Finley non avrebbe potuto farci nulla.

Con grande sollievo di Finley, il pensiero di averla legata sembrò fare abbassare la guardia a Hillary, che abbassò la pistola, invece di tenergliela puntata addosso come aveva sempre fatto fino a quel momento.

"È tutta colpa tua, maledizione! Se solo avessi tenuto la tua boccaccia *chiusa*, ora non ti succederebbe nulla! Invece dovevi andare a vuotare il sacco sul veicolo del mio fornitore! Quello è andato fuori di testa e si è rifiutato di tornare a Fallport, così sono dovuta andare *io* da lui. Prendere la macchina per andare a Roanoke ogni due giorni è una rottura di palle difficile da nascondere. Poi i miei clienti si sono spaventati per quello che è successo a Pete e Cory, e adesso non comprano più da me... così ho finito tutti i soldi! Il mio fornitore si rifiuta perfino di vendermi la roba, ho dovuto trovare altri mezzi per farmi. Quei mezzi mi hanno portato *all'eroina*, stronza! Ero sempre riuscita a evitare le droghe pesanti, adesso invece sono una tossica di merda... tutto a causa *tua*!"

Hillary proseguì con la sua tirata, ma Finley smise di ascoltare. Ovviamente quella donna era impazzita. Finley non avrebbe detto nulla di quell'accidente di veicolo, se Pete e Cory non avessero cercato di rapirla. Se la vita di Hillary era diventata un inferno, non poteva incolpare altri che sé stessa.

Finley lasciò che Hillary si sfogasse e nel frattempo ispezionò la stanza senza farsi notare, per cercare qualcosa da usare come arma. Avrebbe anche potuto usare la sedia per colpire Hillary in testa, ma a giudicare dagli scricchiolii che emetteva il legno, appena lei si muoveva di poco, probabilmente quell'affare si sarebbe rotto in mille pezzi senza fare alcun danno importante.

Finley doveva sottrarle quell'arma, pur non avendo mai sparato in vita sua. Se poi non avesse saputo usarla? Inoltre, non voleva arrivare a uccidere Hillary. Voleva solo scappare.

"Ma mi ascolti?" sbraitò Hillary.

Finley alzò lo sguardo verso di lei e annuì. "Sì," le disse con un tono più deciso di quanto lei stessa si aspettasse. Sotto sotto, si sentiva tremare, ma all'esterno si sforzava di sembrare calma, come se fosse stata a pranzo da una cara amica.

"Sarà meglio per te! Perché la mia è l'ultima voce che sentirai. Nessuno scoprirà mai cosa ti è successo. L'incendio brucerà quelle fascette e penseranno tutti che ti sei trovata nel posto sbagliato al momento sbagliato!"

Finley aggrottò la fronte. *Incendio?*

Prima che potesse chiedere a Hillary cosa intendesse e magari implorarla di non ucciderla (perché ormai le sembrava l'unica possibilità di uscirne viva), quella si voltò per andarsene.

Finley contrasse i muscoli: era la sua occasione.

Ma l'altra donna si girò di nuovo prima ancora che Finley si muovesse. Teneva in mano due taniche da cinque litri che fino ad allora Finley non aveva nemmeno notato... erano piene di uno strano liquido.

"Cosa c'è, non mi implori di risparmiarti?" le chiese Hillary con un ghigno enorme in viso.

Finley *fu* sul punto di implorare, ma non ebbe il tempo di aprir bocca perché Hillary proseguì.

"Non ti servirà a nulla. Adesso che sai chi sono, non posso lasciarti andare." Quando Hillary si avvicinò, Finley si preparò a scattare. Hillary appoggiò sul pavimento una tanica e svitò il tappo dell'altra. Aveva ancora in mano la pistola, quindi fece fatica ad armeggiare col tappo e il liquido sgorgò fuori dal contenitore.

"Merda!" imprecò Hillary per via degli schizzi di liquido che le andarono sulla maglia e sulle mani.

Finley si sentì gelare il sangue nelle vene appena l'odore familiare le arrivò alle narici.

Benzina.

Capì esattamente cos'avesse in serbo quella matta per lei.

Come leggendole nella mente, Hillary capovolse la tanica sulla testa di Finley, che ansimò di colpo e cominciò a tossire violentemente, mentre inalava i fumi del carburante. Qualunque idea di ribellione svanì al solo pensiero disperato di cercare l'ossigeno indispensabile per i polmoni. Sentì le orecchie fischiare, soffocando il suono della risata maniacale di Hillary.

Prima che Finley riuscisse a prender fiato, Hillary cominciò a rovesciarle la seconda tanica sulle ginocchia e sui vestiti.

Per Finley, ogni respiro era un dolore atroce; schizzi di

carburante le entrarono negli occhi, facendoli bruciare in modo brutale. Cominciò a vedere tutto annebbiato, mentre gli occhi si colmavano di lacrime: era il corpo che d'istinto cercava di lavarsi di dosso il liquido tossico. La situazione era mutata di male in peggio.

Fiumi di lacrime le stavano ancora rigando il volto, quando Hillary gettò sul pavimento la seconda tanica e arretrò di qualche passo con un'espressione trionfante in volto.

"Ti prego, non farlo!" esclamò Finley tossendo. Se quella donna voleva farla implorare, Finley avrebbe implorato. Era disposta a tutto, pur di sopravvivere.

Disperata, prese di nuovo in considerazione l'idea di saltare in piedi, usando la sedia come arma, ma aveva la vista annebbiata dal carburante e riusciva a malapena a respirare tra i vapori della benzina. Hillary era in piedi tra la sedia e l'ingresso del salotto: se Finley non l'avesse subito messa fuori gioco, quella le avrebbe sparato immediatamente.

Aveva aspettato troppo a lungo per reagire. Un errore che forse le sarebbe costato la vita, insieme alla vita del figlio di Brock.

"Ormai è troppo tardi. Brucerai. Il grasso ti farà bruciare meglio!" esclamò Hillary ribollendo di rabbia. "Di te non rimarrà null'altro che cenere, prima ancora che arrivino i pompieri. Nel quartiere non frega niente a nessuno. Io lo so bene: ho venduto un'infinità di pillole agli sfigati che vivono in queste case. Dovevi farti i cazzi tuoi, stronza!"

Poi Hillary sorrise. Fu un sorriso puramente maligno. Alzò la pistola, puntandola al capo di Finley. "Preferisci che ti spari? Così la fai finita alla svelta?" le chiese.

Finley fu tentata di dire di sì. Il pensiero di bruciare le era bastato per farsela addosso, letteralmente. Era spaventatissima. Terrorizzata. Si portò una mano al ventre...

No: se Hillary le avesse sparato, lei sarebbe morta immediatamente, senza nemmeno un briciolo di speranza di cavarsela, di salvare sé stessa e Fagiolino.

"No? Come vuoi. Anch'io preferisco guardarti bruciare." Tirò fuori qualcosa dalla tasca con una smorfia.

Era una scatolina di fiammiferi.

Ne staccò goffamente uno dal gruppo; chiaramente le riusciva difficile puntare la pistola e allo stesso tempo manipolare una scatolina di cerini.

"È ora di dirsi addio, stronza!" gridò Hillary arretrando di qualche passo, con la chiara intenzione di accendere il cerino e tirarglielo addosso da una distanza sicura. Sfregò il cerino contro la miscela raspante della scatolina.

Poi tutto accadde in un baleno.

Appena la capocchia del cerino prese fuoco, si sentì come un sibilo avvolgente... e Hillary gridò a squarciagola.

I vapori e gli schizzi di carburante che aveva sulle mani e sui vestiti si infiammarono.

Finley agì senza pensarci: saltò dalla sedia nel disperato tentativo di scappare dal fuoco che ormai avvampava i vestiti di Hillary.

Si gettò a terra nel tentativo frenetico di evitare le fiamme. Le grida di dolore e terrore che provenivano dall'altra donna avrebbero riempito gli incubi di Finley per sempre... ma lei non si fermò: era ricoperta di benzina; se si fosse avvicinata a Hillary nel tentativo di aiutarla, ne avrebbe condiviso il destino atroce.

Corse alla porta di casa e, trovandola chiusa a chiave, sprofondò all'istante nella disperazione. C'era un catenaccio vecchio stile che si apriva con una chiave. Finley ricordò vagamente che Hillary si era infilata qualcosa in tasca appena entrata in quella casa: doveva aver chiuso la porta a chiave.

Perse un secondo prezioso chiedendosi come diavolo facesse quella donna ad avere le chiavi di una casa abbandonata, poi il panico la pervase di nuovo. Sentì gemiti e urla disperate provenire dal salotto, con sempre più forza, insieme al crepitare delle fiamme: era la benzina sul pavimento che stava alimentando un inferno in espansione.

Finley corse verso il retro della casa e inciampò in una tavola di legno lasciata per terra nel corridoio, atterrando malamente con la faccia. Il sangue le riempì la bocca, ma lei lo ignorò. Non poteva pensare ad altro, se non alle tracce di carburante che si stava lasciando dietro. Il liquido le gocciolava dai vestiti e dai capelli; quasi delirante, Finley pensò ai cartoni animati di una volta, in cui il fuoco seguiva una traccia sul terreno. Non aveva idea se ciò fosse veramente possibile, ma non voleva certo stare ferma a scoprirlo.

Singhiozzando, si ritrovò in un cucinotto, o almeno in un ambiente che *una volta* fungeva da cucina. C'era un lavello disgustoso, con lo spazio per un frigorifero e i fornelli. Finley vide in un angolo la carcassa di un animale, che spiegava il puzzo nella casa. Sui resti di quella bestia volava un nugolo di mosche, che ronzavano per tutto il cucinotto.

Finley sentì una nausea sempre più forte. Non aveva tempo di vomitare. Doveva scappare. L'aspetto peggiore di quella stanza era l'assenza di una porta.

Ma *c'era* una finestra al di sopra del lavello.

Finley non esitò. Si arrampicò sul piano di lavoro e cercò disperatamente il modo di aprire quella finestra. Un fumo denso cominciò a invadere la stanza, così Finley rinunciò all'idea di aprire le finestra, appoggiò il sedere sul piano di lavoro e puntò un piede verso la finestra, poi calciò con tutte le forze.

Il vetro si ruppe facilmente, sorprendendola. Un taglio al polpaccio le provocò un dolore netto alla gamba, ma lei lo ignorò: era felice di essersi aperta una via di scampo da quella casa dell'orrore.

Le riuscì facile scalciare via il resto del vetro, ma in quel momento ebbe un dubbio: non era sicura di riuscire a passare per quel pertugio.

Poi ripensò al figlio che le stava crescendo dentro... e la determinazione ebbe il sopravvento. Ci sarebbe passata. Mai e poi *mai* sarebbe arrivata tanto vicina alla salvezza, solo per rinunciare.

Lanciò un'occhiata rapida fuori dalla finestra e vide che dava su un giardino abbandonato sul retro, completamente circondato da un recinto. In un angolo in fondo c'era una cuccia, con vicino un'altra carcassa. Il cuore di Finley si spezzò per quel povero cane, che ovviamente a un certo punto era stato abbandonato a sé stesso. Poi Finley prese fiato.

La finestra era alta meno di due metri da terra. Non le andava di cadere sulla testa, ma le sembrò il modo migliore di infilarsi e farsi strada nel pertugio con un certo controllo.

Sentì un rumore da dietro, si voltò verso la porta del cucinotto...

...e inorridita vide Hillary che arrancava verso di lei.

Aveva il volto sfigurato come un personaggio da incubo, con la pelle completamente bruciata e la carne che sembrava sciogliersi davanti agli occhi di Finley. Dalla gola della donna usciva un gorgoglio il cui volume superava quello del crepitio delle fiamme che ne avvolgevano tutto il corpo, appiccando in ogni punto che lei toccava.

Hillary alzò lentamente un braccio, allungando una mano verso Finley.

Era *impossibile* che quella donna riuscisse ancora a camminare! Invece, ovviamente, l'adrenalina, l'odio, le droghe, la sete di vendetta... *qualcosa* la teneva in piedi.

Il tempo stava per scadere. Se quella zombie infuocata l'avesse toccata, per Finley sarebbe stata la fine.

Si girò e fece capolino fuori dalla finestra. Qualche frammento di vetro era ancora attaccato al telaio della finestra, ma

Finley non sentì i tagli nella pelle mentre scappava. Per una frazione di secondo, temette di non farcela perché era troppo grassa. Però si agitò febbrilmente fino a far passare la pancia e i fianchi. Cadde a terra con un tonfo indecoroso, mordendosi la lingua per la seconda volta in cinque minuti.

Si girò su sé stessa e scivolò fuori dalla finestra tenendo gli occhi fissi su quell'apertura e pregando che Hillary non volesse, né potesse seguirla; trattenne il fiato e attraversò il cortile verso l'angolo più lontano, dove aveva visto la cuccia.

Non intravide più l'altra donna, ma nel giro di pochi secondi vide le fiamme che lambivano il telaio della finestra. Si sforzò di alzarsi in piedi e cercò un'apertura sul retro per poter uscire da quel cortile e allontanarsi da quella casa in fiamme.

Non c'era alcuna apertura.

Scosse il recinto di legno, le cui tavole non oscillarono. Le scappò una risata isterica: si trovava nell'unico cortile di quel quartiere fatiscente con uno steccato impenetrabile. Abbassò lo sguardo sulla grossa carcassa, immaginando che i vecchi proprietari avessero rinforzato quel recinto perché avevano un cane enorme e potente che altrimenti sarebbe scappato.

Cercò di spostare la cuccia più vicino allo steccato per poterci salire sopra, ma quello stupido affare era troppo pesante. Finley si inginocchiò e cercò di scavare il terreno vicino per liberarne la struttura, ma si accorse che anche la cuccia era stata rinforzata. Probabilmente perché il cane era troppo grosso e potente.

Sempre più disperata, Finley cercò di nuovo una via di fuga e *finalmente* intravide un cancello: era di fianco alla casa, sull'angolo della recinzione.

Ormai l'incendio era diventato incontrollabile.

Sarebbe stato impossibile passare vicino a quelle fiamme. Si chiese quanto sarebbe stato sicuro avvicinarsi senza che le si incendiassero i vestiti; non ne aveva idea e non aveva certo voglia di rischiare.

Quel pensiero fu interrotto dalla sensazione di bruciore alla pelle.

Abbassò lo sguardo gridando freneticamente, aspettandosi quasi di vedere il proprio corpo in fiamme, ma si accorse che era solo la benzina che cominciava a irritarle la pelle.

Cominciò a piangere e si strappò di dosso la maglia, sfilandosela dalla testa e gettandola più lontano che poteva. Poi fece lo stesso coi pantaloni. Senza i vestiti inzuppati di carburante, si sentì un po' meglio, ma i capelli ne erano ancora pieni.

Arretrò nell'angolo del cortile, allontanandosi il più possibile dalla casa incendiata, pregando con tutto il cuore che qualcuno chiamasse i pompieri per domare le fiamme. Il rischio che lo steccato prendesse fuoco era sempre più concreto.

"Brock," sibilò con voce rotta, con lo sguardo fisso sulla casa. Brock l'avrebbe raggiunta il prima possibile. Finley non aveva alcun dubbio.

CAPITOLO SEDICI

Mentre si avvicinavano, Brock fissava la casa nell'orrore più assoluto. Si trovavano in uno dei quartieri più miseri di Fallport e lingue di fuoco uscivano rabbiose da ogni finestra e da sotto le grondaie dell'edificio. Sentì Simon alla radio contattare i vigili del fuoco, ma gli occhi di Brock si fissarono sulla macchina di Finley, parcheggiata in quel vialetto. I pneumatici fumavano per il calore dell'incendio, a pochi passi di distanza.

Finley era là. Se si fosse trovata all'interno, non avrebbe avuto la minima chance di uscirne viva.

Quel pensiero non lo fermò: saltò fuori dall'auto e si mise a correre verso la porta della casa.

Fu placcato da dietro: Tal e Raid lo trattennero per le braccia, mentre lui si agitava con ogni briciolo di forza. "Lasciatemi andare!" gridò disperato.

"Non puoi entrare lì dentro!" gli urlò Raid.

"Fin è in quella casa!" rispose Brock sbraitando con voce rotta.

Quando il tetto della casa crollò smisero tutti di muoversi per una frazione di secondo.

Un urlo disumano sfuggì dalla bocca di Brock: era svanita ogni speranza di salvare la donna che lui amava con ogni molecola del proprio corpo.

Non sarebbe finita come quando Caryn aveva salvato Lilly da una casa incendiata. Ormai era troppo tardi.

Lui era arrivato troppo tardi.

In lontananza, sentì le sirene in avvicinamento, ma lui non distolse lo sguardo da quell'inferno. Quando Finley non era tornata a casa nei tempi previsti, aveva aspettato troppo tempo prima di agire. Si era adagiato, e per la prima volta nella vita aveva trascurato la sicurezza di una persona cara... e l'unica persona che lui aveva promesso di amare e proteggere ne aveva subito le conseguenze.

Brock si spense, tutto il suo corpo perse sensibilità. Nulla sarebbe più stato come prima. Avrebbe lasciato Fallport. Come poteva rimanere? Impossibile. Non avrebbe avuto la forza di passare davanti allo Sweet Tooth sapendo che Fin non c'era più, o di frequentare regolarmente Lilly, Elsie e tutti gli altri.

Poi un altro pensiero lo colpì, con un dolore che gli strinse il petto, soffocandolo.

Loro figlio.

Non aveva perso solo Finley... ma l'opportunità di diventare padre era letteralmente andata in fumo.

Un suono irriconoscibile proruppe, eclissando il ruggito delle fiamme; Brock si accorse solo dopo qualche secondo di essere stato lui, con una combinazione di gemito, pianto e lamento disperato. Non riusciva a fermarsi. Era pervaso dallo strazio. Non aveva abbandonato solo Finley, ma anche il loro Fagiolino. Non si sarebbe mai perdonato. Mai.

Tal e Raid retrocedettero lentamente, rendendosi conto che il rischio che Brock corresse in quell'edificio in fiamme era ormai passato. Sapevano tutti che era troppo tardi.

Poi, la nebbia torbida che aveva avvolto Brock fu trafitta da un altro suono.

Lui si voltò confuso, cercando di sentire meglio oltre il crepitio delle fiamme che consumavano l'edificio, oltre il suono sempre più potente delle sirene. Poi si alzò di scatto.

L'autopompa svoltò in quella strada, poi Brock non sentì altro che l'eco della sirena che si faceva strada tra le altre case, che gli fece fischiare le orecchie. Ma lui era pronto a muoversi. Sapeva cos'aveva sentito.

Il proprio nome.

L'adrenalina lo pervase: si guardò attorno con frenesia, nel tentativo di individuare il punto da cui era arrivato quel suono.

Scattò di corsa prima che Tal e Raid potessero acciuffarlo, ma non verso la casa, ormai avvolta completamente dalle fiamme. No: andò dritto verso un cancello di legno sul lato destro del cortile. Il legno stava fumando, ma non si era ancora incendiato.

"Brock, dove..."

Raid non riuscì a dire altro, perché Brock stava già tirando il legno con tutte le forze. "Aiutami!" gli ordinò.

Per grazia del cielo, gli amici non gli fecero domande; non gli chiesero cosa diamine stesse combinando: si unirono semplicemente a lui, nello sforzo di aprire quel cancello, che evidentemente era chiuso a chiave dall'interno; ma Brock non si sarebbe fermato: aveva sentito ciò che aveva sentito, e per la prima volta da quando aveva raggiunto quella casa in fiamme, la speranza tornò a motivarlo.

I tre amici dovettero prendere a calci le tavole di legno, finché finalmente una si ruppe. Poi un'altra. Quando Raid ne spezzò una terza, Brock decise di non perdere altro tempo: si mise in ginocchio e infilò la testa e le spalle nella breccia. Era molto stretta, ma lui nemmeno si accorse degli spuntoni di legno che gli graffiavano la schiena mentre si spingeva di forza in quel cortile. Non sentì il calore opprimente delle fiamme, che ardevano a pochi passi di distanza.

Le erbacce erano alte, probabilmente un paio di spanne, ma era come se lui sapesse già dove guardare: il suo sguardo si fissò sul profilo di qualcuno rannicchiato nell'angolo più lontano del cortile sul retro.

"Che mi venga un colpo!" esclamò Tal attraversando la breccia appena liberata da Brock.

Lui era già in azione: correva nel cortile verso Finley. Cadde in ginocchio davanti a lei, notando subito che era praticamente nuda: indossava solo mutandine e reggiseno... notò con ribrezzo anche le fascette strette intorno alle caviglie. La sola vista di quelle stringhe di plastica gli fece rivoltare le budella.

I vestiti e le scarpe di Finley erano ammucchiati qualche metro più in là; lei teneva le ginocchia piegate davanti al corpo, con le braccia intorno alle gambe.

"Finley!" la chiamò con voce rotta.

"Non toccarmi!" gli gridò, chiaramente nel panico

Brock si bloccò. "Cosa?"

"Sono bagnata di benzina! Se mi tocchi, rimane addosso anche a te. Non posso vederti morire, Brock! Non posso! Basta che ti arrivi addosso una scintilla per prendere fuoco come è successo a lei!"

Finley era chiaramente sotto choc, ma Brock comprese immediatamente la gravità della situazione. Lei aveva i capelli bagnati e finalmente gli arrivò al naso l'odore del carburante. Forse una scintilla non sarebbe bastata ad accenderlo, ma lui non voleva rischiare: mise una mano sul ginocchio di Finley (aveva bisogno di quel contatto fisico) e gridò a Raid, che stava cercando di abbattere altre tavole del cancello.

"Portate qui dell'acqua!" gli gridò, poi si girò verso Finley senza aspettare una conferma da Raid. Si sedette di fianco a lei, la prese e se la mise sulle gambe. Lei si agitò per qualche secondo prezioso... poi sembrò sciogliersi su di lui.

Appena lui le mise una mano dietro la nuca, Finley scoppiò a piangere con singhiozzi potenti e strazianti che gli spezzarono il cuore. Lui stesso sentì gli occhi riempirsi di lacrime, e quando cominciarono a scendere, rigandogli le guance, lui non se ne vergognò affatto. Aveva pensato di aver perso tutto, invece no: stringeva tra le braccia una Finley spaventata a morte, ma viva.

Brock avrebbe voluto chiederle cosa fosse successo, come diavolo fosse finita ricoperta di benzina nel cortile posteriore di quella catapecchia; ma le domande potevano aspettare. Era più importante rassicurarla, dirle che se la sarebbe cavata.

"Sta sanguinando," disse Tal dopo un momento. "Brock, lasciami dare un'occhiata alle ferite."

A quelle parole, Finley strinse Brock con forza.

"Sta bene," rispose Brock sottovoce. Poi si rivolse a Finley: "Stai bene, non è vero?"

Passò un lungo momento, poi Finley prese fiato a lungo, profondamente, e annuì. Alzò la testa e guardò Tal, che le si era accovacciato vicino. "Mi son ferita alle braccia e ai polpacci uscendo dalla finestra."

"Anche i fianchi," aggiunse Tal.

Finley fu sorpresa. "Ah sì?"

"È sotto choc," commentò Tal alzandosi in piedi e lanciando un'occhiata di fianco all'edificio, come sperando che magicamente comparissero i pompieri.

Quell'impazienza sembrò funzionare davvero: sbucò Raid, che indicò l'angolo in cui sedevano Brock e Finley.

Due vigili del fuoco trascinarono un tubo lungo il cortile.

"È bagnata di benzina, non voglio rischiare di portarla vicino alla casa prima che le togliate di dosso il carburante," spiegò Brock ai due pompieri che impugnavano la manichetta. Poi ne riconobbe uno: era Oscar, che era stato promosso capitano del dipartimento vigili del fuoco di Fallport dopo il licenziamento dell'ex comandante, insieme a vari altri amichetti suoi.

"Ottima osservazione," commentò Oscar, avvertendoli: "L'acqua è fredda."

Brock annuì e si voltò verso Finley dicendole: "Trattieni il fiato."

Lei annuì e Brock fece cenno a Oscar di procedere.

Oscar aprì il rubinetto lentamente finché un leggero getto d'acqua uscì dalla manichetta. Nell'intervento di estinzione di un incendio, la pressione a cui l'acqua usciva dalla manichetta poteva essere estremamente pericolosa, ma Oscar fece attenzione a contenere il getto.

L'acqua raggiunse sia Brock che Finley. Lui tremò in un brivido, mentre lei gli sussultò tra le braccia, senza cercare di spostarsi.

"Bagnale bene i capelli," disse Talon a Oscar.

Dopo una quindicina di secondi, Oscar chiuse l'acqua e disse: "Dovrebbe bastare per raggiungere l'ambulanza."

Brock annuì. "Grazie." Poi porse una mano a Tal, che la prese. Brock sentì una mano anche sul bicipite: era Raid, in piedi dall'altra parte. Infine si ritrovò in posizione eretta, con Finley in braccio. Le fece mettere i piedi a terra con cautela, squadrandola per valutare le ferite. Finley stava tremando, probabilmente più per la reazione al trauma che per il freddo.

Lo guardò, poi lanciò una rapida occhiata a Tal e Raid, infine abbassò gli occhi a terra... allo stesso modo in cui era abituata prima di mettersi insieme a Brock, quando pensava ancora di essere troppo grassa per attirare l'attenzione di un uomo come Brock.

Brock si rivolse a Raid. "La maglia," gli disse.

Senza esitare, Raiden si tolse la maglia e la passò all'amico.

"Aspetta, tesoro, ti copro in un attimo." Le alzò la maglia al di sopra dei capelli, ancora gocciolanti, e lei alzò subito una mano per cercare la manica. Appena indossata la maglia, Finley ondeggiò leggermente.

Brock imprecò e le mise un braccio intorno alla vita; i vestiti che indossava erano fradici d'acqua, ben presto si sarebbe bagnata anche quella maglia, ma lui non si soffermò nemmeno un momento a preoccuparsene. Lanciò un'occhiata alla casa e vide che Oscar e altri due pompieri spargevano acqua sul lato vicino al cancello, ormai completamente abbattuto.

Dopo un'altra occhiata all'incendio, Brock decise che era più importante allontanare Finley dalle fiamme senza aspettare che si creasse una seconda via d'uscita, così la sospinse.

"Brock, no!" protestò lei.

Lui si fermò e la fece girare. "Pensi che ti metterei in pericolo? Te lo giuro, sarei entrato di corsa in quella casa incendiata per trovarti, se avessi pensato che c'era anche solo una possibilità su un milione che tu fossi ancora viva."

Le lesse negli occhi un turbine di paura, ma vi trovò anche la fiducia. In lui.

"Va bene," gli disse con voce tremante. "Ma se prendiamo fuoco, non dare la colpa a me."

Cazzo, quanto amava quella donna! Brock non aveva idea di cosa fosse successo in quella casa... sicuramente qualcosa di terribile... eppure Finley era riuscita a scappare. Sanguinava, era chiaramente sotto choc, ma era viva... e riusciva persino a scherzare.

"Almeno non è successo tutto durante una delle nostre uscite," le rispose. Non era certo dell'umore giusto per ridere, ma se ci riusciva lei, Brock avrebbe seguito il suo esempio.

Finley fece una risata nasale, e quel suono allentò la morsa di inquietudine che aveva attanagliato Brock.

Si mise alla destra di Finley, con Tal che li precedeva e Raid che li seguiva; la tenne stretta e camminò alla svelta aggirando l'edificio, che ormai era avvolto nel fumo, senza più fiamme.

La sentì sospirare di sollievo appena passata dall'altra parte del recinto. La indirizzò verso l'ambulanza parcheggiata vicino all'autopompa.

"Finley, stai bene?" le chiese Simon avvicinandosi a lei.

"Sono viva," gli rispose con un debole sorriso.

"Dovrò chiederti..."

Brock lo interruppe con decisione: "Non adesso. Sta sanguinando ed è intossicata dalla benzina."

"Cazzo. D'accordo," replicò Simon immediatamente. "Però... c'è qualcun altro in quella casa?" le chiese.

Finley quasi incespicò, e Brock fu tentato di prendere a pugni il capo della polizia per averla fatta agitare. Poi notò la donna che amava con tutto sé stesso raddrizzare la schiena.

"Hillary. Quando l'ho vista l'ultima volta, era in cucina."

"Va bene, grazie. Ti raggiungo allo studio del dottor Snow, parleremo dopo che ti avrà visitata."

"Forse dovremo andare a Roanoke," lo avvertì Brock.

"No," intervenne Finley, "non voglio andare all'ospedale."

"Ma... e il bambino?" le chiese Brock dolcemente.

"Il bambino?!" esclamarono sorpresi Raid e Tal allo stesso tempo.

"Immagino non sia più un segreto, vero?" commentò Finley con ironia. Poi sospirò. "Se il dottor Snow dice che devo andare, per il bene del bambino, allora vado. Però sto *bene*."

Brock poteva accettare quella logica. "D'accordo, allora andiamo, ti aiuto a salire sull'ambulanza," le disse avvicinandosi al mezzo di soccorso.

Nel giro di un minuto, Finley fu seduta sulla lettiga, nel retro del veicolo ben illuminato, con i soccorritori che le ronzavano attorno. Brock si voltò verso Tal e Raid. "Grazie per avermi raggiunto."

"Ci mancherebbe. Stanno arrivando anche gli altri," gli rispose Tal. "Si incazzeranno per non essere arrivati prima."

Brock guardò di sfuggita l'orologio che aveva al polso e si sorprese: non era passato nemmeno un quarto d'ora da quando era arrivato alla casa avvolta dalle fiamme.

"Non ho avuto il tempo di telefonare a Ethan se non dopo che abbiamo trovato Finley," spiegò Raiden scusandosi.

"Figurati. Magari puoi fargli sapere che stiamo andando allo studio medico?"

"Certo," gli rispose Raid.

"Ti faccio sapere cosa troverà la polizia in quella casa," gli disse Tal.

"Grazie, l'apprezzo. Finley sarà superprotetta finché non avrò la certezza assoluta che chiunque fosse anche minimamente legato a quella brutta stronza non sarà finito dietro le sbarre," disse Brock con un tono profondo e ruvido.

"Ti capisco perfettamente," gli disse Raiden.

"Ci telefoni per spiegarci com'è andata, dopo che Finley avrà parlato con Simon?" gli chiese Tal.

Brock annuì, rabbrividendo all'idea di ascoltare quella storia. Era brutto anche solo pensare a ciò che poteva esserle accaduto. Sentirglielo raccontare sarebbe stato un strazio.

Brock salì nell'ambulanza senza lasciare il tempo ai soccorritori di dirgli che non poteva. Non avrebbe mai perso di vista Finley, probabilmente per un bel pezzo.

"Hai detto loro che sei incinta?" chiese a Finley con dolcezza, mentre un infermiere le infilava una flebo nel braccio.

"Sì," gli rispose sottovoce, portandosi una mano sul ventre come per proteggerlo.

"Non si preoccupi, tra un attimo la colleghiamo al monitor."

"Siamo pronti?" chiese un altro soccorritore fuori dal veicolo.

"Sì, parti pure."

Quando il retro dell'ambulanza si chiuse, il soccorritore chiese a Finley: "A che punto è la gravidanza?"

"Non ne sono sicurissima, ma al massimo saranno otto settimane," rispose Finley sottovoce.

"Ah. Se sono meno di sei settimane, forse è troppo presto per sentire il battito cardiaco, però proviamoci."

Brock trattenne il fiato mentre l'infermiere sollevava il lembo della maglia di Finley, appoggiandole un sensore sulla pancia.

All'inizio non successe nulla mentre l'uomo spostava il sensore sulla pancia, ma poi dagli speaker dell'attrezzatura si sentì un leggero *pum pum pum*.

Brock si bloccò: il pensiero che Finley fosse incinta l'aveva entusiasmato, ma solo in quel momento sembrava essersi concretizzato. Il cuore che batteva tanto forte era di suo figlio. *Loro* figlio.

Finley chiuse gli occhi e sospirò.

"Fin?" la chiamò Brock.

"Avevo una paura!" gli sussurrò, mentre l'infermiere si girava per mettere via il sensore.

"Sono tanto fiero di te," le sussurrò Brock abbassandosi verso di lei. Era seduto su una panca vicino alla lettiga. Le prese la mano.

"Non ho fatto nulla," gli rispose con un tono chiaramente in preda all'agitazione. "Sono riuscita solo a starmene seduta, pregando che non mi sparasse."

"Sei scappata," le mormorò.

"Solo perché quella si è fregata da sola. Io non ho fatto nulla per proteggere il nostro bimbo! Avrei dovuto lottare, ribellarmi. Non sarei dovuta uscire dall'auto... avrei dovuto fare *qualcosa*!"

"Shhh." Brock cercò di calmarla. "Adesso sei al sicuro, il nostro bimbo è al sicuro. Se c'è un colpevole, quello sono io.

Non avrei dovuto aspettare tanto a lungo. Quando ho visto che non eri a casa dopo un quarto d'ora, ho capito subito che c'era qualcosa di strano, ma ho cercato di convincermi che stavi solo chiacchierando con la cliente. Avrei dovuto agire subito, quando non hai risposto al telefono."

Finley scosse la testa. "No, non è colpa tua."

"Nemmeno tua," replicò lui con decisione. Brock non si sarebbe mai perdonato per non aver agito prima, ma avrebbe fatto tutto il possibile per far sì che Finley non si sentisse in colpa, né avesse rimorsi per l'accaduto.

Quando lui le appoggiò la guancia sulla pancia e le strinse la mano, le lacrime continuavano a rigarle il viso. Brock doveva stare vicino a lei e al bambino. Se anche non poteva sentire il loro Fagiolino, Brock sì senti molto vicino al figlio, o figlia che fosse.

Il tragitto verso lo studio medico fu breve e prima di rendersene conto Brock dovette allontanarsi da Finley e lasciarle andare la mano. Il dottor Snow li stava aspettando e grazie al cielo fu molto rapido ed efficiente: fece accomodare subito Finley in una sala visite.

Non cercò nemmeno di dire a Brock di rimanere fuori: per fortuna, perché Brock non l'avrebbe lasciata sola per nulla al mondo.

Per controllare che la gravidanza fosse regolare, il medico fece un'ecografia transvaginale: il palpito cardiaco del nascituro fu ancor più chiaro e sonoro di quello sentito nell'ambulanza.

"Tutto normale," confermò il dottore con un sorrisetto. "Il feto sta benissimo."

Brock chiuse gli occhi, sollevato.

"Adesso mi fai passare?" gli chiese con un sorriso comprensivo. Devo occuparmi di quei tagli." Brock annuì ancor prima di Finley, che si era rifiutata di farsi guardare i tanti tagli sul corpo prima che venissero controllate le condizioni del feto.

Tre dei tagli ebbero bisogno di qualche punto, tra cui quello al polpaccio, che si era provocata rompendo la finestra con un calcio; il medico li suturò rapidamente e lei non se ne lamentò. Aveva addosso ancora l'odore della benzina, ma la super doccia nel cortile della casa era stata molto efficace nello sciacquare via quel liquido infernale.

"A casa puoi fare la doccia, ma devi coprire le garze. È sufficiente mettere uno strato di plastica e fermarlo con del nastro. Quando hai finito, togli la plastica così le ferite respirano. Mi raccomando di andarci piano... intendo dire che devi riposarti. Non penso ci sia alcun pericolo per il feto, ma hai appena superato una vicenda molto traumatica e hai bisogno di tempo per abbassare la pressione sanguigna; lo stress non fa bene alle mamme in attesa." Poi aggiunse guardando Brock: "Nemmeno ai papà."

"Ci andrà piano," gli promise Brock.

Finley non rise, né sorrise. Brock odiava vederla tanto agitata. Aveva sperato che si calmasse, sentendo dal medico che il feto era sano, invece non era andata così. Probabilmente Finley era preoccupata per la deposizione con la polizia, perché avrebbe dovuto raccontare tutto ciò che le era successo.

"È arrivato Simon," annunciò il dottor Snow. "Vuoi che lo faccia entrare?"

Finley si irrigidì, così Brock capì di avere intuito correttamente. Avrebbe voluto dire al capo della polizia di aspettare, perché Finley aveva bisogno di tempo per superare emotivamente tutto ciò che le era successo, una volta per tutte; solo *allora* avrebbe potuto andare avanti. Forse avrebbe avuto bisogno di psicoterapia, e in quel caso lui avrebbe trovato un bravo specialista. Per lei, essere costretta a parlare di quella maledetta Hillary Kendall non era certo un toccasana.

Finley continuò a guardarsi le mani, intrecciate sulle gambe; si era tolta la maglia di Raid per indossare un camice ospedaliero; Brock annuì al medico. Non vedeva l'ora di farla tornare a casa, di metterla a letto, di farle indossare una delle *sue* maglie.

Il medico uscì ed entrò Simon, che prese una sedia e la sistemò vicino al lettino. Brock le prese una mano e gliela strinse.

"Preferisci che io esca?" si sforzò di chiederle. Non voleva lasciarla da sola, per nulla al mondo, ma avrebbe fatto tutto ciò che lei gli avesse chiesto, per metterla a suo agio.

"No!" esclamò lei quasi agitandosi. "Rimani qui."

"Shhh." Brock cercò di tranquillizzarla. "Se non vuoi che vada via, rimango volentieri."

Lei annuì con decisione.

Brock alzò le loro mani intrecciate, portandosele alla bocca e baciandole le dita con delicatezza.

"Comincia da dove preferisci," le disse Simon tirando fuori il telefono, appoggiandolo su un tavolino vicino e premendo il tasto per videoregistrare la deposizione di Finley.

Lei fece un respiro profondo, poi cominciò a parlare.

CAPITOLO DICIASSETTE

"Mi ha offerto cento dollari per consegnarle la torta. Sembrava disperata. Per me non era un gran problema portargliela, mentre tornavo a casa," disse Finley con voce atona, raccontando gli eventi di quel pomeriggio.

"Appena ho accostato all'indirizzo che mi aveva comunicato, ho capito che c'era qualcosa di strano. Ho pensato di aver scritto male la via, o qualcos'altro, stavo per allontanarmi quando si è aperto lo sportello dell'auto e mi sono sentita una pistola puntata alla tempia."

Brock le strinse la mano fin quasi a farle male, ma lei gradì quel contatto, seppur forte. Le riusciva difficile parlare dell'accaduto, ma doveva. La presa decisa di Brock le dava sostegno, stabilità, la faceva sentire al sicuro. "Non sapevo cosa fare. Avrei dovuto ingranare la retromarcia e scappare."

"Se ci avessi provato, lei ti avrebbe sparato senza pensarci un attimo," le spiegò Simon con calma. "Poi cos'è successo?"

Finley descrisse i passi successivi di Hillary; raccontò al capo della polizia e a Brock delle fascette, che nel frattempo il dottor Snow aveva tagliato, dell'invettiva di Hillary, della sorpresa, quando quella le aveva versato rabbiosamente in testa la benzina; poi la paura, la rassegnazione, la certezza di prendere fuoco e bruciare viva. Quando le mani cominciarono a tremare, Brock serrò la presa avvolgendole le dita.

"Immagino che gli schizzi di benzina che si è versata addosso si siano accesi appena lei ha sfregato il cerino. Mi ricordo la stranezza, quando ho visto quel vecchio pacchetto di cerini," proseguì Finley scrollando le spalle. "Anche se, forse non è importante cosa volesse usare per darmi fuoco."

"Sei stata molto furba a fingere di legarti le gambe alla sedia," le disse Simon. "Così poi... sei corsa in cucina?"

Finley annuì. "Sì. La benzina mi bruciava sulla pelle, ma ho capito di dover scappare, altrimenti sarei bruciata anche se Hillary non mi aveva gettato il cerino addosso. Avrei preso fuoco facilmente come lei. Sono arrivata in cucina, ho rotto la finestra con un calcio, ero pronta ad attraversarla quando lei è arrivata in cucina trascinandosi." Finley tremò, abbassando la voce a un sussurro. "È stato orribile. Aveva la faccia che si stava sciogliendo. Non so come abbia trovato la forza di camminare. Forse era solo decisa a vedermi morire."

Finley sussultò quando Brock le sfiorò il viso. Era talmente immersa nel racconto che non si era accorta di essersi messa a piangere.

Brock le asciugò lentamente le lacrime dal viso con la mano libera, poi raccontò la propria storia, spiegando come aveva scoperto dov'era Finley, come era entrato in quel cortile insieme a Tal e Raid, trovandola.

"Davvero è successo tutto perché ho visto quel veicolo nero?" chiese Finley a Simon.

"Sì e no," le rispose Simon. "Dopo aver visto i fascicoli di Pete e Cory, adesso che so che c'era Hillary dietro tutto quello che ti è successo... posso trarre delle conclusioni: Hillary Kendall era diventata dipendente dagli antidolorifici che vendeva ed era riuscita a farsi strada nell'ambiente, fino a diventare fornitrice della zona. Probabilmente si è fatta coinvolgere solo per avere facile accesso a delle pillole gratis... almeno all'inizio. Ma queste cose vanno sempre nello stesso modo: più gli spacciatori si fanno trascinare nel mondo delle droghe e più diventano disperati e affamati di soldi."

"Sono quasi certo che tu abbia visto il *suo* fornitore che consegnava le pillole a un contatto qui di Fallport. Quel contatto poi portava i pacchetti a Hillary, che preparava le dosi e le portava ai clienti in prima persona o usando degli spacciatori di quartiere."

"Come Pete e Cory," commentò Brock.

"Esatto. Da quel che ci hai detto," spiegò Simon a Finley, "è chiaro che hai spaventato il fornitore, che si è rifiutato di tornare a Fallport, costringendola ad andare di persona a ritirare la merce. Prima di venire qui ho parlato col marito di Hillary; ha detto che ultimamente la moglie andava di continuo a Roanoke e praticamente non era mai a casa. Quando ci torneranno i registri del telefono satellitare, sono convinto che ci porteranno in qualche modo a lei, indicando che è stata Hillary a mandare Pete e Cory per scoprire esattamente cosa avevi visto e con chi ne avevi parlato. Lei pensava di poter rassicurare il fornitore, garantendogli che non avevi visto nulla, o che almeno non ne avresti parlato perché avevi paura, in modo tutto tornasse come prima. Però... non è andata così."

Finley scosse la testa. "Esatto. Io ho visto il veicolo e ho scritto la targa, ma se lei non mi avesse mandato quei tipi, io me ne sarei dimenticata."

Simon annuì. "Lei però non lo sapeva. In ogni caso, penso che la situazione si sia fatta drammatica da quando l'hanno tagliata fuori. Era disperatamente in cerca di droghe e ha provato l'eroina, come accennavi, poi ha incolpato te del crollo di quel suo piccolo impero."

"È morta?" chiese Finley titubante.

Simon annuì.

"Che ne sarà della sua famiglia? Se la caveranno?"

Sentì Brock fare un gemito e si voltò verso di lui. "Che c'è?"

Lui scosse appena la testa. "Non mi sorprende: anche dopo tutto quello che ti è successo, sei preoccupata dei familiari di una spacciatrice."

"Loro non c'entrano, sono innocenti. Almeno così presumo. Non sarà facile per loro vivere in un paesino e sopportare le conseguenze delle azioni di Hillary."

"Li terrò d'occhio per controllare che se la cavino," le disse Simon.

Finley appoggiò la testa sul cuscino e chiuse gli occhi. "Grazie."

"Ora vai a casa," la invitò Simon gentilmente. "Brock si prenderà cura di te. Sei stata brava, Finley, sono fiero di te."

Quelle parole riecheggiarono nella saletta, ma stranamente la fecero intristire. Gli altri potevano anche essere orgogliosi di lei, ma lei la pensava diversamente. Avrebbe dovuto fare di più per uscire da quella situazione orribile. Non aveva quasi reagito... proprio come quando era stata rapita nel bosco insieme a Brock. Aveva aspettato che fosse *lui* ad agire.

Magari, se non avesse aspettato, la sua vita e quella del feto non sarebbero mai state in pericolo, Hillary sarebbe stata ancora viva e avrebbe potuto ricevere l'aiuto di cui chiaramente aveva bisogno.

Finley si portò una mano sul ventre e pensò ai due figli di Hillary, che non avevano più una madre. Forse la loro non era stata una madre modello, ma era stata l'unica madre che quei due adolescenti avrebbero avuto... e non era più con loro.

Si sentì addosso un gran peso sulla coscienza e avrebbe voluto dormire per estraniarsi.

Simon si alzò in piedi, strinse la mano a Brock e diede un

colpetto con la mano sul polpaccio di Finley, poi uscì dalla stanza.

"Sei pronta a tornare a casa?" le chiese Brock con dolcezza.

Finley annuì, ma non riaprì gli occhi. Era stanca, troppo stanca.

———

Una settimana dopo, Brock era in piedi in cucina, appoggiato sul piano di lavoro, con lo sguardo fisso nel lavello; era preoccupato. Aveva appena preparato la colazione per Finley, che aveva mangiato solo pochi bocconi dell'omelette, sostenendo di non avere fame e spingendo il piatto da parte.

Finley era presente, ma era come se non lo fosse. Dopo l'episodio dell'incendio, usciva a malapena dal letto e chiaramente non stava superando l'accaduto. Brock aveva parlato con il dottor Snow di una psicologa che faceva incontri a domicilio, stavano cercando di fissare una data, ma nel frattempo la sua donna, di solito pimpante e ottimista, era diventata come un guscio vuoto rispetto alla persona che era prima del rapimento.

Brock era perso, non sapeva come aiutarla, e la sensazione di impotenza lo stava corrodendo dentro. Tutte le amiche erano passate a trovarla, ma ovviamente lei non era pronta a parlare. Erano rimaste per poco tempo, preoccupate che Finley non volesse chiacchierare, o temendo che si rifiutasse del tutto di incontrarle. Ciascuna di loro aveva promesso di tornare presto, per aiutarla a star meglio in ogni modo possibile.

Tuttavia, man mano che i giorni passavano, Brock sentiva la sua amata scivolargli tra le dita. Finley passava tantissimo tempo a dormire; quando lui la esortava dolcemente ad alzarsi, ad aprire la pasticceria, a uscire di casa, lei ribatteva che non si sentiva pronta, che voleva riposarsi per il bene del nascituro.

Brock aveva il terrore di farle troppa pressione. Si sentiva impotente, una sensazione che odiava. La notte, lei lo stringeva quasi con disperazione, invece la mattina evitava spesso di guardarlo negli occhi e si barcamenava per tirare avanti.

Un colpo alla porta di casa gli fece sfuggire un sospiro. Dall'incendio, le visite erano ininterrotte. Lui apprezzava l'interesse, ma nonostante tutti quegli ospiti gli avessero già riempito il frigo e il congelatore, gli riusciva difficile parlare con qualcuno, quando la donna che amava stava lentamente sparendo nell'ombra di sé stessa.

Brock *doveva* fare qualcosa.

Avrebbe agito... appena si fosse liberato di chi aveva appena bussato alla porta.

Quando aprì, Brock fu sorpreso di trovare Khloe Moore: era una donna minuta, appena oltre il metro e sessanta... ma in quel momento aveva un'espressione assai battagliera.

"Sono qui per vedere Finley," gli annunciò.

"Non è dell'umore giusto per stare in compagnia," le spiegò Brock con calma, ripetendo ciò che aveva detto a tutti quelli che erano passati negli ultimi giorni per farle visita.

"Pazienza," ribatté Khloe spingendo Brock da parte per entrare in casa.

Lui rimase là impalato, in un momento di stupore, poi chiuse la porta lentamente e seguì Khloe in salotto.

"Sul serio, Khloe, Finley è affaticata e non vuole vedere nessuno."

"Non mi interessa, Brock, mi vedrà, che le piaccia o meno."

Brock sentì un pizzico di sollievo: non aveva idea di come sarebbe andata quella visita, ma forse l'approccio di Khloe avrebbe dato anche a lui la spinta giusta per parlare finalmente con Finley a cuore aperto, spiegarle che doveva uscire dal letto, ricominciare a vivere. Ciò che le era successo era terribile e Brock si sarebbe sentito per sempre in colpa per non averla raggiunta prima, per non aver dato maggior peso alle minacce, per non aver scoperto chi avesse mandato Pete e Cory nel bosco quel giorno.

Khloe non aspettò nemmeno che Brock le dicesse dov'era Finley: imboccò il corridoio per andare in camera da letto e quasi piombò in camera dell'amica con una falcata accentuata dal solito leggero zoppicare. Brock considerò per un attimo se fosse il caso di rimanere o meno con loro. Da un lato voleva fare in modo che Khloe non facesse agitare troppo Finley... ma dall'altro doveva ammettere con riluttanza che l'approccio che lui aveva adottato, trattandola con i guanti, evitando di farle pressioni e concedendole di rimanere a letto tutto il giorno era stato un fallimento totale.

"Esco a tagliare l'erba. Apprezzo ogni sforzo per riavere la mia Finley... ma se quando te ne vai la trovo peggio di prima, non sarò contento."

Khloe si girò, e Brock, per la prima volta da quando l'aveva conosciuta, vide nei suoi occhi color nocciola un profondo dolore.

Quali che fossero le esperienze che Khloe Moore aveva dovuto superare nella vita, l'avevano afflitta profondamente.

"La tratterò con delicatezza... e con affettuosa fermezza," promise Khloe prima di tornare a voltarsi verso la porta della camera da letto.

Brock rimase a fissare il corridoio nella speranza che Khloe riuscisse laddove lui aveva fallito: tirar fuori Finley dalla depressione in cui era caduta.

———

Finley era in uno strano stato di dormiveglia quando la porta della camera si aprì. Si rigirò su un fianco aspettandosi di vedere Brock. Per quanto stesse da schifo, non avrebbe mai rifiutato di vedere *lui*.

Invece non vide l'uomo che amava, ma Khloe, che entrò e si chiuse la porta alle spalle, per poi raggiungere il bordo del letto, mettersi le mani sui fianchi, squadrare Finley e finalmente dichiarare: "Hai un aspetto di merda."

Per un attimo, Finley non seppe fare altro che strabuzzare gli occhi verso l'amica. Poi scoppiò a ridere producendo un suono roco, ma pur sempre allegro. "Wow, perché non mi dici quello che pensi senza mezzi termini?" le chiese scherzando.

"Ne ho tutte le intenzioni," ribatté Khloe, "ma non prima di farti alzare il sedere dal letto per prepararmi un rotolino alla cannella."

Finley aggrottò la fronte. "Come?"

"Ho fame e voglio un rotolino alla cannella. Dato che lo Sweet Tooth è chiuso, è una settimana che non ne assaggio uno. Quindi alzati e vai in cucina a prepararmelo."

La totale impudenza della richiesta... no, dell'*ordine* di Khloe avrebbe dovuto indispettire Finley, ma non fu così, chissà perché. Ormai non provava più emozioni. "Scusa, ma oggi non è una gran bella giornata," le rispose scrollando le spalle.

"*Quando* sarà una bella giornata?" ribatté Khloe. "Ormai è passata una settimana, Finley, devi tornare a vivere."

"Una settimana? Pensi che sia sufficiente per superare il dramma di essere quasi bruciata viva?" le chiese Finley di rimando.

"La parola chiave della tua domanda è *quasi*," replicò Khloe.

"Non so... è che... non ce la *faccio*," concluse Finley senza troppa convinzione.

"Cazzate! Certo che ce la fai, ti stai solo crogiolando nel dolore, invece di uscirne con un guizzo."

Per la prima volta dopo una settimana, Finley cominciò a

sentire un'emozione che la smuoveva: rabbia. "Pensi che sia tanto facile?"

"Non è mai facile," ribatté Khloe. "È difficile, infernale! Forse hai vissuto l'esperienza più terribile della tua vita, ma almeno sei *viva*, Fin. Quel che ti è successo è una schifezza astronomica. Sei stata rapita non una, ma due volte. Però hai le amiche che ti supportano, un uomo che ti vede come il centro dell'universo e un'attività da portare avanti."

"Non sono sicurissima di volerla portare avanti," ammise Finley.

"Ecco, questo lo capisco, ma non pensi a Liam? E a Davis? Che mi dici della gente che non vede l'ora di assaggiare i tuoi dolci ogni mattina? Liam sarebbe disposto a tutto, per te, tanto ti rispetta e ti ammira. Certo, i soldi che ha guadagnato hanno cambiato la vita della sua famiglia, ma c'è di più: ti è grato per lo spazio che gli hai concesso, specialmente dopo il lungo elenco di rifiuti che aveva ricevuto."

"E Davis? Cacchio, Finley, dovresti vederlo, quanto sta meglio! Avrà sempre i suoi demoni, ma adesso si sente utile, necessario, sente di contribuire a qualcosa... è un risultato che nessuno psicologo è mai riuscito a fargli raggiungere da quando è uscito dall'esercito. *Tu* ci sei riuscita, semplicemente accettandolo per come è. Vuoi gettare tutto questo al vento?"

Finley si sentì male. "Non fare così, non è giusto," sussurrò.

"Lo so, davvero non è giusto. Ma non mi dispiace affatto usare Davis e Liam per spronarti. Hai bisogno che qualcuno ti dia un bel calcio nel di dietro, solo che Brock non lo fa perché ti ama troppo. Ti invidio, Finley."

L'amica fece una risata nervosa. "Mi invidi? Ma stai scherzando?"

"Per nulla."

Finley si mise seduta; tutta la rabbia e il dolore che aveva cercato di controllare le stavano ormai turbinando nel cuore.

"Sono rimasta là seduta, ho lasciato che una matta facesse ciò che voleva! Non ero attaccata a quella sedia! Quando mi ha versato addosso la benzina, avrei dovuto attaccarla! Avrei dovuto far qualcosa per cercare di proteggere me e il mio bambino. Invece *no*! Sono rimasta ferma a guardarla mentre accendeva quel maledetto cerino, sapendo che stava per gettarmelo addosso per darmi fuoco. Io voglio essere forte, lo voglio come chiunque altro, ma non lo sono!"

Khloe si mise seduta sul bordo del letto e mise una mano sul braccio di Finley. "In una situazione talmente estrema non esiste un modo giusto o sbagliato di comportarsi. Se tu fossi saltata addosso a quella stronza, magari lei ti avrebbe sparato. Ho sentito dire che ha tenuto la pistola puntata contro di te per tutto il tempo. Tu hai cercato di guadagnare tempo, finché non hai colto l'occasione per scappare..."

"...pensi che Bristol avrebbe dovuto lottare contro quello che l'ha rapita? Pensi che non passi giorno senza che lei si ponga il dubbio? Avrebbe potuto impegnarsi di più per scappare, invece di rimanere docile e mansueta e fargli credere che volesse rimanere insieme a lui? Pensi che Elsie non si penta ogni giorno di aver lasciato che l'ex marito portasse via Tony, suo figlio, quando nel profondo sapeva che quel suo rientro in scena improvviso nascondeva qualcosa di losco? Pensi che Lilly non sia imbarazzata per non aver capito che un suo collega era un cazzo di *assassino*? E pensi che io non mi senta una merda totale, dato che sono stata io a chiederti di occuparti di quei gattini mentre ero via? È a causa *mia* che hai visto quello scambio di droga, tanto per cominciare. Se non lo pensi, devi essere matta..."

"...essere forte e coraggiosa non significa prendere qualcuno a colpi di *kung fu*. Significa saper usare la testa, decidere quando limitarsi a guadagnare tempo e quando ribellarsi."

Finley non aveva mai sentito Khloe tanto decisa e non seppe far altro che rimanere ad ascoltare.

"La vita è piena di drammi, Finley, ma è anche piena di bei momenti e di bontà, tanto che a volte ti fa persino male. Ci sono persone che ti diventano amiche anche quando non hai dato loro alcun buon motivo per farlo. Ci sono cortei di festa in cui la gente di paese ride e scherza, trovando gioia nel fare a gara a chi sputa più lontano un dannato seme di anguria. Gattini innocenti che non sanno nulla di quanto la vita possa essere orribile e ti accolgono con fusa e coccole. So che è difficile vedere tutto ciò, quando ti senti sulle spalle il peso del mondo, ma il bene rimane sempre, devi solo aprire gli occhi per vederlo."

Khloe aveva ragione. Certo che aveva ragione!

Finley chiuse gli occhi e fece del suo meglio per tenere a bada le lacrime. Ma le fu impossibile.

"Un'ultima cosa, poi concludo e tu ti alzi e vai a farti una doccia... perché, cara mia, i tuoi capelli hanno un bisogno disperato di uno shampoo... e poi mi prepari un rotolino alla cannella. Finley, tu sei davvero fortunata! Quella donna, Hillary, è andata! Morta! So che non saresti mai tanto perfida da gioire della morte di qualcun altro, quindi gioisco io per te. Sono sicura che anche il resto della popolazione di Fallport sia sotto choc per quanto è successo. D'ora in poi ci faranno tutti più attenzione, almeno per un po' di tempo: saranno più guardinghi nei confronti dei vicini, protettivi verso gli amici, e chiunque notasse qualcosa di strano farà il possibile per andarci fino in fondo. Quel che ti è successo è pessimo... ma è finito. *Passato*. Per questo sono talmente gelosa che è difficile spiegartelo. La persona che ti ha causato tanto dolore, un trauma profondo, non è più una minaccia né per te, né per i tuoi cari."

Finley aprì gli occhi e fissò l'amica, le cui parole le turbinavano nella mente...

"La persona che ha causato dolore *a te*, invece, è ancora una minaccia, non è vero?"

Bastarono quelle poche parole per spazzar via dagli occhi di Khloe ogni emozione. "Non importa."

Invece importava *eccome*. Finley si era convinta che quella di Khloe fosse una questione della massima importanza.

Quando Khloe si alzò, Finley capì che il momento della condivisione era finito: l'amica le aveva detto ciò che intendeva dirle.

"Alzati," aggiunse Khloe. "Fai una doccia, lavati i capelli, io ti aspetto in cucina per il rotolino alla cannella. Se non mi raggiungi tra dieci minuti, vengo a prenderti, e fidati: se dovrò tornare a convincerti, non ti farà piacere."

Finley sorrise per la prima volta da chissà quanto tempo. "Va bene."

Gli occhi di Khloe si riempirono di sollievo. "Va bene," ripeté con un tono più dolce. Poi si girò e uscì dalla camera.

Finley non riuscì a rispettare la scadenza di dieci minuti che Khloe le aveva imposto, ma dopo venti minuti entrò nella cucina di Brock per mettere insieme gli ingredienti per i rotolini alla cannella. Si sorprese di trovare il frigo tanto pieno: non aveva idea di quanto cibo le avessero portato le persone che erano passate a trovarla.

"Brock sta distribuendo cibo gratis a tutta Fallport," la informò Khloe, che si era seduta sul piano di lavoro per guardare Finley che si dava da fare in cucina. "I primi a cui ha portato da mangiare sono stati i vigili del fuoco, poi ne ha portato a Davis, è andato fino al Mangree Motel; pensa che Edna ha distribuito del cibo anche ai suoi ospiti di lunga data."

A Finley venne di nuovo voglia di piangere: non aveva nemmeno chiesto a Brock cos'avesse fatto negli ultimi giorni, tanto era rimasta chiusa in sé stessa. Non solo lui si era dato da fare per aiutarla come poteva, ma aveva pensato anche agli abitanti più bisognosi di Fallport.

Si accorse di essere stata estremamente egoista per l'intera settimana. Certo, aveva avuto bisogno di tempo per superare l'accaduto, ma quella storia era andata avanti troppo a lungo. Brock si era fatto in quattro e lei non gli aveva mostrato un minimo di riconoscenza.

Peggio: Finley sapeva bene che anche lui si sentiva in colpa... ma lei non aveva fatto nulla per togliergli quel peso dalla coscienza.

Senza dire una parola, cominciò a preparare l'impasto. Grazie al cielo, Khloe non cercò di riempire il silenzio con delle chiacchiere inutili. Solo dopo aver infornato una teglia di rotolini alla cannella, Finley si rivolse all'amica ammettendo: "Voglio riaprire lo Sweet Tooth, ma ho paura," ammise.

Khloe saltò giù dal piano di lavoro e ci si appoggiò. "Questo lo capisco, ma a me sembra che questo sia il momento perfetto per fare dei cambiamenti."

"Ho già fatto molti cambiamenti," ribatté Finley.

"E allora? Fanne degli altri," aggiunse Khloe alzando le spalle. "Che cos'è che ti fa più paura?"

"Le consegne a domicilio."

"Allora non farle."

"Non è tanto semplice," le spiegò Finley.

"E perché no? L'attività è tua, sei tu a decidere le regole. Puoi decidere che tutti gli ordini esterni, senza eccezioni, devono essere ritirati entro l'orario di chiusura. Oppure, dato che ti conosco e so che hai un gran cuore, puoi assumere qualcuno che faccia le consegne al posto tuo."

"Non vorrei mettere nessun altro nella posizione in cui mi sono trovata io," le disse Finley scuotendo la testa.

"Senti, la proprietaria dello Sweet Tooth sei tu. Sei tu a decidere cosa preparare ogni giorno, a che ora aprire o chiudere, i servizi da offrire e come spendere i tuoi soldi. Fai quello che vuoi, quello che ti senti di fare. La gente di Fallport si regolerà."

Finley fissò Khloe: aveva ragione. Non solo, ma sembrava proprio parlare per esperienza. Finley stava per chiederle se lei aveva seguito il suo stesso consiglio, ma non era quello né il luogo, né il momento, così si limitò a dirle: "Hai ragione."

"Lo so."

Le due amiche si sorrisero.

"Fallport ha bisogno di te," aggiunse Khloe dopo un minuto. "Ha bisogno della tua bontà, dei tuoi dolcetti goduriosi, del tuo interesse. Vedrai che ti riprenderai. Lo sai anche tu."

"Pensavo che fossi una tosta," le disse Finley per stuzzicarla, "invece eccoti qua, tutta cuore e miele."

"Io *sono* una tosta," ribatté Khloe. "Sono una rompipalle, una stronza totale. Chiedi a chi vuoi."

"Magari chiederò a Raiden," disse Finley senza pensarci.

A quelle parole, Khloe si chiuse di nuovo in sé stessa. "Quanto manca per il rotolino alla cannella?"

Finley controllò l'orologio. "Manca poco." Era curiosissima di scoprire cosa stesse succedendo tra Khloe e Raid, ma non voleva indisporre l'amica, specialmente dopo l'attenzione e l'affetto che l'altra le aveva dimostrato spingendola a darsi una mossa e riprendersi.

La porta si aprì e un Brock sudato e mezzo nudo entrò in casa. "Che buon profumino," commentò con un sorriso.

Al che, Finley sentì il desiderio crescerle dentro.

"No," disse Khloe con decisione.

Finley si voltò verso di lei. "Eh?"

"Sono passata per un rotolino alla cannella e non me ne vado senza. Voi due potete anche fare sesso dopo che me ne sarò andata."

Finley scoppiò a ridere. Khloe aveva davvero un bel caratterino!

Brock si avvicinò e passò dolcemente le dita sulla guancia di Finley dicendole con dolcezza: "Sei tornata."

Lei annuì timidamente. "Scusa se sono stata tanto chiusa."

Lui scosse la testa. "Non hai nulla di cui scusarti, Fin."

"Rotolino alla cannella," ripeté Khloe interrompendoli.

"Che bello rivederti sorridere, sentire la tua risata," disse Brock a Finley. Poi si abbassò e la baciò. Non fu un bacio lungo, ma nemmeno superficiale. Quando risollevò la testa, Brock le disse: "Adesso vado in doccia."

"Sì vai, sciò!" lo esortò Khloe.

Finley rise di nuovo, contenta di vedere che Brock non se l'era affatto presa.

Quando lui fu lontano abbastanza da non sentire, Khloe si fece aria con la mano. "Wow! Che gran *figo*!"

Finley fece una risatina. "Davvero, ed è tutto mio!"

"Ma certo!" esclamò Khloe. "Ha occhi solo per te!"

Quando Brock finì la doccia e tornò in cucina, Finley aveva impiattato tre rotolini, pronti sulla tavola. Erano ancora fumanti, con la glassa appena versata che si scioglieva in un brodetto zuccherino.

Khloe se ne mangiò uno e poi non si soffermò più a lungo; si alzò dicendo: "Ora devo andare. *Qualcuno* deve pur lavorare."

Finley si alzò per abbracciarla. Khloe si irrigidì un poco, ma ricambiò l'abbraccio. Poi fu il turno di Brock, che prese tra le braccia quella donna minuta piegando la testa per dirle qualcosa all'orecchio senza farsi sentire da Finley, che notò Khloe arrossire e annuire. Poi si allontanò da lei e la fissò per un lungo momento, infine la baciò sulla testa.

Khloe si avviò verso l'uscio salutandoli con un cenno della mano. "Mi avvio da sola, se per caso trovo Davis gli dico che domattina sarai in pasticceria," disse.

"Però alle sei: ho intenzione di cambiare gli orari, d'ora in poi apriamo alle otto."

Khloe si voltò verso l'amica inviandole un gran sorriso. "Brava! Non dimenticare di avvertire anche Liam."

"Ma certo! Khloe?"

"Sì?"

"Grazie. Se in futuro mi servisse un bel calcio nel di dietro, sei sempre la benvenuta!"

"Guarda che me lo ricordo!" ribatté Khloe, che poi aprì la porta e se ne andò.

Prima ancora di potersi muovere, Finley si ritrovò davanti Brock che le mise le mani intorno al viso, abbassandosi su di lei e inspirando profondamente. "Cannella," mormorò, per poi aggiungere: "Stai bene?"

"Adesso sì. Scusami, sono stata orribile."

"Non sei stata orribile. Ti capisco, hai cercato di elaborare l'accaduto."

Finley annuì. "E *tu* stai bene?"

"Io?"

"Sì, tu. Ti sei occupato di me per una settimana. Anzi, a quanto pare hai consegnato pasti a domicilio per tutta Fallport, vista la quantità di cibo che ci hanno portato. Sei riuscito anche ad andare in officina?"

"No, ci ha pensato Jesus al lavoro."

Finley si accigliò. "Mi dispiace."

"A me no. Non vorrei essere altrove, se non al tuo fianco. Vorrei solo aver trovato il modo di farti star meglio."

"Ci sei riuscito. Mi sei stato vicino." Vedendolo ancora preoccupato, lei gli afferrò i polsi. "Ci *sei* riuscito," insisté Finley, "se mi avessi fatto pressione, penso che mi sarei chiusa ancor di più in me stessa. Avevo bisogno delle tue cure, del tuo amore."

"Di quello ne hai a palate." Poi Brock si inginocchiò davanti a lei e le sollevò la maglia; infine le baciò il ventre con devozione. "Ti ho già ringraziata per esserti presa cura del nostro Fagiolino?" le chiese.

Finley sentì un groppo alla gola, ma lui non le lasciò il tempo di replicare.

"Desidero questo bimbo con tutto me stesso, ma desidero te ancor di più." Alzò lo sguardo verso di lei, con gli occhi lucidi di amore. "Sposami, Finley. Appena possiamo organizzarlo. Niente cerimonie, né ricevimenti sfarzosi... anche se possiamo sempre organizzarne uno più avanti, se ti va. Ho bisogno di legarmi ufficialmente a te, a nostro figlio."

"Io sono *già* legata a te," ribatté lei, "come anche nostro figlio." Dato che Brock non diceva nulla, ma continuava a fissarla, lei gli chiese: "Ma tu sei sicuro? Dopo questa settimana? Hai visto i miei sbalzi d'umore, il mio egoismo."

"Tu non sei egoista, in alcun modo, tutt'altro. Gli sbalzi d'umore non sono un problema. Ti prego, Finley, sposiamoci. Ti ho aspettata per una vita intera."

Lei annuì.

"Sì?" le chiese.

"Sì," confermò lei.

Finley si aspettava di vederlo sorridere, alzarsi e baciarla, poi magari portarla a letto per fare l'amore a lungo, lentamente, con dolcezza. Era passata una settimana dall'ultimo momento di intimità. Le ferite alle braccia e ai fianchi stavano guarendo bene, tanto che ormai Finley non le sentiva quasi più.

Invece Brock si alzò in piedi e si voltò subito dall'altra parte per prendere il telefono che aveva lasciato sul piano di lavoro appena rientrato dal giardino, dove aveva tagliato l'erba.

"Brock?" lo chiamò confusa.

"Sì?" le rispose, distogliendo appena l'attenzione da ciò che stava cercando sul telefono.

"Ehm... speravo che... magari potremmo festeggiare, no? Sai, adesso che sono quasi tornata me stessa."

"Oh, ma vedrai che festeggiamo," la rassicurò senza distogliere lo sguardo dallo schermo. "Ho passato l'ultima settimana sperando che uscissi dal letto, ma adesso ti ci riporto senza alcun dubbio... ci entrerò insieme a te, per mostrarti esattamente quanto amo te e il nostro Fagiolino. Adesso è meglio se telefoni a Liam, perché poi non ne avrai il tempo."

Finley sorrise: quell'invito le piacque molto. In ogni dettaglio. "Allora *tu* cosa stai facendo?"

Brock alzò lo sguardo. "Sto cercando informazioni sulle procedure per sposarsi in Virginia, per vedere quanto tempo bisogna aspettare."

Finley fu attraversata da un brivido. Brock non stava scherzando: voleva davvero sposarla il prima possibile. Lo osservò leggere qualcosa sul cellulare. L'amore per quell'uomo era ormai totale. Nell'ultima settimana, Brock le aveva dimostrato quanto ci tenesse a lei, tanto che Finley non poteva immaginare nessun altro uomo sopportarla come aveva fatto lui. Certo, lei aveva dovuto superare un evento traumatico, ma anche lui. Le aveva detto più volte quanto si era spaventato, accorgendosi che lei era sparita e che qualcosa non quadrava.

Brock alzò la testa e la guardò con un'espressione da ebete.

"Che c'è?"

"Non c'è alcun obbligo di attesa," le spiegò.

"Per cosa?"

"Per sposarsi. Possiamo procurarci una liberatoria da qualunque ufficio della Virginia e non bisogna aspettare per la cerimonia ufficiale. Ti va di sposarmi vestita come sei?" le chiese.

Finley abbassò gli occhi, guardò i propri vestiti e rise. "Ehm, pantaloni larghi e una maglia delle tue? No."

"Allora sarà meglio che ti cambi, piccola."

"Cosa? Un momento, vuoi andare *subito*?"

"Sì." Brock posò il telefono sul piano di lavoro e la raggiunse a grandi falcate. Le mise un braccio intorno alla vita e la strinse a sé. "Voglio che diventi la signora Finley Mabrey, non so come dirtelo."

Lei si alzò in punta di piedi per baciarlo con grande passione. Brock ricambiò il bacio quasi con disperazione. Quasi senza accorgersene, Finley si ritrovò supina sul divano, con Brock che le stava abbassando i pantaloni. "Pensavo che andassimo a sposarci," gli disse ridacchiando.

"Ho bisogno di te," le rispose con bramosia.

Lei lasciò cadere il discorso con un sospiro. "Anch'io ho bisogno di te. *Subito*. Dentro di me, Brock."

Lui però abbassò la testa mettendole la bocca tra le gambe, pronto a farla impazzire.

Più tardi... molto più tardi... si ritrovarono a letto, completamente esausti. Brock aveva fatto attenzione alle ferite di Finley, ormai quasi del tutto guarite, ma per il resto non si era trattenuto: era stato insaziabile, esattamente quanto lei.

"Allora ci sposiamo domani," mormorò Brock addosso al petto di Finley; quel mattino non si era fatto la barba, e i peli che sporgevano appena dal mento le facevano il solletico ai seni sensibili.

"Devo tornare al lavoro," gli disse Finley con dolcezza. "Anche tu. Jesus è fantastico, ma non è giusto scaricare tutta l'officina su di lui."

Brock commentò con un grugnito e si sollevò sui gomiti, contraendo i bicipiti che la facevano impazzire, tanto che non riusciva a tenere le mani a posto: cominciò ad accarezzarli, muovendo le mani avanti indietro e sorridendo.

"D'accordo. Allora ci sposiamo venerdì pomeriggio."

"Va bene."

Brock rilassò i muscoli e Finley si accorse per la prima volta di quanto fosse stato teso.

"Ti amo, Finley."

"Anch'io ti amo."

"Sono fiero di te, meravigliato... ti ammiro."

"Io provo gli stessi sentimenti nei tuoi confronti," gli rispose dolcemente.

"Sapevo che sarebbe valsa la pena di aspettare," le disse con un sorrisetto. "Eri tanto timida, in imbarazzo vicino a me... non hai fatto altro che farti desiderare di più."

"Non fare il fatalista," gli disse Finley.

Lui fece un gran sorriso, poi abbassò la testa. Cinque minuti prima, Finley gli avrebbe detto che era troppo stanca e che avrebbe dovuto dormire. Tuttavia, appena sentì le labbra di Brock sulle proprie, fu rigenerata e pronta a ricominciare. Non si sarebbe mai stancata di quell'uomo. Il destino li aveva legati dal primo momento, anche se lei all'inizio si era convinta di non avere alcuna speranza e non avrebbe mai creduto di arrivare dov'era.

Presto si sarebbero sposati, poi sarebbe arrivato il figlio.

Khloe aveva ragione: a volte la vita era dura, ma i momenti belli compensavano abbondantemente quelli difficili.

EPILOGO

IL VENTO FISCHIAVA tra gli alberi mentre Talon camminava nel bosco. Non stava percorrendo il sentiero, perché ciò che stava cercando si trovava altrove.

Non sapeva nemmeno lui il motivo di quell'ossessione per la donna misteriosa che aveva salvato Brock e Finley. Aveva sentito più volte il racconto di quell'episodio, quando era comparsa dal nulla, come un'apparizione. Aveva gettato del terriccio in faccia allo stronzo che minacciava Finley, dando a Brock lo spunto per sfuggire al pericolo e portare in salvo la propria donna.

Più di qualunque altro aspetto, erano state le osservazioni di Brock a colpire Tal.

Gli abiti sgualciti e lerci, i capelli rossi arruffati, i piedi scalzi.

L'ultimo dettaglio era quello che lo attanagliava di più.

Gli venne un brivido e si alzò il colletto della camicia: se aveva freddo lui, chissà come si sentiva quella donna!

Era impossibile sapere se si trattasse proprio di Heather Brown, la ragazzina scomparsa. Non che gli importasse particolarmente. Però Tal non faceva altro che domandarsi, qualora fosse stata proprio lei, come avesse vissuto negli ultimi due decenni. Era stata rapita all'età di otto anni. Si ricordava la sua vita precedente? Come mai non si era fatta trovare?

Le domande erano più delle risposte, e c'era un qualcosa che gli impediva di abbandonare le ricerche.

Quella donna era là nel bosco, da qualche parte, e Tal voleva disperatamente aiutarla. Era stata come una vocazione. Aveva trovato una foto di Heather Brown risalente più o meno al periodo del rapimento; quegli occhi furbetti color verde acqua l'avevano estremamente rattristato. Le immagini elaborate al computer per invecchiarla gli avevano fatto lo stesso effetto. Era una bella donna... o almeno lo sarebbe stata secondo il computer, sempre che fosse viva.

Tal si fermò e rimase immobile per un momento, in ascolto. Non sapeva nemmeno lui cosa ascoltare. Un rumore qualunque che fosse minimamente anomalo; invece non sentì altro che il vento e qualche uccellino.

Pur sapendo che quella ricerca poteva anche rivelarsi inutile, si tolse lo zaino dalle spalle. Aveva scelto quella zona del bosco per un motivo ben preciso: era la zona dell'ultimo avvistamento, dove Finley e Brock erano stati portati dai due spacciatori e dove quella donna era comparsa dal nulla per aiutarli.

Mise una mano nello zaino e ne tirò fuori una borsa un po' più piccola che si era preparato prima. Due paia di calze di lana, una pietra focaia, dei pasti pronti liofilizzati, una vecchia felpa, una barretta di cioccolato, dei leggings e un foglio su cui spiegava chi era... aggiungendo che voleva aiutarla, sempre che lei lo volesse.

Quel punto era valido come qualunque altro per lasciarle il cibo e i vestiti.

All'improvviso, Tal ebbe la forte impressione di essere osservato.

Sperò... pregò che fosse lei. Forse era una pia illusione, ma... Tal aveva prestato servizio nelle forze speciali della Marina britannica, forze armate simili ai SEAL degli Stati Uniti. Era stato addestrato a muoversi e a orientarsi senza farsi notare, accorgendosi della presenza di un nemico.

La donna misteriosa non costituiva alcun pericolo per lui: ne era certo, quanto sapeva di chiamarsi Tal.

I Monti Appalachi occupavano una superficie sconfinata, perciò le probabilità che quella donna trovasse quella borsa in quel punto erano prossime allo zero. Era più probabile che la trovasse qualche animale, dilaniandola per raggiungere le provviste. Tuttavia, a giudicare da quella strana sensazione, quella donna non era lontana. Talon non voleva spaventarla, così si fece forza e si allontanò dalle provviste che lasciò appoggiate al tronco di un albero; si infilò di nuovo lo zaino e si riavviò verso il sentiero.

Dovette sforzarsi al massimo per non guardare indietro. Voleva guadagnare la fiducia di quella donna. Ne aveva bisogno. A costo di trattarla come una bestia selvatica finché non si fosse fidata di lui. Gli sembrava sbagliato lasciarla nel bosco, al freddo, ma ovviamente lei era riuscita ad arrangiarsi per moltissimo tempo, quindi non c'era motivo di credere che non ne fosse più in grado... ma forse le provviste che le aveva lasciato le avrebbero semplificato l'esistenza.

———

Fiore di Prato al Tramonto rimase accovacciata dietro l'albero per molto tempo, anche dopo che quell'uomo se ne fu andato, dopo averla resa estremamente nervosa. Lei l'aveva già intravisto, insieme ad altri uomini. Entravano nel bosco quando qualcuno si smarriva. Li aveva seguiti più di una volta, incuriosita, per osservarli. Da quando lei aveva corso il rischio di aiutare la donna con il coltello puntato alla gola, quell'uomo in particolare era tornato un po' troppo spesso per i gusti di Fiore.

Lei non sapeva cosa cercasse, ma era piuttosto sicura che stesse cercando *lei*. Il che la indisponeva. A lei non piacevano gli uomini: non facevano altro che ferire gli altri. Gli uomini le avevano causato dolore da sempre, fin da che aveva memoria.

Però... non aveva potuto ignorare l'uomo che accompagnava quella donna. Fiore li aveva seguiti da lontano, dopo averli aiutati a scappare da quel malintenzionato col coltello: li aveva osservati attentamente. Quell'uomo non aveva fatto del male alla sua donna. Non aveva fatto nulla per causarle dolore, in alcun modo.

Quando si erano infilati sotto quella roccia enorme, Fiore avrebbe voluto fare qualcosa per proteggere quella donna, per evitare che quell'uomo le saltasse addosso per farle del male.

Invece quello non si era comportato come lei si aspettava: l'aveva sorpresa. Si era sdraiato tra il bosco e la sua donna, stringendola a sé per proteggerla.

Fiore aveva osservato quella coppia finché non aveva perso la sensibilità ai piedi, ormai fradici fino al midollo per la pioggerellina battente.

Lei era abituata al freddo. Anche al caldo. La Comune non riservava alcuna cortesia alle donne: mangiavano per ultime, lavoravano da mattina a sera, potevano parlare solo quando venivano interpellate. Si occupavano della cucina, delle pulizie, e non potevano mai, *mai* mancare di rispetto agli uomini.

Beh... almeno queste erano le regole che avevano seguito in molte.

Ovviamente, da quando lei era rimasta sola, quando catturava un animale era libera di mangiare le parti che voleva. Non doveva riservare i pezzi di carne migliori agli uomini del gruppo. Nessuno la picchiava o le parlava dall'alto in basso...

non doveva più giacere sotto Freccia e fingere che le piacesse tutto ciò che lui le faceva.

Fiore si scrollò di dosso quei brutti ricordi e continuò a seguire l'uomo che aveva lasciato la borsa nel bosco finché non lo vide raggiungere il sentiero e percorrerlo a ritroso, verso il parcheggio. Lei non si avvicinava mai ai luoghi frequentati da altre persone. Quelli di fuori erano pericolosi. Per una vita, gli uomini della Comune le avevano raccontato le cose orribili che le avrebbero fatto, qualora fosse scappata e l'avessero trovata. L'avrebbero sbattuta in galera per aver violato la legge.

Che legge? Lei non lo sapeva, ma se Freccia Bonfiglio l'aveva affermato, doveva essere vero: nessuno dubitava di lui.

Da quando la Comune si era sciolta, a volte Fiore aveva pensato seriamente di avvicinarsi a una delle tante persone che aveva intravisto nei boschi. Era sempre stata fermata dal risuonar dei moniti delle compagne.

Scossa da un brivido che nulla aveva a che vedere col freddo, Fiore ripensò alla famiglia della Comune. Freccia era morto, lasciando la leadership al figlio. Cipresso Bonfiglio era dieci volte più severo del padre. Anche più cattivo.

Ripensando a Cipresso, Fiore si sentì male. Era un uomo orribile. Tutte le donne erano state costrette a seguirne ogni comando senza esitare. Fiore era sempre stata protetta da Freccia, ma quando questi era morto, con lui se n'era andata anche la sua protezione.

Cipresso non aveva esitato a prendersi ciò che voleva. Ciò che prima era stato solo del padre.

Lei.

Si scrollò di dosso quei pensieri per l'ennesima volta, ma con più forza, poi tornò nel fitto bosco, verso la borsa abbandonata da quell'uomo. Sapeva che era meglio evitare, che probabilmente si trattava di una trappola, ma non ce la fece a resistere. La curiosità era un tratto del carattere di Fiore che

Freccia aveva cercato di sopprimere con tutto sé stesso, ma senza successo.

Quando fu vicina alla borsa, Fiore sfrecciò fuori dal nascondiglio e corse più veloce di una lepre per afferrarla. Non rallentò nemmeno dopo averla raccolta e sparì di nuovo tra gli alberi, casa sua. Ai piedi calzava pelli di coniglio per non lasciare orme.

Fiore corse per chilometri, fino a raggiungere la caverna in cui aveva scelto di accamparsi per l'inverno. Nella stagione tiepida, si sarebbe trasferita altrove, ma per il momento quello era il luogo più sicuro che avesse trovato. Entrò carponi nella caverna e smosse le braci del fuoco che l'aveva scaldata. Appena posò un ramoscello sulle braci ardenti, questo prese fuoco, dandole abbastanza luce per guardare in quella borsa, abbastanza calore per scaldare la pelle gelida.

Incrociò le gambe e si sistemò l'abito intorno alle cosce. Fiore non aveva mai indossato nulla, al di fuori degli abiti che la Comune imponeva alle donne.

Estrasse uno alla volta gli oggetti dalla borsa.

Le calze sembravano pungere, ma quando le indossò, dopo aver slacciato le pelli di coniglio, Fiore sospirò in un delizioso capogiro: scaldavano i piedi a meraviglia!

Fissò a lungo i leggings, incerta. Non le era mai stato permesso di coprirsi le gambe, non era consentito alle donne... ma Freccia non le stava più addosso...

Alzò la testa in un gesto di sfida, poi infilò quel tessuto morbidissimo sulle gambe fredde e sorrise felice: le andavano a pennello e scaldavano quanto le calze.

Poi afferrò la felpa. Ormai senza alcuna esitazione, Fiore se la infilò dalla testa. Era troppo larga, ci si poteva quasi nascondere dentro, ma aveva un buon profumo di pulito. Lei non ricordava nemmeno l'ultima occasione in cui aveva sentito un profumo tanto buono. Abbassò la testa e si portò un lembo del tessuto vicino al naso per inspirare profondamente.

Ormai mossa dall'entusiasmo, con un sorriso, affondò di nuovo le mani nella borsa. Non capì cosa fossero quei pacchetti sigillati e decise di metterli da parte per esaminarli alla luce del mattino. Sapeva leggere. Non benissimo. Aveva sempre evitato di far scoprire a Freccia o a Cipresso quanto fosse in grado di comprendere, ma di solito Fiore decifrava il significato di quasi tutte le parole.

La barretta di cioccolato catturò la sua attenzione, riportandole alla mente un vago ricordo della sua vita prima della Comune, un ricordo che lei bloccò. Non voleva tornare a quel periodo, a quando era piccola. Sapeva che la memoria l'avrebbe ferita al punto da non potersi più riprendere.

Si distrasse spacchettando la barretta e annusandola. Poi ne morse un bel boccone.

Il sapore di cioccolato le avvolse la lingua. Fiore chiuse gli occhi per gustare la totale delizia di quel dolcetto.

Lei aveva già mangiato il cioccolato. Solo una volta. Dopo la morte di Freccia, Cipresso ne aveva portato una confezione alla Comune, l'aveva presa in paese per ricompensare con piccoli pezzi le donne che gli avrebbero dato piacere. Una sera, dopo averla costretta a unirsi a lui nella sua tenda, dopo averla presa nel posto proibito, mentre lei era carponi, Cipresso si era sentito appagato e le aveva regalato un pezzettino di cioccolato. Il dolcetto non le aveva alleviato il dolore, ma le era piaciuto comunque.

Quel ricordo terribile minacciò di avere la meglio su di lei, ma Fiore rifiutò di arrendersi. Cipresso non c'era più, nemmeno Freccia. Dopo essere diventato leader, Cipresso si era stufato del freddo e aveva deciso di trasferire tutti in Florida. Fiore non avrebbe mai abbandonato le montagne, specialmente non insieme a Cipresso.

Lui l'avrebbe scelta come prima compagna, ma Fiore

aveva visto come venivano trattate le altre compagne, come era già stata trattata anche lei, e non voleva avere più nulla a che spartire con lui.

Quando era giunto il momento di andarsene, lei si era nascosta nel bosco. All'inizio, trovarsi senza la minima protezione della Comune le aveva fatto paura, ma se l'era cavata benissimo.

L'ultimo oggetto nella borsa era un foglio di carta. Fiore lo estrasse. Era un biglietto scritto. Una grafia confusa, ma pur sempre leggibile.

Ciao. Mi chiamo Talon. Gli amici mi chiamano Tal. Di me puoi fidarti. Non avere paura di parlare con me. Giuro che non ti farò mai del male. Se mi vedi nel bosco, salutami senza paura. Penso che queste cose ti faranno piacere. Se ti serve qualcosa di particolare, fammelo sapere. Lascia un biglietto dove hai trovato la borsa. Io lo troverò e ti porterò ciò che vuoi.

Il tuo amico Tal

Fiore non conosceva tutte quelle parole, ma comprese quasi tutto il significato.

Talon. Un nome forte, come l'artiglio di un rapace. Ma lei aveva conosciuto molti uomini con nomi forti, uomini non buoni.

Si leccò le labbra, gustando il sapore di cioccolato. Talon non le aveva chiesto nulla. Non aveva preteso di darle ordini. Le aveva solo chiesto di fidarsi di lui.

Fiore non si fidava di nessuno, specialmente degli uomini.

Però non poteva negare che quell'uomo le avesse lasciato dei regali meravigliosi. La pietra focaia le sarebbe stata utilissima, e non si era mai sentita tanto al caldo come in quel momento, con le calze, i leggings e la felpa. Eppure non era il caso di scrivergli, né di avvicinarsi a un uomo già troppo curioso.

Si sdraiò per dormire, tenendo in pugno il biglietto di Talon. L'istinto le disse che, se esisteva uno di fuori di cui *potersi* fidare... doveva essere lui. Non l'aveva mai visto alzare la voce con gli amici. Non aveva mai colpito le persone smarrite nel bosco, anche quelle che, una volta ritrovate, erano state maleducate nei suoi confronti. Nonostante l'ovvia frustrazione per non essere riuscito a trovarla, le aveva comunque lasciato dei regali.

Lei non era pronta a rivelarsi a uno di fuori... ma forse, se l'avesse ringraziato, le avrebbe lasciato altri regali. Fiore non aveva alcun oggetto utile per scrivere: non ne aveva mai avuto bisogno, né avrebbe potuto tenerne mentre la Comune era ancora in vita; però avrebbe potuto trovare un bastoncino e usare del fango per rispondere a quell'offerta.

Nel profondo, sapeva bene che nessun regalo era privo di aspettative, ma il sapore di cioccolato nella bocca la spinse a chiedersi che altro avrebbe potuto portarle quell'uomo. Talon la spaventava e la incuriosiva.

Fiore decise in quel preciso istante che l'avrebbe ringraziato. Cosa sarebbe successo in seguito? Solo il tempo l'avrebbe svelato.

———

Chi è questa donna del mistero? Si chiama davvero Fiore? Tal non solo dovrà trovarla, ma conquistarne in qualche modo la fiducia... forse il compito più difficile. Scopri se ci riuscirà leggendo *In cerca di Heather*.

Trovare Kenna
Trovare Monica
Trovare Carly
Trovare Ashlyn
Trovare Jodelle

<u>Armi & Amori: verso il futuro</u>

Soccorrere Caite
Soccorrere Brenae
Soccorrere Sidney
Soccorrere Piper
Soccorrere Zoey
Soccorrere Avery
Soccorrere Kalee
Soccorrere Jane

<u>Delta Force Heroes</u>

Salvare Rayne
Salvare Emily
Salvare Harley
Il Matrimonio di Emily
Salvare Kassie
Salvare Bryn
Salvare Casey
Salvare Sadie
Salvare Wendy
Salvare Mary
Salvare Macie
Salvare Annie

<u>Armi e Amori</u>

Proteggere Caroline
Proteggere Alabama
Proteggere Fiona

Il Matrimonio di Caroline
Proteggere Summer
Proteggere Cheyenne
Proteggere Jessyka
Proteggere Julie
Proteggere Melody
Proteggere il Futuro
Proteggere Kiera
Proteggere i figli di Alabama
Proteggere Dakota

Mercenari di Montagna
Difendere Allye
Difendere Chloe
Difendere Morgan
Difendere Harlow
Difendere Everly
Difendere Zara
Difendere Raven

Ace Security
Il riscatto di Grace
Il riscatto di Alexis
Il riscatto di Bailey
Il riscatto di Felicity
Il riscatto di Sarah

Una raccolta di storie brevi
Un momento nel tempo

BIOGRAFIA

L'autrice best seller del *New York Times*, *USA Today*, e *Wall Street Journal*, Susan Stoker ha un cuore grande come lo stato del Texas, dove vive, ma questa tipica ragazza americana ha trascorso gli ultimi quattordici anni vivendo nel Missouri, in California, in Colorado, e nell'Indiana. È sposata con un ex militare dell'esercito, che ora la segue in tutto il Paese.

Ha debuttato con la sua prima serie nel 2014, seguita dalla serie SEAL of Protection, che ha consolidato il suo amore per la scrittura, e la creazione di storie in cui i lettori possono perdersi.

Se ti è piaciuto questo libro, o qualsiasi libro, per favore considera di lasciare una recensione. Gli autori lo apprezzano più di quanto tu possa immaginare.

www.stokeraces.com
susan@stokeraces.com